KİRLİ KÜÇÜK YALANLAR

John Macken Genetik ve adli bilimler alanlarında araştırmacı bilim adamı olan John Macken büyük, penceresiz bir binada, ağırlıklı olarak kanser araştırmaları üzerinde çalışmaktadır. Ailesi ile birlikte İngiltere'de yaşamaktadır. *Kirli Küçük Yalanlar* yazarın ilk romanıdır.

Özlem Yüksel 1971'de Ankara'da doğdu. Ankara Üniversitesi, D.T.C.F. İngiliz Dili ve Edebiyatı bölümünden mezun oldu. Çeşitli eğitim kurumlarında on yıl kadar yöneticilik ve İngilizce öğretmenliği yaptı. 2005'ten beri kitap çevirmenliği yapmaktadır. Yirminin üzerinde kitap çevirisi bulunmaktadır. İngilizceden çevirdiği kitaplardan bazıları: *Camdan Kale* (Jeanette Walls, Marka, 2006); *Kan ve Petrol* (Michael Klare, Marka, 2006); *Gül, Haç ve Hilal* (Tim Willocks, Doğan Kitap, 2007); *Gecenin Anlamı* (Michael Cox, Doğan Kitap, 2008); *Asrın Vebası Narsisizm* (Jean M. Twenge, Kaknüs, 2010).

JOHN MACKEN

Kirli Küçük Yalanlar

Çeviren:
Özlem Yüksel

M

Meridyen, bir YKY markasıdır.

Yapı Kredi Yayınları - 3148
Meridyen - 15

Kirli Küçük Yalanlar / John Macken
Özgün adı: Dirty Little Lies
Çeviren: Özlem Yüksel

Kitap editörü: Fahri Güllüoğlu
Düzelti: Ömer Şişman

Kapak tasarımı: Ayşe Karamustafa

Baskı: Promat Basım Yayım San. ve Tic. A.Ş.
Sanayi Mahallesi, 1673 Sokak, No: 34 Esenyurt / İstanbul

Çeviriye temel alınan baskı: Bantam Press, 2007
1. baskı: İstanbul, Temmuz 2010
ISBN 978-975-08-1825-7

Yapı Kredi Kültür Sanat Yayıncılık Ticaret ve Sanayi A.Ş.
Yapı Kredi Kültür Merkezi
İstiklal Caddesi No: 161 Beyoğlu 34433 İstanbul
Telefon: (0 212) 252 47 00 (pbx) Faks: (0 212) 293 07 23
http://www.ykykultur.com.tr
e-posta: ykykultur@ykykultur.com.tr
İnternet satış adresi: http://alisveris.yapikredi.com.tr

KİRLİ KÜÇÜK YALANLAR

BİR

1

Dr. Sandra Bantam bedenine yeniden saplanan bıçağı izliyor. Bir duraklama, bir anlık soluklanma, yanan yaralarını hissetme, bıçak geri çekilirken sızan kırmızılığı görme şansı oluyor.

Bir çığlık atıyor, acı patlamalarla yayılıyor. Duyuları aynı anda hem uyuşmuş hem de keskinleşmiş, sersemlemiş, gözleri açılıp kapanıyor, titriyor, midesi bulanıyor. Öfkeli yara öbeklerinden sızan kan beraberinde bedeninin sıcaklığını da götürüyor gibi. Bantam daha önce erkeklerin elinden çıkmış bunun gibi birçok işe tanık olmuştu. Bıçakla oyan, boğan, ırza geçen ve öldüren erkekler. Sayısız vesileyle sonuçlarını ve geride bıraktıklarını görmüştü. Ama asıl olayı hiç. O acı, dehşetli, korkunç olayı.

Başlangıçta, neredeyse tam bir gün önce, seks olacağını sanmıştı. Başka neden yalnız bir kadına evinde saldıracaktı ki? Başka neden yatak odasında çırılçıplak ve korunmasız halde onu bağlayacaktı ki? Korkunç bir saniye için, vücuduna elindeki çeliğin yerine adamın etinin girmesini yeğleyeceğini fark etti. Ama adamın amacı hiç bu olmamıştı. Bilgi istiyordu o. Püskürürcesine yoğun ve hızlı bir soru saldırısı başladı. Nerede o? Reuben Maitland nerede? Ne yapıyor? Nerede çalışıyor? Adresi ne?

Dr. Sandra Bantam göz aklarındaki kılcal damarların patladığını biliyor. Çok kan kaybettiğini biliyor. Vücut ısısının düşmekte olduğunu biliyor. Soluk almak için mücadele ederken, yine adamın neden Reuben'i bu kadar çok istediğini merak ediyor. Reuben ne yaptı? İstediği nedir? Ve bir saniyeliğine tek görebildiği yüz Reuben'inki oluyor. O anda tüm kesikler, tekmeler ve yumruklar kadar etini oyan derin bir acıyla ondan nefret ediyor.

Ve artık merak kalmıyor. Sandra sorgulamanın kesileceği gerçeğini hesaba katıyor. Kendine, işkenceci istediklerini alamayınca ne olacak, diye soruyor. Istırap mide bulandırıcı bir dalga halinde yükseliyor ve sonra diniyor.

Ya sonra?

2

On Altı Hafta Önce

Bir kıl. Koyu renk bir kıl. Ortasından eğilmiş. Kökü hâlâ duruyor ki bu iyi haber. Örtüyü biraz daha çekip çarşafı eliyle süpürüyor. Pamuklu kumaşın belli belirsiz pürüzleri; sürtünmenin avucunda hissettirdiği sıcaklık. Bir tane daha. Neredeyse birbirinin eşi iki kıl. Doğruluyor ve pencerenin kenarından dışarıya bakıyor. Araba yolu boş. O an için güvende. Birden pencereden çekilip, kendi kendine *Burası bir suç mahalli*, diyerek bitişikteki odaya giriyor. Reuben Maitland dişetlerine ovalayarak biraz daha amfetamin sürüyor, ellerine pudrasız cerrahi eldivenleri geçiriyor ve ince bir çanta alıp ana yatak odasına dönüyor. Bir cımbızla kılları eğerek küçük saydam bir tüpün içine koyuyor ve kapağını kapıyor.

Sonraki yirmi dakikayı yatağı, yastıkları, sandalyeyi ve zemini titizlikle inceleyip başka kanıt olup olmadığını aramakla geçiriyor. İlaç gözbebeklerini büyütüp gözlerini açıyor. Odaklanma had safhada, gözlerini hiç kırpmıyor. Alt kattaki televizyonun sesi yankılanıp zeminden yükseliyor, ayak sesi istemsizce bu sese eşlik ediyor. Önemsemediği bir sürü sarı saç teli buluyor. Çok dikkatli davrandıklarına hükmediyor. Halı elektrik süpürgesiyle süpürülmüş, yastık kılıfları değiştirilmiş, sandalye yerine konmuş.

Odaları ayıran duvardan, uyanan bir bebeğin ilgi çekmek için deneme kabilinden, keşif niyetli aguları geliyor. Reuben Maitland hemen oradan çıkması gerektiğini fark ediyor. Yatak odasından çıkıyor, eldivenleri çıkarıyor, top haline getirip cebine sokuyor. Tırabzandan eğilip bakınca, kucağında açık bir dergiyle televizyon izlerken bir yandan da telefonla konuşan çocuk bakıcısını görüyor. Kanepenin kolunda duran bebek monitörünü fark ediyor. Bebeğin odasının önünde duraklayıp hızla seçeneklerini değerlendiriyor. Kapının üzerinde göz hizasında hayvan şekilli harflerle J-O-S-H-U-A yazılı. Kapı kulpunu çevirip iterek açıyor.

Bebek odasında, bir bebek, emziğini düşürmüş, altı aylıklara has, oval şeklinde açık duran ağzıyla yukarıya bakıyor. Reuben emziği bebeğin ağzına yerleştirip, monitörü kapıyor. Çocuğa bakarken, yirmi yıllık genetik eğitimini unutmaya çabalıyor. Gözlerinin mat maviliği, bir tutam saçının kahverengiliği, tomurcuklanmayı bekleyen ifadesiz yüz hatları. Belki de benzemesi için daha çok küçük. Ama başka yönler var.

Bebek sızlanmaya başlayınca, Reuben eğilip kucağına alıyor. Hızlı hareket etmekten sertleşmiş kaslarına bir sıcaklık selinin süzüldüğünü duyumsuyor, bebek termofor gibi bilinmez bir sevgi yayıyor. Ama aradan Reuben'in bastırmaya çabaladığı sözcükler, görüntüler ve imalar da sızıyor. Beynindeki, bir mantık ordusu haline girmeye çalışan kuşkudan karınca yuvasını durdurmaya çabalıyor.

Bebeğin yüz ifadesini okumaya çalışarak, "Anlat bana," diye fısıldıyor. Kulaklarının biçimi, burnunun genişliği, kaşlarının hafif rengi, çenesinin uzunluğu, hep birlikte konuşuyorlar, ama sözcükler örtülüp boğulmuş. Reuben zorluyor, "Anlat bana."

Joshua mızıldanıp şikâyet ediyor.

"Avukatın olmadan konuşmazsın, demek?"

Bebek Reuben'in omzunun üzerinden, pencereden dışarıya bakıyor. Reuben bebeğin ifadesinin değiştiğini görüyor ve bakışlarını takip ediyor. Dışarıda, araba yoluna bir otomobil çekilmiş.

".iktir", diyor. Siyah saçlı bir kadın sürücü koltuğundan dışarı kayıyor. Güzel bir kadın, ama canı sıkkın görünüyor, kucağında bir yığın dosya taşıyor. Reuben'in kaçması gerek, hem de hızla. Arkasında bulaştırdığı bir delil bırakmadığından emin olmak için odayı kolaçan ediyor. Çocuğu yatağına bırakıyor, cebinden cep telefonunu çıkarıp hızlı arama düğmesine basıyor. Ön kapıda tıkırdayan anahtarların sesi yankılanıyor. Reuben'in soluğu kesiliyor. Sonra tıkırtı kesiliyor. Telefonu kapıyor ve tırabzandan aşağı göz atıyor. Çocuk bakıcısı telaşla telefondaki sohbetini kesiyor ve kapatmak için televizyona doğru atılıyor. Reuben elinde çantasıyla hızla merdivenlerden aşağı iniyor. İnerken de başka bir numara tuşluyor ve çocuk bakıcısı yön değiştirip açmak üzere telefona doğru gidiyor. Kilitten yine anahtar sesi geliyor. Reuben hızla fırlayıp ana koridorda aksi yönde, arka kapıya koşuyor. Bebeğin ağlamaya başladığını duyuyor. Kadın içeri girip, bakıcıya sesleniyor ve ikisi birlikte ortak bir endişeyle merdivenleri çıkıyorlar. Reuben kısa bir konuşma duyuyor.

"Bebek nasıldı?"

"Harika."

"Daha mamasını vermedin mi?"

"Şimdi uyandı."

Reuben fikrini değiştiriyor. Dönüp sessizce ön kapıya doğru gidiyor. Kapıyı açıp sessizce kapıyor. Bebek odasından görülebileceğinden şüphe ederek, yan yan ilerleyip evin yan tarafına gidiyor, komşu bahçeyi ayıran çitin üzerinden geçiyor, iki yarı müstakil evin daha bahçesini aşıp yola ulaşıyor. Arabası iki sokak ilerde park edilmiş. Çantayı yan koltuğa koyuyor, Kuzey Londra trafiğine odaklanıyor, klima arabanın içini soğutmak için mücadele verirken kıl payı atlattığı tehlike yüzünden ter dökerek arabasını laboratuvara sürüyor. Dört bir yanda otomobiller şehrin havasını içlerine çekip, bir sonrakinin tüketmesi için hafifçe soğumuş halde veriyorlar. Biraz önce yaptığı şeyin yasadışı olduğunu ve ortaya çıkarmak için başka yollar bulunduğunu biliyor. Ama araştırmaların yüzde yüz kesinlik ile çözülmesi zorunlu olunca, yanıt neredeyse her zaman Adli Bilimler oluyor.

Beynindeki karıncalar belirli yönlere uygun adım ilerleyen kıtalar halinde sıralanmaya başlıyorlar. Sorular ve kuşkular asabi motosikletler ve taksiler gibi görüş açısına girip çıkarak vızır vızır dolaşıyorlar. Genetik Suçlar bölümünün yeraltı garajına giriyor. Parkyeri karanlık ve ürkütücü, arabaları sabahları yutuyor, geceleri tükürüp dışarı atıyor. Reuben'in gözleri dikiz aynasına çevrilip, saçlarının sarılığını, çenesindeki sığ gamzeyi, kulakmemelerinin eğimini, alnının açıklığını, kaşlarının arasındaki kırışıkları görüyor. Kendi kendine bir daha, çözmenin başka yolları var, diyor. Yine de arabasını karanlıkta olduğu yerde bırakıyor ve üzerinde "Adli Bilimler Kurumu" yazan bir kapıdan geçiyor.

İçerisi sessiz. Dokuzdan beşe kadar çalışanlar evlerine gitmişler. Birkaçı kalmış, amirlerinin çıkmasını bekliyor. Karşılaştığı ekip üyeleri Reuben'i neredeyse kuşkulu biçimde selamlıyorlar. Uzun koridorlarda avare avare geziniyor, paydos edip etmemekte kararsız, laboratuvar kapılarında çene çalıyorlar. Ofisine girip oturduğunda, Judith Meadows kapıyı çalmadan içeri giriyor. Ufak tefek, esmer bir kadın, nazikçe cüretkâr bir havası var. Cüretkârlık sırtının dikliğinde, yüzündeki dinginlikte. Reuben, tanıdığı yıllar boyunca, kıdemli teknisyenini düşünerek epey zaman geçirdi. Kadının ancak yüzeyini kazıyabileceğine dair rahatsız edici bir izlenim edinebildi.

"Judith," diyor, "söyle şunlara aylak aylak gezinmeyi bıraksınlar. Birkaç şey elde etmek üzereyim. Sen de evine git."

Kadın, "Neredeydin?" diye soruyor.

Reuben tozun genzinde bıraktığı acılığı yutkunarak gidermeye çalışıyor. "Gizli araştırma."

"Heyecanlı bir yerde miydi?"

"NW10'da bir ikamet adresi. Biraz yakın bir yer."

"Teslim etmen gereken numune var mı?"

Karar vermeye çalışırken iki saniye Judith'i inceliyor. Başını kaldırıp ona bakarken, Judith güzel bir kadın karikatürünü andırıyor. Reuben genellikle Judith'i bazı belli açılardan çekici bulur, ama diğerlerinden değil. O anda kadın neredeyse karşı konulmaz derecede alımlı görünüyor. "Hayır, ben hallederim. Teşekkürler." Bunalıyor, odada havalandırma yok. "Arayan var mı?"

"On bir arama."

"On bir mi? Tanrım. Bana ne yapmaya çalışıyorlar?"

Judith'in yüzünde muzipçe bir gülümseme beliriyor. "Buna benim yanıt vermemi ister misin?"

Reuben kolunun altındaki küçük ıslak kısma bakarken, "Vermesen iyi olur" diyor. "Seni bu olanların içine sürüklemek istemem. Her neyse. Yarın görüşürüz."

Judith işareti alıyor ve o sakin soğukkanlı ifade yüzüne geri dönüyor. Dönüp odadan çıkıyor. Reuben dalgınca camdan dışarı bakıyor. On bir arama. Zorlamaya başlıyorlar.

Ofisinin tepeden baktığı birbirine bitişik iki laboratuvar yavaş yavaş boşalmaya başlıyor, araştırma ekibindeki bilim adamları yukarıya, Reuben'in ofisinin penceresine göz atıyorlar ya da yarım kalan işlerini bitiriyor numarası yapıyorlar. Reuben çantasından mermi biçimindeki şeffaf tüpü çıkarıp gözlerini kısarak içindekilere bakıyor. Kıvrık kıllar ikiye bükülmüş, güneşlenen yılanlar gibi birbirlerine dolanmış. Reuben kıllara soruyor. Peki, kimsin sen? Sen de kimsin? Gelen tek ses çarpan kapıların gürültüsü. Reuben izlemek üzere olduğu hareket tarzının kaçınılmaz olduğunu anlıyor. Tehlikeli ve ahlak dışı, ancak bedenindeki her bir atom haykırarak bunu yapmasını söylüyor. Kendini neredeyse merak ve kuşkunun güttüğü bir yolcuymuş gibi hissediyor, amfetamin şüpheleri alıp götürüyor ve eyleme dönüştürüyor.

Kapının sertçe çalınması, dikkatini dağıtıyor. Başmüfettiş Phil Kemp eşikte duruyor. Bodur, kısa bacaklı, gömleği sıkıca pantolonunun içine sokulmuş, dudaklarına fırsat bırakmadan solgun yüzü soruyu soruyor. "Harekete geçmeye hazır mıyız?"

"Her an olabilir."

"Haftalardan beri tek duyduğum bu. Tam olarak ne zaman?"

Reuben parmaklarını masasının cilalı kaplaması üzerinde gezdiriyor. "Hazır olduğum zaman, Phil."

"Bak, bu şeyi daha ne kadar zorlayabilirsin?"

"Artık zorlamama gerek kalmadı. Öngörücü Fenotipleme tamamlandı."

Phil Kemp atlatılmayı kabul etmeyerek ısrarla, "Peki, bu gecikme nedir?" diye soruyor. "Burası ülkenin en önde gelen Adli Bilimler Birimi. Boş oturup bir şeylerin olmasını beklemeyiz biz."

"İçeri gel, kapıyı da kapat."

Başmüfettiş denileni yapıp bir sandalye çekiyor, ayakuçları halının hemen kenarında hevesli ve sabırsız, öne doğru eğiliyor. "Nedir?"

"Ne olduğunu biliyorsun. Sarah çok hevesli. Ve bence sen laf olsun diye bu işe dahil ediliyorsun."

"Yani?"

"Ben Sarah Hirst'ün Öngörücü Fenotipleme'nin gücünü anladığını sanmıyorum. Kullanmaya can atıyor. Bunu bakışlarından anlayabiliyorum. Söylentiler de var."

"Ne söylentisi?"

"Birisinin laboratuvarı karıştırdığına dair söylentiler. Ayıraçların kaybolduğuna ya da mesai saatleri dışında kullanılıp bitirildiğine dair söylentiler. Bak Phil, seninle dostluğumuz eskiye dayanır, bu aramızda kalsın. Kriminal Soruşturma Başkanlığı'ndaki senin çocuklardan biri olmadığından eminim – onlar laboratuvarla lavaboyu birbirinden ayıramazlar bile," Phil, Reuben ile göz temasını kesmemeye özen gösteriyor, "bence Sarah icadımla olması gerekenden daha çok ilgileniyor."

"Ama hepimiz icadını dışarıda istiyoruz, Reuben. Sokaklarda. Sarah'yı herkesten çok suçlayamazsın. Bölge Komutanı saat başı beni arıyor. 'Maitland o şeyle oyalanmayı ne zaman bırakacak?'" Reuben müfettişin yaptığı taklide gülümsüyor. "Bu yüzden tekrar sormak zorundayım. Ne zaman hazır olur?"

"Ben de bir daha cevap vereyim, Phil. *Ben* ne zaman hazır *olursam*," diyor.

BM Phil Kemp ayağa kalkıp odada geziniyor. "Reuben, bir de duruma benim tarafımdan bak. Sarah ile benim değerlendirilmekte olduğumuzu biliyorsun. Şimdi Adli Bilimler Kurumu'nu yönetiyorsun, KSB benim yetkimde, Sarah da bunların dışında kalan her şeyden sorumlu. Ama yeniden yapılanmanın ardından, tam yetki içimizden birine verilecek." Phil kısa, acı bir kahkaha koyuveriyor. "Sen yanlış verilmiş bir karar yüzünden bu göreve hayır dedin."

"İdarecilik bana göre bir iş değil."

Phil hor kullanılmış ayakkabılarına bakarak, "Elde edebileceğin şey çok olunca, ödemen gereken bedel bu," diye mırıldanıyor. "Genetik Suçlar'ın genel komutanlığı. Benim istediğim bu. Ve tabii Sarah'nın istediği de. Hem de çok istiyor. Beni endişelendiren şey de bu. Senin yeteneklerine sahip olsaydı..."

"Güven bana. Taraf tutmuyorum. Yalnızca birazcık daha zamana ihtiyacım var, o zaman hepimiz fayda görebiliriz."

"Ama burada mesele de zaman, Reuben." BM Phil Kemp dışarı çıkacakken duraklıyor. "Ve sen geciktikçe, daha çok sıkışacaksın." Sertçe omuz silkip odadan çıkıyor, yaptığı uyarı arkasından dalgalanan havada dönüp duruyor.

Reuben dönüp laboratuvara bakıyor. Ekibinden son kalanlar laboratuvar önlüklerini çıkarıp asıyor ve Genetik Suçlar'dan sıvışıyorlar. Hazır olduğumda, diye fısıldıyor kendi kendine. Masasının üzerindeki plastik tüp onu çağırıyor. Tüpü eline alıp dikkatle içine bakıyor. Hazır olduğumda. Cep telefonu masanın üzerinde yavaşça titreşip dikkat çekmek için feryat ederken, aydınlanan ekranında bir numara beliriyor. Reuben telefonunu alıp boş laboratuvara giriyor ve büyük bir santrifüjün kasnağına yerleştiriyor. Telefon bir saniye durduktan sonra tekrar çalmaya başlıyor. Reuben santrifüjü çalıştırıyor, telefon dönmeye başlarken Doppler etkisini fark ediyor, santrifüj hızlanırken, telefonun sesi belirsizleşerek tek bir uzun ve tiz bir notaya dönüşüyor. Reuben başını iki elinin arasına alıyor. Birkaç saniye sonra, çalma sesi duyulmaz hale geliyor. Telefonun saniyede yaklaşık üç yüz devir yaptığını tahmin ediyor. Durdurma düğmesine bastıktan sonra yavaşlayıp durmasını bekliyor. Cep telefonu mürekkep karasına dönüşen ekranı ve içe çökmüş düğmelerinin haricinde çok kötü görünmüyor. Telefonu bir çöp kutusuna attıktan sonra, bir DNA sıralayıcıya doğru gidiyor. İstemsiz bir adale kasılması çenesini kenetliyor. Amfetamin ona belki de sonunda doğru zamanın geldiğini söylüyor.

Öngörücü Fenotipleme fikri Reuben'in aklına iki yıl önce gelmişti. Şimdi ise neredeyse keşke hiç gelmeseydi diye düşünüyor.

Güzel denecek ölçüde basitti, herkesin zaten bildiği bir şeyin apaçık dış değerlemesi. Laboratuvarda dolaşıp ihtiyacı olan malzemeyi toplarken otuz sekiz yıllık yaşamı içerisinde bu fikrin berraklaştığı saniyeyi tam olarak bulmaya çalıştı. Gözlerini kapadı ve zihnini serbest bıraktı. 2005 yılının başlarında Güney Londra'daki bir gece kulübünün arka salonundaydı, etrafı polisler ve adli bilim uzmanlarıyla çevriliydi. Yerde yapış yapış halıyı geçip hava dalışı yapacakmış gibi kolları iki yana açık, yüzüstü yatan bir adam vardı. Reuben beyaz kapüşonlu bir giysi giymişti. Adamın etrafında geniş bir alana yayılmış kan ve saç örneklerini inceliyordu. Olay yeri inceleme memurlarının tahminlerine göre adam bir boğuşmanın ardından bıçaklanmıştı. Saldırganı gören olmamıştı. Neye benzediğini ya da ne kadar tehlikeli olduğunu kimse bilmiyordu. Ve orada DNA örnekleri toplarken sonunda o kesin ilham anı geldi. Elbette Reuben katilin kim olduğunu biliyordu. Kimliğinin tamamını o odada bırakmıştı.

Reuben bir insanı yaklaşık kırk bin genin kodladığını ve doğrudan ya da dolaylı olarak birkaç yüzünün de 'fenotipimizi' –yani kim olduğumuzu ve neye benzediğimizi– etkilediğinin farkına vardı. Bunlara, boy, ağırlık, saç ve göz rengi, cilt rengi, burun uzunluk ve genişliği, kulak biçimi, diş özellikleri, ayakkabı numarası, dudak şekli, çene çukuru, vücut kılları ve retinanın algılayabildiği diğer her şeyin de dahil olduğunu anladı. Ayrıca kişisel davranış biçimlerimizi kontrol eden yedi yüz gen daha vardı.

Saldırgan suçu işlediği yere kullanıma elverişli biçimde bütün özelliklerini saçmıştı. Reuben'in tek yapması gereken yalnızca suçlunun DNA sıralanışını değil, aynı zamanda da genlerinin ayrı ayrı ifade düzeylerini analiz edecek bir sistem geliştirmekti. Hem vay canına, bu sayede Adli Bilimler de geriye dönük olmaktan çok ileriye yönelik hale gelecekti. Kimlerin peşinde olduğunuzu, neye benzediklerini ve hangi davranışlara eğilimli olduklarını bilecektiniz. Genetik profilleme artık bir barkod olmayacaktı. Kristal bir küre haline gelecekti.

Reuben pipetle tüpün içine az bir miktar berrak sıvı koydu ve kılların gevşeyip açılmasını izledi. Sorunun kristal kürenin yalnızca onu yorumlayacak kişi kadar iyi olması olduğunu anlamıştı. Yanlış ellerde geleceğe dair kehanetlerde bulunmak birçok sorunlara yol açabilir. Ancak her yolun mubah sayıldığı zamanlar vardır. Şüphelerden bir türlü kurtulamadığınız zamanlar gibi. Yukarınızdaki ve etrafınızdaki kişilerin fikirlerinize saygısızlık ettikleri zamanlar gibi. Bütün Adli Bilimler Kurumu'na teknolojinin ne kadar tehlikeli olabileceğinin gösterilmesi gereken zamanlar gibi. Reuben sert bakışlarla plastik bir zara baktı. Üzerinde zar zor seçilebilen neredeyse iki bin ayrı nokta vardı. Dizüstü bilgisayarını açtı. O an gelmişti.

3

Tavanarası yavaş yavaş serinliyor, cam elyaftan yalıtımla kil kiremitler arasında kapana kısılmış gündüz güneşi adım adım geceye kaçıyordu. Sokaktan gelen trafik gürültüsü, boşlukların istilasına uğramış ve bir sağanağı engellemeyecekmiş gibi görünen kiremitlerin aralarından sızıyordu. İçerden bakıldığında çatı kendinden gözenekli görünüyordu ama yine de Reuben içeri hiç yağmur giremeyeceğini iyi biliyordu. Omuz silkti. Bu kadar yukarıdayken, güvenli olan her zaman öyle görünmüyordu.

İlerlerken çatı kirişleri cesaretini kırdı. Yanlış atılacak tek bir adımda ayağı tavandan içeri girerdi. Tıpkı tahtadan bir cambaz ipi üzerinde yürümek gibiydi. Elinde taşıdığı mühürlü plastik poşeti, dalgaları kalastan olan denizdeki bir adaya benzeyen, tahta kaplı küçük bir yere bıraktı. Hepsi de sıkıca rulo yapılmış vaka notlarıyla birlikte paketlenmiş, benzer şeffaf torbalar, Reuben'in kişisel araştırma arşivi, durduğu yerde yavaş yavaş tozlanıyor ve çürüyordu. Parmaklarını yığının üstünde gezdirdi, pürüzsüz parlak plastiğin üstündeki pütürlü incecik kurumu hissetti. Yığının içinde ekibinin pek çok fikri, pek çok çalışması ve sınırsız konsantrasyonu duruyordu. Birden fedakârlıkları karşısında kendini hakir gördü, sadakatleri karşısında da hayranlık duydu. Tam dengesini bulup tavanarası kapısına geri dönecekken gözüne üzerinde tükenmez kalemle 'Fotoğraflar' yazılı, tek başına en uçta duran eski bir ayakkabı kutusu çarptı. Kulaklarında trafiğin gürültüsüyle durakladı. Sonra eğilip kutuyu aldı.

İçinde zarflar, fotoğraflarla dolu zarflar vardı. Rastgele bir tane seçti. Reuben ile Lucy eski günlerde. Başka insanlarmış gibi görünüyorlardı. Sorumluluğun ağırlığı omuzlarına yüklenmemiş. Her şeyi yapabilecek güçteler. Değişik perdelerin önünde deli gibi sırıtıyorlar. Reuben başka bir fotoğraf grubu açtı, resimler hafifçe birbirine yapışmıştı, ama yine de net ve parlaktı.

Çoğu tatil fotoğraflarıydı, otuz altı pozluk her bir takım güneşte iki haftayı sırasıyla kaydetmişti. Ama Reuben üzüntüyle aynı zamanda resimlerin kaydettiklerinin bütün bu kıyım arasındaki kısa zaman parçaları, sayfaları hızla çevrilince acımasızlığın kalbinden geçerek yapılan tek kişilik bir yolculuğu canlandıran bir defter olduğunu fark etti. Her bir resmi çıplak ışığa doğru tutunca, vakaların adları çatı kiremitlerinin aralarındaki boşluklar gibi aklına geliyordu. Girit'te bir tatil. Güney Shields cinayetleri, 2001. Kayalık Dağları'nı arabayla geçmeleri. Tanhill Kardeşler, 2004. Kuzey Fransa'da kamp tatili. Bethany ve Megan Gillick, 2002. İspanya'daki hareketli plaj tatili. Greening tecavüzleri, 2000. Hapse attırdığı her katil için fazladan bir kırışık görebilir miyim diye merak etti.

Lucy tavanarasının kapağından seslenip düşüncelerini dağıttı. "Aşağı bir şey indirmek istiyor musun, hayatım?"

Karısının yirmili yaşlarının sonlarında çekilmiş saçları sarıya boyalı ve muhteşem göründüğü bir resmine bakarak, "Hayır," dedi. "Yalnızca bir iki şey ayırıyorum."

"Ben banyo yapacağım. Sağ salim inebilecek misin?"

Reuben kendi kendine, bir gün, geçen sene aldığım tavanarası merdivenini takacağım, dedi. Kirişlerin arasından kapağın kenarında, hâlâ katlanmış ambalajının içinde işe yaramadan duran merdivene baktı. Tavanarasına girip çıkmak, bir dizi emekleme, tırmanma ve atlama eylemiydi ve korkaklara göre değildi. "Merak etme, inerim" diye karşılık verdi.

Karısının sahanlıkta sessizce yürüdüğünü duydu, aşağısında bir kapı açılıp kapandı. Fotoğrafta –Portekiz olduğunu tahmin etti– tembel yaz kollarını birbirlerinin bellerine dolamışlar, hızla kararmış taze güneş yanığı tenleri, dış çizgiler kırmızı, üzerlerinde mutlu bir Akdeniz uyuşukluğu. Bir an için sonradan evlerinin esintili tavanarasına konacak resmi kimin çektiğini merak etti, geçen birini durdurup, o mutluluk anını gelecek kuşaklar için kaydetmesini mi istemişlerdi? Bu *Dorian Gray*'in tersiydi. Yüzleri yaşlanır ve doğa güçlerinin sebep olduğu savaş yaralarının izlerini sergilerken, çizgisiz çehrelerinin kusursuz resimleri tavanarasında kalıyordu.

Lucy banyo yapmak için suyu açınca, sıcak su deposu homurdanıp şikâyet etmeye başladı. Reuben bir sonraki baskı zarfını açarken, gece boyunca kan ter içinde Öngörücü Fenotipleme üzerinde çalışması gözlerinin önüne geldi. Sabah biraz düzeltme ve el marifetiyle yanıtını alacaktı. Nihayet. Şort mayosuyla, rahatlamış, güneşte yanmış, her zaman olduğu gibi zayıf halini inceledi. Güneş gözlüğünün arkasına saklanmış gözleri, tamı tamına on yıl boyunca, olay yerlerinde başkalarının dökülen kanlarının temizlenişinin, birkaç kişinin vahşice işlediği suçların ortaya çıkarılışının daha çoğunu görmemişti. İşte Lucy'nin bir fotoğrafı daha, evlenmelerinden önce, kayıtsızca gülüyor, üzerinde parlayan bir mayo, saçları ıslak ve pırıl pırıl, fotoğraf, mutluluk işte bu, bu anı unutma diyordu.

Ve orada, o anda, otuz altı pozun arkasında, önündeki fotoğraflarla ilgisi olmayan, biraz daha küçük ebatta başka bir fotoğraf daha vardı. Etrafını çevreleyen düzlüğün ortasında yükselen ıssız, kasvetli bir tepe. Aklına Sedge Knoll sözcükleri geldi. Reuben başını hafifçe öne eğdi ve fotoğrafı kapalı gözlerine dayadı. Amfetamin istila edip beyninde o güne ait anlık görüntüleri ortaya çıkarana dek, anılara dalmış halde bir an için kıpırdamadan durdu.

Reuben işten döndüğünden beri karısının hareketlerindeki hızlılığı fark ettiğini biliyordu. Fotoğrafı hâlâ yüzünde tutarken, bırakmaya karar verdi. Ama o kadar basit değildi. Hiçbir şey değildi. O anda tamamen bir hayatta kalma meselesiydi. Ve bu Lucy ile konuşabileceği bir şey değildi.

Telefonu çaldı. Elini uzattı, hareketleri istemsiz ve sarsakçaydı. Bir yandan fotoğrafları ayakkabı kutusuna koyarken, bir yandan da kaydedilmiş mesajı dinledi. Sonra yan yan tavanarası kapağına doğru ilerledi ve aşağı indi, kimyasalla güçlenmiş kasları hareketini kolaylaştırdı. Banyoya doğru gidip kapısında durdu, alnını kapının soğuk beyaz yüzeyine yasladı.

"Luce? Benim gitmem gerekiyor. İş çıktı. Pis bir durum."

Tahtanın gerisinden, karısının engelin boğuklaştırdığı sesi geldi, ama yine de işitilebilir ve anlaşılırdı. "Ne, şimdi mi?"

"Maalesef."

"Daha eve yeni gelmiştin."

Reuben saatine baktı. Dokuza geliyordu, çoğu normal insanın akşamı geçirmek üzere yerine yerleştiği bir saat. Ama Reuben olay yerinde bulunmasa bile, gevşeyemeyeceğini biliyordu. Sorular ve senaryolar onu yiyip bitirecek, rahatını kaçıracak, tavanarasındaki kutunun içinde çürüyen haline yabancılaştıracaktı. Ayakkabısını halıya sürttü. Bunca tebessüm artık kendini kimsesiz hissettirebilirdi. "Biliyorum. Sinir bozucu bir durum, ama katiller daha uygun saatlerde cinayet işlemeyi öğrenene kadar..."

"Tamam."

Reuben bir saniye oyalandı, duyduğu tek ses dolu küvetteki suyun dalgalanışıydı. Başını kapının kaplamasına iyice bastırdı. Lucy içerde kendini sıcak suya bıraktı. Fotoğraflarda objektife gülümseyen Lucy. Lucy... Reuben tekrar doğruldu. Sonra da dönüp merdivenlerden indi, dışarı çıkıp arabasına bindi, her ne ise kendisini bekleyen dehşetli olayın en hareketli yerine geri gitti.

4

Daireyi Ealing Broadway'e bakan mağazaların üzerindeki diğer evlerden farklı kılan yalnızca iki şey vardı. Birincisi, halısı alt kattaki plak dükkânındakilerin tavandaki sıvanın ritme uygun döküldüğünü fark etmelerine sebep olacak kadar sırılsıklamdı. İkincisi ve daha rahatsız edici olanı ise bir duvarına çivilenmiş bir adam vardı.

Reuben, kirlenmeye karşı koruyucu giysisinin içinde kaybolmuş halde maktulün kanlı ağzından içeri sokulmuş hortum parçasını inceledi. Hortum mutfak lavabosundaki, ilk polis memuru daireye ulaştığı zaman hâlâ akmakta olan soğuk su musluğuna bağlıydı. Adamın giysileri lime lime kesilmiş, aralarından çok sayıda kesik, sıyrık ve isilik gibi cildine yayılmış derin olmayan bıçak yarasını gözler önüne seriyordu. Vücudunun pek az kısmı saldırıdan kurtulabilmişti ve el değmemiş beyaz bölgeler olarak kendini gösteren yerler, nokta nokta göbek deliği ile meme uçlarının etraflarına dağılmıştı.

Reuben, çağrı onu tavanarasından çekip çıkardığından beri bir buçuk saattir olay yerindeydi. Yanında çeşitli renklerde, birçoğu çoktan etiketlenip ağzı kapatılmış örnek tüpleri bulunan küçük plastik bir tüplük duruyordu. Öğleden sonra aldığı dikkatini artıran ve tedirginliğini gideren amfetamin düzensiz aralıklarla bir çıkıp bir alçalıyordu. Ve çalışirken vınlayıp gıcırdayarak gelmiş geçmiş ilk Öngörücü Fenotipleme çözümlemesini yapan dizüstü bilgisayarının gözünde canlanmasına engel olamıyordu.

Eldiven içindeki parmağını hortum boyunca ilerlettikten sonra, nazikçe kurbanın dudaklarını araladı. Birkaç dişi kırılmıştı, hortum üst ve alt kesici dişlerin bir zamanlar birleştiği yerde oluşmuş boşluktan içeri itilmişti. Azıdişleri süper yapıştırıcıyla kalıcı olarak birbirlerine yapıştırılmıştı. Halının üstünde bir çekiç vardı. Reuben alnını kaşıma isteğine direnerek kaşlarını çattı. Cesedin özafagusundan neredeyse yarım metre aşağı girmiş hortumu çektikten sonra üst ve alt çeneleri muayene etti. Dizüstü bilgisayarının göstereceği suratı hayal ettiği için Reuben'in dikkati dağılıyordu, bu yüzden de kavrayışı alışılmadık ölçüde yavaştı. Süper yapıştırıcı. Çekiç. Hortum. Su. Aniden başını aldığı nottan kaldırdı. Adam kendi evinin salonunda giysileri bile ıslanmadan boğulmuştu.

Görüş alanına giren, ıslak halının üstünde yürüyüp cesedin yanında duran bir çift ayakkabıya baktı ve bunların BM Sarah Hirst'ün ayakkabıları olduğu sonucuna vardı.

Ayakkabılar yalan söylemezdi. Reuben Sarah'nın giyinme tarzını öteden beri beğenirdi, ama belli etmemeye gayret ederdi. "Bazı varsayımlar yapmama izin ver," dedi.

"Devam et."

"Kıdemli başmüfettiş, saat kaç oldu sahi? On bir mi? Gece on birde, burada. Akşam dışarı çıkacakmış gibi giyinmiş. Demek ki..."

Sarah Hirst, "Evet?" dedi.

"Bu sıradan bir cinayet değil."

"Kurbana iyice bir bak, Dr. Maitland. Bu sana sıradan bir cinayet gibi görünüyor mu?"

"Ben şunu kastediyorum, Sarah, burada bir gündem var. Phil Kemp her an ortaya çıkabilir, hiç şaşırmam."

"Yolda, geliyor." BM Sarah Hirst içini çekti ve parmağını kaşının düzgün hattının üzerinden geçirdi. Yanakları solgun, gözleriyse aksine ışıl ışıldı. Reuben'den bir yaş daha küçüktü ve kadının polis rütbelerinin bulanıklığının içinden bir yıldız gibi yükselişinin yüzünü solduramamış olması Reuben'in sinirine dokunuyordu. Sarah Hirst, "Geçen hafta seni radyodan dinledim," dedi.

"Ve?"

"Sesinin çok yorgun çıktığını düşündüm."

"Belki yeteri kadar uykumu alamıyorumdur."

"Neden? Geceleri ne yapıyorsun?"

Reuben kendine hâkim oldu. BM Sarah Hirst'ün işine geldiği sürece flörte kapı açan ve içeri girmenize izin veren bir tarzı vardı. "Çalışıyorum," diye karşılık verdi.

"Çok çalışıp, hiç eğlenmemek, Reuben'i çok sıkıcı yapıyor."

"Seni bu kadar heyecan verici yapan ne, peki?"

Sarah gülümsedi. "Harika bacaklar, biçimli bir vücut, neşeli bir arkadaşlık."

Reuben bir an zihninde karısının görüntüsüyle karşı karşıya getirip kadını inceledi. Sarah'nın sesiyle kendine gelmeden önce, Lucy'nin düşüncesi bir an için içine işledi. Sarah gülümsemesi kaybolup giderken "İyi DNA örnekleri buldun mu?" diye sordu, kapı kapanıyordu.

"Bay Hortum'u saymazsak, şimdilik söylemek

zor." Reuben dilini kurumuş ağzının içinde dolaş-
tırdı. "Peki, kim yaptı bunu?"

"Adli uzman sensin. Sen söyle."

"Biraz önce bahsettiğim hususu tekrarlıyorum.
Bu olay seni ve Phil Kemp'i cin toniğinizden ayıra-
cak kadar önemliyse, benim bilmediğim bir şey bi-
liyorsunuz demektir."

"Bu adam eski muhbirlerimizden, kokain bağım-
lısı Jonathan Machicaran. Hayatı uyuşturucuyla
mahvolan acıklı bir vaka daha." Reuben kaslarını
esneten ve beynini uyaran hoş bir enerji akışı hisset-
ti. "Korkunç bir durum."

"Bu yakınlarda bize Mark Gelson'ı –Selam, Phil,
nasılsın?– oltaya düşürmemize yetecek kadar bilgi
vermişti.

BM Phil Kemp, "Reuben. Sarah," diye homurda-
narak selam verdi.

"Peki, bir adama evinin salonunda işkence etmek
ve sonra da boğmak burnunuza Gelson'un kokusu-
nu mu getiriyor?"

"Olabilir. Mark Gelson içine sızdığımız çok en-
dişe verici bir kokain ve eroin operasyonunu idare
ediyor. Ama yeri bilinmiyor.

Phil Kemp ekledi, "Hiç tanık yok. Bu cinayeti
üzerine yükleyebileceğimiz hiçbir şey yok elimizde.
Hem bizde Gelson'un DNA örneği de yok."

"Hah. İşte başlıyoruz. Kanepelerinizi neden bıra-
kıp geldiğinizi şimdi anlıyorum."

Phil yüreklendirici bir tavırla, "Haydi ama Re-
uben," dedi, "birkaç saat içinde failin yüzüne ba-
kıyor olabiliriz. Gözaltına almamız bile gerekmez.
Gelson mu, değil mi anlarız. Sen yalnızca..."

"Peki, sınırı nereye koyacaksınız? Diyelim ki Ön-
görücü Fenotipleme sadece eleme amaçlı test edilen

birinin psikotik davranışları hakkında fikir veriyor. Sonra ne olacak? Çıkıp gitmesine izin mi vereceksiniz?"

"Şey, biz..." Sarah Hirst gözlerini yavaş yavaş ıslanan ayakkabılarına dikti.

"Bakın, bir toplantıya katıldım ve bazı söylentiler duydum. Phil'e daha önce de söylediğim gibi, KSB'dekilerin bunun içerdiklerini anladıklarını sanmıyorum.

Phil sanki bu bir sorgulamaymış gibi baskı yaparcasına söze başladı, "Sana bir şeyi açıklamama izin ver. Dışarıda," kapalı pencereyi işaret etti, ama hava kararmış olduğundan yalnızca kendi yansımasını görebildi, "birbirlerine çarpıp duran, duvarlara toslayan sekiz milyon hayat var. Normal kalmak bile yeteri kadar zor. Ama diyelim ki değilsin. Diyelim ki tecavüz etme, öldürme, taciz etme eğilimiyle dünyaya geldin. O durumda, ne kadar zor olur? Böyle insanlarla ne zaman işimiz olur?"

"Sen söyle."

"Çoktan tecavüz ettikleri, öldürdükleri ya da taciz ettikleri zaman. Ve genellikle de bunu tekrar tekrar yapana kadar da olmaz."

Sarah, "Tıp gibi," diyerek söze karıştı. "Önleme ve tedavi. Bizim işin ta en başında orada olmamız gerekiyor, bir şey başlamadan önce. *Müdahaleci* olmak zorundayız." Reuben, Sara'nın bu sözcüğü bir halkla ilişkiler seminerinde öğrendiğini hayal etti. "Suçluların eninde sonunda yapacaklarını bildiğimiz şeyleri yapmalarını beklediğimiz günler artık sona ermeli."

"Denenmesi gerek."

"Öyleyse dene, Tanrı aşkına."

"Anlamıyorsunuz. Doğru düzgün testler aylar, hatta yıllar alır." Reuben esnedi. Amfetaminde delikler açılmaya başlıyordu. "Ve siz hemen kullanmak istiyorsunuz."

"Peki, bir yandan ilerlerken neden bir yandan da testlere başlamıyorsun?"

"Buna yanıt vermeme gerek var mı gerçekten?" Reuben, derisinde kesikler, yarıklar açılmış, duvara çivilenmiş ve suyu doğruca midesine boşaltan bir hortum aracılığıyla birinci kattaki dairesinde boğulmuş adama döndü. "Size iki şey sorayım. Öngörücü Fenotipleme bu cinayeti engelleyebilirdi diye mi düşünüyorsunuz?"

Phil ile Sarah, Meksika dalgası yapar gibi neredeyse aynı anda vatkalı omuzlarını silktiler.

"Bakın, bu iyi, belki de ortaya koyduğumuz en güçlü şey. Ama dikkatle kullanılması gerek. Hakkında ne düşündüğünüzü biliyorum. Kızgınlığınızı hissedebiliyorum." Reuben doğruca yüzlerine bakmak için arkasına döndü. "Bana biraz daha zaman verin. Kusursuzlaştırayım. O zaman hata yapmayız." Kurbanın kırık dişlerini plastik bir şişenin içine attı. Dişler sallanan zarlar gibi ses çıkardı. "O zamana kadar, kesinlikle onay vermiyorum. Hele ki suç hedeflerine ulaşmak, halkla ilişkiler savaşını kazanmak ya da meslekte ilerlemek için hızlandırılıyorsa. Çünkü yanlış ellerde bu şey fena halde öldürücü olur."

Sarah Hirst arkasını döndü, yüksek topukları ıslak halıya şiş gibi batarken, tüylerinde küçük kare boşaltma delikleri bırakarak geniş adımlarla odadan çıktı. Phil dikkatle Reuben'in yüzüne bakarak olduğu yerde kaldı. Gözleri cansız ve donuk, gıdısı sarkıktı. Koyu renkli bir sakal gölgesi soluk derisinden dışarı sızmaya çalışıyordu. Boyu Reuben'den kısaydı ve yüzüne başını hafifçe kaldırarak bakıyordu. Reuben ilk kez kendi rollerinin onları birbirlerinden uzaklaştırdığını hissetti, şimdi arkadaştan çok meslektaş olmaya daha yakınlardı. "Bunu sana bir kez söyleyeceğim, Reuben."

"Bana karşı gizli duygular mı besliyorsun?"

"Kendini KSB'den soyutlama. Bizimle birlikte oyna, bize karşı değil."

"Sanırım, sırf âdet yerini bulsun diye sormalıyım: Beni tehdit mi ediyorsun?"

Phil'in yüz ifadesi yumuşadı. "Tanrım, hayır. Hepimiz aynı taraftanız. Sarah'nın üzerinde de tıpkı senin ve benim üzerimizde olduğu gibi baskılar var." Uzanıp elini Reuben'in omzuna koydu. "Bu konuda uzlaşmaya çalış. Meseleye bizim açımızdan bak. Biz senin tekniğini kullanırız, ileriye doğru büyük bir adım atarız, hepimiz iyi görünürüz." Phil yanağına iki kez hafifçe vurdu. "Sonra da Metropolitan Polis Örgütü içerden terfi yapar. Sarah'yı ya da beni, umarım beni, sonunda Birim Komutanı yaparlar. Sen de ihtiyacın olan bütçe ve kaynaklara kavuşursun ve hepimiz yine mutlu oluruz."

Phil kapıya doğru giderken, Reuben, "Son bir şey," dedi. "Ben bu aceleyi anlayamıyorum. Genetik Suçlar'da işler iyi gidiyor. Son altı ayda birkaç büyük başarı elde ettik."

"Ve?"

"Burada başka bir şey dönüyor, değil mi?"

"Phil şeffaf, plastik bir kanıt poşetiyle sarılmış kapı kolunu tuttu. Duraksadı. "Şüpheci yapına her zaman hayranlık duymuşumdur, Reuben. Seni alanında en tepeye çıkaran da budur. Ama bana bir iyilik yap dostum. Arada bir şüpheciliği bırak. Yoksa kime güvenebileceksin? Bana mı? Sarah'ya mı? Ekibine mi?" Phill Kemp kapıyı çekip açtı. Saat geç olmasına karşın, telefonu elektronik imzası için bir belge aldığına dair sesli uyarı verdi. Ekranına bakıp iç geçirdi. Sonra Reuben'e bakıp kaşlarını kaldırdı ve doğru notaları basmaya aldırış etmeksizin ıslıkla bir melodi çalarak odadan çıktı.

5

Şişman bir Çinli sanki şeker pekmezi içinde güçlükle ilerlemeye çalışıyormuş gibi yürüyor, et yığınları dalga dalga sallanıyor. Çinliyi ayrı ayrı takip eden iki adam birbirlerine yaklaşmaya başlıyor. Biri uzun boylu, sarı saçlı ve sıska. Diğeri daha kısa, esmerce ve biraz önce bir gece kulübünden çıkmış gibi giyinmiş. Vakit akşamüstü.

Uzun boylusu yeni cep telefonu çalınca, "Yehova Şahitleri" diye cevap veriyor. "Çağrınızı nereye aktarayım?"

Suç ortağı, "Cezalandırmalar, lütfen," diyor.

"Hemen aktarıyorum. Tanrı'ya şükürler olsun."

"Ah, merhaba. Adım Jez. Atışı gerçekleştirmek için onay rica ediyorum, lütfen."

"Kalabalık cadde? Güpegündüz? Obez Çinli erkek?"

"Hepsi."

"Haliyle, muazzam öfkenle onu alaşağı edeceksin."

"Teşekkür ederim."

"Adamı ıskalama yeter." Reuben kalabalık kaldırımı gözleriyle tarıyor. "Neredesin, bu arada?"

"İleride, yolun karşı tarafında, çiçek sepetli pabın önünden geçiyorum."

"Gördüm seni. Tanrım, berbat haldesin."

"Sen de harika görünmüyorsun."

Reuben esnemesini bastırarak kabulleniyor. "Galiba öyle, Jez."

"Geç mi yattın?"

"Boğulan adamı paketlemek epey vaktimi aldı." Reuben olay yerinden ayrılıp laboratuvarına dönmüş, amfetamin manisinin etkisinden kurtulurken uykusu kaçmış ve metotlu bir biçimde dünyanın ilk Öngörücü Fenotipleme testini gerçekleştirmişti.

"Peki, hedefimizden ne haber?"

"Kırmızı kazaklı, karşıya senin tarafına geçmek üzere."

"Gördüm," diyor Reuben. "Kapatıyorum. Tetiği çektikten sonra silahı bana ver."

"Patron sensin."

"Tamam, adam parka giriyor. İşini gözlerden uzakta bitirelim. Ben laboratuvarda sana yetişirim. Ha, Jez?"

"Evet?"

"Hedefi bulmak için Yehova'ya dua et."

Bir silah ortaya çıkıyor ve sarı saçlının elinden esmere geçiyor. Şişman adam ayaklarını sürüyerek, yerdeki çöplere tekme ata ata parka giriyor. Arkasından iki adam bakışarak zamanın geldiğini teyit ediyorlar. Silah ortaya çıkıyor ve tetiği yakın mesafeden çekiliyor. Çinli haykırıyor ve eli ensesine gidiyor. Parmaklarının arasında kan beliriyor. Tabanca el değiştiriyor. Adamlar ayrı yönlere yürüyüp gidiyorlar.

On dakika sonra Reuben Maitland tabancaya benzeyen ufak bir nesneyi kıdemli teknisyeni Judith Meadows'a teslim ediyor. Kadının düne nazaran daha mutlu göründüğü, her zaman sakin olan yüz hatlarının inkâr edilmez biçimde yukarı doğru çekildiği Reuben'in gözünden kaçmıyor. Judith silahı alırken, "Nasıl gitti, patron?" diye soruyor.

"Fena sayılmaz."

"Peki, bu Run Zhang mı?"

"Ta kendisi."

"Ya silah?"

"Sanırım üstünde değişiklik yapmamız gerekecek." Reuben yüzünü ovuşturuyor, teninde yağlı bir bitkinlik sinsice geziniyor sanki. "İçeri çekme parçasına ihtiyacımız olduğundan emin değilim. Canlarını fazla yakıyor gibi."

"Bu da mı ciyakladı?"

"Hem de domuz gibi. Aslında daha onunla konuşmadım. Run'ı tanırım, herhalde hemen bir hastaneye yatmıştır."

Judith aygıtın namlusunu bir mikrosantrifüj tüpünün içine yerleştiriyor. Kırmızı sıvıyı çalkaladıktan sonra bir damlasını lamın üzerine damlatıyor. Gözlerini kısarak mercekten bakarken, "Bakalım elimizde ne varmış?" diye mırıldanıyor. "Belki de iki milyon hücre var."

"Harika."

Judith dönüp iri siyah gözlerini büyük bir dikkatle Reuben'e dikiyor. "Bu sabah ne duydum biliyor musun, Rube?"

Bir an için kadının gözbebeklerinin derinliklerine kapılarak, "Ne?" diye soruyor.

"Biri gene soğutucularımızı kurcalamış. Neler oluyor bir fikrin var mı?"

Reuben elini kaldırıyor. "Telaşlanma," diyor. "Bu kez bendim."

"Hımm." Judith bir şey söylemiyor. Soru sormamak için kendini tutarak bakışlarını patronundan mikroskobuna çeviriyor.

"Sır saklayabilir misin?"

"Her zaman."

Reuben etrafına bir göz atıyor. "Öngörücü Feno-tipleme ilk çıkışını yaptı."

"Şaka yapıyorsun! Peki, ya bütün o..."

"Phil Kemp, Sarah Hirst ve daha birçok kişi Pandora'nın kutusu açılınca, neler olacağını görecekler."

"Peki, kimin profilini çıkardın? Mark Gelson'un mu?"

Reuben parlak zemine bakınca laboratuvarla baş aşağı personelin eğri büğrü yansımalarını görüyor. "Hayır. Bu konuda daha fazla konuşmamalıyım."

Judith bir an duraklıyor. "Patronumu kızdırmak pahasına da olsa soracağım. Hiç olmazsa Feno-Model'in aslını göremez miyim?" Kirpiklerini kırpıştırıyor. "Lütfen ama."

Reuben laboratuvara göz gezdiriyor. Run Zhang teatral bir tavırla boynunu tutarak kalın güvenlik kapısından içeri giriyor. İki teknisyene yarasıyla hava atmak için duruyor. Reuben iç cebinden renkli fotoğrafa benzeyen bir şey çıkarıp incelemesi için kısa bir süre Judith'e doğru tutuyor. Feno-Model ela gözleri, dalgalı saçlarıyla belirgin kemerli bir burnu ve keskin hatlı bir çenesi olan yakışıklı bir erkeğin üçboyutlu yüzünü gösteriyor. Sağ alt köşesindeki metin kutusunda, '1.85–1.90 m. Uzun boylu, ince yapılı, ayakkabı numarası 44-45, atletik" yazıyor.

Judith vinil eldiveninin üzerinden dalgın dalgın alyansına vururken, "Sence telefon numarasını da tahmin edemez misin?" diye soruyor.

"Maalesef, hayır. Ama bu resim hakkında ne düşünüyorsun?"

"Anlaşılan sonunda halletmişsin bu işi. Artık denemeye başlayabilir miyiz?"

Reuben başını ağır ağır sallıyor. "Bugün yarın," diyor. "Çok yakında."

"Peki ya Psiko-Model?

"Ortalama zekâ, tartışma eğilimli, doğru yanlış ayırımı yapabilme kabiliyeti düşük."

"Fazla tehlikeli gibi gelmiyor kulağa."

"Bu", diyen Reuben kaşlarını çatıyor, "tamamen duruma bağlı."

"Aklıma gelmişken, yeni gelen adam, Dr. Paul Mackay, güvenlik geçiş iznini sınıflandırmak için buraya gelmek üzeredir." Judith çekip eldivenleri ile laboratuvar önlüğünü çıkarıyor ve eteğini düzeltiyor. "Gidip onu getireyim mi?"

"Tabii, getir."

"Numaranı yapacak mısın?"

"Canım hiç..."

"Haydi ama." Judith gülümsüyor. "Biliyorsun, insanları çılgına çeviriyor."

Judith dışarı çıkarken, Reuben Feno-Model'i göz hizasına kaldırıp üzerindeki yüze bakıyor. Öfke ve kaygı karışımı sersemletici bir hisse kapılıyor. Yüze, "Kimsin bilmiyorum, ama içimde çok yakında karşılaşacakmışız gibi bir his var," diye fısıldıyor. "Ve bu karşılaşma ikimiz için de iyi olmayacak." Feno-Model ifadesiz, duygusuz gözleriyle ona bakıyor. Reuben teknolojisinin sonuç vermesinden hem heyecan duyuyor, hem de kaçınılmaz biçimde kendisini sürüklediği yoldan korkuyor. Alnını kırıştırarak daldığı düşünce zincirini Run Zhang kırıyor.

"Bak Doktor Maitland." Run ayaklarını sürüyerek Reuben'e doğru gelip yakasının hemen üzerindeki küçücük çentiği gösteriyor.

Reuben resmi ortadan kaldırırken, "Ufak bir sıyrık," diyor.

Run iriyarı, tembel, alan testi adı altında herhangi bir şeyle vurulmaya hevesli olmayan, biraz hastalık hastası bir adli bilim araştırmacısı. İngiltere'ye geleli daha iki yıl oldu ve hâlâ Genetik Suçlar bölümünün hâkim dili olan bilimsel 'Londraca'ya alışmaya çalışıyor. "Sıyrık mı? Bu halt neredeyse, ah, omurgamı yerinden söküyordu. Bana acımayacak demiştin."

"Sadece bir denemeydi, cesur dostum." Reuben'in telefonu birkaç dakika içinde bir olay yeri çekiminin taze görüntülerini alacağını haber veriyor. "Ama sonuca varmak üzereyiz. Çok yakında bugünkü denemeyi gerçekten yapabileceğiz. Sokaktaki bir şüpheliden sivrisinek sokması gibi, hissettirmeden DNA örneği alabileceğiz."

"Bu lanet şey fena acıtıyor."

"Tamam, tamam. Yeniden tasarlarız. İlk yardım kutusundan bir yara bandı al, ben de şu kan seline engel olabilecek miyim bir bakayım."

Laboratuvarın ortasında tek başına duran Reuben ekibinin üyelerinden bir araya toplanmış hararetle konuşan birkaç kişiye bakıyor. Hallerinde bir gariplik, belirgin bir ahenksizlik var. Esmer, sıska, kaşlarının biri daha çatık duran Mina Ali'yi, uzun boylu, sakallı ve ciddi tavırlı Bernie Harrison'ı, saçları ortadan ayrılmış, gözlüklü, konuşmak yerine parlak gömleğiyle tarzını konuşturan Simon Jankowski'yi, çekingen, kuvvetli, görüntüsü ve konuşmasıyla neredeyse bilerek sıradan olmaya çalışan Birgit Kasper'ı görüyor. Birkaç ay önce yapılan Noel partisinden bir sahne gözlerinin önüne geliyor; sarhoş olmuş, laboratuvardan çıkmış, kafeslerinden salıverilmiş kobay fareleri gibi neşe içinde koşuşturan bir grup bilim adamını gözlemlemişti.

Reuben saatini kontrol ediyor, madeni bileziğini açıyor ve bileğindeki düzleşmiş tüylere bakıyor. Sanki iki ayrı saati varmış gibi hissediyor. Şu anda parmaklarının arasında tuttuğu, ağır ağır ve kaçınılmaz biçimde zamanı tüketir gibi görünüyor. Dün gece taktığı saat ise hızlı ve değişkendi. Hangisini yeğlediğini bilemiyor. Dikkatle Dugena marka saatinin arkasına bakıyor. Görünürde yalnızca ayar kolunu çevreleyen bir dizi çizik var. Ani bir dürtüyle mücadele ederek kurumuş dudaklarını yalıyor.

Simon Jankowski, Hawaii gömleğinin üzerine beyaz bir laboratuvar önlüğü giyerken soruyor: "Heyecanlı mısın?"

"Ne?"

"Röportajdan bahsediyorum. Şimdi başlayacak, değil mi?" Simon laboratuvardaki radyoyu ayarlarken iş arkadaşlarına sesleniyor. "Patronu dinlemek isteyen var mı şeyde... bu sefer hangi istasyondaydı?"

"Radyo İki."

Simon istasyonu ararken, Reuben'in ekibinden birkaç kişi uğraştıkları işleri bırakıp ağır ağır o tarafa gelmeye başlıyorlar.

"...şu anda stüdyomuzda ileri gelen bir adli bilim uzmanı ve pek çok vakanın yanı sıra Bethany ve Megan Gillick adlı kız kardeşlerin katledildikleri Harrow cinayetlerini çözerek mesleki itibarını artırmış bir bilim adamı bulunuyor. Evet, Dr. Maitland programımıza katıldığınız için teşekkür ederiz. Hükümetin adi suçlar ya da kabahatler işlediğinden şüphelenilen her şahsa –sadece hüküm giymiş olanlara değil her *şüpheliye*– genetik test uygulanmasını geçerli kılacak yeni yasa tasarısını *siz* nasıl yorumluyorsunuz?"

Reuben hoparlörden gelen, dün kaydedilmiş ve şimdi yeniden akmakta olan cızırtılı sesine kulak kabartıyor. "Burada açıkçası iki mesele var. İlk olarak Gillick kardeşlerden söz ettiniz. Şayet doksanlı yılların ortalarında B kategorisindeki mahkûmlar üzerinde uyguladığımız pilot araştırmada profil kaydı bulunmasaydı, katil Damian Soames'in bu cinayetlerle bağlantısını asla kuramazdık. Dolayısıyla, tecrit edilmiş bilgi genellikle keyfi ve zorlamacı olarak görülse de, şu anda da sahip olduğumuz üzere, geniş kapsamda çapraz referans yapma gücünüz varsa, bu bilgiler kendi içinde bir mantık taşıyabiliyor. Ancak, bu da ikinci meseleyi teşkil ediyor, özellikle DNA'nın keşfinden önce yürürlüğe girmiş yasal bir çerçevede, kişisel özgürlükler meselesi her şeyin üstündedir."

"Hangi açıdan? Elbette kamu yararı..."

"Bakın, bir çamaşır makinesi aldığım zaman, kişisel bilgilerim; adresim, telefon numaram, tüketim alışkanlıklarım, vesaire bir yerlere kaydediliyor. Elden ele geçiyor. Sonra beni telefonla arayıp sigorta yaptırmak ister miyim ya da gaz tedarikçimi değiştirmek ister miyim diye soruyorlar. Posta kutum reklam postalarıyla dolup taşıyor. İster alışveriş alışkanlıkları, ister DNA dizilimi, hangi seviyede olursa olsun, bilginin dikkatle ele alınması şart."

"Fakat alışveriş ile DNA testleri arasında muazzam bir fark var."

"Yalnızca aynı meselenin farklı basamaklarını yansıtıyorlar. Tüketici profili çıkarmak ile genetik profil çıkarmak..."

Reuben sessizce kendi sözlerine odaklanıyor; sesi sakin, yanıtları önceden çalışılmış, halka hitap etmesi için iddiaları kimi zaman uzun ve abartılı. Bu, bir yıldan uzun süredir verdiği, ne söylemesi ve nasıl söylemesi gerektiğini gayet iyi öğrendiği çok sayıda radyo ve gazete röportajlarından biri. Bir an için, birbiri ardınca gelen sorular karşısında dişlerinin iyiden iyiye aşınıp, sesinin artık fazla kibar çıkmaya başladığından endişe ediyor. Etrafını sarmış ekibi konuşmayı dikkatle dinliyor, gülümseyerek sanki dudaklarının neden kıpırdamadığını merak ediyorlarmış gibi ara sıra gözlerini radyodan ona doğru çeviriyor sonra tekrar radyoya bakmaya devam ediyorlar. Reuben sadakat ve saygılarını sezinliyor ve bir an için bu sıcaklık hoşuna gidiyor. Röportaj sürüyor, Reuben'in adli bilim alanındaki seçkin bilirkişi konumu tartışmayı genişletiyor.

"...ve bu nedenle sürdürmek için mücadele ediyoruz. Her zaman yasalar tepkiseldir, suçlar tepkiseldir, halk tepkiseldir, ama teknoloji ileriye yönelik tedbirler alır. Olasılıklar muazzam. Ancak olağanüstü de olabilir, yıkıcı da. Bizim karar vermemiz gereken de bu."

Reuben tedirginlikle gözlerini yere dikiyor. Çapraz sorgunun bitmek üzere olmasından memnun. Adli Bilimler, uyararak kamu bilincinde kendine yer açarken, belki bir süre onsuz idare etmeli düşüncesi zihninde giderek güçleniyor. Önünde çarpışmalar olduğunu görebiliyor ve yakında dikkatini dağıtan bütün oyalamalara bir son vermek zorunda olmaktan memnun.

Nihayet röportaj bitiyor ve Simon radyoyu kapatıyor. "Gösteri bitti, millet," diyor.

Birgit Kasper fikrini söylüyor. "Televizyona çıkmalısınız." Solgun yüzü, gözalıcı kırmızı çerçeveli gözlüğüyle tezat oluşturuyor. "Hiç teklif geldi mi?"

"Bir iki tane."

Run Zhang sırıtıyor. "Bilemiyorum, patron."

"Neden olmasın?"

"Radyo için harika bir yüzün var."

"Tamam, tamam." Reuben gülümsüyor. "Buralarda çalışan birini görme şansım var mı? Yeni gelen arkadaş bir iki dakika sonra burada olacak. En azından bir şeylerle meşgulmüş gibi görünelim..."

Mina, "Numaranızı yapacak mısınız?" diye soruyor.

"Bakalım, belki yaparım." Göz kırpıyor. "Haydi, millet, biraz kötü adam yakalayalım."

Reuben uysal bir isteksizlikle dağılan ekibine bakıyor. İleriye bakınca, Judith'in laboratuvarın karşı tarafında peşinde uzun boylu bir adamla yeniden ortaya çıktığını görüyor. Adamın etrafını incecik bir kâğıt gibi saran güven havasının zayıflığından, onun Genetik Suçlar bölümünde çalışmaya başlayacağı için gergin olduğunu anlıyor. Omuz silkip saatini bileğine takıyor. Burası parlak ve üstün zekâlılarla dolu bir bina. Adam çekinmekte haklı.

6

Reuben yeni elemanla el sıkıştıktan sonra Judith
rica ediyor, "Dr. Maitland, numaranızı yapın."

Sersemletici, anlık bir bitkinlik direnmesini kı-
rarken, "Judith..." diyor.

"Ah, haydi. Dr. Mackay'e hepsini anlattım."

Judith'in ağırbaşlı ikna çabasını reddetmek
Reuben'e güç geliyor. "Dr. Mackay?"

"Merak içindeyim."

"Madem mecburuz." Reuben esniyor ve başı-
nı iki yana sallıyor. "Peki, Dr. Mackay, işte başlı-
yoruz. Sizinle bir kez, iş görüşmesinde karşılaştık.
Ve o süre zarfında bana nitelikleriniz ve çok abar-
tılı iş tecrübelerinizden başka geçmişinize dair hiç-
bir şey anlatmadınız. Durun bir tahmin edeyim."
Reuben dikkatle karşısındaki adama bakıyor, bir-
den açtığı gözlerini, sanki görüntüsünü ekrana ak-
tarmak için tarıyormuş gibi sağdan sola, yukarı-
dan aşağıya gezdiriyor. Durup derin bir soluk alı-
yor. Ve başlıyor. Konuşma tarzı canlı ve kesin, cid-
di ama bir o kadar umursamaz, oyuna ayak uydu-
ruyor. "Akut erkek tipi saç dökülme sorunu olan bir
dayınız var. Babanızın saçı erken ağardı. Siz anne-
nizden daha uzunsunuz, ama babanızdan kısası-
nız. Anneniz ya da babanızın gözleri mavi, diğeri-
ninki ise mavi ya da yeşil. Gamzelerinizi baba tara-
fınızdan almışsınız. Mizaç açısından daha çok an-
nenize benzediğinizi düşünüyorsunuz, ama gerçek-
te ortada bir yerdesiniz. Anneniz de babanız da za-

yıf, atletik vücutlular. Uzak geçmişinizde İskandinav kanı var. Vücut kıllarınız oldukça seyrek ve sakalınız, işteki ilk gününüzde iyi bir izlenim bırakmak için tıraş olmasaydınız, bakıra çalar bir renkte uzamış olacaktı. Anneniz ya da babanız –hangisi emin değilim– birazcık dişlek. Zekâ seviyeniz hayli yüksek ve ortalama sporcu seviyesinin üzerinde. İşaret ve yüzük parmaklarınızın boylarına bakarak şöyle bir tahmin yürütebilirim ki," Judith'e göz kırpıyor, "oldukça büyük bir penisiniz var. Buraya kadar iyi miydim?"

Dr. Mackay omuz silkiyor. "İyi, sanırım."

"Peki. İşi biraz ilerletelim. Diğerlerinin içinde en çok bisiklete binmeyi ve kürek çekmeyi seviyorsunuz. Ayrıca motor yarışlarını takip ediyor, Amerikan polisiye romanları okuyorsunuz, özellikle de Ellroe, Grisham ve..."

Dr. Mackay bariz biçimde cesareti kırılmış, "Hobilerimi nereden anladınız?" diye soruyor.

"Özgeçmişinizden."

Judith, "Picasso!" diye bağırıyor. "Kopya çekmişsin!"

"Tamam. Tekrar ciddileşelim." Reuben gözlerini kısarak Dr. Mackay'e bakıyor, yarı kapalı gözlerini hızlı hızlı kırpıştırıyor. "Mesele şu. Özgeçmişinizde yazanlar bir yana, ergenlik döneminizin ortalarından sonuna kadar asilik ettiniz. Otoriteye başkaldırdınız, bu tür şeyler yaptınız. Anne babanızı hayal kırıklığına uğrattınız. Ciddi bir şey yaptınız. Olağan yeniyetmelik asiliğinden çok daha ileri gittiniz. Belki de başınızı belaya sokmuşsunuzdur?"

Dr. Mackay rahatsız bir tavırla ayaklarını yere sürüyor. Reuben'in telefonu video görüntüsünün görüntülenmeye hazır olduğunu haber veriyor.

Judith, "Bildi mi?" diye soruyor.

"Neredeyse her şeyi. Ama nasıl..."

"Genetik ve gözlemin basit bir karışımı. Püf noktası şu: Kulak memesi ve burundaki eski delikler, ikisi de iyice genişlemiş. Böyle şeylerin kalıtım yoluyla nasıl kazanıldığını biliyorsan, diğer vücut ve yüz özellikleri de her şeyi açıkça ortaya koyar. Aslında yalnızca Mendel kuramıyla birazcık tahmin yürütme ve ilaveten azıcık da genelleme."

Judith ekliyor, "Korkutucu, değil mi?"

"Sormamın bir sakıncası yoksa neden 'Picasso'?"

"Resim yapar. Saplantı derecesinde. Ardı ardına yüzler. Fena da değildir."

"Siz bana aldırmayın." Reuben sırıtarak laboratuvarın öbür ucuna gidiyor, çekmeceleri açıp numune poşetleri ve steril tüpler çıkarıyor.

"Dr. Mackay soruyor, "Hiç sizin resminizi yaptı mı?"

Judith, Reuben'in duyamayacağından emin olunca, alçak sesle, "Bence bugüne dek yeteri kadar yakından bakmadı," diye yanıtlıyor. "Ama hakkında bilmeniz gereken başka bir şey var."

"Nedir?"

"O farklıdır. Normal bilim adamları ya da aynasızlar gibi değildir."

"Ne demek istiyorsunuz?"

"Geçen yıl temizlikçisini öldüren yargıcı hatırlıyor musunuz?" Jeffrey Beecher davasını? Herkes vazgeçip, evine döndükten ve olayla ilgili her şeyi unuttuktan sonra, Reuben'in olay yerinde kaldığını duymamışsınızdır. Gece boyunca çalışmıştı, tek başına. Hatta ertesi gün çay saatine kadar olay yerinden ayrılmayı reddederek orada kaldı. Phil Kemp ile Sarah Hirst laboratuvara dönmesini istediler, ama olmaz dedi. Elimizde hiçbir şey yoktu, ne örnek, ne ceset, hiçbir şey. Soruşturma darmadağın oluyordu. Ve sonra, ikinci gün tam hepimiz evlerimize gitmek üzereyken, telefon geldi. Bir kapının menteşesinde, kan zerreleri vardı, saldırı sırasında aralık kalmış olmalıydı. Dairesini temizlikçisinin deterjanlarıyla ovalayarak temizlerken Yargıç Beecher'ın gözünden kaçan incecik bir kan çisentisi. Oraya vardığımızda, Reuben bir tornavidayla ön kapıyı yerinden çıkarmıştı. Beecher'ın cinayetle ilişkisini ortaya çıkaracak kadar örnek elde ettik. Ve ceset hiç bulunamamasına karşın, yargılandı ve muhtemelen senin de bildiğin gibi, sonradan suçunu itiraf etti. Bütün bunlar diğer herkes vazgeçtiğinde bile, Reuben'in aramaktan vazgeçmemesi sayesinde oldu."

"Yani, kusursuz çalışan biridir diyorsunuz."

Reuben laboratuvara tekrar girerken, "Daha da ötesi," diyor Judith. "Tamamen işiyle aklını bozmuştur."

Reuben çantasına küçük bir plastik malzeme yığını koyup kapatıyor. "Kulaklarım çınlıyor," diyor, ama sözü telefonundan gelen bir başka ısrarlı uyarı sesiyle yarıda kalıyor. Ekranında bir cinayet kurbanının değişik açılardan çekilmiş fotoğraflarına bakarak yanlarından uzaklaşıyor. Keyfi birden kaçıyor, soğuk, gri bir kasvet beynine sızıyor.

Ölü adam Reuben'in o güne dek gördüğü çıplak cesetler arasındaki en olağandışı pozisyonlardan birinde. Bacakları tıpkı bacak açma hareketi yapan bir jimnastikçi gibi gövdesiyle dik açı oluşturacak biçimde tamamen iki yana açılmış. Reuben kendi kendine kalça çıkığı diye mırıldanıyor, femurlar yuvalarından çıkarılmış, bağlar kopmuş, kaslar yırtılmış. Reuben laboratuvardan çıkıyor ve bir yandan yürüyüp bir yandan video dosyasını izlerken bir sıra ofisin önünden geçiyor. Kurbanın kolları bacaklarına paralel olarak çarmıha gerilmiş gibi dümdüz açılmış ve yatağın kenarından aşağı eğilmiş başı kurşun yaralarından zor görülüyor. Reuben gözlerini kısarak bakıyor. Adam dev bir H harfine benziyor. Ama Reuben'i asıl rahatsız eden altında yatan şey. İçindekileri boşaltan, sarılmış ve dolanan, hâlâ öğle yemeğini sindiriyormuşçasına, neredeyse nabız gibi atıyor görünen şey adamın ince ve kalın bağırsakları. İçi dışına çıkarılmış, kalınbağırsaklardan başlanarak karnı deşilmiş. Mezbahadan alınma büyük madeni bir kanca yatağın önünde duruyor, halıda kurumuş kan. Bağırsakların renginden anlaşıldığına göre adam günler önce ölmüş.

Bir kapının iki kanadını çarparak açıp geçerken kurbanın yüzünün yakın çekim görüntüsü ekrandan dışarı bakıyor. Reuben Koreli ya da Japon olduğunu tahmin ediyor. Bir an için yüz ifadesinde gördüğü bir şeyden rahatsız olup başka yere bakıyor. Orada, genişlemiş burun deliklerinde, açık kalıp kilitlenmiş çenesinde, sabitlenmiş gözbebeklerinde, yüzünün hayal edilmesi imkânsız bir habisliği koklamış, tatmış ve üzerine odaklanmış organlarında. Ölünün son nefesini verdiği yerin adresi ekranda görünüp kayboluyor. Reuben çekimi bir daha oynatıyor, konferansta gösterilen slaytlar gibi katliamın beyninde aydınlanmasına sebep olan zihinsel imgeler.

Reuben asansörle zemin kata iniyor ve güvenlik bankosunun yanındaki her iki cinsin de kullandığı tuvaletlere girip kapıyı arkasından kilitliyor. İçerde aynaya bakıyor. Gözleri kanlanmış, kırmızı kılcal damarlar araştırma yapar gibi gözaklarına yayılmış, ampul telleri gibi kıvrılmış. Yüzünün solgunluğunun tuvaletin arkasındaki kirli duvarlarıyla tezat oluşturduğunu görüyor, seçkin bir birimde bu kadar gelişmemiş hijyen standartları olmasına derin bir iç geçiriyor.

Saatini çıkarıp lekeli lavabonun üzerindeki cep telefonunun yanına koyuyor. Madeni arka kapağını çıkarmak için birkaç saniye harcıyor. Bazen kendi kendine, şu DNA tam bir aşağılık diyor. Bizler organiğiz, aralarından harflerimizin geçtiği helezon renkli çubuk şekerlere benzeyen bencil genlerimiz tarafından güdülürüz, özelliklerimiz ve kişiliğimiz herkesin göreceği şekilde yüzeye doğru itilir. Ama o dört harf, ihanetin alfabesinden daha çok zarara yol açabilir. Saatinden, pili büyüklüğünde oraya saklanmış bir plastik şişecik çıkarıyor. Telefonunun ekranındaki donmuş görüntüde kurbanın gözlerindeki dehşet, kumlu piksellerin arasından bile açıkça görülüyor. Reuben'in çevresinden soyutlanmış ve sarsılmaz olmaya ihtiyacı var. Tüpün kapağını açıyor ve içindekileri avucuna döküyor, parmağını ıslatıp tozu dişetlerine sürüyor. Olay yerine vardığında, daha genel meseleleri dikkate almayı bırakmış olacak. En saf anlamda bir Adli Bilimler görevlisi olacak; dikkatli, uyanık ve aldırışsız. Ama o zamana dek, varlığının sıkıntıları onu kemirmekte serbest. Toparlanıyor, sifonu çekip çıkıyor. Güvenliğin önünden geçip arabasına doğru giderken, gömlek cebindeki Feno-Model'in göğsünün sol tarafına sürtündüğünü hissediyor. Altında kalbi çılgınca bir belirsizlik ve önsezi temposuyla atıyor.

7

Davie bir başkasının varlığının belli belirsiz far-
kındaydı. Daha iri, daha geniş ve daha ağır. Omuz
omuza, adım adım yürümek. Doğruca karşıya bak-
mak. Davie temposunu değiştirmeyi denedi. Yavaş-
layınca, adam da yavaşladı. Hızlanınca, adam da
hızlandı. Genzini temizledi. Saatine göz attı. Önün-
de bir otuz beş dakika daha vardı.

Son dokuz ayda pek çok ders almıştı. Bir şey söy-
lenmeden asla konuşma. Doğrudan ya da saldırgan
olarak yorumlanabilecek hiçbir şey söyleme. Yarım
saniyeden fazla kimseyle göz göze gelme. Asla soru
sorma. Asla sana bedava bir şey teklif eden kimse-
ye güvenme. Kısacası, kabuğuna çekil, başını azıcık
dışarı çıkarıp gökyüzüne bakarak zamanın geçme-
sini dile. Adamın omuzları Davie'nin omuzlarına
değdi. Davie özür sözcükleri geveledi. Artık paniğe
kapılmıştı. Bu kasıtlı bir temastı. Elleri ceplerinde,
kamburunu çıkarmış, çenesi kenetlenmiş halde yü-
rümeye devam etti.

Adam, "Neden içerdesin, söyle," diye mırıldan-
dı. Ses boğuk ve eğitimliydi, İngilizce ünlüleri ya-
bancı ünsüzler sarmıştı.

Davie adama bakmadı. "B ve E," dedi.

"Kokain mi, eroin mi?"

"Kokain."

"Ne kadar vaktin kaldı?"

"On üç ay."

Adam yine omuzlarını değdirdi, bu kez daha

sertçe. Davie kenara çekildi, ama koşu bandından inmeden fazla uzağa gidemezdi. "Sonra gelip seni görürüm. C Blok, değil mi?"

"Davie sesini çıkarmadan evet der gibi başını salladı.

"B katı mı? İki yüz yirmi sekizinci hücre mi?"

Davie yine başını salladı, şimdi korkuyordu. Adam hücresini biliyordu. Buydu işte. En korktuğu şey başına gelmek üzereydi. Adam adımlarını yavaşlattı ve geride kaldı. Sonraki yarım saat boyunca Davie arkasına dönmeye korktu. Adamın bir adım arkasında, kendisini izlediği ve ölçüp tarttığına dair tedirgin edici bir hisse kapılmıştı.

Egzersiz saatinden sonra Davie adımlarını yavaşlatmadı. Yalnızca yürümeye devam etti, avlu kapısından girip C Blok'un serin koridorlarına girdi, çatlamış beton merdivenleri çıktı, B katının dış kenarı boyunca ilerleyip 228. hücreye girdi ve yerdeki ince halıyı örseleyerek bir duvardan öbür duvara, pencereden kapıya, bir ileri bir geri yürümeye başladı. Kendi kendine, içine edeyim, içine edeyim, içine edeyim dedi. Belki uzun süredir kabuğuna çekilmekten, belki de soğuk adrenalin içinde boğulan nöronları yüzünden arada bir hafifçe silkiniyordu. Dokuz aylık hapisten öğrendiği bir ders daha vardı, kimi tanırsan tanı, tamamen bir başınaydın. Eşikte bir suret belirdi, irikıyım, karaltı gibi görünen, kocaman. Davie durdu. Adam, "Tak tak", dedi. Davie gelenin kim olduğunu bakmadan anlamaya çalışarak sesini çıkarmadı. Esmerdi, gözlerinin karalığında ve kaşlarının kalınlığında bir acımasızlık vardı. Dudakları etliydi, sırıtırken görünen dişleri lekeli ve aşınmıştı. David'in hücresinden içeri girip birkaç adım attı ve yatağın üstüne oturdu. Davie'nin hücre arkadaşı Griff aylak aylak gezinerek içeri girdi, misafire bir kez baktı ve kapıyı çekip hemen dışarı çıktı. Davie ikisinin arasında geçen bakışmadan bunun önceden ayarlandığı sanısına kapıldı.

Mahkûm, "Demek," diye başladı, "demek, demek, demek, Davie Hethrington-Andrews sensin. Doğru, değil mi?"

Davie başını öne doğru salladı.

"Tuhaf bir isim, sence de öyle değil mi?"

Davie ömründe hiç olmadığı kadar gergin, omuz silkti.

"Sizden fazla yok, değil mi? Hethrington-Andrews'lardan yani."

"Yok."

"Sence, Londra'da kaç kişi vardır?"

"Bilmem."

"İki. Ve bil bakalım ne? İkisi de senin akraban."

Davie'nin gözleri irileşti. Bu ailesiyle ilgiliydi. "Hiç para..."

Adam, "Sus," diye buyurdu. "Ben parayla ilgilenmiyorum. Benim ilgilendiğim senin iyiliğin."

"Nasıl?"

"Yalnızca geleceğin üzerinde gücüm olduğunu söyleyeyim." Adam ters ters ona baktı. "Sence öyle değil mi yani?"

"Evet." Davie adamın adını bilmemesine rağmen, yüzünü elbette tanıyordu. Herkes tanırdı. Adam anlaşılmaz, sağı solu belli olmayan ve düpedüz sadist biriydi. Diğer tüm mahkûmların korktuğu mahkûm. Endişesi bir derece daha fırladı.

"Benim refahında etkili olabilecek biri olacağım, aklına gelir miydi?"

"Evet."

"Artık korkma. Senden istediğim tek bir şey var, hem canını da yakmayacak." Adam Davie ile yüz yüze gelmek ve onu bakışlarıyla kesip parçalamak için ayağa kalktı. "Tabii bana yardım edebilirsen. Ki aksi takdirde canın öyle yanar ki ölmek istersin."

Davie sormak istemedi, ama soru havada asılı kalmış, çekilip koparılmayı bekliyordu. Davie usulca "Ne istiyorsun?" diye sordu.

Adam pantolon cebinden katlanmış bir kâğıt parçası çıkardı. Avucuyla düzleştirip ona uzattı. Bu bilimsel bir makalenin baş sayfasıydı. "Erkek kardeşinle tanışmak istiyorum," dedi.

"Erkek kardeşimle mi?"

"Bu o, değil mi?"

Makalenin başlığı şöyleydi: "Genomik İfadeye Doğru: DNA'nın Yerini Alacak RNA Kanıtı." Yazarlar arasındaki üçüncü isim, Jeremy Hethrington-Andrews'tu. "Evet."

"Jeremy'ye telefon edeceksin."

"Jez. Jeremy denmesinden nefret eder."

"Buradan çıkınca onu görmek istiyorum. Ona sormam gereken iki şey var." Psikopat bir adım ilerledi. Davie adamın etrafa yayılan ve gerisindeki her şeyi büzüştüren saf gücünü hissetti. Şiddetten tüyleri ürperir gibi oldu. Adamın yüz ifadesinde bir değişiklik oldu ve burun delikleri genişledi. "Burada hayatta kalmanı etkileyebilecek şeyler." Ani bir hareketle yumruğunu Davie'nin yüzüne doğru savurdu ve burnunu kırıp parçalamasına ramak kala durdu. Davie açılmış gözlerinde esintisini hissetti. Adam sol kolunu aynı hızla oynatınca Davie geri çekildi. Ne var ki adam yumruğunun yön değiştirmesine izin verdi ve vuracak yerde kuvvetli kolunu Davie'nin omzuna doladı. "Görüyorsun," gülümsedi, "olaylar her yönde gelişebilir. Benimle iyi geçinirsen, burada kimse sana dokunmaz. Ben birkaç hafta sonra tahliye olunca bile, adamlarım sana göz kulak olacaklar. O yüzden, haydi başla, işleri hallet ki seninle dost olalım."

Adam Davie'yi bıraktı ve hücreden çıktı. Davie yatağa çöktü, rahatlama damarlarından akarak korkusunu seyreltti. Korkusu dağılırken, onu bir arada tutan tek şey dehşetmiş gibi titremeye başladı. Hücre arkadaşı içeri girdi ve Davie'nin yüzünü inceledi.

Griff, "Ne halt istiyormuş?" diye sordu.

"Önemli bir şey değil."

"Bana bak, öyle biri seni görmeye geldiyse, hiçbir zaman 'önemli bir şey değil' olmaz. Haydi, söyle, neyin peşinde?"

"Bir konuda yardımımı istiyor."

"Ne gibi?"

"Yalnızca bir iyilik."

Davie'nin içeri atıldığı andan itibaren, Griff ona gözdağı veriyordu. Bir hücreyi paylaşıyorlardı, ama Griff orasının kendi bölgesi olduğunu ve Davie'nin onun kurallarına göre oynayacağını açıkça belirtmişti. Griff'in başlatıp kazandığı tek bir kavga etmişlerdi. Davie dilini ucu kırık ön dişine değdirdi.

"Ne iyiliğiymiş o?"

"Hiç."

"Benimle dalga geçme Davie-Wavie. Haydi bakalım, haberleri dinleyelim."

Davie ayağa kalkıp karşısına dikildi. Omuzlarını dikleştirip hapishaneye geldiğinden beri ilk kez Griff'in gözlerinin içine baktı. "Sakın bana bir daha sorma," dedi.

Griff bağırdı."*Sen ne dedin?*"

"Bana bir daha sorma, dedim. Ve bundan sonra da benden uzak dur."

Griff'in yüzü kasıldı. Elleri yumruk oldu ve açıldı. Davie ona bakmaya devam etti. Griff kızardı, çatışma adaleli vücuduna dalga dalga yayıldı. Davie sinirlerine hâkim oldu. Bir yerde bir zil çaldı. Ve Griff arkasını dönüp hücreden çıktı.

Davie uzun, sakinleştirici bir soluk aldı. 228. hücrede dengeler birden değişmişti.

8

Reuben gözle görülür bütün örneklerin toplandığından emin olana dek olay yerinde kaldı. Aralarında, Genetik Suçlar'ın Olay Yeri İnceleme ekibinin aldığı parmak izi, kıl, tükürük, kan ve ayak izi örnekleri vardı. Kim Fu Sun'un uzun sürmüş ölümünün ve bağırsaklarının deşilmesinin keyfini kimler çıkardıysa, arkalarında kartvizitlerini bırakmak konusunda fazla titizlenmemişlerdi.

Çeşitli örnekleri laboratuvarın soğutucusuna bıraktıktan sonra arabasını paba doğru sürdü. Arabanın analog saatinin akrebiyle yelkovanı gece bir civarında oyalanıyordu. Vakit geçti, ama birkaç döküntü hâlâ pabda olacaktı. Eve gitmesi gerektiğini biliyordu, fakat henüz eve gidemezdi.

İçerde yalnızca bir kişi kalmıştı. Reuben düş kırıklığına uğradı, ama gizliden gizliye tek başına olmayacağı için de rahatladı. Phil Kemp içerek ayılmış biri izlenimi veriyordu. Üzeri başkalarının boş kadehleriyle dolu bir masada, dimdik oturmuş, boşluğa bakıyordu. Reuben önündeki yarısı boşalmış yarım litrelik Guiness bardağını fark etti ve bir bardak daha alıp yanına gitti.

"Hepsini kaçırdım galiba," dedi Reuben.

Phil hemen canlandı, "Yok, dostum." Sırıttı. "Ben hâlâ buradayım."

"Harika."

"Simon Jankowski de tuvalette kusuyor."

"Daha kötü partiler de gördük." Reuben Phil'in yanına oturdu, bardaklarını tokuşturdular.

"Katılım nasıldı?"

"Bütün ekip."

"Uzun ve zor bir vakaydı."

"Çok doğru. Ve o aşağılığı enseledik." Phil bardağını kaldırdı. "Philip Anthony Godfrey ile üç kere müebbede çarptırılmasına."

Reuben de kadehini kaldırdı, sek votkasının içindeki buz küpleri tıkırdadı. Etraflarını kuşatan soluk renkli pabın içine göz gezdirdi. Barmen pabı kapamaya hevesli görünüyordu, içerde yalnızca bir müşteri daha kalmıştı, bir taburenin üstünde rahatsız biçimde kamburunu çıkarmış oturan şişman bir adam.

Phil düşüncelere dalıp bir an sustu. Sonra, "Lucy nasıl bugünlerde?" diye sordu.

"İyi."

"Polis sezgisi, ama sesin o kadar da emin çıkmıyor."

Reuben karşılık vermeden önce kadehinden bir yudum aldı. "Sadece..."

"Ne?"

"Hayır, iyi değil."

"Uzun zaman oldu."

"Biliyorum, Phil. Çağıracağız seni. Yakında."

"Her şeyin yolunda olduğundan emin misin?"

Reuben gözlerini kapayıp "Karımı seviyorum, biliyorsun. Karımı seviyorum," diye mırıldandı.

"Belki de bunu kendisine söylemelisin."

"Evet. Belki de öyle yapmalıyım."

"Ya çocuk?"

"Harika." Reuben gönülsüzce saatine baktı. "Bu gece yine yatma zamanını kaçırdımsa da."

"İşin cilvesi, dostum. Daha pek çoğu gibi."

Reuben votkanın tanıdık yakıcılığını hissediyordu. Azar azar çöküyordu, ama içki işe yarayacaktı. Kendini birasının dibine gömen Phil'e göz attı. Bütün bunlara değer miydi? diye sordu kendi kendine. Kişisel ve mesleki sorunlar birbirine tosluyor, işlere hile katıyor, arkadaşlıkları ve aynı şekilde ilişkileri zedeliyordu.

Phil sarsakça doğrulurken, "Gidip Simon'a bir baksam iyi olacak," dedi. Masadan kalkıp sallanarak erkekler tuvaletine doğru yürüdü.

Reuben bir bardakaltlığını yırtarak düşünmeye devam etti. İşlerin son raddesine varmakta olduğunu biliyordu. Lucy, Phil, Sarah Hirst ve çoğu gün olduğu gibi iki olağandışı derecede acımasızca ve sadistçe işlenmiş cinayet amfetamininden geriye kalanları da yiyip bitiriyordu. Gözucuyla bir hareket fark etti ve bara doğru döndü. Şişman adam masasına doğru geliyordu. Reuben'e gülümsedi ve hantalca Phil'in yerine oturdu.

Kaba bir tavırla, "Sen Reuben Maitland misin?" diye sordu.

"Sen kimsin?"

"Benim adım Moray Carnock, Dr. Maitland."

"Kim olduğumu nereden biliyorsun?"

"Benim işim bu."

"Neymiş o iş?"

"İnsanları bulmak. Hizmet sunmak. Korumak." Moray Carnock ceketinin cebinden bir çikolata çıkardı, iri bir parça da Reuben'e uzattı.

Reuben başını iki yana salladı. "Ne istiyorsun?"

"Elimde bazı bilgiler var."

"Muhbir misin?"

"Ah, hayır Dr. Maitland. Muhbir değilim." Adam içten bir kahkaha attı sonra da açık ağzına bir parça çikolata tıktı. "Zamanında bazı işler için çağrıldım, ama muhbirlik..."

"Peki, ne öyleyse?

"Bak, açıklayayım." Duyulmayacağından emin olmak için etrafında göz gezdirdi. "Bir *cinayet* vardı." İskoç aksanı yüzünden sözcükleri ağzında yuvarlıyor, yayıyordu. "Diyelim ki senin adamların bu cinayeti soruşturuyor. Benim hem kibar hem de pek kibar olmayan birçok bağlantım var. Bir ticari güvenlik davası dahilinde birini izliyorum. Bu şahsı takibim esnasında, sizin çocukların bildiğinden şüphe ettiğim ilginç bir şey keşfettim."

"Neymiş o?"

"Yani bildiklerimi bir bedel karşılığında size sunarım. Ben senin sırtını kaşırım, sen de benim cebimi doldurursun."

"Ben bu şekilde çalışmam."

"Hayır mı diyorsun?"

Reuben parladı. "Git başımdan diyorum ve bir daha yanıma yaklaşma."

"Son sözün bu mu?"

Reuben tersçe, "Son sözüm güle güle," dedi.

Moray Carnock ayağa kalktı, "Tamam, arkadaş," dedi. "Ama şunu unutma. Cinayet soruşturmasında ilkeler lükstür."

Kartvizitini masaya attı, barın önünden geçip pabdan çıktı. Reuben düşünmeye fırsat bulamadan Phil peşinde benzi atmış Simon Jankowski ile tuvaletten çıktı. Reuben ayağa kalkıp elini otomobilinin anahtarlarına attı.

"Anlaşılan bu oğlanı eve götürsek iyi olacak," dedi. "Haydi, Başmüfettiş Kemp, uslu durursan seni de bırakırım."

Phil sırıttı, kalan içkisine uzandı ve Reuben ile

Simon'ın peşinden bardan çıktı. Minnettar barmen arkalarından seslenerek iyi geceler diledi ve ışıkları birer birer kapatmaya başladı. Reuben arabasını Londra'nın gece boşalmış sokaklarında sürerken, İskoç'un satmak için ne teklif ettiğini merak ettiğini fark etti.

9

Reuben ön kapıyı açtı. Huzursuz ve yorgundu, gergin bir duygu midesini yakıyordu. Ev sessiz, havası serin, sakinleri de uykudaydı. Arka taraftaki dar çalışma odasına girdi. Burası müştemilattan bozma, tuğla duvarları sıvasız, zemini karoyla kabaca kaplanmış bir yerdi. Köşede duran geniş masa bilgisayarın ağırlığını taşıyordu. Etrafa bir sürü sulu boya kabı, bir kavanoz dolusu ince fırça, birçok kalem ve kurşunkalem dağılmıştı. Masanın yüzeyine kare bir kaba tuval bezi bantlanmıştı. Reuben kendini koltuğuna bıraktı ve tören başladı. Cesedin yüzünün eskizini çizmeye başladı.

Reuben renklere ve gölgelere geçmeden önce yumuşak bir kalemle çizmeye koyuldu. Kurbanları çizmek onları yaşama geri getiriyordu. Reuben onlara itibar veriyor, dünyanın onları çiğnemesinden ve tükürüp atmasından önce göründükleri biçimde yeni baştan yapıyordu. Daha da önemlisi bu tören onu her olay yerinden sonra eski ruh haline döndürüyordu. Zihni silkinip kendisini amfetaminin son yalpalamalarından kurtarırken, eski haline döndürüp yeniden oluşturarak, dokunup, düzelterek, onarıp yeniden canlandırarak bedeninin hastalık kusmasına izin vererek tek başına oturmudu. Çalışma odasındaki çekmeceler ölülerin yüzleriyle, en verimli dönemlerinde bıçaklanmış, vurulmuş, boğazlanmış, biçilmiş ruhların iki boyutlu suretleriyle tıka basa doluydu. Bu odada yalnızca iyi şeyler oluyordu. Burası Reuben'in tekrar uyum sağlama yöntemini resmettiği sığınağıydı. Bu resimleri Lucy'den başka kimse görmemişti. Bunlar tamamen kendi huzuru içindi.

Fırçasını bir kahve kavanozundaki suya titrekçe daldırırken alışılmadık biçimde, mücadele ettiğini anladı. Cesedin gözlerine takılmıştı, tek görebildiği bağırsakları bedeninden koparılırken kurbanın beynindeki son bir korkunç görüntü dizisi kaydeden, büyümüş ve öylece donup kalmış gözbebekleriydi. Ve Reuben gözlerini beze dikmiş bakarken, bir başka yüz, yüzeyi dürterek ona eziyet ediyordu. Gözleri daha genişti, burnu inceydi, saçları daha açık renkti, yanakları daha pembeydi. Bir bebeğin siması. Reuben dehşeti resim yaparak atamayacak kadar aşırı yüklenmiş halde aniden gürültüyle ayağa kalktı.

Merdivenlerden yukarı çıktı, dönüp sahanlıkta sessizce geri gitmeden önce, yatak odasının önünde durdu. Bebek odasının kapısındaki J-O-S-H-U-A harflerini okudu, sonra kapıyı itip açtı. Kokular zihnine sızdı; idrar, dışkı, ekşimiş süt ve bebek bezi torbaları. Kokular önceki günden çok daha keskindi. O gün Adli Bilimler otomatik pilotuna geçmiş, kendi evine gizlice girmiş, işi halletmişti. Yere uzandı, üstüne iki battaniye çekti, uçlarını vücudunun altına sıkıca sararak kendini bebek gibi kundakladı. Baskılarından kurtulmaya çalışarak, oğlunun kımıldamasını, bacaklarını atmasını, burnunu çekmesini, bir yandan öbür yana dönmesini dinledi. Bebek karyolasının yukarısında duran telsiz ev telefonuna odaklanınca yine karıncaların, kuytulara, köşelere girmeye uğraşarak, sinir otobanlarında uygun adım yürüyerek başının içinde vızıldadıklarını hissetti.

Feno-Model'i hâlâ cebinde taşıyordu. Yatağındaki iki kıl hiç karşılaşmadığı bir erkeğin orada zaman geçirdiğini bildirmişti. Bildiği kadarıyla, evine hiç tamirci, işçi gelmemişti, hiçbir dostları uğramamıştı, hiç... Hemen başka bir açıklama olmadığını kavradı. Bu hipotez temelli bir araştırmaydı. Lucy'nin uzun zamandır süren bir ilişkisi olduğu varsayımında bulunmuştu ve şimdi bunu ispatlama sürecindeydi. Reuben bu meselede bütünüyle bilimsel olması gerektiği sonucuna vardı. Bilimsel hareket edersem, diye mantık yürüttü, incinmem. Her şey yalnızca yanıtı olan bir soru. Ama gözlerini yukarı çevirince, duygular ile mantığın çok farklı canavarlar olduklarını anladı. Ve ne kadar mantıklı olursa olsun, canını fena halde yakıyordu.

Ama ne yapmalı? Resmi çıkardı ve karanlıkta gözlerini kısıp baktı. Son kırk sekiz saat içindeki suç mahallerini —oturma odasının duvarına çivilenen boğulmuş adam, bacakları yerinden çıkarılmış, karnı deşilmiş adam–, Sarah Hirst ve Phil Kemp ile yaptığı konuşmaları gözden geçirdi. Geceleri birisinin laboratuvarını karıştırdığı gerçeğini, tüm bebeklerin yüzde onunun varsayımsal babalarının DNA'larını paylaşmadıklarını gösteren istatistiği, olasılıkları, olasılıksızlıkları düşündü. Üzerine çöken paranoya son iki günün bütün olayları arasındaki noktaları birleştirmeye başladı. Sarah Hirst, nüfuz kullanarak olayları yönetiyordu. Boğulmuş adam geceleri laboratuvarı kullanmaktaydı. Run Zhang, Judith ile birlikte bir şeyler planlıyordu. Lucy'nin Phil Kemp ile ilişkisi vardı. Bardaki şişman adam Simon'ı zehirlemişti. Gerçeği bir tek Joshua biliyordu. Reuben battaniyeye daha sıkı sarındı. Kuruntulu davranışın belirtilerini fark etti.

Paranoyayı örtbas etmek için Lucy'nin görüntülerinden oluşan zihinsel bir slayt gösterisini hızla gözlerinin önünden geçirmeye başladı. Düğünlerinden iki gece önce neredeyse bir histeri krizi geçiriyor. Kırık ayak bileğiyle etrafta topallayarak geziniyor. Kuzey Fransa'da kamp yaparken. Kendisi banyo yaparken, klozette hiç utanmadan oturuyor. Doğum esnasında Reuben'e bağırıyor. Arabayla Kanada'da seyahat ederken ona oral seks yapıyor. Uzun süre gripten yattığı süre boyunca Reuben'e bakıyor. Karanlıkta onunla sessizce sevişiyor. Somerset'te rutubetli bir tepe olan Sedge Knoll'da evlenme teklif ederken ağlıyor.

Ve sonra kesip bugüne geçti. Joshua yatağındayken ettikleri kavgalar; sarsılan güven, kural haline gelmiş, kısa cümlelerle konuşulan ortam. Yavaş yavaş, engellenemez biçimde bozulan harika bir evlilik, zayıflayan sevgi ve saygı, onları sıkı sıkı birbirlerine bağlayan şeylerin çözülmeye başlaması. Onunla tanıştığı günü hatırladı. Lucy'nin işyerinin yakınlarındaki bir pabda tanışmışlardı ve Reuben o anda Lucy ile birlikte olmak istediğini, öbür sevgilileriyle birlikteyken aldığından daha büyük tehlikeleri göze alacağını, kendini ona açacağını anlamıştı. Şimdi ise kendini kapanmış, iyice sıkışmış ve saklanmış hissediyordu.

Bütün bu karışıklığın aslında kendi hatası olduğunu anladı. Uzun çalışma saatleri, basına verdiği röportajlar, Genetik Suçlar'ın politikası: Bunların hiçbirinin kocalık görevlerini yerine getirmesine fayda sağlamadığını itiraf edecek kadar dürüsttü. Sana yaptıklarımı biliyorum aşkım. Karanlıkta iç geçirdi. Ve şimdi bana yaptıklarını ortaya çıkaracağım.

Karyolanın parmaklıklarının arasından elini uzatıp, Joshua'nın elini sıktı. Nihayet, rahatsız bir bilinçsizliğin içine doğru kaydı.

Kahvaltıda Lucy'nin her hareketini inceledi, tavanarasındaki fotoğraflardan imgeler ruh halinin etrafında oynaşıyordu. Dalgın ve uzaktı, konuşurken beyninden binlerce fikir geçiyordu. Lucy ise tam aksine, gergin, meşgul ve telaş içindeydi, önünde büyük bir gün vardı.

Reuben, "Ne arıyorsun?" diye sordu.

El çantasının dibini karıştırırken "Paran var mı?" diye sordu. "Bakıcıya ödeme yapmam gerek."

"Tabii." Reuben ayağa kalkıp, Joshua'yı mama sandalyesinden aldı, yüzünü ıslak bir mendille silmeye başladı. "Neden Josh'u bugün yuvaya ben götürmüyorum?"

"Bana uyar."

"Değişiklik olur dedim, o kadar." Yanağını yanağına dayadığı oğlunun sıcaklığını duyumsadı, küçük sıkı bedeni kucaklamasına karşılık ona sıkıca tutundu, bir eliyle Reuben'in kulağını çekiştirdi. Oğlunu kucakladığı zaman, dünyada kötülük kalmıyordu.

"Bence gerçekten mahsuru yok. Şimdi, nerede benim anahtarlarım?"

"Girişte."

Lucy ona bir göz attı, başını hızla öne doğru salladı, düz siyah saçları bir an sallandı. "Çantasını unutma. Birkaç yedek tulumla bir de emzik var."

Reuben arabasını yuvaya doğru sürüşünü gözünde canlandırdı. Arada bir Joshua'yı o bırakır ve işe karnında bebek büyüklüğünde bir boşlukla varırdı.

Gün çabucak dikkatini dağıtsa da, boşluk, gece oğlunu tekrar gördüğünde doldurulmaya hazır, hâlâ orada dururdu. Olay yerlerinin onu sürükleyip götürmediği zamanlarda böyle olurdu.

Lucy belli belirsiz gülümsemeyi başardı. "Zor bir gece miydi?"

Reuben, gözlerini kapayarak, "Çok," diye karşılık verdi, yorgun zihni amaçsızca sürüklenmeye ve araştırmaya devam ediyor, konuşmanın bir içine bir dışına ve sorunların bir içine bir dışına girip çıkarak dolaşıp duruyordu. Bu hale nasıl geldi, diye düşündü. İşlevsel, kullanışlı ve mekanik. Bütün o eğlence nereye gitmişti? O kahkahalar, oyunlar, o çılgınlıklar? Dışarı çıkıp kafayı bulmalar, kahkaha krizine girerek yatağa düşmeler?

Lucy, "Bu gece uğrayacak mısın?" diye sordu.

Belki de ilişkilerin yaptığı yalnızca buydu. Birkaç yıl sürdükten sonra dağılıyordu. İlk zamanlarında Lucy ona ne demişti? Şimdiye dek neredeyse hiçbir sevgilime sadık kalmadım. Aynı şey kendisi için de geçerli olmamış olsaydı, çok şaşırırdı. Birbirlerine, bunun farklı olduğuna, doğru düzgün, yetişkinlere yakışacak, eski sevgilileriyle yaşadıkları çocukça şeylerden yıllarca ileride ve ciddi bir ilişki olacağına dair söz vermişlerdi. Otuzlu yaşlarının başlarında tanıştıkları için, bunu bünyelerinden atmışlardı. Ama gerçekten atmışlar mıydı? Reuben ona baktı. Gerçekten atan var mıydı? "Bir sorun olmaz herhalde," diye karşılık verdi.

Lucy eğilip yanağından öptü. Güzel kokuyordu, temiz, taze ve doğal, bir kez daha niçin kendisine ihanet ettiğini merak etti. Flörtü seven bir yapısı yoktu, yoksun ya da teşhirci değildi. "İyi," dedi Lucy. "Joshua yatınca, Çin yemeğine ne dersin?"

Reuben hâlâ onu dikkatle izleyerek başını öne doğru salladı. Davranışlarında bariz işaretler olmamıştı. Yalnızca farklı, daha soğuk, daha içine kapanıktı. Aylardır. Reuben apaçık ortada olanla savaşmıştı. Joshua'nın doğumundan kaynaklanıyordu, sevgiyi eşten çocuğa aktarmaktan. Lucy'nin aile içindeki rolü değişiyordu. Bazı özgürlüklerden feragat edilmişti. Reuben meseleyi akla gelebilecek her yönden enine boyuna düşünmeye çalışmıştı. Yatakta bulduğu kıllara kadar. Ve sonra neredeyse bir anda rol yapmayı bırakmıştı. İnkârdan kararlılığa geçivermişti. Alçak sesle, "Evet, güzel olur," dedi.

Lucy dönüp ön kapıya doğru yürüdü. Reuben Joshua'yı oturma odasına götürdü, pelüş bir oyuncakla oyalarken altını değiştirdi. Joshua bacaklarıyla kollarını gelişigüzel savuruyor, yüzüne her vuruşunda babasının attığı sahte feryatlarla eğleniyordu. Reuben dilini çıkarıp Joshua'nın yanağına hafifçe üfleyerek gülünç bir ses çıkardı, sonra bir daha, bir daha yaptı. Oğlunun tiz kahkahaları her seferinde daha da yükseldi. Sonra Reuben çocuğu kaldırıp kucağına aldı. Bir an sustu. Joshua'nın gülen mavi gözlerinin içine baktı, birdenbire odaklanmış ve ciddileşmiş, amacına dönüvermişti.

"Yapacağım şey için lütfen beni affet," diye fısıldadı.

Çocuğu hole götürdü.

"Ama gerçeği bilmem gerek."

İKİ

1

Reuben Maitland Genetik Suçlar'ın birinci katında küçük dar bir odaya girdi ve kapıyı kapadı. İçerde Jez Hethrington-Andrews bilgisayarda oyun oynuyordu, kolundaki iğne izlerini örtmek için gönülsüzce hamle yaptı. Reuben sert bir ifadeyle ona baktı. Sonra birden gülümseyerek, "Rahatla, Kaplan," dedi.

Jez de ona gülümsedi. "Bir tur oynamak ister misin?"

"Ben ümitsiz vakayım."

"Haydi. Kimseye söylemem."

Reuben, yakında Jez'den kendi yerine göze almasını isteyeceği tehlikeleri aklından geçirerek durakladı. "Tamam," dedi. "Çılgınca kusurlu atışlar görmeye hazırlan." Oturup kendisine doğru birbiri ardınca yalpalayarak gelen dijital zombilere neredeyse rasgele ateş etmeye başladı.

"Şaka yapmıyordun."

Esnerken, Reuben'in gözleri yaşardı. İki gecedir uykusunun en güzel yerlerini kaçırmıştı. Klavyenin tuşlarına sertçe basarken, "Dinle beni," dedi, "benim için yapmanı istediğim bir şey var..."

"Söyle."

Reuben gömlek cebinden bir disk çıkardı ve gözlerini ekrandan ayırmadan uzattı. "Bütün veritabanlarına açık erişimin var, değil mi?"

"Hı, hıh."

"Şimdi isteyeceğim şeyi yapmak zorunda değilsin. Şunu bil ki, sana teklif edeceğim şey protokole uymuyor. Az bir farkla. Bunu gizli tutman gerekecek."

"Varım."

"Tamam. Diskte şüphelinin resmi var. Her zamanki kanallardan gelmediğinin farkındayım, ama senden şüphelinin yüzünü 'Ağır ve Cinsel Suçlar Veritabanı'na eklemeni istiyorum. Birinci Derece Öncelikli olarak işaretle."

"Hemen yaparım."

"Resmi isimsiz biçimde eklemenin bir yolu var mı?"

"Bilgisayar dünyasında hiçbir şey isimsiz değildir."

"Tamam, yapman gerekeni yap." Reuben oyunu öğrenmeye ve mekaniğini kavramaya başladı. "Bir şey daha var."

"Ne?"

"Örüntü tanıma yazılımı. Diskin arka tarafında yazan adrese götür. Benim yetkimi kullan ve kapalı devre kamera sistemine yükle. Run'ı da yanında götür, test et."

"Nasıl?"

Reuben istemeye istemeye kumandaları Jez'e devretmeden önce öldürerek ve sakatlayarak birkaç saniye daha geçirdi. "Run'ın dijital bir fotoğrafını al ve kapalı devre sistemin arama dosyalarının içine koy. Sonra ona yakındaki bir kameranın önünde bir ileri bir geri yürümesini söyle ve sistemin onu teşhis edip etmediğine bak."

"Sistemdeki görüntüleri Run'ın bellekteki fotoğrafıyla karşılaştırarak mı?"

"Aynen öyle."

"Emin misin? Yani, bütün bunlar sana biraz…"

"Biraz ne?"

"Hiç. Adamı parkta vurmaktansa, değişiklik olur, sanırım."

"Ha, Jez..."

"Evet?"

"Tek kelime yok."

Antiseptik kokan parlak koridordan odasına doğru yürürken, Başmüfettiş Sarah Hirst'ün numarasını çevirdi. Sonunda işler yürüyordu. Yeni bir sükûnet duygusu tıpkı bir çocuğun sırf bir yere gidiyor olmaktan mutlu, arabada uyuyakalması gibi, sinirlerini yatıştırdı. Ağırdan alma, vazgeçme, kendi haline bırakma fırsatı vardı, ama dönüşü olmayan noktayı geçmek üzereydi.

"Geçen gece söylediklerini düşünüyordum da," diye söze başladı.

"Ve?" diye sordu Sarah Hirst.

"Öngörücü Fenotipleme ilk çıkışını yaptı."

"Şaka yapıyorsun."

"Ciddiyim."

"Mark Gelson mı? Koreli cinayeti mi?"

"Aslında değil"

"Kim, öyleyse?"

Reuben ofisine girip kapıyı kapadı. "Şimdilik yalnızca bir çift körleme denemesi diyelim."

"Dr. Maitland, daha açık olmaya çalış."

"Bilimin temel felsefesi. Bir şeyi kurallara uygun biçimde test etmek için beklenen sonuç hakkında hiçbir fikrinin olmaması şarttır."

"Öyle diyorsan öyledir. İyi şanslar."

Reuben, alyansını çıkarırken, hevessizce karşılık verdi, "Evet, iyi şanslar." Yüzüğün parmağının alt kısmına oturduğu yerde bıraktığı izi fark etti. İnce halkanın iç kısmındaki yazıyı okudu. Yalnızca Sedge Knoll yazıyordu. Yüzüğü kendi ekseninde hızla döndürdü, bulanıklaşmasını, ışıldamasını, yavaşlayarak, dengesizleşip devrilmesini, titreyip masanın üstünde can çekişerek kendi etrafında sürünmesini izledi. "Biliyorsun Sarah," dedi. Yüzüğü bir çekmeceye koydu. "Eğer bu şeyi doğru dürüst test edeceksek, senden iki iyilik istemem gerekecek."

Sarah'nın sesindeki gereksinim elle tutulacak kadar barizdi. "Söyle."

"Kapalı devre kamera sisteminde bir örüntü tanıma denemesine onay verebilir misin?" Ve Metropolitan Polis Örgütü'nden bunun için izin alabilir misin?"

"Mümkün gibi geliyor. Ne için?"

"Dediğim gibi. Çifte körleme. Bu şey sahaya çıkacak, kimse ne bekleyeceğini bilmemeli."

"Haydi, Reuben. Bana bir ipucu ver."

Reuben içini çekerek, "Görürsün," diye karşılık verdi, "ama keşke hiç görmeseydim de diyebilirsin."

Sarah pişmanlık duyabileceği bir şey sorma fırsatı bulamadan, Reuben telefonu kapadı.

2

"Tamam, elimizde ne var? Run, başlamaya ne dersin?" Reuben epeydir üst üste gelen esnemelerden birini daha bastırdı.

"Sizi sıkıyor muyuz, efendim?"

Jez sırıttı. "Belki bütün o zombiler seni bitkin düşürmüştür." Reuben "Beni bitkin düşüren yalnızca iki zombi var," dedi "Ve ikisi de başmüfettiş." Gözlerini haftalık toplantıları için odasına doluşmuş sekiz adli bilim uzmanının üzerinde gezdirdi. Bunlar Genetik Suçlar için sektörden, akademik çevrelerden ve Adli Bilimler Kurumu'ndan toplanmış genç ve parlak insanlardı. Hepsi de, teknisyenler bile zehir gibiydiler. Reuben böyle olmasını istiyordu – her an uyanık olmasını sağlıyordu. "Affedersiniz, o son söylediğimi çizin. Ee, ne oluyor, Run?"

"Bence ensem skeptikleşiyor."

Jez, "Ona *septik* denir," diye düzeltti ve grupta kıs kıs gülüşmelere yol açtı.

"Evet. Colon Man'den aldım tamam mı?"

"Biraz ciddi olalım, lütfen." Reuben tekrar önceki geceye gitti. Ölümün havada asılı duran iğrenç kokusunu aldı. "Adamın adı Kim Fu Sun."

Simon Jankowski, "Bir bağlantı olduğunu mu düşünüyorsunuz, patron," diye sordu. "Hani şu hortum vakasıyla?"

"Bilmiyorum. KSB üstüne gitmiyor. Patoloji'ye göre, Bay Kim iki hafta önce infaz edilmiş gibi görünüyor. Muhtemelen güneydoğu Asyalı bir çete üyesi.

Öte yandan, kokain bağımlısı ve Mark Gelson'un suç ortağı olarak bilinen Bay Machicaran'a büyük olasılıkla bazı bilgiler elde etmek için işkence yapılmış. Belki de bu ikisi Londra'da işlenmiş herhangi tatsız iki cinayetten daha bağlantılı değildir. Ama elimizdeki delilleri iyice anlayalım ve neyin ne olduğunu görelim. Birgit?"

"Sanırım artık elimizde Gelson/Machicaran vakasına ait temiz bir örnek var."

"Sanır mısın?" Mina Ali ateşli gözlüğünün arkasındaki ateşli gözlerini açtı. "Sanırım derken ne kastediyorsun?"

"İki gün içinde daha iyi anlayacağım."

Ders verir gibi, "Öyleyse kesinlikten söz edilemez," dedi. Reuben bunu söylerken kadının sıska parmağıyla Birgit'i dürtme dürtüsüyle mücadele ettiğini hayal etti.

Reuben'in üç yıl önce aklını çelip akademisyenlikten ayrılmasına sebep olduğu üstün yetenekli biyo-istatistik uzmanı Bernie Harrison, Mina'ya itiraz etti. "Bilim hiçbir zaman yüzde yüz kesin değildir, Adli Bilimler olsun ya da olmasın."

Mina, "Ne diyorsun?" diye sordu.

"Hepimiz insanız, sen bile." Bernie gülümsedi. "Ve..."

"Canın cehenneme."

"Ve insanlar hata yapabilirler. Böyle yaratılmışız. Bu kadar eminsen, laboratuvar defterini, dizilimlerini, çıkardığın profilleri, tüm yaptıklarını bir gözden geçirelim. Bana bir yerlerde tek bir yanlış hesaplama bulamayacağımı mı söylüyorsun?"

Mina vazgeçti. O grubun bilimsel Rottweiler'ıydı. Reuben'in sinirini epeyce bozmasına karşın, cin gibiydi. Onu kendi iç denetimi olarak düşünmek

Reuben'in hoşuna gidiyordu. Deliller Mina için yeteri kadar iyi değilse, mahkeme için de yeterli değil demekti.

Bernie devam etti. "Haydi ama, kendi vakalarımızın bazıları bile kuşkulu. Edelstein tecavüzündeki Genetik Suçlar kanıtlarını hatırlıyor musun? En iyimser görüşle yetersizdi. Ya McNamara cinayetini? Yakın zamandaki bir ya da iki mahkûmiyetten bahsetmeme bile gerek yok. Brighton tecavüzcüsü..." Bernie'nin örnekleri tükendi.

Reuben, "İyi, devam edelim," diye homurdandı. "Bilim kusurludur. Adli Bilimler her zaman mükemmel değildir. Ama Mina haklı. Yüzde yüz emin olmalıyız, olmazsak eğer, bildiklerimiz ve bilmediklerimiz konusunda dürüst olmamız gerekir." Genellikle keskin zekâların tartışmasını hoş karşılardı. Bugün kendi zihni birçok oyalayıcı şeyle, neşesinin altını oyan bunaltıcı bir tatsız olasılıklar dizisiyle savaşıyordu. "Judith, sende ne var?"

"Hep aynı. İnsanlar öldürülüyor, örnekler geliyor, tüpler doluyor, insanlar tutuklanıyor."

"Kötü bir gün mü geçiriyorsun?"

"Sordun, söylüyorum. Ve birisi hâlâ malzemelerimizi kullanıyor."

Reuben parmak eklemlerini çenesindeki hafifçe uzamış sakallara sürttü. Kaşlarını çatıp gözlerini kapadı. Tekrar açtığında karşısındaki sekiz suratı dikkatle inceledi. "Bir gariplik fark eden başka kim var?" Çoğu gözünün içine baktılar. Bernie gözlerini kararlı bir tavırla A4 boyutundaki laboratuvar defterine dikmiş, soluk çizgili sayfalara mavi bir çizgi çekiyordu. Mina, Simon ve Run kuşkulu olduklarını belli ettiler. "Evet, Simon gözlemlediklerini anlat."

"Bariz bir şey yok. Öbürlerini bilemem," Simon Jankowski kaygılı bakışlarını grubun üzerinde gezdirdi, "ama belki de hayal ediyorumdur. Sabah iki kere içeri girdim ve araç gereçlerle ayıraçları bıraktığımdan hafifçe farklı yerlerde buldum. Hepsi bu kadar."

"Mina?"

"Aynısı."

"Run?"

"Ben septiğim."

"İyi espri."

Bernie sonunda, "Biliyorsunuz, ben emin değilim," dedi. "Belki yalnızca paranoya yaşıyoruz. Yani, neden biri ayıraçlarımızla oynamak istesin ki?"

"Bence, mesele bu." Reuben kaş çatmalarını, omuz silkmelerini, kaşınmalarını ve kıpırdanmalarını içine çekerek gözlerini ekibinin üzerinde gezdirdi. "Peki, bu konuda ne hissediyoruz?"

Rahatsız edici bir sessizlik oldu. İlk Birgit Kasper konuştu. Reuben dinlerken, onun sade yüz hatlarını ve amblemsiz giysilerini inceledi. Birgit sonunda, "Korkuyorum," dedi. "Bu durum paniğe kapılmama neden oluyor. Burada bazı meseleler var."

"Ne gibi?"

"Yeniden bulma olanağı olmayan kanıtların kaybolması ya da gizliliğinin ihlal edilmesi gibi. Burada en önemli vakalarla meşgul oluyoruz. Demek istiyorum ki, eğer birisi laboratuvar güvenliğini ihlal *ediyorsa*, bundan çıkarılacak anlamlar korkunç."

"Başka fikri olan?" Ekip görüş birliği içinde baş salladı. Reuben düşünürken, işaretparmağının tırnağıyla alt ön dişlerine vurdu. "Peki, şuna ne dersiniz?" dedi. "Bir tuzak kurarız."

"Ne tür bir tuzak?"

"Orası size kalmış," dedi Reuben. Grupta beklenti dolu bir sessizlik oldu. "Haydi millet, hayal gücünüzü kullanın. Size bunun için para ödüyoruz. Siz süslü diplomalı harika çocuklar, seçkin Genetik Suçlar Birimi'nin dâhilerisiniz. Fikri olan?"

Mina, "Aletlerimize izotopla işaret koyalım," diye bir fikir ileri sürdü.

"Peki, sonra ne olacak? Bütün binayı Gayger ile tarayacak mıyız?"

Simon araya girdi. "Deneyebileceğimiz başka bir şey daha var."

"Ne gibi?"

"Bu gece her şeyi etanol ile sileriz. Sonra yarın, haydi pamukları alalım."

"Yani şimdi Genetik Suçlar'ı DNA testinden mi geçirmek zorundayız?"

Mina başını iki yana sallayarak, "I-ıh," dedi. "Simon bir şey yakaladı. Dahili örnekler. Binada herkesin DNA örneklerinin tutulduğu yer."

"Yavaş ol," dedi Jez. "Bunu biraz geç kavrıyorum. Pamuklu çubukları alıp, hepimizin kanıt ayrımı için kayıt altına alınmış profilleri ile karşılaştıracağız. Peki, bunlara nasıl ulaşacağız acaba? Birinden öylece içeri girmesini ve bütün örnekleri rica etmesini mi isteyeceğiz?"

"Bir gönüllümüz var anlaşılan. Sana bir geçiş yetkisi düzenleyeceğim. Herkes çıkmadan önce bütün parçaları temizlesin. Ve bunu gizli tutun. İçinizden biri olmadığını kabul ettiğim için, suçlunun bir şey sezmesini istemiyorum." Reuben kaşlarını kaldırdı. "Adli bilim uzmanları adli bilim uzmanlarının peşinde. Hoşuma gitti. Tamam, millet, bitti mi?"

"Ensem hâlâ..."

Reuben, itirazlarını daha başlayamadan bitiren Run'a gülümsedi. "Tamam. Gelecek hafta, aynı saatte. Bütün o örnekleri kayda geçirelim ve eşleştirelim. Bernie? Öğle yemeğinden önce açığı kapayalım. Ve Judith, seninle bir dakika konuşabilir miyiz?"

Diğer yedi bilim adamı tuzak hakkında heyecanlı heyecanlı konuşarak odadan çıkınca, Reuben arkasına yaslandı.

"Geçen gün sorduğun soruyu hatırlıyor musun?"

"Bana gösterdiğin Feno-Model hakkındaki..."

Reuben işaretparmağını kadının dudaklarına bastırıp onu susturdu. "Kimseye bir şey belli etme. Büyük olaylar olmak üzere."

3

Kanepenin yumuşak, minderli kucağına gömüldükten sonra Reuben gözlerini eski püskü salonda gezdirdi. Odayı içeri girip ipuçları araştıran bir Olay Yeri İnceleme memurunun gözüyle görmeye çalıştı. Şömine rafında bir avuç oyun kâğıdı, büfenin üstünde iki vazo içinde çiçekler ve sehpanın üzerinde de açılmamış bir Quality Street* kutusu vardı. Duvar kâğıdını inceledi, en aşağı yirmi yıllıktı ve kalın kahverengi perdeler de bir o kadar eskiydi. Halı cırlak renkli, mobilyalar şatafatlıydı. Genel etkisi, kıpırtısız havada asılı duran zaman, meydan okurcasına ve ağır ağır eskiyen bir oda, hoşnut bir ilerleme yoksunluğuydu.

Reuben annesinin iki fincana çay doldurmasını izledi. Ellibeşinci yaş gününü yaşayan bir kadın için, inkâr edilmez ölçüde canlı, odanın ve telaşsız eskime havasının neredeyse tam aksiydi. Bir an kendisinin de onun kadar güzel yaşlanıp yaşlanmayacağını merak etti ve bu gidişle, büyük olasılıkla böyle olmayacağı sonucuna vardı.

Annesi narin fincanla tabağını uzatırken, "İşlerin nasıl?" diye sordu.

"İş..." Reuben her şeyi kısaca anlatmamak için mücadele etti. İğrenç suçları, zalimliğin pis kokusunu. Teknolojinin engin potansiyelini, daha da büyük olan tuzaklarını. "Büyük bir olayın eşiğinde-

---

* Bir şekerleme markası. (ç. n.)

yiz. Kullandığımız tekniklerde bir atılım olacak. Gerçekten fark yaratacak bir şey."

"Güzel."

"Olmalı. Şimdi kendimle gurur duyarak sevinçten yerimde zıplamalı, seni odanın içinde dans ederek döndürmeliyim."

"Ama?"

"Ama hiçbir şey o kadar basit değil. Bir dizi sorunu sadece bir başka sorunlar dizisini başlatmak için çözdüğünü fark ediyorsun. Bilmiyorum, anne..."

"Ne?"

Reuben, "Çok karmaşık," diye mırıldandı. "Bana terfi bile teklif ettiler."

"Geri mi çevirdin?"

"Daha çok evrak işiyle daha az evrak işi arasında basit bir seçim yaptım."

"Doğru olanı yaparsın sen. İlgilendiğin alanı bırakma. Onlara ben, dünyaca ünlü Reuben Maitland'im ve kimse için kâğıt karıştırmam, de." Reuben'e çikolatalı bir bisküvi verip saçlarını karıştırdı. Reuben tekrardan bir oğlan çocuğu olmuş, annesinin elini uzaklaştırmaya çalışıyormuş gibi yaptı, gülüştüler. "Ama biliyorsun," dedi Ina Maitland, "baban seninle gurur duyardı."

"Dikkatini bana verebilseydi."

"Ah, Reuben."

Reuben bisküviyi ısırdı. "Haydi, anne. Babam bir ayyaştı. Burnunun ucunu bile göremezdi."

"Ama denedi. Gerçekten içkiyle mücadele etti. Ama içkinin sımsıkı pençesine yakalanmıştı, öyle söylerdi." Ina Maitland başını kaldırıp şömine rafındaki elli yaşlarında, cılızca, gülümseyen bir adamın fotoğrafına baktı. "Senin baban bir şey olabilirdi. Hem de iyi bir şey. Ama onun yerine, biliyorsun..."

"Evet, iyi biliyorum."

"Bu yakınlarda oraya gittin mi?"

"Birkaç gün önce."

Ina Maitland oğluna döndü ve mavi gözlerini bir annenin duyarlılığıyla üzerinde gezdirdi. "Biraz gergin görünüyorsun, oğlum. Her zamanki halin değil bu."

"İyiyim."

"Son iki gelişinde de fark ettim bu halini. Sanki bir şey aklını sürekli kurcalıyor gibi görünüyorsun."

"Bu bir soru mu?"

"Yalnızca bir annenin gözlemi." Ina Maitland ağır ve düşünceli bir tavırla çayından bir yudum aldı. "Evde her şey yolunda mı? Lucy ile Joshua nasıllar?"

Reuben, aniden annesine dürüst davranmak, her şeyi anlatmak istedi, ama aklından geçenleri söyleyemedi, "İyiler," diye karşılık verdi. Ne olursa olsun, onu daima sevmiş olan öz annesi. Ama o sözcükleri söylemek, gerçek olduklarını kabul etmek olacaktı. İtiraf etti ki kendisi de son çare olan inkârın sımsıkı pençesine yakalanmıştı.

"Belki küçüğü getirirsin diye düşünmüştüm..."

"Bir saatliğine işten kaçtım. Josh yuvada, Lucy'nin de hazırlandığı büyük bir dava var. Nasıl olduğunu bilirsin. Ama yakında geliriz. Belki, gelecek hafta."

"Sabırsızlıkla bekliyorum."

Reuben, saatine bakıyormuş gibi yapıp ayağa kalktı. "Affedersin, anne. Koşarak gitmem gerekecek. Öğle tatili bitti, öğleden sonra çok yoğunum. Doğum gününü kutlamak istedim. Geldiğimiz zaman, seni dışarı çıkarırız, doğru düzgün bir doğum günü partisi yaparız." Gülümsedi: "Artık tam bir pansiyoner olduğuna göre."

Ina da ona gülümsedi. Biraz da kendine söylüyormuş gibi, "Her zaman yoğundur," dedi.

Reuben son bir kez oturma odasına baktı. Annesini, yanağından öptü. İçinde büyük bir parça bu yumuşak, insanı saran huzur ve dinginlik ortamında kalmak istedi. Ama çok daha haşin çevrelere, zamanın asla kıpırtısız durmadığı yerlere girme vaktiydi.

4

Şişmanca bir nöbetçi, feci lekeli bir kupayla çay içiyor. Yaka kartında Tony Doherty, Yardımcı Güvenlik Memuru yazıyor. Kupanın kulbu kırık, içindeki sıvı sıcak, bu yüzden de tombul parmaklarının yerini değiştirerek, üfleyip küçük yudumlar alarak dikkatle tutuyor. Etrafı geniş bir alana yayılmış, rengârenk, devasa bir cumbaya benzeyen kapalı devre kamera sistemi monitörleriyle çevrili. İnsanlar bir ekrandan geçiyor, bir başkasına atlıyor, harmanlanıp başka bir görüntü birimine aktarılıyorlar, ancak yeni bir yerde farklı bir açıdan görüntülenirlerse tekrar ortaya çıkacaklar. Tony Doherty ekranda görüntüleyerek, yakınlaştırarak, bin kişinin çok yüzeyli ilerlemesini takip ediyor, dikkati yoğunlaştığından kuşlarınkini andıran gözlerini neredeyse hiç kırpmıyor.

Çay soğuyor ve giderek daha büyük yudumlar almaya başlıyor, arada bir kaşlarını çatıyor ve bir kâğıt parçasına hızlı hızlı not alıyor. Yollardan birkaçının sokak isimleri görünüyor. Londra'nın Westminster bölgesindeler. Bir kapı açılıyor ve gözlerini ekranlardan ayırıyor, isteksizce bir süreliğine sayısız yaşamı gözlemeyi bırakıyor.

Adam, "Olan biten bir şey var mı?" diye soruyor.

Tony, "Her zamanki gibi, Michael," diye karşılık veriyor.

"Ciddi bir şey yok mu?"

"Henüz yok."

"Polis Kimberly Sokağı'nı izlememizi istedi, özellikle de Mossfield Yolu ile kesiştiği yeri. Bir delikanlı çetesi sorun çıkarıyor, halkın huzurunu kaçırıyormuş. Uyuşturucu da satıyor olabilirler."

"Günün hangi saatinde..." Konsoldan gelen ısrarlı bir sinyal sesi Tony'nin cümlesini yarıda kesiyor. Üst kısmında küçük kırmızı bir ampulün yanıp söndüğü 47 numaralı monitöre bakıyor. Parmaklarını denetim topunun üzerinde gezdirip joysticki okşuyor. Ekrandan yürüyerek geçen bir adam monitör 48'e atlıyor ve şimdi bu monitörün sinyali çalmaya başlıyor. Adam acele ediyor, etrafına bakınıyor ve biraz telaşlı görünüyor.

"Vay canına."

"Ne?"

"Örüntü tanıma. Bu şey gerçekten çalışıyor."

"Öyle görünüyor."

"Tamam, Tony, istasyonu uyaracağım."

Michael bir ahizeyi kaldırıyor, numara tuşlamıyor, kendini de tanıtmıyor. "Ben Denetçi Michael Chambers, Drury Lane KDKS'den. Newhall Sokağı'nda güneye doğru ilerleyen bir hedef tespit ettik, Old Road ile kesiştiği yeri şimdi geçiyor, sol tarafta, Boots'un yanındaki yaya geçidine doğru yöneldi. Euston şubesi tarafından aranıyor. Özel talep."

Tony, "Karşıya geçiyor," diyor.

"Şu anda karşıya geçiyor. "IC bir*, orta yapılı, kahverengi saçlı, elinde bir çanta taşıyor, koyu renkli takım elbise, beyaz ya da sarı gömlek giyiyor. Şu anda duruyor. Bir mağazaya bakıyor. Galiba bir kuyumcu. Saatine bakıyor, sokağın başına ve sonuna göz atıyor."

---

* IC, İngiliz polisinin bir şüphelinin etnik kökenini tanımlamak için kullandığı kodlardır. IC 1, beyaz Avrupalı anlamına gelir. (ç. n.)

Tony araya giriyor, "Matissers."

"Matissers Kuyumcusu. Yolda mısınız? Evet, hatta kalacağız. Devriye aracını görebiliyorum." İlerde, sol tarafta monitörlerin birinde bir araç, ekranı hızla geçmeye başlıyor, bir görüntü biriminden, diğerine atlıyor, mağazanın önünde bekleyen adama doğru atılıyor. "Tekrar hareketlendi. Yalnızca birkaç metre. Lokantaya benzeyen bir yerin önünde durdu. Aslında biriyle buluşuyor sanırım. IC bir, kadın el sallayarak ona yaklaşıyor. Esmer, zayıf, pantolon ceketli, onun da elinde çanta var."

Polis aracı hamle yapan bir kedi gibi son görüntü birimine atlarken, iki nöbetçi, kocaman ekran yığınına doğru eğilmiş dikkatle izliyorlar. Araç çabucak duruyor, içinden iki polis memuru fırlıyor. Biri adamı tutuyor, diğeri kadını uzaklaştırıyor. Mücadeleye benzeyen bir görüntü oluyor, kadın tartışmaya başlıyor. Nöbetçiler kadının ağzının açılıp kapanmasını, yüzüne gergin ve olanlara inanamıyormuş gibi bir ifade yerleşmesini izliyorlar. Polis adamı aracın arka koltuğuna itiyor. Kadın yoldan geçerken olayı görmek için duran birkaç kişinin arasında tek başına duruyor. Aracın gidişini izledikten sonra, cep telefonunu çıkarıyor ve karşı kaldırıma geçiyor. İki sokak ilerde, kameraların hemen yakaladığı polis aracında, Michael ile Tony arka koltukta adamın yüzüne yumruk yediğini görüyorlar.

"Yakalandın," diyor.

Tony Doherty duymuyor bile. Önündeki geniş panoramayı izleme işine geri dönüyor, yeniden monitörleri tam bir dikkatle taramaya başlıyor.

5

Reuben mutfak masasının karşı tarafından sessizce Lucy'ye baktı. Bir çift tek kullanımlık çubukla beceriksizce bir kültür mantarını yakalamaya çalışıyordu. Paket servisiyle sipariş ettikleri yemeğin çoğu yenmemişti. Kendi payına, ağzına taze bir et parçasını her götürüşünde, kaba kuru tahtadan yapılmış Çin çubukları onu ürpertiyordu. Havada yalnızca tek bir ifade, 'fırtına koptu kopacak' kelimeleri asılıydı, her an inmeye hazır izliyor, bekliyordu.

Reuben'in sinirli, kuşkulu ve kararsız olmasına karşılık, işten döndüğünden beri Lucy'nin davranışları daha düzensizdi. Bir dizi kısa telefon görüşmesi yapmıştı. Solgun ve kırılgan görünüyordu ve telafi etmek için fazladan makyaj yapmasına rağmen huzursuzluğu yine de belli oluyordu. Reuben daha önce binlerce kez yaptığı gibi, onu rahatlatmayı, koluyla sarmayı, her şeyin yoluna gireceğini söylemeyi arzuladı. Ama bunların yerine, tabakta sebzeleri yakalamaya çalışarak, masanın kendine ait tarafında kaldı, sol eli kadehi öyle sıkı kavramıştı ki, kıracağını sandı.

"Zor bir gün müydü?" diye sordu.

Lucy çubuğunu küçük, küp şeklinde kızarmış bir domuz parçasına saplayıp ağzına attı. "Hı, hıh."

Reuben merak etti. Bir şey oluyordu. "Ee, neler oluyor?"

"Hiç."

"Ortada bir..."

Lucy tekrar, "Hiç," dedi.

Reuben dikkatini yemeğine verdi. Bütün iyi parçaları yemişti. Geride yalnızca pilav, bezelye ve sukestaneleri kalmıştı. Ayağa kalktı, tabağını bulaşık makinesine yerleştirmeden önce, artıkları çöp kutusuna boşalttı. "Ben de tam gergin görünüyorsun diyecektim. Bir terslik mi var?"

"Anlatılacak bir şey yok. Lütfen kapat bu konuyu."

Reuben masadan uzaklaştı. Mutfağın tavanı alçaktı ve başına bastırıyormuş gibi geliyordu. Oturma odasındaki iki dik arkalıklı kanepeden birine tek başına oturdu ve gözlerini Genetik Suçlar'dan alıp eve getirdiği gazeteye dikti. Nadiren gazete okurdu. Seri acımasızlığın dehşet verici ayrıntılarını öğrenmesi gerekliyse, iş dosyalarını inceleyebilirdi. Ne var ki elindeki bu *The Times* nüshası katlanıp, üstünde yalnızca 's. 8' yazılı olan büyük kahverengi bir zarfın içine yerleştirilmiş ve masasının gözüne bırakılmıştı. Mutfaktan gelen seslerden Lucy'nin ağladığını tahmin etti. İçinde kuşkulu duygularla sekizinci sayfayı açtı. Sol alt köşedeki çeyrek sayfalık makale mavi bir tükenmez kalemle işaretlenmişti. Başlığı şöyleydi: "Suç Polisten Kaçmaya Devam Ediyor". Reuben yazıya göz gezdirdi. Bunalmış bilincine giren bilgi ve ifadelerin arasında "geçtiğimiz yıldan beri şehir içinde işlenen ağır suçlar %8 oranında artmıştır" ... "uyuşturucu-bağlantılı cinayetler, şiddetli saldırılar, tecavüzler"... "Emniyet sözcüsü Sarah Hirst"... "samimi ve ihtilaflı bir itiraf"... "son günlerde meydana gelen iki acımasız cinayeti örnek olarak"... "suçun artık bilimin gücünü hissetmesinin zamanı..." Lucy içeri girdi, gözlerinin üstüne hafifçe vurarak, yandaki deri kanepeye kendini bıraktı. Makale, pirincinin arasına gizlenmiş et parçaları olan chow mein yemeği gibi, bir lokmada tüketilmek üzere tasarlanmıştı. Reuben, zarfın kapağını DNA testine göndermesi gerekip gerekmediğini ya da bir kartografi uzmanının bu iki karakterlik yazıdan kimlik tespiti yapıp yapamayacağını düşünerek, miskin miskin zarfı inceledi. Gerekli olduğundan değil. Belli ki bu Sarah'nın işiydi. Reuben'in cep telefonu çaldı, gazeteyi elinden bıraktı. "Alo," dedi.

"Dr. Maitland?"

"Evet."

"Burası Westminster, Barton Sokağı Polis Karakolu. Mesai saatinden sonra sizi aradığım için özür dilerim, ama Euston işaretli bir şüpheli yakaladık ve suçlama ayrıntılarını bulamadık. Bu sorunu çözebilir misiniz acaba?"

"Sanırım doğrudan Euston ile irtibata geçmelisiniz."

"Geçtik, ama onların da bilgisi yok. Tutuklama emrine sizin isminiz eklenmiş."

Lucy'nin cep telefonu çaldı, Reuben konuşurken o da açıp konuşmaya başladı. Ayrı konuşmalar, ayrı kanepelere hapsoldu.

"Alo? Lucy Maitland."

"Doğru," dedi Reuben. "Veritabanına şahsın bilgilerini ben girdim."

"Peki, ama ne için alıkonuyor?"

"Gözaltının kapsamı başmüfettiş Sarah Hirst tarafından boş bırakıldı. Belki Başmüfettiş Phil Kemp ile konuşmak istersiniz."

"Cinsel suç mu? Bu ne demek oluyor?"

"İkisi de çıkmış mı? Peki. Adı ne demiştiniz? Ya mesleği?"

"Anlıyorum. Ellerinde delil olarak ne var?"

Reuben cebinden bir kalem çıkarıp, gazetenin kenarındaki ince beyaz boşluğa adı çiziktirdi: "Shaun Graves. Şirket avukatı." "Peki. Bu konuda son derece eminim, bana tam olarak eşkâlini bildirin. Hayır, onu biliyorum. Ricamı yerine getirin, lütfen."

"Hâlâ Shaun'un böyle bir şey yaptığına inanamıyorum."

"Tamam. Anladım. Orta boylu, ince yapılı, IC bir."

Lucy hafifçe kocasına doğru döndü. "Ama tüm bunlar çok mantıksız. Yani kim olduklarını sanıyorlar, gözümün önünde, güpegündüz ellerinde delil olmadan tutukluyorlar?"

"Bir de, kendi kayıtlarım için, söyler misiniz, gözleri ne renk?"

"Götürülüyor mu?"... "Ne, şimdi mi?" ... "Ama onu nereye götürüyorlar?"

"Peki, yola çıkıyorum. İzin verin bir kontrol edeyim." Reuben telefonu kulağından çekti, Lucy'nin konuşmasını bölerek, "Affedersin. Bir iş çıktı. Gitmem gerek. Sana uyar mı?

Lucy sesini çıkarmadan telefonunu kapadı. "Atlatamaz mısın?"

"Kusura bakma. Gidip acilen birini görmek zorundayım. Her şey yolunda mı?"

"Sadece müvekkillerimden biri. Tutuklanmış da."

Reuben ayağa kalkıp ceketine uzandı. "Ama sen ceza avukatı değilsin ki."

"Biliyorum. Benden gidip kendisini çıkarmamı istiyor."

"Ne? Şahsen tanıyor musun?"

"Pek sayılmaz..." Lucy'nin sesi yavaş yavaş alçaldı.

"Ne zaman dönerim bilmiyorum. En aşağı birkaç saat sürer."

Reuben Lucy'nin alnına bir öpücük kondurdu. Saçının kokusunu aldı ve bir an için ayaklarının üstünde sallandı. Öpücükte bir kararlılık vardı. Haykırmamak için elinden gelen sadece buydu. Evden çıktı ve aceleyle arabasına bindi. Buydu işte. O an gelmişti.

6

Reuben Genetik Suçlar'a kadar Londra'nın dolambaçlı yollarında on kilometre kadar araba sürdü. Yan yollara sapıp yolu kısaltırken ve tek yönlü sokaklardan geçerken, evinin etrafında yavaşça daireler çizdiği, işyerine varıncaya değin giderek daha geniş eşmerkezli alanların etrafından dolaştığı fikrine kapıldı. SatNav* bile onu yönlendirmek için mücadele ediyor gibi görünüyordu. Otoparka varınca arabasını bodrum kattaki güvenlik bürosunun dışında durdurdu ve görev aracı almasına yetki veren kısa bir form imzaladı. Üzerinde göze çarpmayan polis işaretlemeleri olan nizami mavi renkli bir Mondeo'ya bindi ve yapışkan zeminde tiz cayırtılar çıkararak otoparktan çıktı.

Yirmi dakika kadar sonra Westminster'in sefil arka kesimindeki bir polis karakolunun önünde motoru durdurdu. Bina köhne, bozlaşmış, yıllar boyu biteviye işlenen suçların yorgun bir tanığıydı. Görünüşe göre, suçlular bir lağım borusundan sıçanlar gibi dışarı sızıyorlar, polisler de tekrar tekrar onları geri getiriyorlardı ve her iki taraf da bu tecrübeden bir fayda görmüyordu. Nöbetçi polis Reuben'in kimlik kartını kontrol etti ve dahili bir numarayı aradı. Reuben duvarlarda sıra sıra asılmış posterlere baktı. Posterler halktan Suç-önleyiciler'ni Uyuşturucu Affı'nı ya da Vandal-Hattı'nı aramalarını

---

* Uydu yön bulma sistemi. (ç. n.)

rica ediyordu. Lütfen *bir şeyler* yapın, diye yalvarıyorlardı sanki.

Ortaya çıkınca gördü ki, ona telefon eden adam, 'masa başından kalkmayan', sözcükleri üniformasının kıvrımlarına sinmiş, zayıf ve yaşlı bir polisti. Konuşmak üzere ağzı açılınca, çenesini oynatmak nadir yaptığı işlerdenmiş gibi, dilinin gerisinde kalın tükürük iplikleri belirdi.

"Adamı getireyim, öyleyse."

"İyi olur. Ama kendisini kimin aldığını ya da nereye götürüldüğünü söylemeyin."

"Salıverilme evrakını imzalarsanız."

Polis ağır adımlarla geldiği yoldan geri gitti ve Rueben aniden gerildi. O kritik an gelmişti. Araştırma ve deneylerle geçen tamı tamına iki yıl. Aylarca yukarıdan gördüğü baskılar. Sekiz yıllık ilişki, üç yıllık evlilik. Altı aylık oğlu. Yaşamında önem taşıyan her bir zaman çizgisinin kesişme noktasına saniyeler kalmıştı. Tüm dünyalarının korkunç çarpışması olacaktı bu. Tanrıdan zannettiği kadar yetenekli olmamayı diledi. Her şeyi berbat etmiş olması, eve Lucy ile Joshua'nın yanına tek suçu kuşkulanmak ve gücünü kötüye kullanmak olarak dönmesi de yüksek bir olasılıktı tabii. Kendi kendine, lütfen, diye fısıldadı, bu açık mantık yanlış çıksın. Lütfen, bu durumun başka bir açıklaması olsun. Son günlerde olanlar bir dizi talihsiz rastlantıdan ibaret olsun, lütfen. Lütfen Lucy beni seviyor ve bana sadık olsun. Lütfen yatağımdaki kıllar rüzgârla uçup gelmiş olsun. Lütfen o benim çocuğum olsun. Lütfen gözaltına alınan adamın Lucy ile bir bağlantısı olmasın. Lütfen, Feno-Model hatalı çıksın. Lütfen kamera tanıma sistemi yanılmış olsun. Lütfen beynimdeki huzursuz karıncalar artık dursun. Lütfen her şey eski haline dönsün. Lütfen, öğrenmeden arkamı döneyim. Lütfen mutlu bir cahillikle evime döneyim. Lütfen. Hafifçe öne eğilmiş, şık giyimli, ama rahatsız görünen bir adam sağına soluna bakarak polis eşliğinde getiriliyordu, üzerinde yakın zamanda bir korku yaşamışlık havası vardı. Arkasındaki sıska polis memuru, işte tutsağın dercesine başını öne doğru salladı. Gözler, cilt rengi, çene, burun, boy, vücut yapısı, belirlenmiş ve benzetilmiş her şey. Kıllar. Reuben tüpün içinde kıvrılmış iki kılı görüyor. Her şeyin başlangıcı. Gürleyen beyninde şu sözleri duyuyor: *Bana kılları ver, ben de sana adamı vereyim.*

Zaman yavaş akmaya başlıyor.

Memur, "Shaun Graves," diyor, öksürüp, ayaklarını sürüyerek geldiği yoldan geri dönüyor.

Reuben dönüp, dışarıya çıkıyor, arabaya gidiyor. Arka kapıyı açıyor. Shaun Graves ona bakıyor, fiziksel şokun etkisi hâlâ yüzünde. Hırpalanmış ve ezik. Karşısında kan revan içinde durması, işte teknolojinin gerçek gücü. Reuben aniden midesinin bulandığını hissediyor ve bacaklarının dermanı kesiliyor. Boyunu aşan bir şeye kalkıştığını ve işleri fazla ileri götürdüğünü fark ediyor. Yabancının zarar görmemesi gerekiyordu.

Shaun tükürürcesine, "Bakın," diyor, "Ne halt dönüyor bilmiyorum ama avukatımı..."

"Nereye?" diye soruyor Reuben, yaşadığı sarsıntıya hissizlik karışmaya başlıyor.

"Yani artık gözaltında değil miyim?"

"Nereye? Bin ve bana adresi ver."

"Islington."

Reuben arabayı sarsarak hareket ettiriyor, aklından bir sürü huzur kaçıran fikir geçiyor. Ansızın uyuşturucu ihtiyacı duyuyor. Gözlerini dikiz aynasına dikip bir kez daha adamın yüz hatlarını inceliyor, kendine has özelliklerini –burun kemiğinin genişliğini, çenedeki kıvrımı, kaşların koyuluğunu– beynine kaydediyor. Yeni yeni belli olmaya başlayan çürüklere, sağ yanaktaki sıyrığa, sol şakağın üzerindeki kesiğe dikkat ediyor. Shaun Graves bir cep telefonu çıkarıp bir numara tuşluyor. Reuben trafik ışıklarında dikkatle dinleyerek onu dinliyor.

"Benim. Konuşabiliyor musun? Dinle... kâbus gibiydi. Adi herifler dövdüler beni. Tanrı aşkına, masumum ben. Bu aşağılıkların gördüğü en büyük dava olacak bu. Yalnız mısın? Dışarıda mı? İyi. Oraya geliyorum. Umurumda değil. Sesinde şüphe var. Gözlerinin içine bakıp seni ikna edeceğim. Çocuk yattı, değil mi? Yoldayım. Hoşçakal." Telefonun bir düğmesine basıp öne doğru eğiliyor. "Başka bir yere gitmek istiyorum. Euston'ı biliyor musunuz? A40, tamam mı?"

"Adres nedir?"

"Melby Road. Ben tarif ederim."

"Gerek yok," diyor Reuben. "Gayet iyi biliyorum."

Evine dönüş yolundaki kesişme ve kavşak noktalarını birleştirmeye başlıyor. Derisinin üzerinde ince bir ter tabakası beliriyor. O kadar soğuk ki, terden çok buğulaşmaya benziyor. Otomobil farlarının göz kamaştıran ışıklarının arasından Lucy'nin, Joshua'nın, Shaun Graves'in yüzlerini ve kendi yüzünü görüyor. Araba trafik lambaları arasında duraklarken, çehreleri ve yüz hatlarını üst üste getiriyor. Kendine en derinini kemiren soruyu soruyor. Joshua benim oğlum mu? Şüphesinin temelini oluşturan olay dizisini gözden geçiriyor. Gözaltına aldıkları adamı döven polisler, evli bir kadınla ilişkisi olan bir erkek, kocasına ihanet eden bir kadın, kendisininkileri görmezden gelirken başkalarının kusurlarının izini süren bir koca. Lucy'nin, Shaun Graves'in, KSB'nin, Genetik Suçlar'ın, tüm Londra'nın hata silsilelerini birleştiriyor. Çatışmalar, doğruların ve yanlışların anıları, üzerinde pek az etkisinin olduğu olaylar zincirini başlatmak yüzünden duyduğu pişmanlık, oğlu için, kendisi için neyin en iyisi olduğu düşünceleri görüşünü kesip geçiyor. DNA'dan başlayıp, proteine, hücreye, kıla, tüpe, RNA'ya, resme, KDKS'ye, tutuklamaya, şüpheliyle aynı arabada oturmaya kadar süren bilimsel yolculuğu gözünde canlandırıyor. Şüpheliyi odak noktasına getiren Öngörücü Fenotipleme'de son zamanlarda meydana gelen ilerlemeler ve ince ayarlamaları gözden geçiriyor. Kuşkuları, hataları, yaklaşımın potansiyel sınırlamalarını yutuyor. Yanlış ellere düşmesi durumunda tekniğin yaratacağı tehlikeleri düşünüyor: Şüphelilere teknolojinin kör silahıyla saldıran polisler.

Aynada, Shaun Graves kendi şeytanlarıyla kavga ederek, hızla geçen dış dünyayı seyrediyor, pahalı takımına kan sızıyor. Karmaşık bir kavşaktan geçiyorlar ve Reuben birçok yaşamın kaçınılmaz çarpışmasını görüyor. Düşünceleri kendilerini eyleme geçmeye hazır olmaya yoğunlaştırıyor. Tedirginliği saflaşıp huzursuz bir açlığın içine süzülüyor. Eve son bir kilometre kala daha hızlı nefes almaya başlıyor. Reuben tetikte, hazır, heyecanlı ve korkuyor.

Pek çok gerçeğin ortaya çıkacağı an hızla yaklaşıyor.

ÜÇ

1

Bekliyor; bekliyor; sonsuza dek süren bir bekleme; aralıksız dikiz aynasına bakıyor; bakışlar çılgın; dişler kenetli; bekliyor; onlara yeteri kadar hareket serbestliği veriyor; bekliyor; hesaplıyor, tahminler yapıyor; aniden silkiniyor, alçak sesle bir şeyler söylüyor; an billurlaşıyor, motoru durduruyor; arabadan aşağı atlıyor; tempolu adımlarla araba yolunu geçiyor; elleri sımsıkı yumruk oluyor; kasları kabarıyor; sertçe soluk alıp veriyor; ön kapıyı ardına kadar itip açıyor; holü aşıyor; duvarlara çarpa çarpa; mutfaktan geçiyor; geniş adımlarla oturma odasına dalıyor; ikisi birlikteler; kollar sıkı sıkı sarılmış; kucaklaşanlar başlarını hızla geri çekiyorlar; Lucy'nin gözlerinde korku; Shaun Graves'in suratında ağır da olsa ayılma ifadesi; sözcükler yararsız; Shaun'u yakasının arkasından yakalıyor; bir yumruk sallıyor; burunla elin eklemleri çatırtıyla birleşiyor; Lucy'e bakıyor; inkâr etmek ya da açıklamaktaki âcizliğine; halıya kan damlıyor; sırılsıklam yapıyor; kendi evi gibi yerleşiyor; kırmızı, işgalci bir kalıcılık; üst kata koşuyor; Joshua'nın odasına dalıyor; çocuğun sessizliği, masumiyeti; sıcak alnından öpüyor; onu bırakıyor; bırakıyor; bir çanta alıyor; içine bir şeyler dolduruyor; giysiler; tuvalet malzemeleri; rahatlık sağlayan işe yaramaz şeyler; oğlunu bırakıyor; yatağa bakıyor; derli toplu yatak, süpürülmüş halı; özen; pek de özenli değil; Adli Bilimlerin hayatların içine ettiği fikrini bastırıyor; alt kat-

tan gelen koşuşturmayı duyuyor; iniyor; basamak-
ları ikişer ikişer atlayarak; yaşlar fışkırıyor; ağız tu-
haf şekillere giriyor; dağılmamaya çabalıyor, dağıl-
mamak için büyük çaba harcıyor; Lucy'nin Shaun
Graves'i yatıştırmaya çalıştığını görüyor; duvarları
yumrukluyor; haykırıyor; parmak eklemleri kana-
yıp şişiyor; bir daha duvara vuruyor; acıyı dindire-
cek her şeye; sıvada çukurlar oluyor; boya ufalanıp
dökülüyor; boşanma lafı ağzından çıkıyor; Lucy af-
fedilmek için yalvarmıyor; Lucy Shaun'dan uzaklaş-
mıyor; Lucy Shaun'un yüzündeki kızarıklığa komp-
res yapıyor; odaya son bakış; görüşü öfkeden bula-
nık; anahtarlarını, banka kartlarını ve dosyalarını
alıyor; paldır küldür mutfağa dalıyor; düğün hedi-
yesi tabakları, şampanya kadehlerini yere çarpıyor;
kapıyı çekip açıyor; açık bırakıyor; bir ümitle; çare-
siz bir ümitle; evden çıkıp gidiyor; sokağa; ılık ha-
vaya; serin arabaya; motor çalışıyor; tekerlekler dö-
nüyor; dikiz aynasından geriye bakıyor; onun koşa-
rak evden çıktığını görmek için dua ediyor; onu so-
kakta görmek için dua ediyor; yalvarması için dua
ediyor; giderek uzaklaşıyor; Londra trafiği onu yu-
tuyor; kargaşa yüzünden bulanık görüyor; hareket-
leri hızlı dengesiz, köşeleri keskin cayırtılarla dönü-
yor, doğruca bir duvara toslamak istiyor; ana yol-
dan sapıyor; yol onu bir otelin yakınına tükürüp
atıyor; ucuz insanlarla dolu ucuz bir otel; bir oda
tutuyor ve içiyor; içiyor; içiyor; kusuyor; sızıyor;
kendini oradan oraya atıyor, dönüyor; içiyor; çok
sıcak ve çok soğuk; aynı anda hem terliyor hem tit-
riyor; hiç durmadan aynı sözcüğü tekrarlıyor 'Ha-
yır'; acımasız ışık jaluzilerin arasından giriyor; bir
başına uyanıyor; sabah sabah ağlıyor; ezici; bozgu-
na uğratan akşamdan kalmalık; yarılmış parmak

eklemleri; mide bulandıran bir kavrayış; içini kemiren gerçekler; tam bir kimsesizlik; oğul, eş, ev, evlilik, iş; bir hayatın sonu; bir diğerinin boşluğu.

Yeni gün beraberinde bir dizi hummalı telefon görüşmesi getirdi. Arayanlardan biri Phil Kemp'ti: "Sorunlarımız var, Reuben. Ciddi sorunlar." Biri Sarah Hirst'tü: "Sen ne halt ettin?" Biri Judith Meadows'tu: "Söylentiler doğru mu?" Biri Mina Ali'ydi: "KSB'dekiler kanını içmek istiyorlar." Boş şişeler yatağın üstünde duruyordu, açılmış toz paketleri derme çatma kahverengi masanın üzerine saçılmıştı ve yorgun giysiler yere yığılmıştı. Ve kırmızılık hiç durmadan, kabuk bağlamamak ve iyileşmeye başlamamak için direnerek sargılı parmaklarından sızmaya devam etmişti.

Ertesi sabah karşı suçlamalar ciddi biçimde başladı. Lucy haykırarak boyuna hakaretler etti, Shaun Graves'in Metropolitan Polis Teşkilatı'nı dava etme niyetinde olduğu haberi ortaya çıktı ve Genetik Suçlar bünyesinde uygunsuz hareketler olduğuna dair söylentiler su yüzüne çıktı. Sarah Hirst ve Phil Kemp'ten giderek büyüyen bir görevi kötüye kullanma ve uygunsuzluk tablosu olduğunu ima eden başka telefonlar da aldı. Reuben gün boyu içerek, kusarak ve kurumsallığın insanı kıskacına alan tesellisine elini uzatarak yataktan çıkmadı.

Toz gece ile gündüz arasındaki ayrımı bulanıklaştırırken, üçüncü ve dördüncü günler eriyip beşincinin içine karıştı. Reuben telesekreterine bırakılan mesajları dinlemeden silerek telefonu duymazdan geldi. KSB üst kademesinin konuyla ilgilenmeye başladığını biliyordu, Genetik Suçlar'dan uzak durmaya karar verdi. Sonra Judith Meadows onu görmeye geldi. Reuben kadının gözlerindeki şoku gördü ve tek bir uzamış amfetamin uçuşunun etkisinde ona tüm karışıklığı açıklamaya çalıştı. Evdeki dolapları, işteki dolapları, yukarıdan gelen baskıları, KSB'nin denenmemiş teknolojiyi kullanma hırsını, aralıksız gerçeği arayışını, her şeyden habersiz oluşunu, öğrenme ihtiyacını, örüntü tanıma sistemini, yataktaki kılları, inkârları, polisin Shaun Graves'e attığı dayağı, parmak boğumlarını sıyıran yumruğu, her şeyin nasıl savunulamaz olduğunu.

Altıncı gece, Judith yanında kaldı, odada bir ileri bir geri yürüyerek ekibinin olanlara nasıl tepki verdiklerini anlattı. Çoğunun hâlâ ona bağlılıklarını sürdürdüğünü, Run ile Jez'in olaylara dahil olduklarını ve sessizliklerini koruduklarını söyledi. Birçok kişinin baskıları gördüklerini ama yaptıklarını anlamadıklarını söyledi. Sonunda Judith öbür yatakta uyuyakaldı. Reuben uyumadan yattı ve kadının ilgisi karşısında gururu kırılmış hissederek, fikirleri ve düşünceleri ölçüp biçerek ve gündüz yataktan çıkmayı planlayarak onun soluk alıp vermesini dinledi. Aşırı içmeyi bırakmaya karar verdi, Run'ı, Jez'i, Mina'yı, güvenebileceği kişileri aramaya yemin etti. Sabahın ilk aydınlığında yalnız olduğunu fark etti. Judith gitmişti ve geride yalnızca vücudunun yatakta bıraktığı çukur kalmıştı. Serinkanlı bir şekilde tıraş oldu, parmaklarının sargısını değiştirmeden önce duş aldı. Ve sonra Judith kahvaltı ile birlikte geri döndü.

Nihayet yedinci gece Judith gitti. Reuben sessizce kendisini ele geçirecek telefonu bekledi. Ve bunu yaparken de önündeki haftaları gördü. Ardı ardına geceler boyu aynı otelin başka bir odasında, süngersi yataklarda, tek başına ve soyutlanmış halde uyudu ve vakit geçirdi. Oturdu ve yakın geleceğinin tatsızlığını kafasında canlandırarak düşündü. Bütün bu süre boyunca korkuyla beklediği tek bir telefon onu bugüne geri döndürdü. Düşündüğünden daha uzun zaman almıştı ki bu ancak kötüye işaret olabilirdi. Büyük bir titizlikle, eksiksiz iş yapıyorlardı.

Komutan Robert Abner hattın öbür ucundan "Reuben," diye gürledi, "yarın gel beni gör."

2

Her yere etki eden klimaya karşın, takım elbisesinin içinde terliyordu. Reuben genel bir kural olarak, yalnızca mutlaka gerekliyse takım elbise giyerdi. Bugün başka bir seçenek yoktu.

Binaya girerken ve koridorlarda yürürken, hareketlerini dikkatle inceleyen bir grup vardı. Reuben iş arkadaşlarıyla göz göze gelmekten kaçınarak başını yerden kaldırmadı. Kahve makinesinin başında oyalanan Judith'in yanından geçerken bile, kararlılıkla dikkatini ince tüylü halıya verdi. Genetik Suçlar çalışanlarının gözleri ithamlarla dağlayarak onu dikkatle izlerken, içini kemiren bir utanç hissetti. Reuben dedikoduların büyük olasılıkla kendi kendine hız kazanmış olduğunu anladı.

Çoktan Operasyon Odası'nda oturmuş onu bekliyorlardı. Reuben onların erkenden geldiklerini, yarım saat önceden buluşmayı planladıklarını, öykülerini açıklığa kavuşturduklarını ve görüş farklılıklarını giderdiklerini gözünde canlandırdı. Gözlerini soldan sağa doğru gezdirdi; BM Sarah Hirst, ısmarlama pantolon ceket takımı ve nizami beyaz bluzuyla soğukkanlı bir profesyonel tavrı takınmış; Bölge Komutanı Robert Abner, iri yapılı ve ürkütücü, ceketini çıkarmış, geniş omuzları neredeyse gömleğini patlatacak; Başmüfettiş Phil Kemp, biraz pejmürde, ama yakasını ütülemek ve kravatını ortalamak için bariz bir çaba harcamış. Kıyafetlerine gösterdikleri özenden, Reuben başına gelecekleri anladı.

Masanın karşı tarafında onlara doğru duran tek sandalyeyi çekip oturdu. Phil onunla göz göze gelmekten kaçındı. Sarah gözlerini doğruca üzerine dikti. Komutan Abner karşılama olarak şöyle bir yüzünü buruşturdu.

"Evet, Dr. Maitland, sanırım hepimiz neden burada olduğumuzu biliyoruz. Yanılsamalara kapılmayalım." Robert Abner sağına döndü. Sarah, neden sen başlamıyorsun?"

"Açık sözlü olacağım, Dr. Maitland. Geçtiğimiz haftayı burada, Genetik Suçlar'da son zamanlardaki çalışmalarınızı araştırmakla geçirdik ve bir dizi yakışıksız fiil ortaya çıkardık ki bunlara dahil olan eylemler..." Sarah antetli, dolu bir sayfaya baktı. "... ABK sarf malzemeleri ve araç gereçlerinin amaç dışı kullanımı, ABK personelinin mesaisinin amaç dışı kullanımı, ABK veritabanının amaç dışı kullanımı, ABK örneklerinin ve numunelerinin amaç dışı kullanımı, KSB mesaisinin amaç dışı kullanımı, sahte tutuklama emri düzenleme, akabinde Metropolitan polisinin gözetimindeki bir şahsa fiili saldırı... liste devam ediyor."

"Phil?"

"Pekâlâ." Phil Kemp önceden hazırlanmış benzer bir belgeye baktı. "Burada Adli Bilimler Kurumu Meslek Yasası, Kısım On İki uyarınca Genetik Suçlar'ın itibarını ciddi biçimde zedelediğine karar verilen toplam on yedi uygunsuz davranış raporu var. Ayrıca etraflıca araştırmaya zaman bulamadığımız çok sayıda doğrulanmamış iddia daha var." Sözü Komutan'a bırakarak, oturduğu yerde kıpırdandı.

Robert Abner iri avuçlarını yukarıya çevirdi. "İddialarımıza yapacağın bir itiraz var mı?"

Reuben, "Hayır," diye karşılık verdi.

"Ne oldu sana böyle?"

Reuben gözünü masaya dikip sesini çıkarmadı.

Komutan Abner'in yüzünde de sesinde de bariz bir hayal kırıklığı vardı. "Elinin tersiyle ittin, Reuben. Bu bölümü idare etmeyi reddettin. Çok iyi olabilirdin. Ama bunu yapacak yerde... şu haline bak."

Reuben de ona baktı. Kıpırtısız havada zaman kaybolmuş gibiydi "Peki, şimdi ne olacak?"

"Ne olacağını çok iyi biliyorsun."

"Bunun gizli kalacağını. Kayıtlara geçirilmeyeceğini. Bölümün menfaati için gerçek örtbas edilecek."

"Böyle bir lüksümüz olmayabilir. Bunu duyurmak kimsenin yararına olmaz. Ne senin, ne bizim, hiç kimsenin."

"Peki, ya kamu yararı?"

"Kamunun Adli Bilimlere inanmaya ihtiyacı var, Reuben. Bunu biliyorsun. Ve burası ABK'nın bayrak gemisi, bizi oyunun ilerisinde tutacak gelişmelerin öncülüğünü yaptığımız yer." Reuben bir an için Komutan Abner'in üst düzey KSB dedektiflerine bir konferans verdiğini hayal etti. "Halk ülkenin önde gelen bilim adamlarından birinin delillerde tahrifat yaptığını duymak istemez."

"Ben hiçbir şeyi tahrif etmedim."

"Demek istediğim şu ki buradan sessizce çıkacaksın ve tek bir kelime bile etmeyeceksin." Robert Abner masanın öbür tarafından kaşlarını çatarak baktı. "Ve şunu unutma, hâlâ buradan maaş alıyorsun. Bu yüzden işbirliği yapmanı bekliyorum senden."

"Beni tehdit mi ediyorsunuz?"

"Sana *söylüyorum*, emrim altındaki son birkaç dakikanda. Elimizde serbestçe dolaşan, bir yandan da boğan, karın deşen bir, belki de iki manyak var. Shaun Graves haksız yere tutuklandığı için Metropolitan'a dava açacak. Büyük gazetelerden birinin bu durumu haber yapacağı duyumunu aldık. Kararlı biçimde harekete geçecek gibi görünmek zorundayız."

Reuben sıkı ve kuru hissettiği genzini temizledi. "Burada başka bir şey var, öyle değil mi?"

"Ne kastediyorsun?"

"Ben yalnızca teşkilatın öteden beri istediği şeyi yapmanızı kolaylaştırdım – benden kurtulmanızı."

"Saçmalama. Tanrı aşkına, sana terfi teklif ettik."

"Zarar görmeyecek biçimde."

"Yeter, Reuben. Kendini topla be adam. Bu aşamada çamur atmanın sana hiç faydası olmaz." Komutan Robert Abner yan gözle Sarah ile Phil'e baktı. "İkinizden birinin söylemek istediği başka bir şey var mı?" Astları başlarını ağır ağır, neredeyse üzüntüyle iki yana salladılar. "Tamam, Dr. Maitland, sana okumam gereken yazılı bir tebliğ var."

Reuben gözlerini komutandan kaçırdı. Ne geleceğini biliyordu, bir haftadan uzun bir süredir onu esir eden sözler. Bir keresinde, iki yıl kadar önce, Sarah'nın şimdi oturduğu yere kurulun bir üyesi olarak oturmuş, fena halde yeteneksiz bir KSB görevlisinin görevine son verilme emrini okumuştu. Robert Abner işten çıkarma emrini okurken, Reuben Genetik Suçlar'daki döneminin bittiğini kabullenerek, Sarah Hirst ile Phil Kemp'in yakında bölümünün başına geçmek için çekişeceklerini bilerek, verdiği bütün emeklerin sonsuza kadar elinden kayıp gittiğini anlayarak adamın takımının koyu griliğine odaklandı.

Reuben tebliğin sonunu beklemedi. Ayağa kalktı ve kapıyı sertçe açıp çıktı. Bir KSB görevlisi sessizce, laboratuvarlarının, ofisinin, kilitli dolapların önünden geçerken ona binanın dışına kadar eşlik etti. Yürürken, ezici bozgunun ortasındaki tek olumlu düşünce Öngörücü Fenotiplemenin yalnızca kendi dizüstü bilgisayarında bulunduğuydu. Genetik Suçlar onu kovmakla çaresizce muhtaç olduğu yegâne teknolojiyi de kaybediyordu. Daha önce aldığı az miktar amfetaminin etkisi geçmeye başladı. Çıkışa doğru döndüler. Reuben binadan son bir nefes çekip yanında götürmek için derin bir soluk aldı. Sokağın köşesini dönünceye dek durmadı, soluğunu koyuverirken, Genetik Suçlar'dan geriye kalan son şey de bedeninden süzülüp gitti.

3

Oteldeki odasının formika boşluğundan sonra, annesinin salonu Reuben'e her zamankinden daha karışık ve süslü püslü geldi. Parmaklarını yavaş yavaş eriyip etinin içinde kaybolan dikişleri hissederek hâlâ sargılı olan el eklemlerinin üzerinde gezdirdi. Adli Bilimler Kurumu'ndan atıldığından beri geçen iki hafta boyunca birkaç bardan başka bir yere gitmeye pek cesaret edememişti. Bu iki hafta bir asır kadar uzun sürmüştü. Bu gerçeğin kırıntıları hâlâ onunlaydı, bitimsiz pişmanlık, öfke ve kırgınlık sarmalında oynaşıyorlardı. Yalnızlık, hastalık ve gizlice saldıran depresyon sayesinde önemli bir karara varmıştı. Ama bu karar onu akıl almaz derecede takatsiz bırakmıştı, o kadar ki anne desteğinin avuntusu burnunda tütmüştü.

Reuben'in sessizliğine karşın, Ina Maitland onun suskunluğuna hiç aldırmadan konuşmaya devam etti. Reuben de aklından hiç çıkmayan açık amfetamin paketinin hayaliyle kafası karışık halde yeniden başlamak için çabaladı. Acıyan ellerini yumruk yaptı. Kendi düzelinceye dek, yaşamında hiçbir şeyin gerçek anlamda düzelemeyeceğini anladı. Tozu birden bırakalı tam bir hafta olmuştu. Amfetaminin aşırı bağımlılık yapmadığını biliyordu, ama yine de onu pençeliyordu. Soğuk soğuk terliyor, kaşınıyor, midesi bulanıyor, dişleri kamaşıyor, nabzı düzensiz atıyordu... Evin ön tarafındaki, durgun havasında tok gümbürtüler çıkaran, tik-takları yavaş saatli bu boğucu odada kendine hâkim olmak için mücadele etti.

"İhtiyaç duymuyor musun?"

Reuben şiddetli istekten geri çekilerek, "Neye?" diye sordu.

"İçmeye."

"Çok aşırı değil."

"Böyle bir şey insanın hayatını mahvedebilir. Baban hep böyle söylerdi. Hastaneye yatırdıkları ve çıkardıkları zaman bile."

Reuben'in elindeki narin fincan, tabağına çarpıp tıngırdayınca, sehpaya bıraktı. Her zaman olduğu gibi, babasının fotoğrafı şöminenin üzerinden gülümsüyordu. Bir sarhoşun, bir bağımlının gülümsemesiydi bu, hüzünlü ve ümitsiz, gözler başka bir yere bakıyor. Reuben babasının yüzünde kendi yıkımının köklerini gördü.

"Bak, anne, artık itiraf etmenin zamanı geldi. Lucy ile ayrılıyoruz."

Ina Maitland oğlunun gözlerinin içine baktı. "Devam et."

Saat tembelce tıkırdıyordu. "Bir ilişkisi varmış. Bir meslektaşı ile."

"Kaltak... Ah, Tanrım. Peki ya Joshua? O zavallı kuzucuğa ne olacak?"

"Lucy velayet davası açıyor. Beni ondan uzak tutmak için savaşacağını söylüyor. Eğer başarabilirse, yanlarına yaklaşmamam için mahkeme emri çıkaracak."

"Ama tabii aldatan taraf kendisi olduğundan..."

Reuben sert bir tavırla sözünü kesti. "Bu kahrolası mesele çok daha karışık." Böyle yapmak istememişti, ama acı çekiyor ve titriyordu. Ağrısının giderilmesine, onu acılara duyarsızlaştıracak o acı toza şiddetli bir gereksinim duyuyordu. "Affedersin," diye mırıldandı.

"Ah, Reuben. Çok mutlu olduğunuzu sanıyordum."

"Ben de."

"Zavallı Joshua. Peki ya ev konusunda ne yapacaksın?"

"Evi satılığa çıkaracak." Onun adını ağzına almaya katlanamıyordu.

"Ya eşya?"

"Depoda duracak. Ben kendimi toplayana kadar."

"Burada kalmandan her zaman memnun olacağımı biliyorsun."

"Burası tek odalı bir daire, anne."

"Olsun, yine de..."

"Beni merak etme."

Saat uzun ağır saniyeleri vuruyordu. Reuben'in kasları arada bir seğiriyordu. Düşünmemek, hissetmemek, incinmemek o kadar kolay olmayacaktı. Otele geri dönmek, bir satıcı aramak, birkaç paket, mümkün mertebe katkılı, ne evi, ne işi, ne çocuğu ne de bir karısı olmadığı belalarını unutup, bir iki günün öylece geçip gitmesine izin vermek. Fincanı eline aldı, kendine yeniden hâkim olmaya çalışarak, gözleri kapalı, kendini içindeki ılık çayı içmeye zorladı. Nabzı yavaşlayana ve kaslarının kasılması kesilinceye kadar öylece kaldı.

Huzursuzluğunu yanlış yorumlayan Ina Maitland konuyu değiştirmeye karar verdi. "Erkek kardeşinin durumu iyi," dedi. "Geçen gün yine uğradı." Ina gençlere has bir tavırla gülümsedi, yüzünün tamamı canlanıverdi.

Reuben acıyan yumruğuna baktı.

"Bugünlerde pek görüşmediğinizi söyledi."

"Görsem iyi olurdu."

"Kardeşinle ilişkini koparmamalısın."

"Koparmam. Ama Aaron..."

"Ne?"

"Hiç. Onu ararım."

"Üstü başı, her şeyi yerinde. Hatta bana biraz para vermeyi bile teklif etti."

"Verdi mi peki?"

"Ben istemedim. Ama yine de..."

Reuben gözlerini açtı. Sonunda düşünceleri meşgul olacak bir şey bulmuştu. Başparmağının zaten dibine kadar kemirilmiş tırnağını ısırdı. Cebi para tutan Aaron ancak tek bir anlama gelebilirdi.

4

Aaron sigarasını tüttürerek bir ağacın altında durdu. Elindeki, içine birazcık esrar eklenmiş ince bir sarma sigaralıktı. Birkaç nefeste bitti. İzmariti asfalta attı, kâğıdını yırtıp kalan tütünleri dışına çıkararak spor ayakkabısını hızlı hızlı üstüne sürttü. Ayağının dibinde bir bebek otomobil koltuğu duruyordu. İçindeki beyaz bir battaniyeye sıkıca sarılmış oyuncak bebek cansız mavi gözleriyle Aaron'a bakıyor ve biraz sinirini bozuyordu.

Etrafına dikkatle bakıp, fırsat kolladı. Burası etrafı duvarla çevrili park yerinde arabaların durup kalktığı, Londra'nın işlek çocuk yuvalarından biriydi. Sıkıntılı anne babalar küçükleri bağlandıkları koltuklardan kaldırıp kapıya doğru gitmeleri için razı etmeye uğraşıyorlardı. Saatlerine göz atıp, sinirli sinirli yüreklendirici sözler söylerken bir yandan da saatlerine hafifçe vuruyorlardı. "Haydi, Fabian, baban geç kalıyor."

Aaron kendini kamufle etmek için şık bir ceketle temiz bir kot pantolon giymişti. İçinden gündelik şehirli tarzı, dedi. Yuvaya gelen anne babaların fazla incelemesini gerektirmeyen türden giysiler, 'haydi, iş konuşalım, ama bir kafede' diyen bir kıyafet. Aaron bu kaskatı orta sınıf yargılarına dudak büktü. İnsanı giysisi gösterir deyimine inatla bağlı kalmak. Hem de yirmibirinci yüzyılda. Çizgili takım elbiseli avukatlar, spor ceketli doktorlar, yakasız gömlekli mimarlar, koyu renk takımlar ve siyah ayakkabılar giyen bankacılar. Sanki çalışma hayatında son otuz yıldaki değişimler hiç yaşanmamış gibiydi. Üniformasızlar için üniformalar. Bebeğin gözlerinin kapanması, hiç kırpmadığı o cansız gözleriyle zihnini yormaması için bebek koltuğunu hafifçe öne doğru itti.

Gümüş renkli bir Mercedes birkaç metre uzağında durdu. Aaron arkaya doğru eğilip ağaç yapraklarının arasına saklandı. Arabanın içindeki anne –güzel, telaşlı, şık– bir yaşlarındaki çocuğu kucağına alıp ön kapıya götürdü. Aaron arabanın içini daha iyi görebilmek için başını uzatırken kendine sövdü. Bir sarma sigara daha çıkardı. Yağmur yağıyordu ve nem sigaraya da geçmiş, yanmayacak hale getirmiş gibiydi. Azimle sigarayı yakmaya çalışırken bir yandan da saatine baktı. Sekiz otuz beş. Çocuk dökme işinin en civcivli zamanı. Aaron yumruklarını açıp kapayarak hazırlandı.

Birkaç fırt sonra büyük kasalı bir Mitsubishi SUV park yerine girdi. Aaron üç çocuklu bir babanın hepsini bir araya toplayıp yürütmeye çabalamasını izledi. Bu kolay bir iş değildi. Aaron bir an için neden herkesin kendini sıkıntıya sokarak üreme çılgınlığına kapıldığını merak etti. Çantalar, bebek bezleri ve biberonlarla boğuşurken çocuklar farklı yönlere doğru gittikçe baba telaşlanmaya başladı. Kıyafetinden finans sektöründe çalıştığı anlaşılıyordu. Yoksa üste para almadıkça hiçbir normal insan bu kadar ciddi giyinmezdi. Nihayet sürü pırıl pırıl arazi aracından ayrılıp binaya girmeye razı oldu.

Aaron sigarasını yere fırlattı, bebek koltuğunu yerden alıp, sallana sallana araca doğru yürüdü. Arka kapıyı açtı ve bebek koltuğunu içeri koydu.

Sonra sürücü koltuğuna oturdu. Anahtarlar kontağın üstündeydi. Dizel motoru çalıştırdı ve yavaşça geri geri park yerinden çıktı. Değerli eşyalarını, evrak çantalarını, ara sıra da anahtarlarını kontakta unutmayı alışkanlık haline getirmiş dalgın insanlara ihtiyacınız varsa, gidilecek yer çocuk yuvalarıydı. Kolay araklamalar. Ve yuva ne kadar pahalıysa, anne babaların bir o kadar dalgın, arabaların da daha iyi olduğunu öğrenmişti. Aaron park yerini yavaş yavaş geçti, hatta yola çıkarken başka bir araca yol vermek için durdu. Yuvaya çocuk bırakmanın hiç çabucak yapılan bir iş olmadığını biliyordu. Yuvanın kamera sisteminin kayıt aldığından da kuşkuluydu. Öyle ya da böyle işin püf noktası acele etmemek ve dikkat çekmemekti. Diğer anne babaların arasına karışmak. Ve bir çocuk yuvasında görünmezliği sağlama almanın, bebek araç koltuğu taşımaktan ve de birinin yumurcağını ezme paranoyasıyla arabayı yavaş sürmekten daha iyi bir yöntemi yoktu.

Anayola çıkınca, Mitsu... i'nin içini incelemek için birkaç saniye harcadı. Bir yaşında kadardı ve kilometre kadranı da on binin altındaydı. Rağbet gören bir 4x4. Bir yan sokağa saptı, ağır aracı hız kapanlarına çarpa çarpa geçirdi, ama bu arabanın hızını neredeyse hiç kesmedi. Birkaç dakika içinde Chelsea'nin dışına, daha tanıdık bir bölgeye yönelecekti. Üç çocuklu babanın, park yerinde dolaştığını, hafif bir inanmazlıkla arabasını bıraktığı yere baktığını, başını iki yana salladığını, emin olunca ön kapıya geri gidip ısrarla zile bastığını, içeri dalıp birinden polis çağırmasını istediğini, gurur ve neşe kaynağını çalan adi herifi hatırlamaya çalıştığını hayal etti.

Aaron gülümsedi. Bu araba başka birine geçirene kadar, yalnızca birkaç saatliğine onun olacaktı. Ama bunlar tatlı zafer saatleriydi. Ondan önce, parmak izi bırakmamak için her yeri iyice silmesi, direksiyon başında geçirdiği zaman zarfında adli delil bırakmadığından emin olması gerekecekti. Ve sonra on beş günlük taşkınlığa yetecek para gelecekti.

5

Otobüs, virajları olmayacak biçimde açıktan alarak dönüyor, üst katından aşağıdaki yolların, kaldırımların üstünde uçuyormuş gibi görünüyordu. Judith Meadows konuşurken, Reuben aşağıda sokaklarda koşuşturan, kendilerine yer açmak için savaşan –pençeleyerek yapılan karmakarışık bir hareket–, çatışan istikametlere doğru itişen alışveriş edenlerin başlarına bakıyordu. Otobüs sertçe yana yatıp bir kavşağa doğru ilerlerken, Reuben önündeki metal çubuğa tutundu. Dikkati sağ elinin parmaklarına döndü. Altı hafta kırık kemiklerin barışmasını, kesiklerin kendilerini dikişlerle kapatmasını, şişlerin inmesini ve oturma odasının duvarıyla kurduğu temastan sonra bir türlü geçmeyen ağrının kendini hafızasına hapsetmesini görmüştü. Ama bu yavaş bir süreç olmuştu, hiç azalmayan, rahat vermeyen, sürekli hatırlatan, inatçı bir hevessizlikle iyileşen bir acı. Silkinip o geceyi ve içini dışına çıkaran sonraki altı haftayı kafasından attı. Otobüs sarhoş gibi sallanıp yalpalarken, Reuben Judith'in anlattıklarında kaybolmaya çalıştı.

"Onlara eski vakalarımızdan birkaçını listelediğimi, soğutma odasını temizlediğimi falan söyledim ve bazı sayım çizelgelerinin tamamlanmamış olduğunu fark ettim." Judith, Reuben'in Genetik Suçlar'da çalışırken hiç farkına varmadığı, soluk mavi bir bluz giymişti. Bu renk ona yakışmıştı. Kadının bu bluzu almak için kalabalığın arasında ilerleyip, kendisinden daha güçlü, daha cüsseli müşterilerin arasından, çevik ve hızlı hareketlerle kimseye değmeden geçmesini gözünde canlandırdı. "Bunun üzerine Sarah hangi vakalar olduğunu sordu, ben de Otostopçu Katil'i, Edelstein tecavüzü ile başka iki vakayı söyledim."

"Tehlike çanlarını çaldırmaya yetti mi?"

"Sen öyle san. Kadın sadece o dosyaların kapandığını, heriflerin içerde olduğunu, şurada burada kalmış birkaç tüpün bir şey değiştirmeyeceğini söyledi."

"Başka?"

"Bunu kendime saklamamı istedi benden. Birkaç tüpün yerinin unutulması yüzünden ekibin geri kalanının telaşlanmasını istemiyormuş, öyle dedi." Judith oturduğu yerde dönüp Reuben'e baktı: "Senin bir zamanlar sandığım kadar paranoyak olmadığına inanmaya başlıyorum."

"Teşekkürler."

"Bak, burası ülkenin en önemli Adli Bilimler merkezi. Ya bağışlanmaz ölçüde baştan savma, ya da..."

"Ne?"

"Ne diyeceğimi biliyorsun. Bunu daha önce kendin söyledin. Fazla kelime kullanmadın, ama birileri ayıraçlarımızı kullanmaya başladığında, gözlerinden okunuyordu, bize pek anlatmadıklarından anlaşılıyordu.

"Ama ekibe güveniyorsun, değil mi?"

"Çoğuna. Ama Genetik Suçlar büyük bir birim. Çok sayıda kişinin laboratuvarlara, örneklere ve veri tabanlarına erişim izni var." Judith alyansıyla oynadı, parmağında döndürdü. "Sadece akıl almaz, o kadar."

Reuben Judith'i bulaştırıp bulaştırmamayı ölçüp biçerek uzun dakikalar gibi gelen bir süre durakladı. Kıymetli bildiği her şeyi kaybettiğinden beri geçen haftalarda kafasında yeni bir amaç şekillenmeye başlamıştı. Filizlenen, embriyo gibi yeni oluşmaya başlamış bir düşünceyken, şimdi tekmelemeye ve kıvranmaya başlıyordu. Reuben'in gerçeğe duyduğu kıpır kıpır arzu yavaş yavaş onu hayata dönmeye zorluyordu. Günden güne parçalarını bir araya getiriyordu. Üstesinden geliyordu.

"Biliyor musun, Judith, bu konuyu düşündükçe, onlara zaten yapmak istedikleri şeyi yapmak için bir bahane verdiğimden daha çok şüphe ediyorum. Genetik Suçlar'ın büyük grupları daha ben gitmeden önce benden kurtulmak istediler."

"Peki, ama neden?"

"Bilmiyorum. Ama öğrenmek niyetindeyim."

Judith tersçe yüzüne baktı, yıllar yılı bilimsel katılıktan gelen eleştirel bir bakıştı bu. "Ama oradayken bir şey ispat edemediysen, şimdi ne şansın var?"

Reuben bir karar vererek, "Seni önümüzdeki hafta ararım," diye karşılık verdi. "Tanışman gereken biri var."

6

Ertesi hafta, kapalı bir Haziran günü Reuben iste-
meye istemeye Waterloo'da tıka basa dolu bir bahis
dükkânına girdi. Yüzlerce sarma sigaranın ucun-
dan döne döne yükselen bayat sigara dumanında
tek bir sözcük asılı duruyordu: "Kaybeden". Biri
hariç bütün erkeklerin yüzü aynı yöne çevriliydi,
kanlanmış gözlerinde sessiz bir çaresizlikle, asık
suratlarında sığ bir heyecanla televizyon ekranla-
rını gözlüyorlardı. Bankonun yanında ekranlarda
ışıklandırılmış at yarışı, futbol maçı ya da tazı ya-
rışı sonuçlarına pek ilgi göstermeyen, şişman, kılık-
sız bir adam duruyordu. Reuben beden dilinden ya-
nıtının ne olacağını tartmaya çalışarak adamın ya-
nına yaklaştı.

Adamın elini sıkarken, "Selam, Moray," dedi.
"Bahis dükkânı ha?"

Moray Carnock ilk kez dikkat ediyormuş gibi et-
rafına bakındı. "İnan bana, çok iyi bir nedeni var."

"Demek karar vermek için birkaç gün bekledin."

"Galiba öyle oldu."

"Peki, ne düşünüyorsun?"

Moray gözlerini kıstı, koyu renkli, çalı gibi kaşla-
rının ardından dikkatle Reuben'e baktı. "Yoksul bir
geçmiş. İyi bir eğitim. Bazen kendinden emin olamı-
yorsun. Bu noktada olmayı aslında hak etmiyormuş-
sun gibi mahcupsun. Klasik vaka. İşçi sınıfı çocuğu
anne babasını geçer, ama kimliğiyle boğuşur."

"Ben teklifi kastetmiştim."

"Bildiğim kadarıyla teklif *sensin*. Söylesene baban ne işle uğraşırdı?"

"Çoğunlukla İskoç viskisi." Moray bir kahkaha attı. Reuben bunu iyi bir işaret olarak gördü. "Ya senden ne haber?"

"Bak şimdi, ben *havalıyımdır*. Babam mimardı, annem de pratisyen hekim. Sırf zevk için varoşta oturuyorum."

Reuben Moray'i bir şey olarak görmeye çalıştı, ama hırpani kaba bir herif gibi görünüyordu. "Tamam. Ama ciddi ol."

"Ciddi mi? Bazı meseleler var. Hem akli durumundan da endişeliyim."

"O geçici bir durum. Felaket gibi birkaç hafta geçirdim."

"Evet, iyi. Geçici olsa iyi olur, çünkü..."

Reuben, "Dur bir dakika," diyerek sözünü kesti. "İşte geliyor. Bırak ben konuşayım."

Judith dükkândan içeri girerken, Reuben kadına işaret etti. Sıra sıra ekranlara hipnotize olmuş gibi gözlerini dikmiş bakan bahisçilerin etrafından dolaştı. Yanlarına gelince Reuben, "Bu Moray Carnock," dedi. "Moray, bu da Judith Meadows. Sanırım konuşmamız gerek."

Judith adamın elini sıktı. Kaba görünümünün aksine eli yumuşacık ve gevşekti.

"Moray bir firmanın güvenlik danışmanı."

"Doğru."

"Çok özel sorunları olan birçok insan tanıyor."

"Siz birbirinizi nereden tanıyorsunuz?"

"İki ay kadar önce, bir vaka üstünde çalıştığım sırada bir barda tanıştık. Moray'de işimize yarayabilecek bazı bilgiler vardı. Tabii, belli bir miktar karşılığında. Ben de ona basıp gitmesini söyledim."

"Ve sonra sürüne sürüne geri geldin."

"Evet. Şey, tam anlamıyla isteyerek oldu diyemem. Judith, plan şu, Moray aracı görevi görecek..."

Moray, "Bakın," diyerek araya girdi, "sadede gelelim. Bahis oynanan yerleri hiç sevmem."

Konuştukları sırada, dükkâna müşteriler girip çıkıyordu. Kimse mutlu görünmüyordu. Kazandıkları kuponların parasını almak için bankoya yanaşanlar bile, bu durum kısa zamanda arkasından başka dertlerin geleceği geçici bir ertelemeymiş gibi, sinirli ve hoşnutsuz görünüyorlardı.

"Evet, bütün olarak baktığınızda Reuben'in fikri hakkında ne düşünüyorsunuz, Bay Carnock?" diye sordu Judith.

"Hem iyi, hem kötü, bakış açısına bağlı." Moray Reuben'e döndü, arka plandaki yenilgi üzerine diş gıcırdatma seslerini bastırmaya çalışarak konuştu. "Teklif ettiğiniz şeyi yapmak için, fiilen ortadan kaybolmanız gerekecek. Yeraltına inin. Ev yok, araba sigortası, vergi yok, kredi kartı, hiçbir şey yok. Adı sanı belli olmayan oteller... gözden ırak bir laboratuvar."

Judith gözlerini hızlı hızlı, tombul İskoç'un üzerinde gezdirdi. "Bu kadar tedbir neden?"

"Burada renk körlüğünüz için test yapmaktan bahsetmiyoruz. Büyük avın peşindeyseniz, yolundan uzak duracaksınız."

"Yaptığım şeyin yasadışı olmaması çok önemli."

"Evet, doğru." Moray gözlerini kısıp bir Judith'e bir Reuben'e baktı. "İşin acıklı yanı, ikinizin o ince çizgiyi geçmek zorunda kalacağınız zamanlar olacak, tabii geri kalanımızla birlikte."

Reuben kaşlarını çatarak sordu, "Başka?"

"KSB beni endişelendiriyor. Judith her iki tarafın peşine düşmesi tehlikesini göze alacak."

"Demek asıl tehlike sana kalıyor, Judith."

Bir meyve otomatının albenili ışıkları dikkatini dağıtıp onu konuşmadan koparmaya çalışırken, Judith, Reuben'e döndü. "Neden baklayı ağzından çıkarmıyorsun, Dr. Maitland?" dedi.

"Sen ortada sıçan olacaksın."

"Hoş bir manzara."

"Ne kastettiğimi biliyorsun."

Judith etrafına bir göz attı. "Yine de kendimi iyi hissetmemi sağlamıyor. Hiçbiri."

"Senin tercihin..."

"Ama senin bir sözünü tekrarlayayım, Reuben, bir şey berbat olmuş. Genetik Suçlar bombok olmuş."

"İrtibatta olduğumuzu kimsenin bilmesi gerekmeyecek. Hem de hiç kimsenin. Artık pratikte birbirimizi tanımıyoruz."

"Tamam."

"Eğer seninle beni ilişkilendirirlerse, ikimiz de biteriz."

"Doğru.

Moray Carnock onları pek dinlemeden kapıyı gözlüyordu. Reuben adamın bakışlarını takip etti, ama ters bir durum görmedi. Modası geçmiş kot pantolonlu zayıf bir adam dükkândan çıktı. Moray alarm verilmiş gibi aniden canlandı. Reuben ile Judith'e hızlı bir baş hareketiyle selam verip, "Beni sonra ararsınız," dedi.

"Ne oldu?"

Moray karşılık vermedi. Çoktan kalabalığın arasından kendine yol açıp kapıya doğru gitmeye başlamıştı.

Reuben bu irikıyım İskoç hakkında hâlâ bilmediği ve büyük olasılıkla da asla öğrenemeyeceği çok şey olduğunu kavrayarak arkasından baktı. Gözlerini Judith'e çevirirken, ara sıra da olsa bunun iyi bir şey olabileceğini anladı. "Evet, var mısın?"

Judith'in kafası meyve otomatının ışıkları yüzünden karışıyordu. Ani bir dürtüyle, o tarafa yürüdü ve makinenin aç ağzına bozuk para attı. Düğmeleri yardıma hazır halde basılmak arzusuyla yanıp sönmeye başladı. Parmağı "Çalıştır" yazan en büyük düğmenin üstünde durakladı.

"Evet, Bayan Meadows," diye sordu Reuben. "Uçurumdan atlamaya hazır mısınız?"

Judith gergin bir tavırla soluğunu adeta yuttu. Dişlerini yanaklarının iç kısmına geçirdi. Avuçlarının terlediğini hissetti. Eli hareket etti. Düğmeye bastı. Düğmeler hafifçe ışıldadı ve makaralar dönmeye başladı.

DÖRT

1

İki Ay Sonra

Başmüfettiş Phil Kemp bir saniye duraklayarak evdeki düpedüz katliama baktı. Siren sesi tanyeri ağarmadan önceki sessizliği yararken, mavi alarmla yerinden fırlamıştı. Her acil servis için aynı kurallar uygulanırdı – eğer bir meslektaş tehlikedeyse, dünyayı yerinden oynatırdınız. Ne var ki, Phil bu kez çok geç kalmıştı. Hem de çok geç.

Bu sıra ev de, bütün sıra evler gibi yanıltıcı biçimde uzundu. Bu yüzden de Phil içeri ilk adımını atıp bütün kapıları açtığında ve bütün odaları kontrol ettiğinde binanın bu kadar derin olmasına neden şaşırdığını merak etti. Belki de, sebep kendi evinin insanı düş kırıklığına uğratacak ölçüde işlevsel bir yerleşim planı olan modern bir bina olmasıydı. Dışarıdan kübikti, içerden de kübikti. Ne görüyorsanız tam olarak ona sahiptiniz. Yatak odasını, yatağından yavaşça sızıp giden sıcaklığı, perdelerin arasından usulca giren aydınlığı hayal etti. Phil Kemp iç geçirdi ve sarsıntının merkezine geri döndü.

Şu ana dek evde adli bilim uzmanıyla diğer görevlilerden en az on beş kişi toplanmıştı, uzun dar koridor boyunca kaynaşıyorlar, duvarlara, halılara bulaşmış koyu kırmızı reçelin izindeki çılgın böcekler gibi odalara girip çıkıyor, merdivenden inip çıkıyorlardı. Genetik Suçlar'ın birkaç üyesini tanıdı: Run

Zhang, bir pencerenin soğuk camından sabırla, kurumuş kan örneği kazıyordu; Jez Hethrington-Andrews, solgun ve sessiz, uzun bir sıra örnek tüpünü listeliyordu; Birgit Kasper ağır ve sistemli bir şekilde bir dizi barkodu tarayıp taşınabilir okuyucuya aktarıyordu; Bernie Harrison, eldivenlerini değiştirirken yenisini takmadan önce minnettarlıkla yüzünü kaşıyordu; Mina Ali, etraftaki genç adli bilim uzmanlarına emirler vererek kontolü ele almaya çalışıyordu; Sarah Hirst, bir tişörtle kot pantolon giymişti, makyajsızdı, yüzü kırışık, gözleri de şişti, sarı ve pembe form tomarlarına sinirli sinirli imza atıyordu.

Bu düzenli keşmekeşin arasında kurban, yatakta kıpırtısız ve sessiz yatıyordu, vücut sıvıları pipetlerle dikkatle emiliyor ve plastik şişeciklere boşaltılıyordu. Yan tarafında bir şifonyerin üstünde seyahatlerde kullanılan, küçük, portatif bir bebek yatağı duruyordu. Artık boştu, kırışmış çarşaf bebeğin annesinin çığlıklarıyla ve annesinin sesinin kesilmesinden uzunca bir süre sonrasına dek çığlık atarak yattığı yeri belli ediyordu. Neyse ki anaç bir polis memuresi, sosyal hizmetler gelip sorumluluğu alıncaya kadar çocuğu kucağına almıştı. Phil Kemp iyi gününde bile çocukların yanında kendini rahatsız hissederdi. Hele bir cinayet mahallinin ortasındayken bu sinirlerini altüst ediyordu.

Başmüfettiş Sarah Hirst evrak işini bitirince Phil'in yanına geldi. Alışılmadık ölçüde tedirgin görünüyordu, Phil de ara vermek için kendine zaman tanıdı. Bu hiçbir polis için kolay değildi.

Sarah, "Şu ana dek ne öğrendik?" diye sordu.

Phil gözlerini cesede dikip konuşmaya başladı. Bakışları kollarındaki bağların, yanaklarındaki sigara yanıklarının, çıplak bacaklarındaki jilet kesiklerinin, koparılmış kulağının, uyluğundaki derisi çıkarılmış kısmın, yarılıp açılmış burnundan çıkmış kemiğin, yüzündeki dehşet ifadesinin üzerinde gezindi. Aldığı notlara baktı. "Kurban gece yarısı civarında ölmüş gibi görünüyor. Bir komşunun yaklaşık yirmi dört saatten uzun bir süre içinde tekrarlanan çığlıkları duyması üzerine, KSB harekete geçmiş. Başta 'sadece kavga ediyorlardır' diye düşünmüş. Geri zekâlı. Görünüşe göre kurbanın ölüm sebebi şiddetli travma ve kan kaybı..."

"Ona 'kurban' demeyi keser misin? Hepimiz adını biliyoruz."

"Neyse, sistemli biçimde işkence gördüğü teorisinde uyuşuyoruz."

"Sadistçe öldürülmesinden yeğ mi?"

"İnce bir fark. Ölümü neredeyse rastlantı gibi görünüyor. Biri onu elinden geldiği kadar hayatta tutmaya çalışıyormuş."

"Neden?"

"Çoğu kişi neden işkence görüyorsa ondan. Haber. Bilgi. Gerçeğe ulaşmak. Para nerede saklanıyor? Filanca ne zaman geri gelecek? Arabanın anahtarları nerede? Bilirsin işte. Birinin bir şeyi öğrenmesi gerekip de, diğeri söylemek istemezse."

"Tanrım." Sarah cesaretini toplayıp kadına bir kez daha baktı. Manzara gerçekten de sarsıcıydı ve aldığı eğitimle meslekteki tecrübesine rağmen uzun süre bakamadı. Bütün gördüğü, acı, ıstırap ve bitkin bir yaşamın süzülüp gitmesiydi. Aç, altı kirli halde, çığlıklar atarak, sırtüstü annesiz yatan çocuk gözlerinin önüne geldi. "Ya bebek?"

"Zarar görmemiş. Sanırım çok küçük olduğundan bu olayla ilgili hiçbir şey hatırlamayacak."

Sarah ile Phil'i bir an için daldıkları düşüncelerden tanıdık bir ses ayırdı.

Run Zhang, "Müfettiş Hirst?" dedi.

"*Başmüfettiş.*"

"Doğru. Örneği aldım, öncelikli analiz için geri götürmek istiyorum." Run kibrit kutusu büyüklüğünde bir plastik kabı havaya kaldırdı. Yorgun ve yıpranmış görünüyordu, her zaman tiril tiril olan giysileri kırışmıştı, düzgün kesimli saçları değişik yönlere doğru başkaldırmıştı.

"Öncelikli analizle neyi kastediyorsun?"

"Reuben'in eski sistemi. Saf örnek alma olasılığı yüksek olan ağır suçlarda, hızlı tespit için öncelikli analiz yaparız. Daha titiz değerlendirmelerle sonradan karşılaştırırız. Uzun vadede zaman kazandırır."

"Senin de çok iyi bildiğin gibi, Dr. Maitland bizden ayrılalı neredeyse dört ay oldu. Şu anda bizimle değilse, sistemleri de bizimle değil demektir. Ve bu onun başlattığı diğer tüm prosedürler için de geçerli. Açıkça ifade edebildim mi?"

"Muz gibi."

Sarah Hirst sertçe ona baktı. Reuben Maitland ismi, içinde mide ülseri gibi küçük hiddetli bir yarayı tahriş etmişti. Tersçe, "Buz gibi demek istedin herhalde," dedi.

Phil Kemp yüklü bir meslek yaşamının başından sonuna dek her yerine gerilim nüfuz etmiş yatıştırıcı bir ses tonuyla, "Tam olarak ne ayırmayı başardın, Run?" diye sordu.

"Elimizde kıllar ve belki de tükürük olduğunu düşünüyoruz."

"Başka bir şey?"

"Büyük olasılıkla. Ama bunların dışındakilerin hepsi daha uzun zaman alır."

"Tamam, teşekkürler, Run."

Run işinin başına geri dönünce Phil, Sarah'ya göz attı. Kadın uzun zamandan beri hiç görmediği kadar tedirgin ve sıkıntılı görünüyordu. Alçak sesle, "Sen de benim düşündüğümü mü düşünüyorsun?" diye sordu.

"Sen söyle."

"Reuben buralarda olsaydı ve işbirliği yapsaydı, bu kıyımı birkaç gün içinde çözebileceğimizi."

"Ben bunu düşünmüyordum."

"Peki, ne..."

Sarah aniden, "Belki de bilmemen en iyisi," dedi sertçe.

Phil sorup sormamayı düşündü, ama sormamaya karar verdi. BM Hirst'ü evin bunaltıcı havasında asılı duran kaçamak duruşuyla bıraktı ve yanından ayrıldı. Eski meslektaşının isminin geçmesi belli ki aklının istemediği bir yere gitmesine neden olmuştu. Phil beynini bunlar yerine soruşturmanın teknik taraflarında kaybolmaya zorlayarak ayaklarının üzerinde hafifçe sallandı. Etraflarında tembel hayvana benzeyen adli bilim uzmanları halıları santim santim inceliyorlar, eldivenli ellerini yüzeyinde gezdiriyorlar, telaşsızca delil bulmaya çalışıyorlardı. Diğerleri kapıları açıyor, pencerelerin çerçevelerini inceliyor, çekmeceleri açıyorlardı. Koşuşturmanın temposu yavaşlamıştı. Artık ayrıntılar daha önemliydi, her şeyi değiştirecek tek bir can alıcı tüy, lif ya da leke. Hipnotize edecek kadar ağır ilerleyen faaliyet ortamının tam zıddı, telaşlı bir ses koridoru yıktı.

"Sarge. Sarge? Buraya gel."

Sarah ile Phil hemen canlanıp, bağırışın geldiği yöne doğru gittiler.

Banyoya yaklaşırken, Mina Ali, "Buna inanma-yacaksınız," dedi.

Mina ince kontrplaktan bir kapağı açtı. İçinde boş rafların altına yerleştirilmiş bir sıcak su deposu vardı. Kapağın iç tarafında bir sıra harf vardı. Harflerin renginden ve yol yol aşağı doğru akmasından mürekkep seçiminin kan olduğu hemen anlaşılıyordu. Phil Kemp harfleri saydı. Toplam yetmiş sekiz taneydi ve hepsi de ya G, T, C ya da A harflerinden ibaretti.

Yüksek sesle, "Bu da ne demek be?" diye sordu. Bilim adamlarından bir kaçı etrafına toplanıp olasılıkların üzerinden geçmeye başladılar.

"GGC. Bu glisin."

"Bu ne ya?"

"Bir amino asit."

"İyi ki söyledin."

Mina derin bir soluk alıp yapmacıksız, bilimsel sabırsızlık seli gibi tekrardan bıraktı. "DNA üçlü kısımlara ayrılır. Her bir üçlü, sonradan proteinleri meydana getirecek polipeptitleri ortaklaşa oluşturan bir aminoasit kodlar."

"Peki, bu nasıl işimize yarayacak?" diye sordu, düş kırıklığı heyecanını gölgelemişti.

"Bu belirli bir şeyin dizilimini gösterme olasılığı olan genetik bir kod."

"Ne gibi?"

"Bilmiyorum. Bu ezbere bildiğim bir gen değil."

Genetik Suçlar'daki en kıdemsiz adli bilim uzmanı Simon Jankowski, genzini temizledi. Cesaretini toplayıp, "Belki bu gerçek bir gen değildir," dedi. "Belki de tek-harfli kodu kullanıyorlardır. Örneğin, aminoasit glisin, G harfiyle gösterilir."

"GAG. Glutamik asit. E," diye ekledi Birgit Kasper. "Ve bence AAT asparajin olabilir. Ki o da, doğru hatırlıyorsam, N."

"G, E ve muhtemelen N. Ya gerisi?"

Huzursuz, anlık bir sessizlik oldu. Kimse bilgisizliğini itiraf eden ilk kişi olmak istemiyordu. Nihayet, bu görev, hükmen kıdemli biyo-istatistikçi Bernie Harrison'a düştü. "O kadar kolay değil," diye açıkladı. "Yani birçok kişi bir iplikçiğe bakıp tanıdıkları bazı aminoasitleri çıkarabilirler. Ama altmış dört farklı, AAT, GAG ya da CCC gibi üç harflik kombinasyonların içine giren dört farklı baz vardır – A, C, G ve T. Ayrıca Mina'nın dediği gibi her üçlü kombinasyon bir aminoasidi kodlar."

"Ama yalnızca, kaçtı, yirmi aminoasit yok mu?

"Aynen. Bu yüzden birçok örtüşme ve fazlalık vardır. Örneğin, üç ya da dört tamamen farklı üçlünün hepsi size serin verebilir. Bir sürü 'stop' kodon* ile tek izolösin görüyorum ki muhtemelen bir başka glutamik asit falandır, ama bir programa ya da kitaba bakmadan emin olamayız. Kimse bütün bunları ezbere bilemez."

Phil talimat verdi. "İyi, laboratuvardan birini arayın. Şekli mesajla göndereyim. Cevabı bulup bizi aramalarını isteyin."

Phil cep telefonuyla harflerin fotoğrafını çekti. Mina, laboratuvarda dönmüş olan Judith Meadows'u arayıp, bir kitap bulup mesajı beklemesini söyledi. Phil Judith'in cep numarasını tuşladı ve bir ileri bir geri yürümeye başladı. Sarah Hirst durup bir şey anlamadan kanlı koda baktı. Bernie, Simon ve Birgit de başka olasılıklar keşfetmeye çalışarak, okuma çerçevesi ve kodon kullanımı hakkında fı-

---

* Anlamsız, örtüşmeyen baz üçlüsü. (ç. n.)

sıldaşarak gözlerini harfler üzerinde gezdiriyorlardı. Jez Hethrington-Andrews kalın banyo paspasına odaklandı. Mina Ali cep telefonunun tuş takımına bir şeyler giriyordu. Bir polis telsizi anlamsızca çıtırdadı. Sıcak su deposu günün ilerleyen bölümleri için suyu ısıtmaya başlarken lıkır lıkır sesler çıkardı. Run Zhang'ın yuvarlak yüzünden ter damlaları aktı. KSB dedektifleri yerlerinde duramayıp, dünyanın her yerinde siyah olan ayakkabılarıyla halıyı hırpalayarak gezindiler. Phil'in telefonu bipledi.

Phil ekranı incelerken, "Tanrım," dedi. Normalde çok soluk olan benzi daha da attı. "Geri kalan adli bilim uzmanlarıyla herkesi buraya çağırın. Bunu okumanız gerek." Telefonunu gruptakilere uzattı. Gözler gelen bilgiyi alırken her yüz hafifçe değişti. Birgit'in ağzı açık kaldı. Simon yüzünü buruşturdu. Paul dişlerini sıktı. Run parmaklarının üstünü dişledi. Bernie güçlükle yutkundu. Jez gözlerini sımsıkı kapadı. Mina dudaklarını büzüp fısıltıyla, ".iktir," dedi. Mesajın saklı anlamları sırayla her birinin içini kemirmeye başlarken, kısa bir gecikme ardından da şokun neden olduğu bir sessizlik oldu bilim adamlarıyla polislerin arasında.

2

Unutmak istiyorsanız, bunun yapılacağı yer oteller değildi. Kısa süreli konaklamadaki sorun buydu. Zaman sizinle kalıyor, boş mobilyalarla ifadesiz duvarlardan sekiyor, kaçacak yer bulamayarak hapsolmuş gibi oluyordu. Tam yaşamınızı yeniden kurmaya başladığınızı düşündüğünüz anda, yüzünüzün asık ve üzgün yansıması gözünüze ilişiyordu ve siz gerçekten de ilerleyip ilerlemediğinizden şüphe ediyordunuz.

Ama aynadan uzaklaşınca, soluğu yüzeyinden ağır ağır buharlaşıp kayboldu. Reuben içinden işler iyiye gidiyor, dedi. Artık onu meşgul edecek bir şey vardı. Gidip hamur gibi yumuşak yatağa dimdik oturdu. Sabırsızlanıyordu, iki dakikada bir saatine bakıyordu. Karar anı yakındı. Saatine son bir kez göz attı. Gösteriye altı dakika. Ayağa kalktı, aynaya bakıp az da olsa ikna edici bir tavırla gülümsemeyi becerdi ve odasından çıktı.

Reuben otelin karşı kaldırımındaki bir dükkânın dar vitrini önünde oyalandı. Alacakaranlık, sızıp karanlığa karışıyor, sokak lambaları tekleyerek yanmaya başlıyordu. Devrilen domino taşları gibi birbiri ardınca, karanlığın içinde yol gösterircesine bir taksiyle aynı hizada teker teker yandılar. Arabaların çoğunun farları açıktı. Far ışıkları yüzüne vurunca, Reuben gölgeye çekildi. İki günlük koyu sarı sakalı derisini serleştirmişti. Kot bir mont ile kot pantolon giymiş, başına da bir beysbol şapkası takmıştı. Öne doğru eğilip geçen bir kamyonun aydınlığında kol saatine baktı. Sekiz, yirmi sekizdi. İki dakika kalmıştı.

Dikkatle yolun karşısındaki, yaşını göstermeye başlayan ve fena halde yenilenmeye ihtiyacı olan otele baktı. Yol kenarında etrafını çevreleyen ve yukarısındaki üç katla neredeyse kesintisiz bir bütünmüş gibi görünen sıra sıra dükkânların arasında gözden kaybolmuştu. Yer yer dökülen tuğla cephesi tıpkı kamuflaj boyasına benziyordu. Dugena'sına bir kere daha baktı. Artık suç ortağı her an arayabilirdi ve tuzak kurulacaktı. Heyecan ve korku duymasına karşın eskiden olduğunca, denge şu ara değişmişti. Beklenti daha yoğun, korku daha gerçekti. Artık hareketleri yasalarla korunmuyordu. Eğer bir yanlış yaparsa, polis lastiklerini cayırdatarak köşeyi dönüp onu kurtarmaya gelmeyecekti. Ödeyeceği bedel buydu. Ahlakın kıt olduğu bir dünyaya inişi başlamıştı.

Cebindeki telefon iki kez titreşti ve sustu. Reuben beysbol şapkasını gözlerinin üstüne doğru çekip yola indi. Saatini çıkarıp, montunun üstünden yeniden taktı. Montun kolu sağ elini kısmen örtecek kadar uzundu. Başı önde, yüzünü sokakları cam gibi donuk bir kararlılıkla tarayan kameralardan saklayarak kararlı adımlarla yürüdü. Sokakta hâlâ birkaç kişi vardı. Çoğu işten sonra kendini sokağa atmıştı. Yol daralıp, iki yanında lokantalar ve barlar sıralanmış, yayalara ayrılmış bir bölüme dönüştü. Zemine parke taşı döşenmişti, yalnızca yenilen içilen mekânların camlarından gelen ışıkla aydınlanıyordu. İki yüz metre ilerde sokağın genişleyip tekrar gerçek bir yol halini aldığı yerde, Reuben Moray Carnock'un şişman biçimini güç bela seçebildi. Moray standart şehirli üniformasını benimseyerek, koyu renk bir takım elbise giymiş, eline de bir gazete almıştı. İki erkek adım adım birbirlerine yaklaştılar. Aralarında, Moray'a biraz daha yakın bir yerde şık giyimli bir adam, yanında kendinden cüsseli iki arkadaşıyla birlikte lokantaların birinden henüz çıkmıştı. Reuben yavaşladı. Bu planda yoktu. Kararsızlıkla cebindeki küçük aleti tuttu. Korku, heyecanı bastırmaya başladı. Dişleriyle aroma kalıntısını diriltmeye çalışarak, ağzında kalmış cansız sakızı sertçe çiğnedi. En az on kez bu manevranın provasını yapmışlardı. Hedef dalgın olacak ve bir şeyden kuşkulanmayacaktı ve kimse onlara yakın korumalarla karşılaşmayı beklemelerini söylememişti.

Reuben hızlandı. Önündeki birkaç saniye hayati önem taşıyordu. Yanlış bir adımda her şey mahvolurdu. Reuben kısa ve hızlı soluklar alıyordu. Birbirlerine yaklaşırlarken, Moray'in tombul suratındaki gerginliği görebiliyordu. Yeniden düşünmek için yüz metreleri kalmıştı. Moray'a başını salladı. Moray da başının arka tarafını kaşıdı. Artık geriye dönüş yoktu. Yetmiş beş metre. Korumalar iri yarıydılar ve müşterilerinin bir adım gerisinde kalıyorlardı. Biri boyunsuzmuş gibi görünen bir siyahtı, diğeriyse beyazdı, saçlarını atkuyruğu şeklinde toplamıştı. Planı değiştirmenin Moray'a düştüğünü anladı.

Bir an soluk almayı unuttu. İlerisinde geçidin sağ tarafındaki bir ara yoldan iki polis çıktı. Çevreyi tarayıp her şeye dikkatle bakarak ağır ağır yürüyorlardı. Allah kahretsin. Reuben Cilt-Delgeci'ni çekti ve montunun uzatılmış sağ kolunun altına sakladı. Basit bir iğne batırma işlemi tehlikeli bir girişime dönüştü, daralmış geçit birdenbire klostrofobik gelmeye başladı. Moray neredeyse adamla korumalarının üstündeydi. Kırk metre. Polisler ağır adımlarla doğruca operasyonun ortasına gidiyorlardı. Aynı sonuca vardığında Moray'in tavrının değiştiğini fark etti. Reuben polisin planlanmış saldırıdan haberdar olmasından endişelendi. Paranoya olduğuna karar verip hemen bu fikri kafasından attı. Moray kasıldı, birçok açıdan izlendiğinin farkında, yürüyüşü neredeyse mekanikleşti. Ama artık vazgeçmek için çok geçti. Bu gece yapmak zorundaydılar. Bir daha böyle elverişli bir fırsat asla olmayacaktı. Reuben birbirlerine yaklaşmakta olan dört grubun hızını kestirebilmek, herkesin buluşacağı noktayı hesaplayabilmek için zihninden çizgiler çizdi. Kesişme yakında olacaktı. Moray kararlaştırdıkları iptal işaretini verdi, ama Reuben başını iki yana salladı. Ya batacak, ya çıkacaklardı.

Moray bir *A-Z** çıkarıp göz attıktan sonra, başına bir aksilik gelmiş numarası yaptı. Reuben son bir kez sokağın başına sonuna göz attı. Polisin, korumaların ve her yerde hazır ve nazır olan kameraların haricinde başka tanık olmayacaktı. Yirmi metre. Moray siyah korumayı durdurdu. Hedef de durmuştu, Reuben alçak perdeden ıslık çaldı. Beyaz görevliyle koruduğu adam istemeden de olsa durdular. Reuben konuşulanları duymak için kendini zorladı. İki adam da dikkatle Moray'in elindeki *A-Z*'ye baktılar. Meslektaşı ayaklarını sürüyerek hedefe yaklaşırken geçide bir göz attı. Reuben on metre mesafedeydi, polisler ön taraftan yaklaşıyorlardı. Hedef ile adamları yolun aşağı tara-

---

* Geographers' A-Z Map Company Limited tarafından basılan sokak haritası. (ç. n.)

fına baktılar, polislerin yanından geçip arkaları Reuben'e dönük halde işaret ederek yol tarif ettiler. Yolun sonunda gümüş renkli büyük bir Mercedes kuşkusuz bu grubu bekliyordu. Bu –hedefin yaya yolundan aracına tek başına yürümek zorunda olduğunu bildiklerinden– planın en kritik noktası olmuştu.

Reuben kısa ve sert tarif cümlelerini duyuyordu. "Doğruca karşıya gidin, ışıkları geçin." Reuben beş metre ötede ve hedefe mümkün olduğu kadar uzakta montu duvara sürtünürken kolunu göz hizasına kadar kaldırıp saatine baktı. Ve bu esnada nişan alıp tetiği için, Reuben, Moray, hedef, korumalar ile iki polis geçitte aynı hizaya, neredeyse omuz omuza geldiler ve Reuben tek bir kurşunun yedisini birden delip geçebileceğini hayal etti. Ve sonra düzen değişti. Hedef belli belirsiz bir şeyler söyledi. Reuben deneyimlerinden Cilt-Delgeci'nin can yakmadığını biliyordu. En kötü ihtimalle tek bir tüy koparılmış gibi hissettirirdi. Polisler korumalardan biriyle konuşmak için durdular. Reuben yürüyüp Mercedes'in yanından geçti ve köşe başında önceden kararlaştırdıkları noktaya doğru gitti, adrenalin hâlâ şiddetle pompalanıyordu.

Bekledi, bekledi, hızlı akış dindi, damarlarına bir hafiflik süzüldü, vücuduna bir ferahlık yayıldı. Moray'in de aynı şeyleri hissedip hissetmediğini merak etti. Hareket eden Mercedes'in arkasından baktı, polisler artık gözden kaybolmuşlardı. Telefonu yine titreşince, dönüp buluşma yerine doğru yürüdü. Moray pembe, çiğnenmiş bir sakız parçası atarak noktayı işaretlemişti. Reuben yaklaştı ve gözlerini ayaklarına dikip yavaşladı. Gözlerini kaldırımda gezdirerek ayakkabısını bağlamak için eğildi. Sonda bir sigara izmaritinin yanında duruyordu. Bir kibrit başı kadardı, Swan Vesta* rengindeydi. Reuben sondayı cebine yerleştirdi, doğruldu ve yoluna devam etti. Yeniden anayola çıkınca bir taksi çevirdi ve olay yerinden uzaklaştı. Arka pencereden dışarıyı seyrederken, yapabildiklerin, dedi kendi kendine. Taksi iki polisin yanlarından geçti. Yapabildiklerin.

* Bir kibrit markası. (ç. n.)

3

Reuben parmaklarıyla küçük sondayı yoklayarak, taksi şoförüne gelecek vaat etmeyen bir sanayi ünitesinin girişinde durmasını söyledi. İçeri girerken tesisin yakında yıkılacakmış gibi bir havası olduğunu fark etti. Asfaltı yabani otlar yemeye başlamıştı, oluklu sacları pas çürütmüş, beton zemini yosun istila etmişti. Üç yanda yükselen cam ve çelikten büro blokları kendilerine yer açmak için itişiyor gibiydiler. Dördüncü taraftan bir tren, eğri rayların üstünden sallanarak ağır ağır tangırtıyla geçti. Bir dizi tahtalarla kapatılmış kemerle demiryolu desteklenmişti. Terk edilmiş depoların düzenli olarak kırılmış camları alanın zeminine yayılmıştı. Kentin hizmet endüstrisi çağındaki bir imalat sahası olan bu küçük bölümüne artık ihtiyaç kalmamış gibi görünse de, Reuben zamanının yine geleceğini sezdi. Londra kullanılmayan alanlara çok uzun süre katlanmazdı.

Üç katlı bir binaya girdi, ayakları yukarıdaki pencerelerden düştüğünden beri orada duran küçük cam parçalarını kırıyordu. Bodruma inen merdivenleri örten bir kapıyı açmadan önce etrafına bakındı. Aşağı indi ve kilitli olmayan ikinci bir kapıya ulaştı. Kapıdan geçtikten sonra, geniş bir yeraltı mağarasına açılan dar, iyi aydınlatılmayan bir koridora girdi. Demiryolu hattının tam altındaydı, bu kubbeli tavanlı açıklığın bir zamanlar depolama amacıyla kullanıldığını tahmin etti. Burası kemerli geçitlerin altındaki kemerli bir geçitti. Gölgelerin arasından bir suret belirdi.

"Aldın mı?" diye sordu Moray Carnock.

"Hıh-hıı."

"Bir bakalım."

Blucininin cebinden küçük plastik sondayı çıkardı ve avuçlarının arasında yuvarladı. Moray o miadı dolmuş yayvan Aberdon şivesiyle, "Bunu bir daha aceleye getirerek yapmak istemem," diye homurdandı. Reuben adamın durumunu inceledi: Üzerinde malzemesi taşmış bir sandviç gibi dağınık, sıkıştırılmış bir hal vardı. Finans, ticaret ve iş dünyasındaki bağlantıları aracılığıyla, Moray son iki ayı Reuben'in hizmetlerini anlatmak için elinden geleni yaparak geçirmişti. Reuben, bakışlarını Moray'dan ayırıp etrafına göz atarken onsuz bu laboratuvarın da olmayacağı gerçeğini takdir etti. Ve laboratuvar olmadan, gecenin erken saatlerinde rüyalarına musallat olan daha önemli gerçekleri araştırma olanağının da olamayacağını kendi kendine itiraf etti.

Odanın sol tarafındaki bir açıklıkta ikinci bir suret belirdi. Judith Meadows'du bu. Kadının yüzünde, bitkinlik, mutsuzluk ve sıkıntı algıladı. Önceki gece iyi uyumadığını tahmin etti.

"Judith, iyi misin?" diye sordu.

Kadın karşılık vermedi.

"İş nasıldı?"

Judith şişmiş gözlerinin önünde düşmüş başıboş bir saç telini çekerken ayaklarını sürüyerek yanlarına geldi. "Sanırım bunu anlatmanın doğruca söylemekten başka bir yolu yok."

"Neyi?"

"Sandra Bantam."

"Sandra mı?"

"Öldü."

Reuben'in gözbebekleri karanlıkta bir anda irileşti. "Şaka yapıyorsun." Judith başını hızlı hızlı neredeyse şiddetle iki yana salladı. "Kaza mı?"

"Tam tersi."

"Allah kahretsin." Reuben çöktü. "Allah kahretsin. Ne zaman oldu?"

"Dün. Genetik Suçlar'ın yarısı bütün günü evini araştırarak geçirdi."

"Evinde mi öldürülmüş?"

"Daha da beteri. Ölümü çabuk olmamış."

"Yani?"

"İşkence görmüş."

Reuben'in aklı onu son gördüğü zamana gitti ve hatırladı. "Ama çocuk yapmak için ayrılmıştı," dedi. "Ya çocuk?"

"Hemen yanında bulundu. Gayet iyi ve sağlıklı."

Moray, "İşkence mi yapmışlar?" diye sordu.

"Bağlanmış. Dövülmüş ve tecavüze uğramış. Sağ tutulmuş. Bazı yerleri kesilmiş..." Judith'in gözleri yaşardı. "Dün cesedini o halde görünce..." Judith hıçkırmaya başladı. Reuben ile Moray kadını kimin teselli edeceğine karar verircesine bir an bakıştılar. Bir saniyelik bir tereddütten sonra, Reuben kolunu Judith'in omzuna doladı. Tişörtünün üstünden o belletilmiş sıskalığını, Judith de ona sarılarak karşılık verdiğinde incecik kollarının gizli gücünü hissetti. Kokusu şişeli parfümle çamaşır makinesi ferahlığının bir karışımıydı. Aklı Sandra Bantam'a gitti. Neredeyse hiç durmadan konuşarak, kıpırdanmadan duramayan, her zaman olduğu gibi sınırda hiperaktifliğiyle portre için poz verişini hatırladı. Resmin bitmiş halini görene dek. Yüzündeki büsbütün hayal kırıklığı ifadesiyle birebir doğruluğu ve düşüncesizliği için kendine sövmesi gözünün önüne geldi. Reuben Sandra'nın kusursuzca hareketsiz, coşkusu akıp gitmiş, hayatı mide bulandırıcı acılarla son bulmuş halde yatışını hayal etmeye çalıştı. Ön loblarına koyu, kapkara kasvetin sızdığını hissederek kendini toparladı.

Judith genzini temizledi. Ağlaması kesilmişti. Reuben çöktüğü yerden başını kaldırdı ve soğuk, uyuşmuş, şu ana geri dönmeye çalışan kadını bıraktı. Judith'in kolları bir saniye daha ona tutundu, sonunda o da Reuben'i bıraktı. Reuben kadının kollarının çözülüşünde bir gönülsüzlük sezinledi.

Moray sessizliği bozdu. "Gitsem iyi olacak."

"Ararım seni."

"Müşteriye yanıtı hafta sonunda almış olacağımızı söyledim."

"Belki." Reuben ağrıyan alnını ovuşturdu, şok derinleşiyordu.

Moray koridorun kapısını arkasından kilitleyerek gitti. Reuben ile Judith kendi düşüncelerini gizlemek için önceden iyice prova edilmiş hareketlere ihtiyaç duyarak oyalandılar. Eski bir tanıdık ölünce, sağlığında birbirinizden uzaklaşmışsanız bile birdenbire onunla olma arzusu duyarsınız. Kapanan bir hastane laboratuvarından kurtarılmış, kirli beyaz, uzun bir tezgâha doğru yürüdü. Yere ve diğer çalışma alanlarına yerleştirilmiş, satın alınmış, kiralanmış ya da ödünç alınmış, itici adları olan araç gereçler –bir ABI 7500 şurada, bir PE 377 burada, bir Centaur 2010 köşede– görsel açıdan hiç de etkileyici sayılmayacak makinelerdi. Reuben ile Judith, arada bir örnek kapaklarını açarak, plastik membranları yıkayarak, doksan altı kuyulu plaklara bakarak, pipetlerle berrak sıvı çekerek sessizlik içinde çalıştılar. Küçük bir mikrosantrifüjün durmasını beklerken ara verdiklerinde Judith bir şey hatırladı. İş çantasından bir *Daily Mail* gazetesi çıkarıp Reuben'e verdi. "Bak," dedi, "Sandra dördüncü sayfada çıkmış."

Reuben korkunç manşete bir fiske attı ve altındaki metne göz gezdirdi. "Tam olarak ellerinde soruşturmayı yönlendirecek ne gibi ipuçları var?" diye sordu.

"Birkaç tane." Judith santrifüjün kapağını açtı ve iki cam lamı geri aldı. "Run elinde iyi DNA olduğundan emin. Ve bir de..."

"Konuştuğumuz örnekleri almayı becerebildin mi?"

"Otostopçu soruşturmasındaki tüm şüphelilerin örneklerinden parça aldım, Edelstein tecavüzünden, Lamb ve Flag ile McNamara cinayetlerinden de DNA ödünç aldım. Hepsi soğutucuda."

"Ya son dönemdeki vakalar?"

"Üstünde çalışıyorum. Ama dinle, Reuben, bu işi aceleye getiremeyiz."

"Sanırım getiremeyiz."

"İnsanlar kuşkulanacak. Ben de bu gidişle kovulacağım."

"Ben de sadece akşamlar yerine sana tam zamanlı iş veririm."

"Sonra da Genetik Suçlar'daki kadınını kaybedersin." Judith gülümsemeye çalıştı, ama bakışları mesafeli kaldı. Reuben alt dudağını çiğneyerek birkaç saniye düşüncelere daldı. Judith'in lamlarının üstüne pipetle birkaç damla ksilen damlattı, dumanıyla bir düşünce seli birbirine karıştı. Sandra Bantam cinayeti. Ölümün yaşayanları nasıl değiştirdiği.

İşkence dehşeti. Acının bulantısı. Bulanık bir baş ağrısı beynine yığılmaya başladı.

"Başka hangi ipuçları var ellerinde?" diye sordu.

"Sandra için mi? Kan ve tükürük haricinde hiç."

"Ortada hiçbir neden, bir şüpheli yok mu?"

"Hiçbir şey yok."

"Hah." Reuben lamları tezgâhın üstünden Judith'e doğru itti. Judith de bir mikroskobun madeni tablasına yerleştirdi. "Yani neyin peşine düşmüş olabilirler ki?"

Judith anılara dalmıştı, karşılık vermedi. Reuben anılarına göz gezdirirken, pipetle Cilt-Delgeci sondasının içine az bir miktar toksik sıvı koydu. Sandra Bantam sanki içeri girmiş, yanlarında duruyor gibi geliyordu. Üçü birlikte konuşmadan geçitteki adamı işlemden geçirmeye başladılar.

4

Yapraklarla kaplı bir şehir parkında, bir bebek ilk
sarsak adımlarını atıyor. Bu, birkaç haftalık hazır-
lık çalışmasının arkasından geliyor. Küçük çocuk
üç aydır emekliyordu ve kısa bir zaman önce kane-
pelere, koltuklara, neresi denk gelirse oraya tutuna-
rak, ayağa kalkıyor, her zaman sağlam bir şeye te-
mas ederek kenarı boyunca yürüyordu. Bu, çocu-
ğun fiziksel bir destek almadan gerçek anlamda bir
ayağını diğerinin önüne ilk atışı. Kendisi farkında
olmasa da oğlanın bu gayreti onun bebeklikten, yü-
rümeye başlayan çocukluğa geçişinin bir işareti.

Yürümeye başlamış çocuk, ikisi birden çömel-
miş, ona bir *başlangıç* ve *bitiş* noktası oluşturarak
kollarını açmış bir kadınla bir erkek arasında. Tö-
kezleyip oğlunun yürüdüğünü gördüğü için sevinç
kahkahaları atan kadının kollarının arasına düşü-
yor. Adam da onlara katılıp ikiliyi kollarıyla sarı-
yor. Tekrar ayrılıyorlar, sanki ne yapacağını unut-
masından korkuyorlarmış gibi çocuğu numarasını
tekrarlaması için cesaretlendiriyorlar. Adam kadı-
nın olduğu tarafa yönlendiriyor, biraz yüreklendir-
meyle, oğlan öne doğru sendeliyor bir, iki, üç, dört
adım atıyor. Büyükleri başının üstünden birbirleri-
ne bakıp gülümsüyorlar. Gözlerinde arsız bir gurur.

Üçünün arkasında şişman bir adam izliyor ve
bekliyor. Göremeyecekleri bir yerde duruyor, onu
fark etmemişler. Bir çiçek tarhına eğiliyor, iki şiş-
man orman gülü çalısı onu saklıyor. Kalın parmak-

larını çalılardan birinin mumlu yaprakları üzerinde gezdiriyor, kolayca bükülüveren esnekliğinin tadını çıkarıyor.

Kadın çocuğu yerden alıp kollarından tutarak döndüren adama bir şey fısıldıyor. Çocuk sevinçle çığlık atıyor. Sonra adam çocuğun bir koluyla bir bacağından tutup aynı şeyi tekrarlıyor. Kadın yapılanı doğru bulmadan, belli ki çocuğun bu şekilde bir yerinin incinmesini bekleyerek dikkatle izliyor. İki dakika sonra ikisinin de bu oyuna olan ilgileri sönüyor, adamın başı dönüyor, çocuk da çığlık atmayı kesiyor. Bir banka oturup sandviçlerini yiyorlar. Adamın kıyafetinden, sabah saatlerini işyerinde geçirdiği anlaşılıyor. Takım elbisesinin pantolonunun plisine dökülmüş birkaç kırıntıyı topluyor. Annesinin kucağında oturan bebeğin ağzına, bir kavanozdan ardı ardına gelecek tepeleme ezilmiş yiyecekle dolu kaşıkların ilki veriliyor. Ağzında belli bir miktarı kalırken, gerisi dışarı sızıyor ve mama önlüğüne dökülüyor.

Çalıların arasındaki adam yaklaşma arzusu duyuyor. Durduğu yerden geri çekilip aralarında ancak beş metrelik bir mesafe kalıncaya kadar bir çitin etrafından dolaşıyor. Buradan neredeyse konuşmalarını duyabiliyor. Ama peşinde olduğu bu değil. Yaprakları siper yapıp küçük bir fotoğraf makinesini göz hizasına kaldırıyor ve iki poz çekiyor. Onun ilgilendiği çocuk. Onun tombul bedenine, masum yüzüne, ifadesindeki saflığa odaklanıyor. Daha önce de çok sayıda böyle gizli kapaklı fotoğraf çekmişliği var. Makinenin ekranından resimleri inceledikten sonra, yakaladığı karelerden memnun, kendi kendine gülümsüyor. Sonra bir kompakt dijital kamera çıkarıp bir süre görüntü kaydediyor. Çocuğun yemek yemesine odaklanıyor, kaşık zorla ağzına girip çıkıyor, sonra daha genel bir görüntü almak için kamerayı çeviriyor. Cep telefonu melodiyle çalıyor, çekmeye devam ederken bir elini telefonuna atıyor. Çift, bir şey duyduklarını sanarak etraflarına bakınıyorlar. Ama çok iyi gizlendiğinden onu görmüyorlar. Omuz silkip öğle yemeklerine devam ediyorlar. Adam cep telefonunun ekranını inceliyor, kaşlarını çatıp bir tuşuna basıyor.

"Evet?" diyor boğuk bir sesle. "Ben de tam... bir işin ortasındayım. İlgi alanlarımdan biri diyelim." Kamerayı kapatıyor. "Almanya mı? Evet, sanırım halledebilirim... Frankfurt... Adı nedir? Ve nerede buluşacağım? ... Tamam... Tamam... Ayrıntıları gönder bana." Telefonu kapatıp kamerayı inceliyor. Ekranında biraz önce çektiği görüntüleri oynatıyor. Birazcık bulanık, yetişkinlerin görüntüleri de epeyce fazla, ama yeterince iyi. Yavaşça saklandığı yerden çıkıyor, çalılarla dallar kalması için pençe atıyorlar. Yaptıklarını kimsenin izlemediğinden emin olmak için etrafına bakıyor, kamerayı cebine koyuyor ve uzaklaşıyor.

5

Reuben içini oyan bir huzursuzlukla pabdan içeri girdi. İçerisi loştu ve geride, birbirlerine kenetlenmiş gibi oturan sarhoşlarla dolu bir masanın haricinde boştu. Reuben yaklaştı, deri ayakkabıları ahşap zemine çarpıp ilerisine küçük yankılar göndererek geldiğini ilan etti. Masanın bir metre önünde durdu, yarım daire biçiminde dizilmiş, boyunlarını uzatmış suratlara baktı.

"Evet," dedi, "kim içki istiyor?"

Masada bir anlık sessizlik oldu. Reuben birçok bakış açısından eşzamanlı olarak dikkatle incelendiğinin farkındaydı. Sonra Sarah Hirst hızlı hızlı başını iki yana salladı. Run Zhang dolu kadehine bakıp kaşlarını çattı. Jez Hethrington-Andrews omuz silkti. Mina Ali kamışıyla içmeye devam etti. Bernie Harrison bıyığını okşadı. Judith doğruca yüzüne bakmaktan çekindi. Reuben'in eline cebindeki birkaç tane bozuk para geldi, sıkıca paraları tuttu. Bunun kolay olmasını beklememişti. Tekrar denedi.

"Kimse istemiyor mu?"

Uzayan sessizlikte Reuben dört ayın uzun bir süre olduğunu ama açık yaraların iz kalmadan iyileşmesine yetecek kadar uzun olmadığını anladı. Antipatiyle aldırmazlık arasında katı protokol kuralları uygulandığını anladı. Adli Bilimler ekibinin kıdemsiz üyeleri, tepkilerini üstlerinin davranışlarına göre ayarlıyorlardı. Reuben'in aklından, onları öylece bırakıp çıkıp gitmek, kaçmak düşüncesi hızla geçti. Ama Sandra Bantam'la ilgili bir anı ona engel oldu. Onu anmak için buradaydılar, bir polis barında bir polis cenazesi toplantısı. Her ne ise katlanacaktı. Reuben dönüp ağır ağır bara doğru yürüdü.

"Ben de bir tane alırım."

Reuben durdu. Arkasına döndü. Phil Kemp yarısı boş büyük bira bardağını havaya kaldırmıştı.

"Guiness."

Phil belli belirsiz gülümsedi, Reuben de ona gözleriyle teşekkür etti. Genzini temizledi. "Başka isteyen?"

Mina Ali, "Hafif beyaz," diye mırıldandı.

"Run?"

"Rom. Sek olsun."

Reuben Sarah'ya baktı. "Başmüfettiş Hirst?"

Sarah da ona baktı. "Hiçbir şey."

Reuben henüz işin başındayken vazgeçmeye karar verdi. Bara gidip içkileri ısmarladı. Kemp'in Guiness'i amansızca ve koyuluğuyla tezgâha konarken, Jez Hethrington-Andrews yanına gelip bütün ağırlığıyla tezgâha yaslandı.

"Olanlar için üzgünüm," diye mırıldandı.

"Ben de seni bulaştırdığım için üzgünüm."

"Üzülme. Bana biraz eğlence çıktı. Seni görmek güzel, Reuben."

"Aynen, Jez. Seni görmek de öyle."

Jez koyu renkli biçimli takım elbisesinin ceplerini karıştırıp sigara aradı. "Ee, nerelerdeydin?"

"Orada, burada."

Arkalarından Judith Meadows genzini temizledi. "İşin bitince, büyük bir kadeh beyaz şarap," dedi barmene. Jez ile Reuben ona bakmak için arkalarına döndüler.

Dişlerini gösterecek kadar kısacık bir gülümsemeyle "Judith," dedi Reuben, "epeydir görüşmedik."

"Nasıldır bilirsin." Judith hızlı hareketlerle yüzünü kaşıyıp saçına hafifçe vururken nazik bir mahcubiyet tavrı takındı. "Neler yapıyorsun bu aralar?"

"Pek bir şey yapmıyorum."

Judith kadehini alıp tatlı kokusunu içine çekti. "İyi, kendine iyi bak."

Reuben barmene para uzattı. "Hepsini kazanamazsın, Jez," diyerek omuz silkti. "Haydi, tut bakalım şunları."

Jez Reuben'in içkileri taşımasına yardım etti. Phil Kemp taburesini yana çekip Reuben'in oturması için masada yer açtı. Mina, Sandra hakkında anlattığı anekdotun sonuna gelmişti. Çevresine bir göz attı. Karşısında Sarah Hirst parmaklarını saçlarının arasından geçirdi. Bir anlığına Reuben ile göz göze geldi ve hemen gözlerini kaçırdı. Run ona gülümsedi, kaşlarının aniden kalkması bir saniyeliğine yüzündeki duygusuz ifadeyi bozdu. Mina, "Sizin en sevdiğiniz Sandra hikâyeniz nedir, Dr. Maitland?" dedi.

Reuben karşılık vermedi. Yıllardan beri sayısız polis anma toplantısına katılmıştı ve bu ortamlar hâlâ huzurunu kaçırıyordu. Fikir basitti. Dut gibi sarhoş ol ve toprağa verilmiş bir meslektaşınla ilgili bütün iyi şeyleri hatırla. Keder ya da mutsuzluk dolu bir buluşma –o cenazeye mahsustu– değil, bir hayatın anılmasıydı. Ne var ki, her zaman bu kadar kolay olmazdı. Sandra'nın ölüm haberi hâlâ onun için açık bir yaraydı, anlatmaya değecek bir şey bulmaya çabaladı.

"İşteki ilk günlerini hatırlıyorum da..." diye başladı.

Mina topu alıp sürmeye başladı. "Evet. Öyle heyecanlı ve kıpır kıpırdı ki, bir şeyin üstünde mi oturuyorsun diye sormuştum. Kız bir saniye yerinde duramıyordu. Bu kafayı bulmuş, diye düşündüm. Ana şebekeye bağlanmış gibiydi..."

Reuben döndü. Phil kısa kolunu, babacan bir tavırla omzuna atıyordu. "Ee," dedi alçak sesle, "dayanabiliyor musun?"

Phil'i takım elbiseli, hem de doğru düzgün, şık bir siyah takımla görmek çok tuhaftı. Bu kıyafet ona yıpranmış, zedelenmiş iş giysilerinde olmayan, sert bir hava vermişti. "Çok kötü değil."

Kurul için çok üzgünüm. Sadece emirlere uydum."

"Önemli değil. Nazi Partisi'nin işine yaradı."

"Lafı açılmışken, Sarah'nın şimdi KSB'nin başına geçtiğinden haberin var mı?"

"Duydum."

"Benim de senin eski bölümüne baktığımı?"

"Evet. Hanginizi atayacaklarına daha karar vermediler mi?"

"Hayır. Ama yakındır. Haberlere göre, çok yakında görev onayını alacakmışız."

"Adli Bilimleri nasıl buluyorsun?"

"İyi. Sonunda şu karın deşme vakasında önemli bir ilerleme kaydettik. Koreli bir gangstere uyan bir profil bulduk, adam şu anda hâlâ ülkede olabilir de olmayabilir de. Ama Mark Gelson hâlâ serbest ve ürkütücü biçimde sessiz." Phil arkasına yaslandı. "Ama söylesene, Reuben. Bilim adamlarının derdi ne?"

"Ne?"

"Demek istiyorum ki, alınma ama içlerinde hiç normal olanı yok mudur?"

Reuben güldü. "Ben de aynısını polisler için söyleyebilirim."

"Hey! Burada çalışmak için deli olmana gerek yok..."

"Ama seni terfi ettirebilir."

Phil, Reuben'in kalın siyah takımının içinde aşağı indiğini gözünde canlandırdığı siyah kıvamlı sıvıdan bir yudum içti. "Sen mesleğinde bunun sayesinde mi yükseldin?"

"Bunun ve üstlerimle yatmam sayesinde."

"Doğru..." Phil de Reuben de bir fırsatını bulup Sarah Hirst'e doğru kaçamak bir bakış attılar ve yüzlerinde mahrem bir sırıtış belirmesine engel olamadılar. Phil kısa bacaklarının üstünde sallanarak ayağa kalktı.

"Kusura bakma, ahbap, su dökmem gerek."

Reuben, yalpalayarak erkekler tuvaletine doğru giden Phil'in arkasından baktıktan sonra dikkatini eski Adli Bilimler ekibine verdi. Görünen o ki, geçen dört ayda pek bir şey değişmemişti. Simon cart renkli gömlek koleksiyonundan bir parça giymişti. Mina siyah bir eşarp takmıştı ve Judith her zamanki gibi ağırbaşlıydı. Run daha zayıf olduğu günler de görmüş bir takım elbisenin içine kendini sığdırmıştı. Bernie daha kalın bir bıyık bırakmış, Birgit ise tam aksine, daha da sade görünüyordu. Ama bu, hep olduğu üzere, üstün başarılılardan oluşan biraz aykırı bir gruptu, hareketleri kadar dış görünümleri de sosyal yönden kendilerini ifade etmekteki yetersizliklerini vurguluyordu. Alkolün noktaları birleştirdiğini, ayrılıklarını belirsizleştirip bir araya getirdiğini hissetti. Sarah Hirst birazcık öne doğru eğilip görüş açısına girdi.

"Ee, neler yapıyorsun bu aralar?"

Reuben kadının yüzünde bir sıcaklık eseri aradı, ama yalnızca kendisine soğuk bir merakla bakan gözler görebildi. "Şunu bunu işte."

"Şunu bunu ve bir de Öngörücü Fenotipleme mi?"

"Belki."

"Sistemini kullanabilirdik."

"Giderken neden yanımda götürdüğümü biliyorsun."

"Unutmuşum."

"Ben ayrıldığımda, Genetik Suçlar'da kötü şeyler dönüyordu."

Sarah loş ışıkta gözlerini devirdi. "Çıkışının verildiği görüşmede öyle demiştin."

"Geceleri soğutucularımız karıştırılıyordu. Örnekler kayboluyordu. Zanlıların suçlu olduğu kanısına şüpheli kanıtlar üzerinden varılıyordu."

"İlginç." Sarah gülümsedi ve Reuben bela kokusu aldı. "Hele de bunları Adli Bilimleri suiistimal etmiş ve birini yasadışı yollarla tutuklatmış biri söyleyince."

Reuben duyulacak biçimde göğüs geçirdi. "Tamam. İşte buradayım, bedelini ödüyorum. Ama sen ne kastettiğimi biliyorsun. Bir binanın içinde haddinden fazla gizli güdü var. Haddinden fazla rekabet eden ego var."

"Ben iş başına gelince, birimler arasında köprü kurmak ve uçurumlarla anlaşmazlıkları düzeltmek niyetindeyim."

"Anlaşılan konuşman üstünde pratik yapmaya çoktan başlamışsın."

"Dr. Maitland, hazırlık her şey demektir."

"Ama mesele o kadar basit değil. Genetik Suçlar'da dönenler bilimin temel kusurunu işaret ediyor."

"Neymiş o?"

"Adli Bilimler ancak onu uygulayanlar kadar hatasız bir bilim dalıdır. Ve insanlar hata yaparlar."

"Belki bugünlerde işler daha iyidir."

"Ne demeye çalışıyorsun?"

"Artık bizim hata abidesi Kıdemli Adli Bilimler Yöneticimiz aramızdan ayrıldığına göre..."

Reuben gülümsedi. Sarah, her zamanki gibi iğneliyor, kışkırtıyor, alay ediyordu. Bir anda Başmüfettiş Sarah Hirst ile ağız dalaşına girmeyi özlediğini fark etti.

"Senin neyini beğeniyorum biliyor musun?" dedi.

"Hayır."

Phil Kemp tuvaletten döndü ve Reuben ile Sarah'nın arasına sıkışıp oturdu. "Ne kaçırdım?"

"Reuben tam bir şey söylüyordu," diye karşılık verdi. Reuben'i görebilmek için biraz öne eğildi.

Reuben Sarah'ya bakıp sırıttı. "Hiçbir şey söylemeyecektim." Sarah elinde olmadan neredeyse gülümsedi. "Tamam, bir ara söylerim." Ayağa kalkıp bara gitti. Çocukça ve acıklı dedi kendi kendine. Ama bir anlığına iyi geldi.

İçkiler doldurulurken Reuben arkasına dönüp Sarah ile Phil'e baktı, çabucak süzdü. Hırslı ve uyumsuz iki başmüfettiş kendiliklerinden birbirlerine arkalarını dönmüş, kendi kabuklarına çekilmiş, kendi alanlarını işaretliyorlardı. Birine güveniyor, diğerineyse güvenmiyordu. Biri eski modaydı, diğeri amaçlarına ulaşmak için yeni yöntemleri işine geldiği gibi esnetiyordu. Ama ikisi de doymak bilmez bir açlıkla güç ve nüfuz istiyordu ve ikisi de yaşamlarındaki en büyük mücadelenin eşiğindeydi.

Reuben gözkapaklarını ağır tembel hareketlerle açıp kapayarak gözlerini kırpıştırdı, başı öne doğru sallandı, alkol onu durgunlaştırıyor, durma noktasına getiriyordu. Tahta bir banka uzanmış yatan Run hariç herkes gitmişti. Reuben içkisini bitirip ayağa kalktı, mesanesi dolu, bacakları kararsızdı. Ayakkabısının burnuyla Run'ı dürttü. Run alçak sesle Kanton lehçesinde bir şeyler mırıldandı.

"Haydi, kapatıyorlar."

Run daha yüksek sesle homurdandı, tombul vücudu bankta rahat bir yer bulabilmek için kımıldandı.

"Gitmemiz gerek."

"Uyuyorum."

"Yemek yememiz lazım."

Run, ensesini ovuşturarak ağır ağır doğrulup oturdu. "Yemek mi dedin?"

"Evet."

"Şimdi benim dilimden konuşuyorsun."

"Run, kimse senin dilinden konuşmuyor." Reuben kolundan tutup arkadaşının kalkmasına yardım etti. "Bu civarda bildiğin bir yer var mı?"

"Öyle herhangi bir yer değil. Londra'nın en iyisi."

"Ne harika bir söz."

"Ve harika bir lokanta."

Reuben ile Run bardan çıkıp bir taksi çevirdiler. Kısa süre sonra da loş aydınlatılmış, hareli tropikal balıkları ve lamine menüleri olan Rainbow

Lokantası'nda bir masaya yerleştiler. Reuben'in kanlı gözleri pabdan ve karanlık sokaklardan sonra Rainbow'un içine uyum sağlamakta pek zorlanmamıştı. Run masaya bir garson çağırdı, Kanton lehçesiyle az ve öz cümlelerle karşılıklı konuşmaya başladılar.

Garson yanlarından ayrılınca Reuben, "Neydi bu?" diye sordu.

"Senin için sipariş verdim."

"Korkmalı mıyım?"

"Kork, Dr. Maitland, çok kork."

"Söylesene Run," Reuben eliyle ince masa örtüsünün üzerinde önceki müşteriden kalmış karides krakeri kırıntılarını süpürdü. "Şu ara Sandra'nın katilinin haricinde başka kimin peşindesiniz?"

"Yeraltından bazı kimselerle uğraşıyoruz."

"Belli biri var mı?"

"Uyuşturucu patronu Mark Gelson, iki faili meçhul cinayet, Kieran Hobbs..."

"Kieran Hobbs mu?"

"Ee, onu seri saldırılarla ilişkilendirebileceğimizi düşünüyoruz. Ama daha kanıtlarımız su katılmaz değil."

"Su götürmez."

"Adını biliyor musun?"

"Duymuş muydun diyeceksin." Reuben ismi geçince kaşlarını bir an çatmadan edemedi. "Neyse... Genetik Suçlar'da neler oluyor anlatsana."

"Her zamanki gibi. Phil ile Sarah üstünlük kazanmak uğruna savaşıyorlar. Phil Adli Bilimler bölümünü kızgın bir eşekarısı gibi idare ediyor, Sarah da KSB'de astığı astık, kestiği kesik..."

"Kestiği kestik..."

"Nasıl olduğunu bilirsin. Senden ne haber?"

"Berbat." Reuben çubuklarıyla oynadı. "Ama iyiye gidiyor."

"Öyle mi?"

"Bilmiyorum, her şey biraz dağılmıştı. Joshua'yla Lucy'yi kaybettim – ailemi..."

"Kimse yok başka?"

"Annemden başka kimsem yok. Babam on dokuz yaşımdayken öldü, erkek kardeşim de birkaç sene önce fiili olarak hayatımdan çıktı." Garson aralarına mebzul miktarda tabak kalabalığını dizerken doğruldu. "Ama uyum sağlıyorsun, hayatta kalıyorsun, parçalarını bir araya getiriyorsun..."

"Bilirim. Çin'de ailemden ayrıldığım zaman... şey yaptığını, ee, her şeyini kaybettiğini hissediyorsun. Hepsi hayatta, bana yazıyorlar, arıyorlar ama yine de. Bence onlarla olabilirsin biliyorsun, ama aynı zamanda olamayacağını da biliyorsun."

Reuben, yemeğiyle oynayarak, süslü çubuklarla iteleyerek birkaç dakika düşüncelere dalıp sessizliğe gömüldü. Geçmişe, birkaç ay önceye döndü, mutfakta yüzü Lucy'ye dönük oturuyor, fırtına bulutları toplanıyor, tabağındaki chow meini çöpe boşaltıyor. "Ama hâlâ fena halde canımı acıtıyor. Gelip gidiyor, kimi zaman diğerlerinden daha iyi."

Run öne doğru eğilince Reuben çubukları bırakıp eline bir çatal almış olduğunu fark etti. "Biliyor musun?" Run etrafa bir göz attı. "Sandra Bantam'la ilgili büyük bir ilerleme kaydettim. Daha kimsenin haberi yok."

"Öyle mi? Neymiş?"

"Önce elimdeki bilgileri kontrol etmem gerek." Run çatalının sapıyla burnunun kenarına vurdu. "Ama bence eşleştirme analizi için yeteri kadar saf örnek elde ettim. Yalnızca düzenlenmesi gerekiyor."

"Çok çabuk olmuş."

"I-ıh, kestirme bir yol geliştirdim. Yarın, ayıldığımız zaman seni arayıp, tavsiyelerini alabilir miyim?"

"Tabii. Bak, Run, seni görmek harika. İşlerin karışık olduğunu biliyorum, ama irtibatı koparmayalım. Arada bir biraraya gelmek, dedikoduları dinlemek, Sarah ile Phil'in gırtlak gırtlağa gelip gelmediklerini öğrenmek çok güzel olur."

"Tamam."

"Ha, bir dahaki sefere lokantayı ben seçeceğim."

"Rainbow'a hakaret bana hakarettir."

Reuben yemeğini yemekten vazgeçti, tadını alamayacak kadar sarhoştu. Run'ın özenle doldurduğu çatalıyla yemeğini kürekle atar gibi ağzına doldurmasını seyretti. O uğultuyu yeniden hissetti. KSB ve Adli Bilimcilerle kuşatılmış bir gün. Ekip çalışması, bağlılıklar, sürtüşmeler, entrikalar. Birden çok soruşturmanın ortasında elbirliğiyle çalışmak ve kusur bulmak. Kieran Hobbs'u hedef aldıklarını öğrenmek. Son dört ayın boş olduğunu anladı. Bu insanları özlemişti, güvenmediklerini bile. Sarah Hirst'ün gözleri içini oyuyordu. Ayağa kalktı, Run'ın elini sıktı ve adı sanı belli olmayan oteline ve kırık dökük hayatına geri döndü.

7

Reuben akşamdan kalma suratını ovuşturdu. Ülke yaz sonunda bir sıcak dalgasıyla sararıp soluyordu. Alnında biriken ter burun kemiğinin üzerinden kayıp görüşünü bozdu. Ne hava ne de ferahlama vardı. Yaz zaten sıcak başlamıştı. Mayıs öldürücü geçmişti. Sonra ağustosun nafile ve fazlaca telafisine rağmen, son birkaç yıldaki gidişata sadık kalarak, haziran ve temmuz tam bir düş kırıklığı olmuştu. Çabucak ısınmaya başlayan birasından bir yudum aldı ve adam tuvaletten döndü. Reuben onu beklenmedik ölçüde gergin görmüştü. Güvensizliği olağandı, ama Kieran Hobbs gibi birinin zerre kadar tedirgin olacağını tahmin etmemişti.

Reuben ansızın korkudan her yerinin karıncalandığını hissetti. Run'ın söylediklerine göre, Kieran Hobbs Genetik Suçlar'ın şu andaki önceliklerinden biriydi. Batı Londra'da para aklama ve kumar faaliyetleri yürüten bir çetenin gediklilerinden olan bu adam, çok sayıda vahşice saldırıyla bağlantılı olarak iki yıldan uzun bir süredir aranıyordu. Ve yine de yanında güpegündüz oturuyordu. Reuben çaresizce gözetleme, sessizce ışığı yanıp sönen KSB kameraları, banda kaydedilen karlı KDKS görüntüleri, etraftaki uğultunun içinden konuşmalarını yakalayan mikrofonlar olmadığını umarak barın içini inceledi.

Reuben, Hobbs'un karşısında büyülendi. Yakın zamana kadar suçlularla olan irtibatı, suç mahallerinde arkalarında bıraktıkları mikroskobik sıvılar ve hücrelerle sınırlıydı. Şimdi caniyi bütün olarak, ete kemiğe bürünmüş halde görünce inceleyecek çok şey vardı. Reuben bir suçun kötü sonuçlarının yalnızca kararlı bir eylem ile şiddetli bir maksadı işaret ettiğini, ama bütün kararsızlıkların, tereddütlerin ve belirsizliklerin dondurulmuş görüntü karesinin içinde kaybolduğunu kabul etti.

Kieran bir masaya geçmeden önce Reuben'in tuvalete kadar kendisine eşlik etmesinde ısrar etmişti, tuvalette de üstünde kayıt cihazları ile silah araması yapmıştı. Şüpheci, delişmen gözlerle barı tarayarak hızlı hızlı konuşuyordu. Nihayet iş konuşmaya hazır olduğunu göstermek için, "Evet," dedi, "benim için ne yapabilirsin?"

"Ortağım Moray Carnock birkaç gün önce seni bilgilendirmiş olmalıydı."

"Ben senin ağzından dinlemek istiyorum."

"Tamamen senin neye ihtiyacın olduğuna bağlı. Moray bir saldırıdan bahsetti?"

"Joey Salvason. Benim yardımcım. Dövülerek öldürüldü."

"Şimdi nerede, peki?"

"Hastane morgundadır herhalde."

"Kimin yaptığına dair hiç fikrin yok mu?"

"Sence gidip kimin canına okuyacağımı bilseydim, burada seninle konuşarak zamanımı harcar mıydım?"

"Benim bütün söylediğim, Bay Hobbs, önümüzde iki yol olduğu. Eğer şüphelendiğin belli biri varsa, sana evet odur, ya da değildir diyebilirim. Faili herkes olabilir diyorsan, sana yüzünün resmini, gösterebilirim. Ama bu yol epey pahalıya patlar."

Kieran karşılık vermedi, sıcak olduğunun farkına bile varmadan sade kahvesinden bir yudum aldı.

"Bir çete var. Başlarında Maclyn Margulis denen birinin olduğu İrlandalı bir grup. Bu sene bize sorun çıkardılar. Ama onlar yapmamışlarsa, saldırmak istemem. Büyük bir şebeke bunlar ve bu durumun kontrolden çıkmasına hiç ihtiyacım yok şu anda. Joey'in bir sürü meselesi vardı. Bilirsin, şahsi şeyler. Silahlara sarılmadan önce emin olmak istiyorum."

"Yani, bir sürü kişi içinde herhangi biri Joey'i öldürmüş olabilir, diyorsun."

"Sanırım öyle."

"Sekiz bin pound alırım. Nakit. Dört bini şimdi, dört bini de sana katilin resmini gösterdiğim zaman. Artı senin için çalıştığım süre zarfında otel faturamı da ödemen gerekecek."

Ilınan birasını hızla yudumlarken o sözler Reuben'in boğazına takıldı. 'Senin için çalıştığım...' bir zamanlar peşinde olduğu birine yardım etmek, eski birininin faal olarak araştırdığı birine. Ağzındaki tatsızlığı yıkayıp giderebilecekmiş gibi bir yudum bira daha içti. Bir suçluya yardım etmek bir suçlu olmak demekti. Ama sıkışmıştı ve bunu da biliyordu, gece geç saatte Çin yemeği midesine bütün ağırlığıyla oturmuş halde uyurken vücudundan ter olarak çıkan huzursuz bir ikilemdi bu. Genetik Suçlar'ın yasadışı faaliyetlerinin derinine inebilmek para istiyordu ve babalıkla zina vakaları ancak yeni yeni para getirmeye başlıyordu. Kimyasallar, araç gereçler ve sarf malzemeleri pahalıydı. Moray başından beri haklıydı. Gerçeği bulabilmek için Reuben ara sıra çizgiyi aşmak zorunda kalacaktı. Kesin ve kaçınılmaz bir karardı ve apaçık mantığına rağmen hâlâ içini kemiriyordu. Ve bu yüzden Reuben ihanetin acılığını yutkunup içine atmak zorundaydı, ehvenişeri bulmak ve neyin gerçekten doğru ve neyin gerçekten yanlış olduğuna karar vermek zorundaydı. Ama tadı hâlâ iyi değildi.

"Bu resim. Moray foto-tip gibi bir şey demişti."

"Hayır. Fotoğrafa benzer."

Reuben yine karşısında oturan suçluyu inceledi. İlk bakışta tam anlamıyla alelade biriydi. Yara izi, dövme ya da tıbbi müdahale edilmeden kendi kendine yavaşça iyileşen kırık yüz kemiği yoktu. Orta kademe yöneticilere has gündelik giysiler içindeydi, ziynet eşyası takmamıştı, ayakkabıları şıktı. Ama yine de karşısındaki gayet doğal biçimde öldürmüş, dayak atmış ve gasp yapmış biriydi. Bizzat karşısındayken, adamda Reuben'in o güne dek gördüğü pek çok gözaltı fotoğrafında ayırdına varmadığı farklı bir taraf vardı. Reuben, o farklı şeyin gözlerinde olduğu sonucuna vardı. Sarı kirpikleri uzun ve gürdü, hem gözlerini ne kadar açarsa açsın birbirine dolaşık halde kalıyordu. Kirpiklerin altında Kieran'ın gözbebekleri donuk yeşildi, öyle sönüktü ki, hiç ışık saçmıyordu, sık kirpiklerin kapısına güneş dayandığında bile. Kör nesneler, onu iteleyen, dürten, mercekli beysbol sopaları gibiydiler, anlaması olanaksız ve doğrudan içine bakılamayan.

Kieran sonunda, "Sana toplam beş bin veririm," dedi. "Şimdi üç binini alırsın..."

Akşamüstü güneşi şiddetini azaltmayı reddediyordu. "Ya sekiz bin alırım, ya da hiç yapmam."

"Boktan bir resim için mi?" Gözler Reuben'e çarptı.

"Dostunun katilinin yüzde yüz hatasız resmi için. Hem ek bir miktar karşılığında sana adıyla adresini bile bulurum. Dünyada kimse sana bu hizmeti teklif edemez."

"Tam aynasız tipi, beni kazıklayacak."

"Bak, paraya ihtiyacım var."

"Boşversene. Yeme beni, Maitland."

"Ciddiyim."

"Yaa öyle mi? Ne için istiyorsun parayı?"

Bir şey kırıldı. "Sana ne, Hobbs." Birden çok yanlış geldi. Bir gangsterle, bir katille bir canavarla iş yapmak. Doğru bildiği her şeye ters düşmek. Reuben mide bulantısıyla çekip gitmek üzere ayağa kalktı.

Kieran da kalktı. Ellerini, avuçları yere dönük halde öne doğru uzattı. "Tamam, tamam. Bir şey yok. Haydi, sakinleşip, yeniden başlayalım."

Reuben, kendisiyle çatışarak, yakayı ele vermiş halde olduğu yerde kaldı, boş yere gözlerini dikecek bir yer aradı. Bu işe ihtiyacı vardı, parayı almak, Hobbs'u artık kanunun tarafında olmadığına, aynı düşmana karşı savaştığına ikna etmek zorundaydı. Reuben tiksintisi deniz gibi çekilerek yavaşça tekrar yerine oturdu. Birkaç saniyelik sessizlikten sonra, "Polisin adil oynamadığını düşündüğüm, delillerin pek güvenilir görünmediği, işlerin kontrolden çıkmaya başladığı bazı vakaları araştırıyorum," dedi. Reuben gazı kaçmış, ısınmış, keskin tadı artık ekşiye dönmüş birasından içti. "İdeal bir dünyada, Bay Hobbs senin davana elimi bile sürmezdim. Ama ikimizin de bildiği gibi, bu hiç de ideal bir dünya değil. Şimdi hizmetlerimi satın almak istiyor musun, istemiyor musun?"

Kieran Hobbs yüzünü hızlı hızlı ve sinirli bir tavırla ovuşturdu. Reuben istediği miktarın standartlarına göre hiç de fahiş olmadığını biliyordu. Belki de adam sadece bir polis eskisiyle iş yapmak istemiyordur diye düşündü. Kieran ayağa kalktı. "Burada bekle," dedi. Dışarı çıktı, içinde üç adamın oturduğu büyük bir arabanın yanına gitti. Reuben bu buluşmanın tamamen farklı bir gözetim altında gerçekleştiğini fark edememişti. Kieran elinde rulo yapılmış bir gazeteyle geri geldi ve gazeteyi masanın üzerinden ona doğru itti. "İçinde," dedi. Yüzü harcadığı çabadan kızarmıştı ve Reuben sarı saçlarının arasından kafa derisinin bile pembeleştiğini görebiliyordu. "Ne kadar sürer?"

"Yedi gün." Reuben küçük bir not defteri çıkardı. "Şimdi, hangi hastanedeydi?" diye sordu. "Ve hastaneye hangi gün kabul edilmişti? İkinci bir adı var mı? Saç ve göz rengi?" Ayrıntıları hızla not etti. "Tamam. Moray seninle irtibatta olacak." Kieran ile tokalaştı, tiksinti uyandıran, nemli bir el sıkışmaydı. Gangsterin arkasından bakarken bir süre parmaklarını sıcak alüminyum masaya vurarak oyalandı. Kendi kendine fısıltıyla, "Amaçlar," dedi, "ve araçlar." Nadiren diye düşündü, bu kadar çelişkili görünür. Kötü adamları yakalamak için kötü adamlara yardım etmek. Ama gerçeği aramanın derdi de buydu. Çoğu zaman sahtekârlığa bulaşmak zorunda kalıyordunuz.

8

Reuben, Kieran Hobbs'un gazetesini kolunun altında taşıyarak kafeden çıkıp, ağır adımlarla köşeyi döndü. Bir otele girerken, kâğıdın üstünden kaburgasına değen sıkı para destesini hissedebiliyordu. Resepsiyonda evrak çantasından küçük kırmızı bir kutu çıkarıp dikkatle bankonun üzerine koydu.

Kadın, "Her zamanki gibi mi?" diye sordu, kelimelerinin arasında sıcak Fransız aksanı çınladı.

"Lütfen."

Kadın kutuyu alıp emanet kasasına götürdü. Resepsiyonist geri dönünce, "İki yüz on yedi numaralı oda," dedi. Reuben numarayı bir ölçekteki rakamlar olarak duydu; ortadaki C'nin etrafında iki ile yedi, bir de havalı bir tam G gibi. "Ve bu da size geldi." Kadın üstünde adı yazılı olan kalın bir zarf verdi. Küçük modern odasında, her zaman otele kayıt yaptırmasına eşlik eden tören başladı. Banyoyu, şifonyeri, yatağı, gardırobu inceleyerek odada dolaştı. Reuben tam olarak ne aradığını bilmiyordu, ama bir gün farklı bir şey bulmayı umuyordu.

Yatağa oturdu, zarfı eline alıp açtı. Bu anı erteleyip durmuştu, ama artık daha fazla geciktiremezdi. İçinde bir tomar fotoğraf vardı. Titreyen parmaklarıyla hızlı hızlı resimlere baktı. Oğlunun bir parkta çekilmiş görüntüleriydi bunlar. Joshua ilk adımlarını atarken görünüyordu. Reuben kesik bir nefes çekti içine. Oğlu büyüyordu. Fotoğrafları dikkatle, merakla, kaşlarını çatarak, gurur, suçluluk, öfke ve

üzüntü duyarak inceledi. Birkaç pozda Lucy de giz-
lenmişti, gözlerinin içi gülüyor, ağzı kulaklarında,
ara sıra yüzünde huysuz bir ifadeyle. Reuben ansı-
zın telefona sarılma ihtiyacı hissetti. "Alo, resepsi-
yon mu? İki yüz on yedi numaralı oda. Ben yalnız-
ca şeyden emin..."

Bir Fransız'ın sesi sözünü kesti. "Kasada, Dr. Ma-
itland. Kasaya koyduğumu gördünüz, değil mi? Ve
siz sormadan söyleyeyim, evet, iki kere kontrol et-
tim. Reuben gözlerini kapadı. Değer verdiği tek şey
ruhsuz bir Londra otelinin kasasındaydı. Parmağı-
nı ahizeden kaldırıp hızla bir numara tuşladı. Karşı
taraf telefonu açınca, "İki bir yedi," dedi yalnızca.
Beklerken, bir yeraltı babasını ağır ağır kiralık bir
katille birleştirecek numaraları tuşlamaya başladı.

Bir saat sonra kapı alçak sesle vuruldu. Gözetleme
deliğinden Moray Carnock on kilo almış ve boydan
biraz kaybetmiş gibi görünüyordu. Başkentin geri
kalanı gibi o da terliyordu, ama Moray bu işte çoğu
kişiden daha iyiydi. Ağır bir şekilde yatağın kena-
rına oturdu.

Rengi solan yakasını nemli, yapış yapış ensesin-
den çekerken, "Yalnızca on dakikam var," dedi.
"Sonra Heathrow'a gidiyorum. Kieran Hobbs ka-
bul etti mi?"

"Tam hizmet istiyor."

"Hobbs gibi önemli adamların zamanını har-
cayamayız. Ona yardım edebileceğinden emin mi-
sin?"

"Ne yazık ki eminim. Hastaneyi buldum. Mor-
gun başında Derek O'Shea denen biri var. İşte nu-
marası burada. Beni tanıyor ve iki yüze bizi cese-
din yanına sokmaya hevesli. Ne zaman gidebiliriz?"

"Ben yarın akşama kadar Frankfurt'tayım."

"Ne var Frankfurt'ta?"

"Kurum içi sırlarının satıldığından kuşkulanılan bir elektronik firmasının ortağı. Sana da iş çıkabilir – kâğıt üstünde adli bilim kanıtı ile yakalayacağım parçaları istiyorlar."

"Plastik içinde ve elinden geldiği kadar soğukta muhafaza et. Bu arada fotoğraflar için teşekkür ederim."

"Bir şey değil, koca adam. Elimde biraz video çekimi de var. Al, ben gitmeden çabucak bir göz at."

Moray kamerasını Reuben'e uzatıp Oynat tuşuna bastı. Reuben, Joshua, Lucy ve Shaun Graves'in evcilik oynamalarını seyretti. Çaresizce anlamak isteyerek tekrar tekrar bir Joshua'ya bir Shaun'a baktı. Joshua on aylıktı. Yüz hatları daha belirgin ve kalıcı biçimde şekilleniyordu. Göz rengi değişiyor, saçları koyulaşıyordu. Otel kasasında duran kırmızı kutuyu düşündü. Öğrenmenin basit bir yolu vardı, ama bunu kendine yediremiyordu. Henüz.

Moray, "Peki, ya Bay Parababası?" diye sordu "Geçitte hallettiğimiz adam?"

Reuben yapışmış gibi gözlerini ekrandan ayırmadı. "Kadının DNA örneği sonuç vermedi, bu yüzden ona geri dönmek zorunda kaldık. Ama sonuca nasıl tepki vereceğine dair hiçbir fikrim yok."

"Yok mu?"

"Büyük bir kavga kopabilir."

"Tanrım." Moray alnında biriken ter akışını kesmek için kirli takım elbisesinin kolunu kullandı. "DNA uyuşturucudan da beter. Küçücük bir parçası başını büyük belaya sokabiliyor."

Reuben saatini çıkarıp arkasını inceledi. "Bana mı anlatıyorsun?" dedi alçak sesle. Gardıroba gidip bir deste parayla geri geldi. "İşte," diyerek uzattı, "senin payın. Judith'inkini ona sonra veririm."

Moray dilinin ucunu yeni uzamaya başlamış sert bıyıklarının üzerinde gezdirip dudaklarını yaladı. "Tamam. Sen ne yapacaksın?"

"Erkenden laboratuvara geçip bir iki işe devam edeceğim."

"Sen hiç uyumaz mısın?"

"Eskiden uyurdum, Moray. Rahat bir yatakta yanımda karım, yan odada oğlumla. Sonra bildiğin üzere, orada başka birinin daha uyuduğunu öğrendim..." Reuben kendini durdurdu. Moray açılabileceğiniz türden biri değildi, o meseleleri yüz yüze ele almaktan çok gizlice dinlemeye alışıktı. Zaten beceriksiz bir tavırla ayağa kalkıyordu.

"Neyse, bir taksi bulmanın zamanı geldi," dedi. Kamerasını alıp kapıya doğru yürüdü.

"O zaman, öbür gün görüşürüz."

"Sanmıyorum." Parayı cebine koyup başını iki yana salladı. "Pazartesi resmi tatil. Hem ilgilenmem gereken önemli bir işim var." Moray bir entrika çeviriyor havasıyla göz kırptı, kapıyı çekip odadan çıktı.

Reuben alışkanlıkla saatinin arka tarafına dokundu. Ama saatini açacak yerde, iki minyatür votka şişesiyle bir kutu kola açıp geniş ağızlı plastik bir bardağa doldurdu. Kendine son bir eziyetli fotoğraf incelemesi için izin verdi. Sonra evrak çantasını açıp Judith'in o gün erken saatte işyerinden kaçırdığı kalın dosyayı çıkardı. Üzerindeki etikette "Genetik Suçlar, Euston: Kanıt ve Örnek Envanteri: Otostopçu Katili; Mayıs 2002–" yazılıydı. Gloucestershire'da, seksenli yılların sonunda, ikisi kadın, biri erkek üç otostopçunun öldürülmesi vakasıyla ilgili açıklamaları dikkatle okudu. Parçalanmış, şiddet uygulanmış, boğazları kesilmiş cesetler aynı yolun kenarına üç ayrı günde bırakılmıştı. Ne görgü tanığı, ne de şüpheli olduğundan ve kırsal bir bölge olması göz önüne alınarak iki komşu köydeki bütün erkek nüfusun test edilmesi yönünde bir karar alınmıştı.

Reuben otostopçu soruşturmasını çok yakından biliyordu. Bu vakada soruşturma sürerken düzeltmeleri yapılan DNA belirleme sisteminin erken dönem öncülerinden biri kullanılmıştı. Adli Bilimler Kurumu pratik deneyim kazanmaları için birkaç personelini göndermiş ve KSB Adli Bilimler memuru olduğu için Reuben de görevlendirilmişti. Dört binden fazla erkeğin kanı alınmış ve tahlil edilmişti, ama hiçbir eşleştirme yapılamamıştı. Teknik başarısız olmuş ve duyulan coşkunun hızı da kesilmişti. Reuben üç ay süren bu sonuçsuz araştırmanın ardından Londra'ya dönmüştü. Ancak, bu deneyim üstünde çelişkili bir etki yaptı. Şevki kırılacak yerde, gözleri yeni olasılıklara açıldı. Üniversite eğitimine bıraktığı yerden yeniden başladı, moleküler biyoloji doktorasını tamamladı ve gerçeği araştıran ileri genetik yöntem arayışlarında bir öncülük yapmak hevesiyle yeniden Adli Bilimlere girdi. Otostopçu vakası ona Adli Bilimler yoluyla suçlu tespiti yöntemlerindeki aksaklıkların her suç tespiti usullerindekilerle aynı olduğunu göstermişti. İhtiyaçları olan şey, geçmişi kapsayan çözümlemelerdeki bariz kısıtlamaların üstesinden gelebilecek yöntemlerdi.

Ve bu olayın halkın hafızasından silinmesinden on bir yıl sonra katil yakalandı. Orijinal veritabanına karşılık yapılan rastgele karşılaştırma bağlantısız bir suçtan yakalanmış bir tutukluyu gösterdi. Şüpheli sorgulandı, yargılandı ve hüküm giydi. Bu ilerleme sırasında Reuben başka bir görev üstünde çalışmaktaydı. İçkisinden bir yudum alıp, hiç ikna olmadığını hatırlayarak kafasını kaşıdı. Kimse rastgele karşılaştırma yapmıyordu. Adli Bilimlerin buna vakti yoktu sadece.

İçkisini yudumlamaya ve ayrıntıları büyülenmiş halde daha derinden özümseyerek okumaya devam etti, dakikalar, saatler geçtikçe konsantrasyonu çığ gibi büyüdü, gözleri irileşti, kalemi çılgın gibi çiziktiriyor, beyni bilgiler arasında koşuşuyor, uyarılar sinir ağları boyunca hızla ilerliyor, sinapslara atlıyor, yeni bağlantılar kuruyor, kafatasının içinde lunaparktaki gösteri motosikleti gibi dönüp duruyordu, karısıyla oğlunu sonsuza dek onu üzemeyecekleri bir yerde sakladı, tam beş yıl önce yazın son resmi tatil gününde, Somerset'teki bir tepede Lucy'ye evlenme teklif ettiğini çaresizce unutmaya çabaladı.

9

Sarah Hirst bilgisayarının karşısına geçip veri ve görüntü ekranlarını bir kez daha gözden geçiriyor. Dikkati dağınık, konsantrasyonu zayıflıyor. Çalışma odasının penceresinden içeri aydınlık akıyor, ekrandan yansıyıp gözlerini kısarak bakmasına neden oluyor. Dışarıdaki kaçış trafiğini duyuyor, otomobiller gürültüyle şehirden sahile doğru, sorumluluklardan ve bağlılıklardan bir gün uzağa gidiyor. İçinde büyük bir parça o tampon tampona giden arabaların arasında olmayı, özgürlük kokan kıpır kıpır engin suya doğru adım adım yaklaşmayı arzuluyor. Kendi kendine, katiller resmi tatil tanımıyorlar, diyor. Başmüfettişler de öyle. Arada bir Sandra Bantam'ın işkence görmüş bedeninin resimlerinden bir başka pencereye, farklı türden bir fotoğraf gösteren bir ekrana geçiyor. Sarah kolunu uzun boylu, incecik bir adama sarmış. Günlük giysiler içinde, bir ormanda birlikte gülümsüyorlar. Başmüfettiş Sarah Hirst içini çekiyor ve sinirli bir tavırla yeniden Sandra'nın cesedini tıklıyor.

Phil Kemp tatsız tuzsuz bir pabın arka salonundaki bir masada oturuyor. Elinde beş oyun kâğıdı tutuyor. Diğer altı kişi daire biçiminde oturmuşlar. Hava sigara dumanından dolayı boğucu. Kırklarının ortasında bezgin bir kadın bir şişe viskiyle içki servisi yapıyor. Phil hariç diğer bütün oyuncular bardaklarını tekrar doldurma fırsatını kaçırmıyorlar. Sohbet hızlı ve gergin. Poker eli yükseldikçe bozukluklar ve kâğıt paralar ortaya sürülüyor. Phil tereddüt ediyor, sonra para yığınına iki tane on poundluk atıyor. Hemen yanında oturan beysbol şapkalı zayıf bir adam çekilip kâğıtlarını masaya bırakıyor. Karşısındaki bronz tenli kadın Phil'in sürdüğü parayı görüyor ve potu artırıyor. Üç oyuncu daha pas geçiyor. Dikkatler Phil'in üzerine çevrilince, hızlı ve kararlı hareket ediyor. Potu kırk pound artırıyor. Karşısındaki kadın duraklıyor, içkisinden bir yudum alıyor. Dikkatle Phil'e, sonra da tekrar kâğıtlarına bakıyor. Phil gözlerini kadınınkilere dikiyor, ekose gömleğinin üstten iki düğmesini açıyor. Sonra kadın kâğıtlarını masaya açıp hemen sigarasına uzanıyor. Yavaş yavaş ve nazikçe, Phil kâğıtlarını çevirip, masaya yayıyor. Elinde hiçbir şey yok. Öne doğru uzanıp, elleriyle para yığınını topluyor.

Mina Ali, Simon Jankowski, Paul Mackay ve Jez Hethrington-Andrews gözlerini bile kırpmadan dikkat kesilmiş, tam anlamıyla kendilerini kaptırmış halde direksiyonlarına yapışmışlar. Simon önde gidiyor, arkasından Mina ile Jez geliyor. Kenarda seyredenleri kıl payı sıyırarak son sürat geçiyorlar. Bir dizi keskin dijital dönemeçte, ustaca resmedilmiş virajlarda patinaj yapıyorlar. Mina sollama yapmak için hızla öne atılıyor, tam süre biterken dönerek ve Simon'ı da beraberinde götürerek yoldan çıkıyor. Jez yumruğunu havaya kaldırıyor, sürpriz galip. Dörtlü gönülsüzce ayağa kalkıyor ve oyun salonundan dışarı çıkıyor, iskelenin ucunda güneşte gözlerini kırpıştırıyorlar. Resmi tatil güneşine rağmen, kararlı bir meltem saçlarını karıştırıp, giysilerini dalgalandırıyor. Parmaklığın üzerinden eğilip aşağıdaki sahile doğru devrilen dalgaları seyrediyorlar. Jez ilerideki dondurma pavyonunu fark etmeden önce zaferle gülümsüyor. Orayı işaret ediyor ve dört bilim adamı tek sıra halinde sallanarak dondurmacıya doğru yürüyorlar, her biri cebinde bozuk para arıyor, kendi düşüncelerine dalmışlar, Brighton güneşinde canlanıyorlar.

Soluk mavi bir kapının önünde iki erkek KSB görevlisi duruyor. Uzun boylusu zile basıp genzini temizliyor. Ortağı iç geçirip saatine bakıyor. Ağustos sonu güneşi siyah üniformalarına vurup kumaşını ısıtıyor, beyaz pamuklu gömleklerinin üzerinden hissedebiliyorlar. Kapı açılıyor ve kendilerini tanıtıyorlar, uzun bir denetleme gününde iyice yıpranmış kimlik kartları bir kez daha uzatılıyor. Sandra Bantam'ın kırışmış bir fotoğrafı kısa boylu memur tarafından gösteriliyor. Yetmiş ya da seksen yaşlarındaki kadın sakince başını iki yana sallayıp omuz silkiyor, şaşırmış görünüyor. Uzun boylu memur dönüp birkaç kapı ötedeki bir terası işaret ediyor, olanları özetliyor ve kadının ters bir şey fark edip etmediğini soruyor. Genetik Suçlar memurları aralarında birkaç not alıyorlar. Arkalarında, başka iki memur yolun karşısındaki bir evin dar araba yoluna giriyorlar. Kısa boylu memur kadına teşekkür ediyor ve kararlı, sert tavırlarla ve terden sırılsıklam halde tekrar sokağa çıkıyorlar, sokakta bir sonraki ikametgâhı denemeye hazırlar.

Moray Carnock neredeyse suçlarcasına, tırnağı etraflıca yenmiş, güdük işaret parmağını kaldırıyor. Sabırla bekliyor, zaman kolluyor. Küçücük renkli bir kuş hemen tombul tüneğin üstüne sıçrıyor. Moray başını yavaşça kuşa doğru eğip küçücük bir buse konduruyor. Sonra öbür elinin işaretparmağıyla başparmağının arasına sıkıştırdığı bir çekirdeği uzatıyor. Kanarya çekirdeği gagalıyor, gagasıyla sıkıca tutuyor ve hazinesiyle birlikte uçup gidiyor. Moray gözlerini içine girilebilecek kadar geniş kafeste gezdiriyor, büzdüğü dudaklarıyla öpücük sesi çıkarıyor. Kısa zamanda parmağı başka bir küçük kuşa yuva oluyor, bu kuş yanardöner mavi yeşil. Moray, bir ikramla dikkatini dağıtırken, şefkatle kuşun sırtını okşuyor. Kanarya kanatlarını hızlı hızlı çırpıyor ve yemeğini huzurla yemek için kaçıyor. Moray kafesin içerden kilitlediği kapağına göz atıyor. Yine parmağını uzatıyor ve bir sonraki ziyaretçisini bekliyor.

Judith Meadows dekorasyonun mekaniği içinde kaybolmuş. Fırçasını bir teneke kutu dolusu donuk çözeltinin içine batırıyor, kenara sürüp üzerindeki fazla boyayı alıyor ve karıştırıp kaynaştırarak, fırçayı düzgün bir biçimde yukarı aşağı hareket ettiriyor, yeni kat eskisini örtüyor. Omzunun üzerinde kocası Charlie bitişik duvarı boyuyor. Sessizce, kendilerini kaptırmış halde çalışıyorlar, birbirlerine doğru, onları ayıran köşeye ilerleyerek boyuyorlar. Judith asıl rengin fırçasının altında kaybolmasını izliyor ve bir an için canlı kırmızı, natürel kirli beyazın altında yok olduğu, bastırıldığı, arkaya itildiği için hüzünleniyor. Kenara yaklaşırken, fırçasını bir daha kutuya batırıyor. Charlie'nin fırçası onunkine paralel olarak hareket ediyor, elleri birbirinden birkaç santim uzakta, birbirlerine yaklaşıyor. Sonra Charlie durup bir adım geriye çekiliyor.

Memnun olarak fırçasını alıyor plastik bir kaptaki bulanık suya daldırıyor. Judith kocasına arkasını dönüp yavaş ve düzenli biçimde boşluğu tek başına doldurmaya başlıyor.

10

Başmüfettiş Sarah Hirst üç şeritli yolun karşı tarafına sabahın erken saatlerinin güvenciyle geçti. Bir saat içerisinde bu çok tehlikeli bir çaba olacaktı. Fakat şimdi, saat yedi olmadan hemen önce hâlâ gerçekleştirilebilir bir işti. Güneş şimdiden asfaltı ısıtmaya başlıyor, yüzeyinden İngiltere'de pek rastlanmayan bir buhar yükseliyordu. Metro insaflı bir serinlik içindeydi, ama şimdi bir başka şiddetli saldırıya hazırlıyordu kendini. Raylar boyunca ve tünellerin içinden esen kavrulmuş hava ülkenin hiçbir yerindekine benzemiyordu. Bu havayı içine çekmek, pamuk şeker yemenin nefes almaktaki karşılığıydı. İncecik ve kof, ne besleyiciliği ne de değeri olan, heyecanı sönerken bastıran sıcak bir hiçlik.

Sarah yürürken bir yandan da yiyip içmeye kalkıştı. Bir elinde büyük boy bir kahve bardağı, öbür elinde de bir Danimarka çöreği. Elinde kahvesini her içişinde yüzüne kadar kaldırmak zorunda kaldığı ince bir deri çanta taşıyordu. Ama önünde yoğun bir gün vardı ve kazandığı her saniye akşam dairesinin serin sığınağında fazladan bir soluk demekti.

Sarah, çantası yine görüş alanını kapatırken kahvesinden bir yudum aldı. Bir an ölü bir insanı harap eden farklı saldırı derecelerini gözünün önüne getirdi. Kör kurşunların girmesinden ya da keskin bıçakların saplanmasından sonra otopsi için yatırılırdı. Sandra Bantam'ın kafatası yuvarlak bir testereyle biçilip açılacak, beyni çıkarılacak, göğüs boşluğu bisturiler ve testerelerle dilimlere ayrılacak, retraktörler etini yırtarken, göğüs kemiği kırılacak, kaburgaları ... gerçekten de karşılaştırıldığında cinayet yanında evcil kalıyordu. Bununla birlikte, Dr. Bantam vakasında saldırı anlık bir kurşun ya da hızlı bir bıçak darbesi ile olmamıştı. Sarah artan sıcaklığa rağmen ürperdi. Otopsi ağır ağır ve çaresizce öldüğünü doğrulamıştı, hiçbir yarası tek başına hayatına son verecek kadar ciddi değildi.

İlerde Genetik Suçlar'ın yalnızca araçlara ait girişinin karşısındaki bir dar geçitte, bir serseri yüzükoyun asfaltın üstüne uzanmıştı. Sarah, Sandra'ya yapılan saldırının henüz bitmediğini düşünerek, çöreğinden bir ısırık aldı. Birkaç ay önce Genetik Suçlar'dan ayrılmaya karar vermiş olan Dr. Bantam'ın küçücük parçaları şimdi eski laboratuvarına dönmüştü. Soğuk tüplerde, hoyrat soğutucularda, bir zamanlar dirseklerini dayadığı tezgâhta duruyordu. Cesedi saldırgan ve keza patolog tarafından hırpalanmış ve parçalanmıştı ve şimdi Adli Bilimler ekibinin işe başlama zamanı gelmişti. Deri ve kıl hücreleri fenolik sıvılar içinde boğulacak, homojenizerlerin içinde ezilecek, sonikatörlerle parçalanacak, enzimler tarafından aşındırılıp açılacaktı. Onu canlı tutan moleküller koparılıp titreşmeyen lazerlerle okunacaktı. Dr. Sandra Bantam küçücük bir yüzeyde atom atom ayrılıp incelenecekti.

Bugün Adli Bilimler, Patoloji ve KSB arasında bir dizi toplantı yapılacaktı. Eski bir meslektaşları olması sebebiyle, Sandra'nın ölümü kıyasıya araştırılacaktı. Olay, polis medya tarafından finanse edilir hale gelmiş gibi, her bir sütun-santim için bu araştırmaya fazladan bir mesai saati ayrılarak, bir soruşturmaya kaynak akıtmak eğilimindeki gazetelerin çoğunda haber olmuştu. Sarah Hirst çöreğinden makul bir lokma daha almaya çalışırken kaşlarını çattı. Şimdi serseriyle arasında sadece birkaç metre kalmıştı. İlk kez bir terslik olduğunu fark etti. Adam yüzüstü yatıyordu ve simsiyah saçlarında kan vardı. Sarah durup etrafına bakındı. Sokak boştu. Bir an için paniğe kapıldı. Polis telsizi olmadan yardım çağırmak mantıksız geldi. Bunun yerine cep telefonunu çıkarıp 999'u tuşladı. Bu mesafeden bile adamın ölmüş olduğunu görebiliyordu.

"Polis," dedi. "Ben Başmüfettiş Sarah Hirst, Euston KSB'den. Kaldırımda görünüşe göre ölü bir adam buldum. Bir ambulansla destek istiyorum." Sivil ortama rağmen, Sarah'ya durumu polis dilinden başka bir şeyle açıklamak zor geldi. "Evet, olay yerinde kalacağım. Anlaşıldı." Cesetten uzaklaşıp, soğuk bir endişeyle sokağın aşağısını ve yukarısını taradı. Sokakları temizleyen bir kamyon, kenardan ilerleyerek köşeyi döndü, fırçaları su oluğundaki tozları kaldırıyor, vakumu gelip geçen hayatın döküntülerini temizliyordu. Sarah telefonunu kapadı, aracın azimle temizlediği alanın yalnızca birkaç metre uzağındaki cesetten habersiz geçip gitmesini seyretti.

Telefonuna bakıp küfretti. Bu iş zaman alacaktı. Günü çok daha telaşlı geçmek zorundaydı. Kulak kesildi, ama hiç siren sesi yoktu. Sizin için gelen ambulansın sesini asla duymazsınız derler. İki otomobil neredeyse kol düzeni halinde Genetik Suçlar'a girdi. Birinin içinde Phil Kemp vardı, Sarah içinde ani bir kızgınlık parlaması hissetti. Onu hemen her yönden altı olarak görüyordu, ama yine de her fırsatta Sarah'ya karşı çıkmaya çalışıyormuş gibiydi. Sarah, sonunda Genetik Suçlar'ın idaresini eline alacaksa, ondan daha sert, ondan daha soğuk, ondan daha acımasız olmak zorunda olduğunu söyledi kendi kendine. Bir anlığına hasmının faydalanabileceği zayıflıkları olduğunu düşünerek kendini avuttu. Bir ambulans dönüp sokağa girdi, bir kavşak geriden yaklaşan bir devriye aracı gördü. Rahat bir soluk aldı. Beş dakika sonra sahnedeki rolü bitecekti.

Onunla konuşacak ilk kişi sakin bir tavırla cesedin başına gidip dokunma dürtüsüne direnerek bir battaniye almak için ambulansa geri dönen bir acil tıp teknikeriydi. Parlak siyah kumaşı cesedin üstüne örttü ve Sarah'ya "Birkaç saat önce iş işten geçmiş." dedi.

Sarah ne diyeceğini kestiremeden başını öne doğru salladı.

"Onu siz buldunuz, değil mi?"

"Evet."

"Tamam. Size teslim, çocuklar." Tekniker arabalarından inen iki polis memuruna işaret etti.

Birinci memur, "Tamam, tatlım," diye söze girdi, "ceset görmek biraz sinir bozucu olabilir. Şimdi, bir saniye için dayan ve bana burada tam olarak ne olduğunu anlat."

Sarah durakladı. Hiçbir şey olmamıştı. Sadece adamı yerde yatar halde bulmuştu.

"Oturmaya ihtiyacın varsa..."

"İyiyim ben. Gerçekten." Sarah mevkiini kullanma dürtüsüne direndi. Bu basit heyecanın keyfini çıkaracağını biliyordu ve bir tarafı "Ben başmüfettişim, hayatım. Senin yirmi üç yaşındaki beyninin hayal bile edemeyeceği kadar çeşitli şekillerde parçalanmış cesetler gördüm. O yüzden oyalama beni bu çıtkırıldım kadın saçmalıklarıyla," demeyi çok istiyordu. Ama bunun yerine, "Bakın ben de sizin gibi emniyettenim, çocuklar. Buraya on beş dakika önce geldim ve bu adam yolda yatıyordu" dedi.

Vücut dilinde hemen bir değişme oldu. Memurlar gülümsediler, not defterlerini kaldırıp sohbete başladılar. Sarah onlara bütün bildiklerini anlattı, telsizle aldıkları bilgiyi merkeze aktardılar.

Sonunda Sarah memurlara iş telefonunu verdi ve halinden memnun, vakayı onlara devretti. Eskiden sevdiği, Morrissey'in bir şarkısı vardı. "I Keep Mine Hidden". Şarkıyı ıslıkla çalarak park yerini geçip Genetik Suçlar'a girdi.

Sarah Hirst'ün yaşamını sonsuza dek değiştirecek telefon öğle yemeğinden hemen sonra geldi.

Sabah hareketli, sıkıntılı, zahmetli ve arabozucu geçmişti. KSB, Patoloji, Olay Yeri İnceleme ve Adli Bilimler arasındaki toplantılarda çözülenlerden daha çok sorun ortaya çıkmıştı. Sarah bir geri çekilme hissiyle odasında oturdu, kendisine iletilmiş dosyaları çift tıklayıp açtı. Onu duraklatan dosyada, Sandra Bantam'ın banyosundaki bir dolabın içi görünüyordu. Şifrenin, büyütülmüş ve netleştirilmiş, normal ışıkta ve ultraviyole ışıkta çekilmiş dijital görüntülerini incelerken, görüntülerin sezdirdikleri bir kez daha diken gibi canını yaktı, terletti. Mesaj belirsizlikler ve hatalar için iki kere denetlenmişti. Dr. Bantam'ın hayatı akıp giderken, kanının yerine getirdiği son görev şu sözcükleri yazmaktı: "GENE. SUÇLARA.ÖDETİLECEK" Sarah elinin tersiyle ekrandaki tozları sildi. Harfler yenilenmiş bir hevesle belirginleşti. Şifrenin kırmızı harfleri ile tercümesinin siyah harfleri. Saat sekizden beri, Genetik

Suçlar'ın toplantı odasındaki masada fikirler ve teoriler fısıltıyla ve bağırarak söylenmişti. Sarah cinayetin bina çalışanlarının üstünde farklı etkiler yaptığını fark etti; KSB'ciler heyecanlı, heveslidiler, tazı gibi havayı kokluyorlardı; adli bilim uzmanları asık suratlıydılar, atışıyorlardı, sonuçlara varmadan önce her açının dikkate alınması konusunda ihtiyatlıydılar. Telefon çaldı, ikinci kez çalmadan uzanıp açtı.

"Alo," dedi, "Başmüfettiş Hirst." Bir duraklama oldu. "Ben Euston Metropolitan Polisi'nden Memur Davies. Özür dilerim, hanımefendi, bu sabah konuşurken, başmüfettiş olduğunuzu anlamamıştım."

"Önemli değil. Her şey yolunda mı?"

"Sokakta bulduğunuzu bildirdiğiniz ceset vakasını takip etmek istemiştim."

"Evet?"

Yine kısa bir sessizlik oldu. "Eh, görünüşe göre adam serseri değilmiş. Üzerinde kimliği vardı."

Sarah bu konunun halen gününe tecavüz etmesine sinirlenerek gözlerini ekrana dikti. Başını ağır ağır iki yana sallayıp kendini tuttu, telefonun kordonu klavyeye çarpıp tıkırdadı. Birisi ölmüştü, Bu bir sıkıntı değil, bir trajediydi. Ama katilleri kovalamanın yan etkisi buydu – bir yabancının yaşamını kaybetmesi üzmekten çok can sıkması kuvvetle muhtemel sıradan bir olay haline gelmişti. Kendisinden ne beklendiğinden tam olarak emin olamadan, "Peki," diye mırıldandı.

"Mesele şu ki cüzdanında bir şey bulduk."

"Ne buldunuz?"

"Genetik Suçlar Adli Bilimler birimine ait bir giriş kartı."

Sarah sertçe "Ne tür bir giriş kartı?" diye sordu. "Personel mi, ziyaretçi mi?"

"Personel. Biz, şey, iş arkadaşlarınızdan biri olabileceğini düşünüyoruz." Bilgisayarındaki harfler yavaşça belirginleşip, silikleşti, oynaşarak ilettikleri mesajla şenlik yaptılar. Sarah "Ne..." diye sordu, sert bir soluk midesinin dibine çöktü. "Nedir, kartın üstündeki isim?"

"Hangisi ad, hangisi soyad emin değilim. Ya Zhang Run ya da Run Zhang."

Şimdi sarsıcı gelen ismi "Run Zhang," diye tekrarladı, sert heceleri göğsünde bir yere saplandı. "Ah, Tanrım."

Memur Davies, "Maktulü tanıyordunuz, değil mi?" diye sordu.

"Söyleyeceklerimi dikkatle dinle. Cesede dokunmayın. Olduğu yerde bırakın. Bulunduğu odadan herkesi çıkarın. Ona dokunan herkesin adını alın. Oraya geliyoruz. Tam olarak neredesiniz?" Mide bulandırıcı sarı bir Post-It'e adresi yazdı ve telefonu hızla çarpıp kapattı.

Polis prosedürleri birleşip kendilerini değişmez düşünce yollarına dönüştürürken, zihninin geri kalan kısmı ok gibi bir içeri bir dışarı fırlayıp, derinlemesine araştırıp keşif yaparak koşuşturuyordu. Ayağa kalkıp telaşla koridordan Phil Kemp'in odasına koştu, düşünceler ve görüntüler önünde akıyor, duvarlardan sekip çift kanatlı kalın kapıları tekmeliyordu. Bu vakanın hızla ve hassasiyetle ele alınması gerekiyordu ve Sarah, Phil'in kapısını çalarken bir kez daha çabukluk ve hassasiyetin Başmüfettiş Kemp'in güçlü yönleri olmadığını düşündü. Phil eski moda bir aynasızdı, bağnaz ve dosdoğruydu, ama Adli Bilimlerin inceliklerinden çoğunlukla habersizdi. Yine de hızlı hareket etmek zorundaydılar. Sarah kapıyı sertçe açtı. Neredeyse bir solukta personele haber verilmesi gerektiğini ve Run'ın cesedini incelemek, çıplak vücudunu baştan ayağa dikkatle muayene etmek, küçük parçalarını alıp, kazınarak alınacak örnekleri tüplere ve torbalara koymalarının istenmesi gerektiğini anlattı. Tıpkı Sandra'ya yaptıkları gibi.

Phil başını kalın form tomarından kaldırıp, bu telaşın sebebini soran gözlerle baktı. Sarah sakinleşti ve ona bildiklerini tam olarak anlattı. Sokakta fena halde dövülmüş yatan bir adam gördüğünü. Adamı dikkatle inceleyemediğini. Polisin adamın Run Zhang olduğunu teşhis ettiğini. Cesedin kasıtlı olarak işyerinin yakınına atıldığını. Beş gün içinde ikinci kez personelinden birinin cinayete kurban gittiğini. Bu meseleyi düşündükçe, cesaretinin kırıldığını. Biri Genetik Suçlar'ın bilim adamlarını öldürüyordu.

BEŞ

1

Laboratuvar sessizdi. Gece boyunca hiç durmadan çalışmış olan makine üçlüsü programlanmış görevlerine devam ediyorlardı. Genetik Suçlar'ın Adli Bilimler ekibi sakin ve sessizce, masaların, tezgâhların başına oturmuşlardı. Her bir elemana işyerine girdiğinde, söylemişlerdi. Haber hızla yayıldı. Şoku yoğun bir sessizlik yutmuş ve şimdi grubu sıkı sıkı tutuyor gibiydi. Kendi acısını karşısındakinin gözlerinde görmekten korkarak kimse kimseye bakmıyordu. Birgit Kasper sessizce ağlamaya başlayınca, Judith bir koluyla onu sardı. Paul'ün gözleri nemlendi, Jez'in gözleri de. Mina elini ağzına bastırdı. Simon kendi kendine, "Allah kahretsin, kahretsin, kahretsin," diye fısıldadı. Tezgâhın Run'ın çalıştığı kısmı boştu, bu alanın sınırları, üstünde ismi yazan otoklav bandıyla belirlenmişti. Pipetlerinin üçü bir kenarda terk edilmiş duruyordu. Mina pipetleri alıp bir çekmeceye koydu.

Bernie sessizliği bozarak Paul Mackay'e, "Bahse girerim ne halt ettiğini düşünüyorsun," dedi. "Sen buraya geleli dört ay oldu ve içimizden iki kişi mortoyu çekti."

"Galiba," dedi Dr. Mackay tereddütle.

"Bak, bir sonraki bensem, bana nazik davranacağına söz ver. İçinde fenol olmayan bir şey kullan. Qiagen* mesela. Bir de o yumuşak uçlu güzel çubuklardan."

---

* Doku örneklerinden DNA elde etmek için kullanılan doku ekstraksiyon kiti. (ç. n.)

Mina, "Bernie?" dedi.

"Evet?"

"Kapa çeneni."

"Sadece ortamı neşelendirmeye çalışıyorum."

"Defol git. Run öldü. Sandra da. Sizi bilmem ama ben üzüntüden kafayı yiyorum."

"Haydi, ama insanlar hep ölüyor. Genç bir kız parçalanıp da kirli eldivenli ellerimizi üzerinde gezdirirken üzülüyor muyuz?"

"Sana bunun neden farklı bir durum olduğunu anlatmayacağım. Anlamıyorsan, gerçekten de bundan böyle seninle çalışmak istemiyorum."

Bernie gözlerini grubun üstünde gezdirip beden dillerinden tepkilerini tahmin etmeye çalıştı. Mina ters ters bakıyordu, Judith yüzünü ovuşturdu, Jez'in benzi solgundu, Simon'ın yüzü asıktı, Paul kafasını kaşıyordu, Birgit'in gözleri yeniden doldu. Bernie, "Özür dilerim," diye mırıldandı. İşin aslı, kimse ne tepki vereceğini bilmiyordu. Bu farklıydı. Derilerinin altındaydı, yakalanamayacak kadar kaygan, epidermisin içinde dolaşıyordu. İçlerinden biri laboratuvardan çıkıp evine gitmiş, kesilip biçilmiş, işkence görmüş ve bir torbanın içinde yanlarına dönmüştü. Daha da beteri, ölümüne dek, eski bir meslektaşının küçük parçalarını incelemişti. Artık, Genetik Suçlar laboratuvarı tarafından yutulacak ve kendisi parçalara ayrılacaktı. Kimse ona dokunmak istemiyordu. Dillendirilmemiş soru gruptan dışarıya sızdı. Run, Sandra Bantam ile en yakın çalışan bilim adamı olduğu için mi öldürüldü? Buna dayanarak Run'ı incelemek benzer bir tehlikeyle mi sonuçlanacaktı? Eğer öyle olacaksa, bu daha cesaret kırıcı bazı sorunlar ortaya çıkarırdı. Bernie havaya bir damla formalin gibi yayılan özründen uzaklaşmak için çaresizce sordu: "Bakın, hepimiz rastlantının doğasını anlıyoruz, değil mi?"

Bir iki kişi omuz silkti, geri kalanlar, "Tabii," dediler.

"Birimiz... öldürülüyor, bunu çözebiliriz. Jez, geçen yıl Londra'da kaç cinayet işlendi?"

Jez yavaşça karşılık verdi. "İki yüz, aşağı yukarı."

"Doğru. Ya nüfus?"

"Sekiz milyon diyelim."

"Demek ki, içimizden birinin –Reuben'in eski takımı artı eksi– bir saldırı sonucu ölme olasılığı... hesaplayan var mı?"

Son birkaç saniyedir somurtarak bir hesap makinesinin tuşlarını hırpalayan Simon yanıt verdi. "Dört binde bir."

Tamam, şimdi malumu hesapla. İçimizden *iki* kişinin ölme riskini."

"On altı milyonda bir," dedi Judith.

Bir sessizlik oldu. Geri planda bir TacMan 7500 vınlayarak numune taraması yapıyordu. Simon, Mina, Paul, Jez, Birgit, Judith ve Bernie birbirlerine bakmamak için sebepler buldular. Hepsi de Run'ın haberini aldıklarında birkaç dakika içinde gizlice bu sonucu bulmuşlardı. Ama yine de mesaj açıktı, yüksek sesle söylendiğini duymak doğrulanması anlamına geliyordu. Matematik asla yalan söylemezdi. Makine görevini tamamladı ve anlayışlı bir sessizlikle durdu. Birgit suskunluğu bozdu.

"İstatistiklere ihtiyacımız yok. Ben, yalnızca bu konuda bilimsel davrandığımızı düşünüyorum. Nasıl olduğunu anlamamızın tek yolu bu." Bir mendili gözlerine bastırdı. "Ama hepimiz, Run ile Sandra'nın aynı düzeni gösterdiğini kabul edebiliriz.

KSB'den biri bana Run'ın çabucak öldürüldüğü fikrinde olmadığını söyledi."

"Neden açıkça anlatmıyorsun, Birgit?"

"Anlatmama gerek olmamalı."

"Diyorsun ki..." Sessizce laboratuvara girmiş olan Phil Kemp'in yüksek sesiyle Mina'nın sözü yarım kaldı.

"Konferans salonu. Hemen. Hepiniz," diye emretti. Gözlerini grubun üzerinde gezdirince tavrı yumuşadı. "Büyük beyinlerinize ihtiyacımız var," diyerek açıkladı. Arkasını döndü, geldiği yoldan çıkıp gitti.

Konferans salonu dar ve uzun bir odaydı ve ikinci bir kapısı olsaydı neredeyse bir koridor sayılabilirdi. Pırıl pırıl cilalanmış bir masa hareket edecek çok az yer bırakarak, neredeyse odanın bir ucundan öbür ucuna kadar uzanıyordu. Gayri resmi olsa bile, bu odada yapılan toplantılar hararetli ve klostrofobik hissi verirdi. Tartışmadan çok kavga etmeye, işbirliğinden çok karşı karşıya gelmeye teşvik ederdi.

Adli Bilimler ekibinin üyeleri odanın bir tarafına geçip sandalyelerini çektiler. Karşılarında KSB ekibi oturuyordu, kayıtsızlardı, bir şeyler çiziktiriyor, çene çalıyorlardı. Masanın iki ayrı ucunda da Başmüfettiş Sarah Hirst ile Başmüfettiş Phil Kemp vardı.

Phil söze girdi. "Peki, şu meseleyi etraflıca konuşalım. Sarah, elimizde ne var?"

Anlık bir kızgınlık Sarah'yı sıkıca kavradı. Aslında toplantıları yöneten, emirleri veren o olmalıydı. Kızgınlık yavaş yavaş onu serbest bırakırken, parmaklarını denetim topunun üzerinde kaydırarak dizüstü bilgisayarından konuyla ilgili bilgileri açtı. Yirmi surat bilgiye aç halde, öğreneceklerinden korkarak, dikkatle onu izliyordu. Sarah, "Pekâlâ," diyerek başladı, Run'ın cesedi bu sabah erken saatte bulunduğu için, yalnızca ham testlere... tabi tutacak zaman bulabildik. Alt katta, morgda." Sarah başını kaldırıp gözlerini odada gezdirdi, yüzü soğuk ve duygusuzdu. "Bence hepimiz son zamanlarda olup bitenlere üzülmekte haklıyız. Ne var ki bu düşünceleri bir kenara atmak zorundayız. Söylememe gerek yok sanırım. Hızlı çalışmamız gerekiyor. Size çok katı gelecek, ama yas tutmak için sonra zamanımız olacak."

Phil masanın öbür ucundan ona arka çıkarak, "Bu doğru," dedi. "Danışmanlık hizmeti sorununu halletmek için araştırma yapıyoruz. Her biriniz için yirmi dört saat koruma sağlanmasını görüşüyoruz. Ama Metropolitan polisi buna onay vermeden önce, emin olmamız gerekecek. Bu yüzden birbirimizden ayrılmamamız gerekiyor. Bilim adamları mümkün olan her yere KSB personeli eşliğinde gidecekler. Yanıtlara ihtiyacımız var, hem de hemen. Yanıtlar elde edemezsek, eh..." İrileşmiş gözbebekleriyle yenmiş tırnaklarına baktı, dişleri birbirine kenetlenmişti ve ima edeceği şeyin söylenmesine gerek olmadığını fark etti.

"Şimdi, ne biliyoruz, bir bakalım." Sarah bilgisayarındaki bir dosyayı açtı. "Görünüşe göre, Run evinde öldürülüp, sonra da Genetik Suçlar'ın önündeki sokağa atılmış. Çoğunuzun çoktan duymuş olabileceği üzere, işkence gördüğüne dair kanıtlar da mevcut. Bugün ilk gün, OYİE olay yerinde, bazılarınızın daha sonra oraya gitmesi de istenecek, ama Sandra Bantam ile tutarlı olan bir süreç olası görünüyor. Cesetten DNA alabileceğimizi düşünüyoruz. Ve bir şey daha var..." Sarah sözcüklerinin pis işi onun yerine yapması ve odadakileri habere alıştırması için havada asılı kalmasına izin verdi.

Jez Hethrington-Andrews "Ne var?" diye sordu.

"Bir şifre daha."

"Ne diyor?"

Sarah dizüstü bilgisayarına bir USB kablosu taktı. "Bazılarınız bu resimleri görmek istemeyebilir."

Odada bulunanların çoğu Sarah'nın arka tarafındaki ekrana baktılar. Ekranda, kolları, bacakları ve başı fotoğraf karesinin dışında bırakılmış bir insan gövdesinin yansıtılmış görüntüsü vardı. "Bir patolog hızla bir göz attı. Harfler üzerine bir neşter ya da maket bıçağıyla oyulmuş."

"Ve?"

"Oyulurken, hayattaymış. Kan sonradan silinmiş."

Adli Bilimler ekibinden ekrana bakmamış olanlar bile, resimleri görmek için başlarını çevirdiler. Sarah, cesedi yatay, dikey ve yandan görüntülemiş bir dizi renkli fotoğraf gösterdi. Birkaç kişi gördüğü zalimlik karşısında hazırlıksız yakalanıp soluğunu tuttu. Fotoğraf geçidi dikey bir görüntüde durdu, sanki Run odanın önünde büyütülmüş halde duruyormuş gibi görünüyordu. Üstünde ne tür bir şifre olduğu tam olarak görülüyordu.

Rahatsız olmamış KSB dedektiflerinden biri, "Peki ne diyor?" diye sordu, gözlerini doğruca masanın karşısına dikmişti.

Adli Bilimler ekibi sessiz kaldı. Simon koşarak odadan dışarı fırladı, onu hemen arkasından Jez takip etti. Phil bir hafta içinde ikinci kez, Genetik Suçlar'ın iki tarafı arasındaki kişilik uçurumunu fark ederek dikkatle izliyordu. Kapı yeniden açıldı ve Simon elinde kalın bir kitapla içeri girdi. Yerine oturup dönüşümlü olarak kısık gözlerle bir yandan ekrana bakmaya diğer yandan da bir kâğıt parçasına bir şeyler karalamaya başladı.

Phil, "Tamam, Dr. Jankowski bunun üzerinde çalışırken, bizim de bir strateji oluşturmamız gerekiyor," dedi. "Sarah ile bu konu hakkında konuştuk ve bir fikir ortaya çıkardık. Yorum yapmaktan çekinmeyin." Bütün gözler, başını Run'ın soluk vücudundaki neşter kesikleriyle kitabının açık beyaz sayfası arasında döndüren Simon'un üzerine çevrildi. Phil sakin sesiyle ona aldırış etmeden konuşmaya başladı. "Öncelikle, Run'la Sandra'nın aynı kişi tarafından öldürüldüğünü kanıtlamamız gerekiyor. Bu nedenle yarımız birkaç dakika içinde derinlemesine araştırma yapmak üzere Run'ın evine gidecek, diğerleri burada kalıp cesedini inceleyecek." Simon harıl harıl yazıyor, karalıyor, sonra tekrar yazmaya devam ediyordu. "Sonra tekrar bir araya gelip, iki farklı gruba ayrılacağız. Adli Bilimler benim yönetimimde, KSB de Sarah'nın. Adli Bilimler, KSB desteği ile birlikte eski Genetik Suçlar mahkûmiyetlerini tarayacak." Dr. Jankowski bir hesaplama yapıyormuş gibi kalemini hızla sayfanın üzerinde hareket ettiriyordu. Yüzünde yoğun konsantrasyonla şaşkınlığın karışımı bir ifade vardı. "KSB o zamana dek elimize geçecek DNA kanıtlarını kullanarak katilin bilmediğimiz biri olduğu önermesi üzerinde çalışacak." Phil karşıya baktı. Genetik Suçlar'ın yirmi üyesi de Simon'a odaklanmıştı. Onların bakışlarını takip etti. Simon dimdik oturuyordu. Benzi atmıştı, üzerinde ani bir sarsıntının neden olduğu bir bitkinlik vardı. "Ne?" diye sordu.

Dr. Simon Jankowski ayağa kalktı ve storu indirilmiş pencerenin yanındaki beyaz tahtaya doğ-

ru gitti. Gözleri yarı kapalıydı ve sanki uykusun-
da yürüyor gibiydi. Bir tahta kalemi alıp kapağını
açtı. Sonra ağır ağır ve kasten büyük kırmızı harf-
lerle, kalemi her hareketinde rahatsız edecek şekil-
de gıcırdatarak soldan sağa doğru yazmaya başladı.

"I-A-M-C-M-I-N-G-F-R-G-C".

"Phil Kemp sordu. "Bu da nedir böyle?"

Mina Ali küçük tiz bir çığlık attı. Bernie Har-
rison işaretparmağının etli kısmını dişledi. KSB
huzursuzca yerinde kıpırdandı. Başmüfettiş Sarah
Hirst harflere odaklandı, neredeyse mesajı çözmüş-
tü, beyni umutsuzca boşlukları doldurdu ve sessiz
harfleri yeniden sıraladı.

"Genetik kod, fazlalıklar eklenip bilmece haline
getirilmiş," diye mırıldandı Simon. "Alfabenin yir-
mi altı harfi var, ama yalnızca yirmi aminoasit mev-
cut. Bu yüzden her şeyi DNA ile yazmak mümkün
değil."

Sarah, "Hangileri eksik?" diye sordu.

"J, U, X, Y, Z ve..." Simon yüzünü ovuşturdu, "en
önemlisi O."

Sarah'nın yüzündeki ifade değişti. "Allah kahret-
sin," diye fısıldadı.

Simon aralarına iki parlak renkli harf ekledi ve
KSB dedektifleri ağızlarını açıp kapayarak, sesli
harflerde ağızlarını yuvarlayıp, sessizleri çıkararak
okumayı denedi.

İçlerinden biri, "GC nedir?" diye sordu.

"Genetik Suçlar.*"

Başmüfettiş Kemp ellerini yumruk yapıp sertçe
masaya indirdi. "*Genetik Suçlar için geleceğim.***"
Sözcükler klimalı odanın seyrelmiş havasına sap-

---

landıktan sonra odaya yayıldı. Kuşkuyla tekrarladı. *"Genetik Suçlar için geleceğim."* "İmkân yok, günışığım. *Biz sana* geliyoruz."

Sarah bilgisayarını kapadı. Phil'in patlaması inançtan yoksundu. Sarah bunu biliyordu, Phil biliyordu, duyan herkes biliyordu. Sesine kuşkuyu yansıtmamayı becerememişti. Adli Bilimler ekibi oturdukları yerde kıvrandı. KSB ekibi sözcükleri not etti. Jez odaya girdi. Phil koltuğunda belli belirsiz gevşedi. Ve tahtadaki harfler önsezinin kalın kırmızı çizikleriyle ışıldadı.

2

King's Cross'ta dördüncü kattaki bir dairenin yatak odasında altı emniyet görevlisinin hareketleri fotoğraf makinelerinin ardı ardına çakan flaşlarıyla kesik kesik görünüyordu. Yatakta, koyu kiraz renginde bir çerçeve Run Zhang'ın işkence gördüğü alanı gösteriyordu. Biri gövdesinin çevresine bir boya fırçasıyla bastırarak, çarşafta kırmızıyla çerçevelenmiş beyaz bir profil çıkarmış izlenimini veriyordu.

Oda oturan kişinin evinden çok uzakta olduğunu açığa vuruyordu. Mobilyalar ucuz ve dayanıksızdı, kısa süreli kullanılmak üzere yapılmıştı. Yatak aslında yerde duran bir şilteden biraz daha halliceydi. Mavi bir yatak çarşafının kısmen örttüğü ayakları dengesizdi, derme çatma bir masa pencerenin altında dingildiyordu. Köşede ufak hoparlörlü küçük bir diskçalar duruyordu. Dolapta yalnızca bir bavula sığacak kadar giysi vardı, hepsi de düzgünce ütülenmiş ve asılmıştı. Kitaplığa dizilmiş kitap yoktu, ama *Günlük İngilizce* ve *Kantonca-İngilizce-Kantonca* adlı iki kalın cilt yere konmuştu. Yine de oda boş görünmüyordu. Duvarlar kalabalık fotoğraf kolajlarıyla donatılmıştı. Run'ın, ailesinin, bebeklerinin, teyzelerinin, büyükannelerinin, amcalarının, kuzenlerinin, kız kardeşlerinin, erkek kardeşlerinin, ev hayvanlarının, sınıf arkadaşlarının, turistik yerlerin, evlerin ve binaların, açık alanların ve yemyeşil kırların, bisikletlerin ve arabaların, gezilerin, törenlerin ve özel günlerin resimleriyle. Aslında

Run'ın bir başka ülkedeki bütün yaşamı minyatür bir pencere gibi duvarları aydınlatıyordu.

Bir dedektif açılmış bir kola kutusunun içindekileri kokluyordu. Adli Bilimler biriminden üç kişi yataktaki ince ayrıntıları inceliyorlardı, arada bir alçak sesle konuşuyorlar, konuşmalarının küçük parçaları odanın içinden ok gibi geçiyordu. Dedektif az önce odaya giren Phil Kemp'e birkaç örnek poşeti verdi.

Simon Jankowski bakmakta olduğu fotoğrafları elinden bırakıp amirine yaklaştı. "Phil, merak ediyorum da," dedi.

"Neyi?"

"Acaba katil tanıdığımız biri olabilir mi?"

Phil dönüp yüzüne baktı. "Henüz bir bağlantı kurabileceğimizi sanmıyorum."

"İstatistik yap."

"Bu istatistik değil, bu gerçek hayat. Katil gerçekten Genetik Suçlar çalışanlarının peşinde olsa, aile hayatını devam ettirmek için işinden ayrılan Sandra'yı neden hedef alsın ki? Bu kadar basit olamaz."

"Öyle ya da böyle. Bizim için ne yapacaksın?"

"Ne demek istiyorsun?"

"Koruma."

"Hallediyoruz. Otuz kişilik Adli Bilimler ekibi, KSB ve destek ekibini günde yirmi dört saat kollamanın o kadar kolay bir iş olmadığını da hesaba kat." Phil rahatlatıcı bir tavırla gülümsedi. "Şimdilik buradaki işlerimizi halledelim. Sarah merkezden şimdi geldi. Bazı dosyaları inceliyordu. Elindeki işi bitirince, beni gör."

Bilim adamları birer birer Phil Kemp'in peşinden dairenin oturma odasına açılan kısa, sararmış bir koridora girdiler. Kirlenmeye karşı giydikleri beyaz

giysileri duvarlara sürünüyor, mavi galoşları her
adımlarında hışırdıyordu. Hepsi de olay yerine bu-
laşmaması için teri hapseden giysilerinin içinde bu-
ram buram ter döküyordu. Ter derecikleri alınların-
dan aşağı akıyor, ağızlarını örten pamuklu maske-
leri ıslatıyordu. Oturma odasında yerde duran do-
lup taşmış kültablasıyla, sehpanın üzerindeki yarısı
içilmiş iki kahve fincanı ve kanepenin üstüne bıra-
kılmış paket-serviste kullanılan boş yemek kutula-
rı dikkatlerini çekti.

Bir polis teknisyeni aceleyle video projektörünü
bir dizüstü bilgisayara bağlıyor, Run ile çeşitli aile
üyelerinin fotoğraflarının asılı olduğu duvarların
birindeki görüntüyü netleştiriyordu. Odanın bir kö-
şesinde Başmüfettiş Sarah Hirst'le Phil Kemp gergin
ve alçak ses tonlarıyla konuşuyorlardı. Olay yerinin
önemine karşın ikisinin de üzerinde koruyucu giy-
si yoktu, olay yerini kirletmek gibi meselelerin üze-
rinde olduklarının görsel bir hatırlatmasıydı sanki.
Oda dolarken KSB dedektifleriyle Adli Bilimler uz-
manlarının oluşturduğu beyaz gruba doğru döndü-
ler. Sarah, Phil'e bakıp başını salladı ve Phil konuş-
maya başladı.

"Pekâlâ, şu ana kadar ne düşünüyoruz? Anladı-
ğım kadarıyla, her iki cinayeti de işleyen aynı kişi,
muhtemelen erkek. Genetik Suçlar'a karşı kin bes-
liyor. Bundan dolayı ya daha önce tutuklattığımız
biri, ya da şu ara yakalamaya çalıştığımız biri bu.
Sarah'nın da bazı fikirleri olduğunu biliyorum."

Sarah yan gözle Phil'i izleyip odadakilere hitap
ederek, "Tabii, iki farklı olasılık daha var," dedi.
"Birincisi hiç karşılaşmadığımız biri olması. Gene-
tik Suçlar'ın yeni ilerlemelere öncülük ettiğini bilen,
ahlaki ya da manevi kan davası güden bir şahıs."

Phil etkilenmemiş gibiydi. "Ya ikincisi?"

Sarah karşısında toplanmış ekibin huzursuzluğuna bakıp durakladı. Eliyle maskelerini indirmelerini işaret etti. Maskeler indirilirken, yüzler meydana çıktı. "İkincisi, Genetik Suçlar'ın içinden biri. Belki de bu odadakilerden biri.

Gevşekçe duran Phil dikleşti. "Dur bir dakika..."

"Bakın, katil Sandra ile Run'ın nerede oturduklarını biliyordu. İçeriye zorla girildiğine dair bir iz yok. Demek ki saldırganı tanıyorlardı. Peki, Sandra'yla Run'ın tek bağlantısı nedir? Genetik Suçlar."

Bilim adamlarıyla KSB dedektifleri bakıştılar. Ağır geçen bir duraklamadan sonra Phil, "Tamam, dedi bunun çözümü mümkün. Herkes her iki cinayet saatinde nerede olduğunu bir kâğıda yazsın. Doğrulayacak birinin telefon numarasını da verin. Kâğıtları Sarah'ya ya da bana iletin. Siz bunu yaparken, Sarah da KSB'nin bulduklarını size anlatacak."

"Peki, ilk ve en olası senaryoya, saldırganın geçmişte ele aldığımız biri olduğu fikrine bakalım. Adli Bilimler ekibi laboratuvarda ve Run'ın evinde çalışırken, KSB geçmiş vakaları taradı ve olası suçluların kesin listesini ortaya çıkardı." Sarah televizyonun üstüne yerleştirdiği bilgisayarına döndü. "Tamam, ekranda," görüntünün yansıyıp yansımadığını görmek için başını çevirdi, "birinci şüpheli var. Jattinder Kumar, otuz iki yaşında, yeri bilinmiyor, dokuz ay önce hapisten kaçmış." Jattinder Kumar'ın aşırı büyütülmüş, gözenekleri kara delikler gibi görünen pürüzlü yüzü belirdi. Yansıyan görüntünün kısa küt çenesinin olduğu kısmına Run'ın kollarını gülümseyen, doğulu, yaşlıca bir kadına sardığı, çerçeveli iki resmi girdi. "Kumar bir polis memurunu öldürmekten hapsedilmişti, davası görülürken DNA kanıtıyla oynandığı iddiasıyla epey yaygara kopardı. Sarah bilgisayarının sayfa aşağı tuşuna bastı. "İkinci şüpheli, Stephen Jacobs, eski biyoloji öğretmeni, bir öğrencisine tecavüz etmişti. Kısa süre önce tahliye edildi, bazılarınızın da hatırlayacağı üzere, kurbanına somon spermi DNA'sı bırakıp genetik kanıtları atlatmaya çalışmıştı. Hoş adam." Bir sonraki görüntüye geçti. "Üç, Lars Beser, o da bu yakınlarda tahliye oldu, cinayet ve iki ağır saldırıdan hüküm giymiş, hakkında yalnızca genetik delillerle dava açılmıştı. Hep masum olduğunu ileri sürerek itiraz etmişti, ama hepsi etmez mi?" Sarah gözlerini odadakilerin üzerinde gezdirdi, KSB dedektiflerinin onaylayarak başlarını salladıklarını gördü. "Dördüncü şüpheli, Mark Gelson, hiç başarılı bir şekilde mahkemeye sevkedilemedi ve DNA testi yapılamadı, daha önce de, şu anda da Genetik Suçlar tarafından araştırılmakta."

Birgit Kasper sordu.

"Neden Gelson?"

"İsimsiz ölüm tehditleri aldık. Aramalardan biri duvara çivilenen adamın dairesinden yapılmış. Bu telefonu hatırlayanınız var mı?"

"Unutamıyoruz."

"Aynen. Ama Gelson'un olay yerinde olduğunu düşünüyoruz, hem arama zamanı, o bölgedeki kamera sistemine takılan kayıtlarına da uyuyor. Ve daha da önemlisi organ kesme ve işkence kanıtları mevcuttu. Kurban kesilip biçilmişti, özelikle de boydan boya gövde kısmında. Patoloji iç organlarda zedelenme olduğunu bildirdi. Yani, alelade bir katil değil."

"Elimizde hiç profili yok mu?"

"Şu ana kadar çok şanslıydı. Evini inceden inceye aradığımız zaman bile açık ve kesin bir şey elde edemedik, büyük olasılıkla çok sayıda olduğunu düşündüğümüz ziyaretçileri yüzünden. Suç mahalline gelince, esasen her gün kapısından içeri onlarca keşin girip çıktığı bir kokain yuvasıydı."

Bir KSB dedektifi dudağının üzerindeki teri silerek, "Bu kulağa apaçık ortada bir soru gibi gelebilir," diyerek söze girdi, "ama ya diğer şüpheliler? Elimizde DNA örnekleri var mı, eğer varsa Sandra'yla Run'dan alınan örneklere uyuyor mu?"

"O noktada güzel bir ironi var. Mina, bizi aydınlatmak ister misin?"

Mina Ali bakışlarını teknik olarak kendisinden kıdemli olan Bernie'den, Reuben'in eski bölümünü yöneten Phil Kemp'e çevirdi. "Sandra'nın DNA'sını Run inceliyordu," diye açıkladı. "Biz onun notları üzerinde yeniden ayrıntılı biçimde çalışıyoruz, ama zaman alıyor. Ve Run'ı incelemeye henüz başladık. Yani çarklar dönüyor, ama hiçbir yere varamıyoruz."

Kendisine danışılmadığı için gücenen Bernie, ekleme ihtiyacını hissetti. "Yani son teknolojileri kullanan Adli Bilimler birimi, kendini aniden modası geçmiş polis usullerine bel bağlamış halde buluyor."

Sarah dört görüntünün tümünü birden duvara yansıtan son tuşa bastı. "Sanırım şimdilik bunlar en iyi tahminlerimiz, ama başkaları da çıkabilir. Phil?"

"Sorusu olan? Peki. Hızlı hareket etmeliyiz. Dışarıdan destek alabiliriz. Bölge komutalı Abner bize yirmi kişilik bir ekip vermeyi teklif etti, fakat en hızlısı bölmek ve fethetmek. Şu anda Genetik Suçlar'da işlerin hiçbir zaman güllük gülistanlık olmadığının ve ee, bölünmeler olduğunun şiddetle farkındayım. İki yeni gruba ayrılacağız. Her grubun yarısı KSB, yarısı Adli Bilimler çalışanlarından oluşacak. Bu yolla her olasılığa tepki verebileceğiz. A Takımı bu dört şüpheliyi takipten sorumlu olacak. Bizim işimiz de adamımızı tanıyor olduğumuz tahmini üzerine gitmek olacak."

Sarah, "Ve benim başında olacağım B Takımı," diye ekledi, "aksi teori, katilin tanımadığımız biri olma olasılığı üzerinde çalışacak. Ortaya çıktıkça Adli Bilimler ve kriminal ayrıntıları inceleyecek ve adamımızın profilini çıkarmaya çalışacağız." Sarah yüzünü ovuşturdu, cildinden sızan ıslaklığı hissetti. "Evet, maskelerinizi takın. Şu alçağı enseleyelim." Dizüstü bilgisayarının kapağını kapadı ve duvardaki görüntü kayboldu, geride sadece Run'ın mutlu, kollarını annesine dolamış gülümseyen fotoğrafları kaldı.

3

Mark Gelson kuşluk vaktinin durgun trafiğinde ça-
lıntı bir Ford Focus'u yavaşça ve usulca sürüyordu.
Avlanırken –dikiz aynasından kendine gülümsedi–
yavaşça ilerlemek en iyisidir.

Her işin kendine göre bir kuralı ve düzeni var-
dı. Mark Gelson için bir numaralı kural, dikkatleri
asla üzerine çekmemekti. Bu yüzden de bir dizi sı-
radan araba kullanıyor, markasız kıyafetler giyiyor,
alyansla sınırlı kalacak şekilde takı takıyordu. Evli
değildi, evlenmeye niyeti de yoktu, ama altın halka
ona daha fazla saygınlık yaldızı katıyordu. Dış gö-
rünüş önemliydi ve ne kadar az göze çarparsa, mes-
leki ve kişisel yaşamlarının sıklaşan ağından o ka-
dar kolay kaçıp kurtulabilirdi.

İmparatorluğunun dokunaçları şehrin yarısı-
na yayılmış olmasına karşın, Mark Gelson bu ka-
dar güneydoğusunda olmaya alışık değildi. Kimi
zaman merkeze uzak olan Blackheath'teyken hiç
Londra'ymış gibi gelmiyordu ona. Toplu taşıma
araçları şüphesiz daha hızlı olurdu, ama istasyon-
lar KDKS kameralarıyla doluydu. Mark Gelson'un
hareketleri Charing Cross'tan itibaren yol boyunca,
gri görüntülerden oluşan kusursuz bir montaj ha-
linde takip edilebilirdi, devamlı değişen kalabalık-
lar arasında bir yüz. Otomobilleri, özellikle de kü-
çük çalıntı arabaları tespit etmek çok daha zordu.

Mark arabayı bir parka bakan dümdüz uzun bir
sokağa çekip bir boş yere park etti. Bagajdan bir

spor çantası çıkardı. Kestirme bir yan yoldan geçip yüksek çitli bir ara sokak boyunca yürüdü ve bir sıra dükkânın yükleme yerine girdi. Üzerinde '11 B' yazan gri bir kapı bitişik mağazaların çelik kepenkleri arasına sıkışmıştı. İçinden, neden hepsi de böyle lanet dükkânların üstünde otururlar ki, diye geçirdi. Kapıya hafifçe vurdu ve sesini değiştirerek seslendi: "Teslimat. İmzalayabilir misiniz?" Merdivende bir gümbürtü koptu. Çantasından küçük bir nesne çıkardı ve elinde tuttu. 11 B'nin kapısı biraz açıldı ve dar aralıktan bir adam dikkatle dışarı baktı. Mark, tekrar kapanmaması için vücudunu eşiğe sıkıştırıp "Selam, Carlton," dedi. Aralıktan içeri bir silah doğrulttu. Carlton'ın bedeni eşofmanının içinde gerildi. Arkasını dönüp, geldiği yoldan dimdik geri gitti.

Üst katta, Mark Gelson'un aralıksız bakışları altında, Carlton kıpırdanarak oturdu. Tedirginliği sertleşip korkuya dönüştü ve endişeyle titremeye başladı. Ter esmer teninden kumaşı lekeleyip kendini yapış yapış hissetmesine neden olarak hızla giysilerine akmaya başladı. Mark Gelson tabancanın namlusunu kırpmadığı üçüncü bir göz gibi üzerinden ayırmıyordu.

"Evet, Carlton. Carlton, Carlton, Carlton."

"Bak, her ne istiyorsan..."

"Carlton. Gerçekten yapabileceğini mi düşündün?"

"Bana inanmak zorunda değilsin..."

Mark Gelson hızlı konuşurdu, kimi zaman da soluk almadan. "Gerçekten yapabileceğini düşündün, değil mi? Biraz içerden, biraz dışarıdan." Sözlerinde bir sertlik vardı, sesi kesik kesik ve tizdi. "İçerden ve dışarıdan. İçerden, dışarıdan."

"Sana yemin ederim, tek kelime etmedim."

"Görüyorsun ya, herkes boşboğaz, Carlton. Kimse bildiğini sonsuza dek içinde tutamaz. Hepimizin bir fiyatı vardır." Mark Gelson'un kahverengi gözleri, çalışanının üzerinde gezinirken irileşti. Hevesli elini kısa gür saçlarının arasından geçirdi, parmak uçlarını birbirine sürtüp insan teriyle kimyasal salgıların yapışkan karışımını hissetti. "Adını koymak sadece rüşvetçi bir aynasıza bakar."

"Lütfen, böyle olmadı. Ben asla..."

"Kişiselleştirmeden edemiyorum. Sen de aynı şekilde hissederdin, mutlaka?"

"Sana kim söylediyse yanılıyor."

"Ama gereksiz yere acı çekmeni istemiyorum. Bak sana ne yapacağımı anlatayım. İki taş sana, iki taş da kendime hazırlayacağım. Kulağa nasıl geliyor?

"Lütfen, canımı yakma."

"Diyelim ki şu partiye başladık. Partileri sever misin, Carlton?"

"Yalvarıyorum sana."

"Ürünümü geri mi çeviriyorsun? Çevirmemeni tavsiye ederim. Hem, nasıldı şu söz? Sıska aşçıya asla güvenme. Aynı şekilde kendi uyuşturucusunu geri çeviren bir satıcıya asla güvenme."

"Ne yapmamı istiyorsun? Söyle yapayım."

"Yani, senin de gayet iyi bildiğin gibi, taşla ilgili olay şu, yalnızca tavana vurmuyorsun, onu yaşıyorsun! Yanılıyor muyum söyle."

"Tamam. Haydi, pipoyu ver bana."

"Kibar bir adam olduğum için, önce sen başlayabilirsin. Ama başlamadan önce, bazı tedbirler alacağım. Ani bir uçuşun neler yapabileceğini bilirsin." Mark Gelson cebinden birkaç plastik kordon çıkardı. Birini ilmik yapıp Carlton'ın sağ bileğine geçirdi ve koltuğun koluna sıkıca bağladı, sonra tabancasını Carlton'ın kasığına bastırdı ve "Tekme atacak olursan, acıttığı yerden seni ..kerim." Boştaki elini Carlton'ın ayak bileklerini koltuğun ayaklarına bağlamak için kullandı. "Tamam." Sırıttı, küçük mat bir pipo, plastik bir poşet ve bir de çakmak çıkardı. "Tutmana yardım edeyim." Mark piponun içine zedelenmiş minyatür şeker küplerine benzeyen iki beyaz nesne attı. Altından çakmağı çaktı ve yanar halde tuttu. "Hazır mısın? Çek."

Carlton çaresizlik ve korkuyla içine çekti. Dumanı içine çekerken gözleri yuvalarından dışarı uğradı ve bakışlarını Mark Gelson'dan hiç ayırmadı.

"Nasıl? Güzel mi? Öyle olmalı. Bu elimdeki en iyi mal. Şimdi senin de fark edeceğin gibi, ben içmemeye karar verdim. Taş yükselirken iyi olabilir, ama inişte çok boktan. O yüzden inişe geçtiğinde yapacaklarımı izlemeni ve söyleyeceklerimi dikkatle dinlemeni istiyorum." Mark yanında getirdiği sırt çantasını açtı ve içindekileri çıkarmaya başladı. Turuncu saplı tek kullanımlık bir bisturi, on beş santimlik bir mutfak bıçağı, küçük kahverengi plastik bir şişe, otomobil motorundan alınmış bir lastik kayış ile bir de bahçe hortumu vardı. "Gördüğün gibi, kokain hangi şekilde olursa olsun acıya bağışıklık sağlar. Ama uzun sürmez Çakıldığın zaman canın yanar. Hepimiz o yoldan geçtik. Eşiklerin düşer. Daha hassaslaşırsın. Sinirlerin feryat eder. Yanılıyorsam söyle.

"Köpeğin olayım. Bir nefes daha çekmeme izin ver..."

"Bu amacımızı boşa çıkarır. Anlıyorsun bunu tabii. Artık, makul değilim. Hayat seçimlerle dolu.

Sen ve ekibimin diğer üyeleri beni kazıklamak için polisle birlikte arkamdan dolap çevirebilirdiniz ya da bunun tersine karar verebilirdiniz. İşte burada evimden, artık bir daha asla gidemeyeceğim evimden getirdiğim beş nesne var. Hangisini istersen seçmeni istiyorum."

"Ben hiçbir şey yapmadım. Haydi, biraz daha çekeyim."

"Demek istediğim, bence birini öldürmenin beş kolay ve hızlı yolu vardır. Vurmak. Suda boğmak. İple boğmak. Bıçaklamak. Zehirlemek. Unuttuğum var mı?"

"Jonno Machicaran'dı. Aynasızların ilk tavladıkları .mcık Jonno'ydu."

"Tabii, asmayı ve asfeksiyi de genel olarak boğma sayıyorum." Mark Gelson'un makineli tüfek gibi konuşması havada hızla ilerlemeye devam etti. "Biliyor musun, ben her şeyi kategorilere ayırıyorum. Vurmak, ateşli silahla da olabilir, yaylı tüfekle de, boktan bir ok ve yayla da olabilir, hiç fark etmez benim için. Ömrümün büyük bölümünü bu konular üstüne kafa yorarak geçirdim. Benim konumumda olman gerek. Her şeyini senden almak isteyen biri çıkagelir ve sen de bu konuda ne yapman gerektiğine karar vermek zorundasındır. Ve sen, Carlton, dostum bu konunun tipik bir örneğisin. Evet, ne düşünüyorsun?"

Carlton, paniğini serpinti halinde rutubetli havaya saçarak, "Düşünemiyorum. İçine edeyim, düşünemiyorum," diye bağırdı.

"Senin yerine düşünmemi mi istiyorsun? Çünkü ben burada işin dağılmasını, bıraktığım evi ve polisin peşimde olduğunu düşünerek duracağım. Suratımın bütün Metropolitan polislerinin bilgisayarlarında olduğu gerçeğini düşüneceğim. Adli bilim puştlarının mahzenimin altını üstüne getirip John Collins ile İkbal Bilmemnenin DNA'larını aradıklarını düşüneceğim. Kişisel eşyalarımı karıştırdıklarını. Mektuplarımı, fotoğraflarımı, banka dekontlarımı. Halılarımı yırttıklarını, diş fırçamı tahlil ettiklerini, tarağımdan saç teli aldıklarını. Allahın belası karıncalar beynimi kemiriyor. Nasıl bir histir bilir misin?" Mark sinirle kafasını kaşıdı. "İçerden becerilmek gibi. Küçük parçaların kesilip parçalara ayrılır. Sana söyleyeyim, Carlton, senin gibi puştlardan daha beter olanlar sadece bu puştlar." Dik dik yüzüne baktı. "Ee, hangisini seçeceğine karar verdin mi?"

"Böyle olmaz..."

"Ben beşini de seçeceğim. Ama ben bir özgürlük yanlısıyım." Mark Gelson odada dolaşmayı bıraktı. Gözlerini dikkatle Carlton'ın üzerine dikti, çenesindeki kaslar seyiriyordu. "Bunun ne olduğunu biliyor musun Carlton? Evet mi? Yani ben özgürlüğe, insanların seçme hakkına inanırım. Şimdi, bir kez daha soruyorum. Ne şekilde ölmek istiyorsun?"

"Jonno'nun fikriydi, Allah kahretsin."

"Senden hep hoşlanmışımdır, Carlton. Zekisindir. Ama ben Bay Machicaran'ı görmeye çoktan gittim. Ve tahmin et zincirin bir sonraki halkası olarak kimi ima etti? Doğru, zatı âlinizi! Şimdi gerçekten de bir karar vermenin zamanı geldi."

"Lütfen. NE OLURSA. Lütfen."

"Görüyorsun ya, buraya gelirken yolda senin karar vermekte sorun yaşayabileceğini düşündüm. Şimdi, bir seçim yapmak için birçok fırsatın var. Zaman hızla akıp geçiyor ve benim bilgiye ihtiyacım var. Beni başka kimin kazıkladığını bilmem gerek. Hangi polislerle iş yaptığını ve ne örneklerinin alındığını. Artık işleri hızlandırma zamanı. Parmaklarını kaldır."

Carlton ellerini yumruk yaptı, parmak eklemleri gerildi, vücudu titriyordu. Mark koltuğu duvara doğru çekti ve yumruğunu karnına gömdü. Çantasından bir çekiç çıkardı, on beş santimlik bir duvarcı çivisini hizaladı. Carlton'ın vücudu gevşekti, hırıltıyla soluk alıyordu. Mark Gelson, Carlton'ın sol elini sıkıca duvara bastırdı, çiviyi çabucak avucuna batırdı ve çekiçle ustaca çaktı. Carlton havaya fırladı, başını acının yönüne doğru çevirip haykırdı. Mark zorla dişlerinin arasına bir tenis topu soktu. Çiviyi inceledi, deriyi, kemiği ve sıvayı delip duvara saplanmasını izleyerek bir kere daha vurdu. Carlton kasıldı ve çığlık attı, ağzındaki engel feryadını boğdu. Mark mutfak tezgâhından bir tükenmezkalem aldı ve Carlton'ın parmaklarına birden beşe kadar rakamları yazdı. Ağır adımlarla aletlerinin başına gidip mutfak bıçağını aldı. "Evet, ne diyorsun? Bırakalım bıçak karar versin."

Carlton, kanayan elini duvardan çekmeye çalışırken koltukta deli gibi çırpınıyordu.

Mark Gelson üç ya da dört metreden nişan aldı. Sonra bıçağı fırlattı. Carlton'ın elini ıskalayıp birkaç santim yukarısında sıvaları parçaladı. Mark bıçağı alıp bir daha denemek için yerine döndü.

"Jonno, hangisini seçti, biliyor musun?"

Carlton altını ıslattı, gözleri faltaşı gibi açılmıştı, elini kurtarmak için çabalarken bilek kirişleri kopuyordu, çivi avcunun içini yarıyordu.

"Eh, seninkine benzer bir pozisyondayken, suda boğulmakta karar kıldı. Tabii, biraz teşvikle. İşin aslı," Mark Gelson bıçakla dikkatlice nişan alırken, "o da bir dükkânın üstünde oturuyordu," dedi. Ağırlaşmış gözlerini odada gezdirdi. "Ama bu kokain deliğinden daha sevimli bir yerdi. Polislerden daha çok para almış olmalı." Bilek hareketiyle bıçak havada takla attı, önce sapından bu sefer elinin biraz sağ tarafından duvara çarptı. Mark bir ıslık çaldı. Gülümseyerek. "Giderek yaklaşıyor," dedi. Carlton arasına top sıkıştırılmış dişlerinin arasından çığlık attı, yanakları bir trompetçi gibi şişti. "Şimdi düşünüyorum da, Jonno gerçekten de mücadele etti. İş yaptığı KSB'lilerin isimlerini bana vermeden önce onu fena halde doğramak zorunda kaldım. Mark kıpırdamadan durup bıçakla nişan aldı. Orta parmağına nişan alıyorum üç numaraya," dedi. "Vurmak. Ya da işaretparmağına gelirse, zehirlemek de iyi olur. Çok ilginç haplarım var. On tane alınca kalbin patlıyor." Bir kez daha attı ve bıçak Carlton'ın başparmağının dış tarafını kesti. Carlton çırpınıp, çığlık atarak kurtulmaya uğraşırken "Bak bak," dedi. "Bıçaklama. Kimin aklına gelirdi? En sevdiğim!" Duvara gömülmüş bıçağa dikkatle baktı. Carlton'ın parmağını kestiği yerden ince kırmızı bir damla sızdı ve avucundaki daha koyu kıvamlı sıvıya karıştı.

Her işin kendine göre kuralları vardı. Duvara doğru gidip bıçağı sıvadan çekerken, kural iki, diye düşündü Mark Gelson, ne kadar acımasız olursan, uzun vadede başına o kadar az bela gelirdi. Elinde aletin ağırlığını hissetti. Mark Gelson Carlton'la aynı hizaya gelmek için, ağır ağır başını iki yana sallayıp gülümseyerek, eğildi. "Şimdi KSB'deki bağlantılarının isimlerini bana vermeden ve ölmeden önce," dedi Carlton'ın gömleğini yırtıp açtı, "bu şeyin ne kadar keskin olduğunu görelim bakalım."

Bıçağı esmer derisinde dar bir kesik açarak, meme ucundan göbeğe kadar indirdi. Carlton körce bir panikle avazı çıktığı kadar haykırdı. Mark, "Kimdi o?" diye sordu. "İsmi alamadım. Tenis topuna daha çok asılman gerekecek. Müfettiş kim?" Kurbanında bu kez daha derinde bir oyuk daha açtı. "Bana söylemeyecek misin? İyi." Bıçağa bakıp sırıttı. "Biraz daha oynayalım."

Birkaç saat sonra, Mark Gelson tatmin olmuş halde daireden çıktı. Listesindeki bir sonraki isme geçti.

4

Başmüfettiş Phil Kemp, Komutan Robert Abner'in dimdik iri cüssesinin tamamını tek seferde görmeyi denedi. Sarah ile kendisi arasında dümdüz duran Bölge Komutanı, tam olarak görebilmesi için Phil'i başını eğmeye zorluyor, heyula gibi görünüyordu. Dik açılı omuzları ve ütülü plileriyle, siyah üniformasının köşeliliği komutana granitten yapılmış gibi, katı, kımıldamaz, gökyüzüne uzanan tekinsiz bir kaya kütlesi havası veriyordu.

Phil, "Özellikle ne öğrenmek istiyorsunuz, efendim?" diye sordu.

Robert Abner, duygularını açığa vurmayan, titiz, kendi bildiğini okumaya alışkın bir adamdı. "Ne yaptığınızı göreyim," dedi.

Phil ile Sarah bakıştılar. Komutan Abner'in habersiz gelişi, ikisini de hazırlıksız yakalamıştı.

"Şey..." diye başladı Sarah.

"Yürürken soruşturmanızı anlatmanızı istiyorum." Sertçe dönüp Sarah'nın ofisine doğru yürümeye başladı. "Kelimesi kelimesine."

"Peki." Phil başını öne doğru salladı. "Laboratuvarlardan başlayalım." Phil yolu göstermek için kolunu uzattı, halı kaplı bir koridordan geçip çıplak beton merdivenlerden indiler.

"İki şeyi bilmem gerek. Birincisi, neyle meşgulsünüz? Ve ikincisi, yardım etmek için ne yapabilirim?"

Sarah ile Phil, üzerinde "Laboratuvar 108" yazan beyaz, kalın bir kapının önünde durdular. Sarah genzini temizledi "Adli Bilimleri ilgilendiren işleri kurum içine bırakabilirsiniz, efendim, ama harici meselelerde bize yardımcı olabilirsiniz."

"Ne gibi?"

"Birkaç şahsı izliyoruz. Kore çetesi, Kieran Hobbs ile başka iki şahıs daha. Ancak kurum içine daha yakından odaklanmamız gerekiyor."

"Ne yapabileceğime bir bakarım."

"Burası iki büyük Adli Bilimler laboratuvarından birincisi," dedi Sarah.

"Önceden Dr. Maitland'in denetimindeydi, değil mi?"

Phil araya girdi. "Şu anda ben idare ediyorum, efendim." Ve der demez de sesindeki hevesliliğe lanet etti. Robert Abner, güvenini sarsıyor, kendini çaresizce sert bir babanın gözüne girmeye çalışan bir çocuk gibi hissetmesine neden oluyordu. Phil içinden sakin ol, dedi. Poker yüzünü takın.

Laboratuvarın olumsuz atmosferi kendini dışarıdaki havayla dengelemek için mücadele ederken, üçlü zayıf bir vınlama eşliğinde içeri girdi. İçerde Bernie Harrison'la Mina Ali alçak sesle ve cidi sözcüklerle konuşarak, bir ultraviyole lambasının üzerine eğilmişlerdi. Konuklarını fark edince doğruldular ve bakışlarıyla selamladılar. Arkalarında Judith Meadows ciddi bir tavırla agaroz jeliyle dolu bir kaynatma kabını döndürüyordu. Sol tarafta Birgit Kasper eldiven içindeki parmağıyla bir monitör ekranındaki dikey kırmızı ve yeşil şeritleri takip ediyordu. İki teknisyen bir grup mikrosantrifüj tüpünü aynı koyu mavi solüsyonla dolduruyorlardı. Laboratuvarın diğer ucunda Jez Hethrington-Andrews bir kâğıttaki isim ve numaraları veri tabanına giriyordu.

Komutan Abner, "Evet, kusursuz Adli Bilimler ile hangi noktadayız?" diye sordu.

"Hâlâ bir strateji belirlemeye çalışıyoruz, efendim. Run'ın en kibar ifadeyle biraz alışılmışın dışında gibi görünen sistemini ayrıntılı biçimde yeniden inceliyoruz." Sarah rengi solmuş yanaklarını şişirdi. "Tam olarak ne bildiğini öğrenmeye çalışıyoruz."

"Peki, tam olarak ne biliyormuş?"

"Sandra'nın gövdesinin birkaç yerinden, hepsi de birebir aynı olan ve olaya birden fazla kişinin karıştığı olasılığını ortadan kaldıran saf DNA elde ettiğini düşünüyoruz. Bernie ile Mina da Run'ın hata yapıp yapmadığını bulmak için orijinal örneklerde çifte kontrol yapıyorlar. Birgit" –Phil başını o tarafa doğru salladı– "Run'ın yeni yöntemlerinin yanlışsız olduğu görüşü yönünde ilerliyor ve profilleme yapmakla uğraşıyor. Sonucu elde edeceğimiz süre ..."

Birgit monitörden başını çevirmeden, "Dört saat," dedi.

"Ve sonra Ulusal Adli Bilimler Veri Tabanına bağlanıp taramaya başlayabileceğiz. Jez şu anda elimizde olan verileri yüklüyor ve arama parametrelerini kuruyor."

"Güzel, peki Ya Run'ın kendi vakası?"

"Judith ön örnekleme hazırlıklarına başlıyor. Run biraz daha hızlı olmalı, çünkü en baştan başlıyoruz ve başka birinin... şey, Run'ın... kendi sistemini detaylı olarak yeniden incelemek zorunda kalmayacağız."

Komutan Abner siyah ayakkabısını laboratuvarın beyaz zeminine vurup kaşlarını çattı. "Kimse *ironik* lafını ağzına almıyor. Peki, başka nelerle uğraşıyorsunuz?"

"Gelin, ikinci laboratuvarı görelim."

Robert Abner, Sarah ile Phil'in peşinden, bitişikteki Paul Mackay'in dikkatle stereoskobik mikroskobun* çift merceğinden baktığı laboratuvara girdi.

"Dr. Mackay homojen örnekleri inceliyor; saç telleri, lifler, parmak izleri ve kan grupları."

Paul Mackay başını kaldırdı, gözleri bir saniye odaklanmakta zorlandı. Hemen yanında bir teknisyen metal bir tepside bir dizi lam tutuyordu. İncelediği lamı çıkarıp yerine teknisyenin elindekilerden birini taktı.

"Lifler ve kıllar oldukça yetersiz. Aynı şekilde hiç parmak izi de yok.

"Demek fiziksel boğuşmaya rağmen, katil dikkatliymiş."

Sarah, "Öyle görünüyor," diye karşılık verdi, "ama elde bol miktarda kan ve tükürük var." Üzüntüyle omuz silkip odanın antiseptik aydınlığına göz gezdirdi, ama avuntu bulamadı. Bilim adamlarıyla teknisyenler girift protokolleri yumuşak ve mekanik hareketlerle santim santim uygulayarak ilerliyorlardı. "Bakın, neden harekât odalarından birine gitmiyoruz?"

Üç rütbeli polis laboratuvardan çıkıp ahşap görünümlü ofis kapılarının bulunduğu bir koridora girdiler. Vinil zemin kaplaması yerini ince tüylü mavi bir halıya bıraktı, ahşap görünümlü kapıların yerini de hakiki ahşap olanlar aldı. Phil Kemp birinin önünde durdu, sertçe çalıp içeri girdi. İki KSB dedektifi ile iki destek elemanı geniş, düz ekranlı bir televizyonun başına toplanmışlardı. Başka iki müfettiş de dikkatle bir bilgisayar ekranına bakıyorlardı.

* İki gözle bakılarak üçboyutlu görüntü elde edilen mikroskop türü. (ç. n.)

Sarah, "Helen," dedi, "bir dakikan var mı? Komutan Abner'e soruşturmanın hangi kısmını takip ettiğinizi anlatır mısın?"

Ütülü bir bluzla, koyu renk etek giymiş olan, ince yapılı, oğlan çocuklarını andıran dedektif Helen Alders boğazını temizledi. "Efendim, dört ana şüphelimizin tutuklama kayıtlarının, geçmişteki adreslerinin ve bilinen bağlantılarının üzerinden tekrar geçiyoruz. Mümkün olduğu yerde tekrar tekrar telefonla arıyoruz ya da gerektiğinde bizzat gidiyoruz." Monitörü işaret etti. "ki bazı şüphelilerde dile kolay."

"Doğru."

Sarah dikkatini bir televizyon ekranındaki yüksek çözünürlüklü siyah beyaz görüntüleri izleyen bir memura yöneltti. "Ya Callum?"

Callum Samuels televizyon ekranının üzerinden baktı, kalın camlı gözlükleri bir an ışığı yansıtıp gözlerini perdeledi. "Efendim, şu anda incelediğimiz şey, Run'la Sandra'nın evlerinin çevresindeki sokakların kamera kayıtları, ayrıca bunları şüphelilerin en yeni kimlik fotoğraflarıyla eşleştirmeye çalışıyoruz. Ve daha da önemlisi her iki olay yerinde görünen herkesi arıyoruz."

"Bir şey bulabildiniz mi?"

"Üç yüz saatin üzerinde kamera kaydının üzerinden geçtik." Müfettiş Samuels başını Phil'den Sarah'ya, sonra yine komutana çevirirken, gözleri yine yok oldu. "Paylaştık. Başka iki memur şu anda kendi paylarına düşen görüntüleri tarıyorlar."

"Üçünüzün de aynı şahsı gördüğünüzü nasıl bileceksiniz?"

"Buradaki BT desteğinin yardımıyla bir sistem geliştirdik. Karşılaştığımız her yetişkin erkek yüzünü sayısallaştırıyoruz ve gerçek zamanlı bir eşleştirme analizi uyguluyoruz."

"Güzel." Komutan Abner, Sarah ile Phil'e döndü. "Başka?"

Phil Kemp, Genetik Suçlar'ın kendi soruşturmasını yürütebildiğini göstermek hevesiyle var gücüyle düşünerek, alt dudağını ısırdı. "İşte Adli Bilimler ile KSB arı gibi çalışıyorlar. Alt katta, morgda Patoloji, kullanılan bıçağın türünü, yaraların şekillerini, katilin lateks, vinil ya da lastik, her ne çeşitse eldiven kullanıp kullanmadığını belirliyor. Asansöre bineceğiz..."

Robert Abner iri sağ elini kaldırdı. "Morglar tüylerimi ürpertiyor," dedi "Hem yürüyüp, hem konuşalım. Atladığımız bir şey?"

Phil Kemp kısa bacaklarıyla, komutanın geniş adımlarına yetişmeye çabaladı ve neredeyse koştuğunu fark etti. "Şuradaki ofiste," bir kapıyı işaret etti, "Sandra'yla Run'ın öldürüldükleri bölgedeki tanıkların ifadelerini, kapı kapı dolaşılarak alınan bilgileri, komşularının ifadelerini karşılaştırıyoruz."

Komutan Abner küçük kapı aynasından odanın içine baktı, burnundan verdiği soluğu camı buğulandırdı. "Ve?" diye sordu.

Sarah yanıtladı. "Zaman alıyor, efendim. "Ama dürüst olmak gerekirse, henüz bir şey yok."

"Ve hemen köşeyi dönünce, komuta odasında iki dedektif ile iki de destek personeli son on yıl içindeki vakalarda işkence uygulaması kanıtlarını tarıyorlar, limanlar ve havaalanları ile birlikte çalışıyorlar..."

Komutan Abner durdu, Phil Kemp'le Sarah Hirst'e kaşlarını çatarak sertçe baktı. "Tamam."

İçini çekti, kravatını düzeltti. "Tamam." Sağını, solunu taradı. Başıyla işaret ederek, "Çıkış bu taraftan, değil mi?" diye sordu.

"Güvenlik masasını geçince, efendim."

"Ne gerekiyorsa yapıyorsunuz. Beni sürekli bilgilendirmenizi istiyorum. Siz istemedikçe müdahale etmeyeceğim." Robert Abner söylediklerini vurgulamak için boynunu hafifçe öne doğru eğdi. "Ama bu işi bitirin, hem de çok çabuk. Bu meselenin siz ikiniz için ve birimin tamamı için ne anlama geldiğini söylememe gerek yok. Beş günde iki çalışanın ölmesi tesadüf değil. Kendinizi hazırlayın, bu kez içimde çok kötü bir his var."

Komutan arkasını döndü, Phil ile Sarah'yı sessizce bir arada durur halde bırakıp binanın çıkışına doğru gitti.

"Ne düşünüyorsun?" diye sordu Phil.

"Adamın dediği gibi, elimizden geleni yapıyoruz."

"Ama zaman alıyor. Diyelim ki Abner haklı. Diyelim ki bu daha bir başlangıç. Bizim hızlı bir sonuca ihtiyacımız var."

Sarah damarlı yer karolarına gözlerini dikti. "Biliyorsun," dedi, "belki de başka bir yol daha olabilir. Henüz hesaba katmadığımız bir yol."

5

Reuben bir çift şık sayfiye evini ayıran dar aralıkta yan yan yürüyerek yavaşça ilerledi. Köşeyi dönerken ceketi pürüzlü tuğlalara sürtündü. Hava kararıyordu. Saatine baktı. Neredeyse sekiz olmuştu. Simetrik evlerin arka tarafında, hava şartlarından boz bir renk almış çitle bölünmüş, birbirine paralel iki dar bahçe uzanıyordu. Reuben küçük bir müştemilatın üzerine çıktı ve dikkatle ötedeki bahçeye baktı. Sesler geliyordu. Işık burada daha iyiydi, veranda kapılarından dışarı akıyor ve çimenlerin üzerine vuruyordu. Seslerden biri çocuk, diğeriyse bir kadın sesiydi. Çocuk bahçede sendeleyerek dolaşıyordu, düşüyor, emekliyor, ayağa kalkıyor, yeniden geziniyordu. Kadın boşuna bir çabayla bebeği çiçek tarhlarından ve diğer olası zararlardan uzaklaştırmaya çalışıyordu. Reuben olanları yakından izlemeye devam etti, yüzünde pür dikkat, donuk ve büyülenmiş gibi bir ifade vardı.

Çocuk bahçede bir çığlık attı ve annesi tarafından yerden alındı. Bir adam ortaya çıktı ve kolunu onlara doladı. Reuben daha geniş bir alanı kapsayacak şekilde gözleriyle mekânı taradı. Bahçelerin üst tarafında teraslar sıralanmıştı. Banyoların birkaçının buzlu camında ışık vardı, millet çocuklarını yatırıyordu. Yarım saat içinde hava iyice kararmış olacaktı. Vücüdunda, özlemle heyecan nabzının o tanıdık karışımını hissetti. Yağmur oluğunun bir kısmına bastırdığı sağ bacağı hafifçe ürperdi, huzursuzluk içinde dişlerini sıkıp birbirine sürttü. Adam yeniden eve doğru yürüdü ve anne, bebeği başından öptü. Bir anda koku Reuben'in hatırına geliverdi. Tatlı, iç bayıltıcı, taze ve yürek eritici. Joshua'nın saçlarının kokusu. Banyodan sonra havluyla saçlarını kurulamak. Uzun uzun ikisine baktı. Ve sonra kadın onu gördü. İrkildi, bocaladı ve bebeği alıp içeri götürdü. Reuben yola indi. Arkasını dönüp kaçacakken bir ses onu durdurdu.

"Reuben? Sen misin?"

Kalbi küt küt çarparak, yanakları suçluluk duygusıyla kızarmış halde durdu.

"Reuben?" Lucy hızlı adımlarla ona doğru geldi. "Sen ne yapıyorsun burada?"

"Hiç. Ben..."

"Burayı nasıl buldun?"

"Özür dilerim."

"Bizi mi izliyordun?"

"Hayır." Reuben gözlerini siyah zemine dikti. "Bak, Shaun'un evini bulmak hiç zor değildi. Telefon rehberi..."

"Ama bizi gözetliyorsun!" Lucy öfkesinden köpürdü. "Yaptığın şey yasalara aykırı."

"Sizi gözetlemiyordum."

"Tanrı aşkına."

"Joshua'yı seyrediyordum."

"Aynı halt."

Reuben karısına baktı. Öfkesinin verdiği canlılığa rağmen bitkin görünüyordu. Ama yüz hatlarını kestirmek güçtü, uzun zaman yakından inceleme yüzünden Reuben için düzleşmişti. Reuben ona bakınca, düz kahverengi saçlarını, soğuk ela gözlerini, dolgun dudaklarını, hafifçe küt burnunu, narin çenesini, çıkık elmacık kemiklerini ya da fazlaca alınıp inceltilmiş kaşlarını görmedi. Sadece Lucy'yi gördü, yıllardır her gün gözlemlediği ve sonra da görmeyi bıraktığı kadını. Dayanak noktası, bir bakış açısı kazanamayacak kadar tanıdık olduğundan, çekici bir kadın olup olmadığını söylemek onun için neredeyse imkânsızdı. Ama bir şey vardı. Lucy'nin ardında, verandanın kapısından dışarıya bakan Shaun Graves'i zar zor seçebildi, kucağında Joshua'yı sallıyordu, onun için gerçekten önemli olan tek kişi.

"Ama uzak durma emrin var."

"Polisi aradığını görmüyorum."

"Shaun o kadar cömert davranmayabilir."

"Sanırım olmaz."

"Tanrım, Reuben. Berbat görünüyorsun. Ne oldu sana?"

Reuben, Lucy'nin yüzünden bir an için bir pişmanlık ifadesinin geçtiğini gördü. "Buna cevap vermeme gerek var mı?"

"Ben yalnızca" –Lucy'nin sesi alçaldı– "şu anda neyle uğraştığını kastetmiştim."

"Karmaşık. Çok karmaşık." Reuben ayakkabısını yere sürttü.

"Nasıl yani?"

"İşten atılmam, birçok kişinin işine geldi. Her şeyin içine ettim biliyorum, ama sanki gitmemi istediler." Reuben Lucy ile konuşmanın kendisine çok kolay geldiğini fark etti, onsuz yaşamaya mecbur bırakıldığı bir alışkanlıktı bu. "Hatırlarsın, beni bir noktada ayaklarına dolaşmamam için terfi ettirmeyi bile denemişlerdi."

"Yani, eski görevinin peşindesin, öyle mi? Hazır bu iş üzerindeyken, birkaç kişiyi de kovduracak mısın?"

"Ben yalnızca ne haltlar döndüğünü öğrenmek istiyorum."

"Çok asilce. Her zamanki gibi." Lucy arkasına bir göz attı. "Bak, bence artık gitmelisin."

"Tamam."

"Ve bir dahaki sefere, polis çağıracağım." Lucy arkasını döndü, bahçeyi geçip eve girdi.

Reuben titriyordu. Yalnızca fark edilmekten ötürü değil, aynı zamanda Lucy'i aylardan beri ilk defa görmekten ve onunla normal insanlar gibi konuşmaktan. Bir sürü bastırılmış duyguyu ona açmanın sadece iki dakika aldığını fark etti. Yalnızca Lucy ile konuşmakla ve gözlerinin içine bakmakla içinde patlak veren duygular yüzünden kendine söverek, ağır adımlarla geçitte yürümeye başladı.

Telefonunun tiz, titrek zil sesi, çalkantısını bölüverdi. "Alo, Reuben Maitland," der demez çağrı sonlandı. Telefonu cebine koyup bir köşeyi döndü. Yolunun üstünde bir adam duruyordu. Uzun boylu ve kapüşonluydu, bir elinde bir cep telefonu tutuyordu, öbüründe ise bir tabanca.

Telefonunu cebine koyarken, "Evet, Reuben Maitland," diye tısladı.

Reuben kıpırdamadan durdu, gözlerini dikkatle adama dikti, yabancının yüzü onu afallattı, Lucy ile ilgili bütün düşünceler bir anda aklından çıkıverdi.

"Yanlış insanlara bulaştın." Adam sırıttı, iki altın diş karanlıkta bir an ışıldadı.

Reuben'in adrenalini etkisini gösterdi, balyoz gibi vurdu. Düşünce kırıntıları, panik anları. Tabanca. Bir yabancı. Kesilen telefon. Duvarlar arasında sıkışmak Takip edilmek. Yanlış insanlar.

"Kimler?"

Gülümseme. Pembe, beyaz, altın. Sonraki birkaç

dakikanın anlık görüntüleri. Karanlığın bastırması. Geçitte yere yığılmak. Akan ve pıhtılaşan kan. Dürtüp iten adli bilimciler. İşlemden *geçirilmek*. Arka kapıyı kilitleyen Lucy. İçerde oynayan Joshua. Uzaktaki kat kat tuğlalar.

"İnsanlar işte."

Son düşünce Joshua olsun. Saçlarının kokusu. Teninin kokusu. Yumuşaklığı.

"Dünyaya veda et."

Hedef değişiyor. Tetik çekiliyor. Silahlı adam namludan aşağı bakıyor. Reuben gözlerini kapadı ve yüksek bir patlama sesi sekerek geçit boyunca yankılandı.

6

Ağır, yavaş ilerleyen bir hareket oldu. Silahlı adam Reuben'e doğru atıldı ve yere çarptı. Sert betona çarpan kafatasından çıkan kof ses geçitte yankılandı. Reuben'in duyuları olanları kavramak için eşelenip arandı. Çıkan sonuçlar birdenbire şaşkınlık uyandırmaya başladı. Yere düşen silahlı adamın arkasında Shaun Graves duruyordu, bir beysbol sopasını iki eliyle dimdik tutmuştu.

Reuben Shaun Graves'e baktı, Shaun Graves de ona.

"Hay lanet," dedi Reuben.

Shaun sesini çıkarmadı. Beysbol sopasına dokundu, verebileceği zararın ilk kez farkına varıyormuş gibi elini yüzeyinde gezdirdi.

Reuben'e uygun gibi gelen tek kelime ağzından çıktı. "Teşekkürler."

Shaun az önce ne yaptığı kafasına dank edince silkindi. "Bana en iyi şekilde Lucy'i rahat bırakarak teşekkür edebilirsin."

"Bu o kadar kolay değil."

Eğilip yerde baygın yatan adama dikkatle bakarak, "Bence kolay," diye karşılık verdi Shaun. "Şimdi bu bok herif ayılmadan ve ben de kendime gelmeden önce defolup git buradan."

Reuben, Shaun Graves'e, karısını beceren ve çocuğuna babalık yapan adama, son bir kez baktı. Az önce hayatını kurtaran adama. Dar gölgenin içinden sürtünerek geçti. Sonra da koşmaya başladı.

Geçitten son hızla çıkıp ödünç aldığı arabaya yöneldi. Kalbinin bir tarafı dönüp geri gitmek istiyordu. Ama yakıcı merakını bastırdı. Terlediğini fark edip ceketini çıkardı. Son birkaç saniyenin sonuçları onu yakalıyor ele geçiriyordu. Ensesindeki ıslaklığı sildi.

Cep telefonu bir daha çaldı. "Gizli numara" yazan ekranına baktı. Hızlı hızlı soluyarak Judith'in arabasına ulaştı ve hemen bindi. Hızla gaza basıp uzaklaştı, böbreküstübezlerinden kanına dövüş, korku, kaçış sızıyordu. Dikiz aynasına baktı. Karanlıkta ışıkların yanıp sönmesinden başka bir şey göremedi. Yaşamlar duruyor, ilerliyor ve yön değiştiriyordu. Farlarda senaryolar birbirine karışmaya devam ediyordu. Yine telefonu çaldı. Hemen açıp dinledi.

"Dr. Maitland?"

Reuben sesi tanıyordu, ama kokunun anısı gibi izini takip etmek bir saniye aldı. "Kimsiniz?" diye sordu.

Karşı tarafta bir sessizlik oldu. Karşıdan gelen araçlar yüzünden gözlerini kıstı. Gaza basarak direksiyonu sıkı sıkı tuttu. "Ben Sarah Hirst."

Reuben direksiyonu bir otobüs durağına kırıp durdu, motor çalışıyor, klima terini buz gibi yapıyor, kalbi gümbürdüyordu, kafası aşırı bilgiyle yüklü, tüm sistemi çökmek üzereydi. "Bu numarayı nereden buldun?"

"Bir iki kişiden, iyilik yapmalarını rica ettim. Epey iz sürmem gerekti."

"Ne istiyorsun," diye homurdandı.

"Sadece ne durumdasın diye sormak istiyordum."

Reuben direksiyonu bırakınca, ellerinin titrediğini gördü. Elleri de tıpkı yaşamının gidip geldiği gibi gidip geliyordu: Lucy'i sevmesi ve nefret etmesi; orada bulunduğu için tehdit edilmesi ve aynı anda da kurtarılması; farkında olmadan belalara dalıp çıkması. "Kes şu saçmalığı."

Sarah soğuk bir tavırla uzun uzun iç geçirdi. "Bir fikrim var."

"Bunu duymak neden hoşuma gitmedi acaba?"

"Bak, buluşabilir miyiz?"

Reuben aynadan kendisine baktı. Solgundu. Shaun Graves onu kurtarmıştı. Uzak durması için uyarmıştı, ama hem de kurtarmıştı.

"Neden?"

"Belki çalıştığın yere gelebilirim."

"Bu mümkün değil."

"Tamam, sen bir yer söyle."

"Bak, Sarah. Benden ne istediğinden emin değilim. Hiç iyi bir zamanda aramadın." Tabanca ve beysbol sopası. Geçide sızan bir yabancının kanı. "Az önce garip bir şey..."

"Bana güvenmek zorundasın."

Reuben, sakin kalmak için mücadele ederek "Sana güvenmem için bir neden söyle," dedi, yanıtlanmaz sorular tıkabasa kafasının içine doluyordu.

"Peki, şöyle anlatayım." Sarah'nın yükseltilmiş solukları hoparlörde alçaldı ve kabardı. "Bu önemli bir konu. Buluş benimle, Basford Sokağı'ndaki eski yerde. Sana vermem gereken bir bilgi var."

"Nedir o bilgi?"

"Bilmen gereken çok önemli bir şey."

"Haydi, söyle."

Sarah Hirst telefonu kapayınca Reuben avucuyla direksiyona vurdu.

7

Aradan bir saat geçtikten sonra ve izlenmediğinden emin olarak, Reuben arabayı ölgün bir pabın önüne yanaştırdı. İçerde yerlerine çökmüş içkiciler, sigaralarından derin hışırtılı nefesler çekip kendilerini soluksuz bırakarak pabın bozulmuş sağlığının yasını tutuyor gibiydiler. Reuben temkinliydi, dışarda olmakla risk aldığının farkındaydı, ama sinirleri başka ne yapabileceğini bilemeyecek kadar da gergindi.

Başmüfettiş Sarah Hirst küçük bir masada dimdik oturuyordu, ince uzun parmaklarının arasında bir Coca Cola tutuyor, dışlanmış müşterilerin gizlemedikleri hayranlıklarını üzerine çekiyordu. Koyu renkli bir pantolon ceketli takım giymişti, Reuben doğruca işten çıkıp geldiği kanısına vardı. Bara yönelip buzlu duble votka ısmarladı. Çok gerilmiş ve sinirli olduğundan, bir anesteziğe duyduğu ihtiyaç şiddetliydi. Sarah'nın karşısına oturunca, kadehini salladı, buz küplerinin neredeyse sistemik zehirden uzak dururcasına savaşarak birbirinin üstüne çıkmasını izledi.

Sarah sertçe ve uzun uzun gözlerinin içine baktı. Midesinde votkanın sıcaklığı sinirlerinin attığı soğuk tekle karıştı. Bir yudum daha içerken, içinden Sarah'nın aşırı hırslı ve aşırı acımasız olduğunu geçirdi. Ama bir zamanlar bir gece yaşanmıştı, sık sık düşündüğü, evlenmeden önce bir partide, ikisinin de sarhoş olduğu, bir şeylerin söylendiği, bir şeyin havada kaldığı, bir şeyin asla tekrarlanmadığı,

Reuben'in sık sık hayal edip etmediğini merak etti-
ği... Sarah'nın gözleri burgu gibi oyuyor, etanol ser-
semliğini bozuyordu. Reuben asabi bir tavırla yüzü-
nü kaşıdı. Bugün her şey çok hızlı oluyordu, olaylar
hızla birbirine çarpıyor ve ona doğru düşünmek için
çok az zaman bırakıyordu. "Evet, haydi, anlat..."

"Bir cinayet daha işlendi."

Reuben oturduğu yerde öne doğru eğildi. "Kim?"

"Kötü haber, korkarım ki. Eskiden tanıdığın
biri. Run Zhang."

"Allah kahretsin." Reuben'in kadehini tutan eli
dudaklarına az bir mesafe kala durdu. "Run mı?
Şaka yapıyorsun."

"Telefonda söylemek istemedim."

"...tir!" Reuben gözlerini masanın donuk yüze-
yine dikti. "...tir!" Birden başı döndü. Sakinleşme-
ye çalışarak, "Lütfen, hayır," diye mırıldandı. Run
Zhang. Şişman, tembel ve benzersiz. Saçından, giy-
silerine, beynine kadar tiril tiril. Yemek ve aynı şe-
kilde bilgiyi tıka basa yiyen, doymak bilmez bir tü-
ketim kuvvetiydi. Ve şimdi... Reuben yeni bir şey,
Sandra Bantam'ın ölümünü haber aldığında yaşa-
dığı şokta bulunmayan bir şey hissetmeye başladı.
Öfke duyuyordu. Kaslarında bir sertleşme, kirişle-
rinde bir gerilme. Gri maddesi bile sıkılaşıyor gibiy-
di, şiddete hazırdı.

"Üzgünüm."

Reuben büyük bir gayretle nefes alarak gözlerini
kırpıştırdı. "Ona... işkence olduğunu gösteren ka-
nıt var mıydı?"

Sarah tekrar, "Üzgünüm," dedi. "Sizin eskiden
yakın olduğunuzu biliyorum."

Reuben kaşlarını çatarak sessiz kaldı. Pabın kar-
şı tarafında içenlerden biriyle göz göze geldi, adam

hemen bakışlarını kaçırdı. Kalkıp yanına gitmek ve adama vurmak için güçlü bir istek duydu. Ama hiddetinin yalnızca bir tepki, bir sahtelik, Run'ın ölümünün beraberinde getirdiği ezici acıyı duymaktansa, bir şey hissetmek için bir gerekçe olduğunu biliyordu. Gözlerini ovuşturarak alçak sesle, "Katilin kim olduğunu bilmiyorsunuz," dedi.

"Hayır." Sarah solgun görünüyordu. Reuben ilk kez, bir meyve otomatının yansıyan ışığında, her kaş çatışıyla beliren gizli çizgileri gördü. İnce ve narindi bir fondöten katmanıyla kolayca kapatılan bu çizgiler, son zamanlarda cildinde kendilerine oyuk açarak derinleşmiş görünüyorlardı.

"Sanırım, eski mahkûmiyetleri taradınız."

"Phil soruşturmanın o tarafını yürütüyor."

Reuben, Rainbow Lokantası'nın canlı, sarhoş görüntüleri zihni kaplarken, neredeyse ilgisiz bir tavırla "Eski ekibimle nasıl başa çıkıyor?" diye sordu.

"Parmaksız bir adamın maharetiyle. Eski arkadaş olduğunuzu biliyorum, ama bence bu vaka sonunda onu sinir ediyor. Ve telafi etmek için de, her şeyi bir arada tutmaya çabalayarak etrafta dolaşıp herkese emirler yağdırıp duruyor."

"Hiç Phil'in yapacağı şeyler değil."

"Bilmiyorum. Son zamanlarda iki ayarı var gibi görünüyor. Soğuk ya da akkor halinde. Kontrollü, ya da kontrolden çıkmış halde.

"Bence senin ekibinden biri öldürülseydi, sen de böyle olurdun."

Sarah soğuk bir tavırla "Şey, evet..." dedi

"Demek sen katilin tanımadığımız biri olduğundan kuşkulanan ekibi yönetiyorsun?"

"Bir bakıma. Evet."

"Ya Adli Bilimler?"

"Seni bu yüzden aradım. Senin bir konuda görüşünü almak istiyorum. Bir başka şık hakkında. Çok daha ciddi bir şey."

"Nedir?"

"Açıkça söylememe gerek kalmayacağını ummuştum."

"Belki de söylemelisin."

"Katilin Genetik Suçlar'da çalışan biri olabileceği." Sarah kirpiklerini titreterek ona baktı. "Ya da eskiden Genetik Suçlar'da çalışmış biri."

Reuben bu ima karşısında kaşlarını çattı. "Benim gibi mi?"

"Senin gibi."

Sarah'nın kendisini izlediğini, sınadığını, dikkatini dağıttığını anladı, ama bir yandan da sürekli iğneliyordu. "Buna itibar etmeyeceğim. Başka?"

"Tabii, Genetik Suçlar dışında başka biri de olabilir."

"İçeri attırdığınız ve bundan mutlu olmayan biri."

"Veya garezi olan herhangi biri."

Reuben kadehiyle biraz daha oynadı, buz küplerinin kokusuz alkole yenik düşmelerini, aşağı çekilmelerini, aşınmalarını seyretti. Hararet geçiyordu ve ondan geri kalan hiç hoşuna gitmedi. "Elinizde olanların tümü bu mu?"

"Aşağı yukarı."

"Anlatmazsan, sana yardım edemem."

"Tamam. Eski çalışanlarından ikisini parçaladılar. Genetik Suçlar saldırı altında. Bunlar rastlantısal saldırılar değildi. Biri bilfiil üzerimize geliyor. Bak, büyük bölümünü basından gizli tuttuk." Sarah dikkatle gözlerini pabın içinde gezdirdi, sonra kendini bu alışkanlıktan kurtarmaya çalışarak başını hızlı hızlı iki yana salladı. Kirli bir pabday-ken bile kendini gözlem altında hissetmemek güçtü. "Bize mesajlar gönderiyor. Üçlü kod kullanarak genetik mesajlar yolluyor. Harf başına üç baz."

"Ne diyor?"

"Sandra'nınkinde, 'Genetik Suçlar'a ödetilecek' diyordu."

Reuben zaten bilmediği bir şey öğrenme hevesiyle "Ya Run'ınki?" diye sordu.

"Genetik Suçlar için geleceğim."

"Tanrım. Bu olayın neresine uyduğumu anlamaya başlıyorum."

"Her ne düşünüyorsan..."

"Bak Sarah. Sadede gelelim. Buraya çağrılmam için iki gerekçe görüyorum. Birincisi, bu işe karışmış olup olmadığımı merak ediyorsun ve tepkimi görmek istiyorsun. İkincisi benden yardım istiyorsun, yine tepkimi ölçmek için, ama aynı zamanda etkili olup olamayacağımı görmek ve böylelikle kendi kariyerini ilerletmek için."

Sarah hemen yüz ifadesini değiştirerek, "Aa, gerçekten de Dr. Maitland," dedi, "çok hilebaz bir beynin var. Başına bir sürü bela açabilir."

Reuben ardına kadar açtığı gözlerine aldırmadı. Son donmuş suyun sıvılaşmasını seyrederek burun kemiğini çimdikledi. Başka bir seçenek yoktu. Bastırmaya çalışsa da, artık bu mesleki bir sorun olmaktan çıkmıştı. Şiddetli ve can yakıcı biçimde kişisel hale gelmişti. Sakince, "Tamam, sorun değil" dedi. "Satıldım ben." İçkisinin son yudumunu içti ve bir an aklından amfetamin geçti. İki elinin parmaklarını iyice gerip açtı, gömülmüş tendonlar çekildi, derisinde gergin yükseltiler oluşturarak, serbest kalmaya çabalayarak yüzeye çıktı. Dilini, alkol yüzünden hâlâ uyuşuk olan dişetlerinde gezdirdi. "Örneklere ihtiyacım olacak, elinizde tam DNA olduğunu varsayıyorum."

"İkisinden de var, evet. Sana getiririm."

"Bir posta kutum var, oraya kuryeyle gönder." Reuben bir bira peçetesine ayrıntıları yazdı. "Oda sıcaklığı iyi olur."

"Tamam."

"Bak, karşılığında benim için yapabileceğin bir şey var. Takip ediliyorum."

"Ne demek istiyorsun?"

"Bilmiyorum." Reuben silahlı adamdan Sarah'ya söz edip etmemek için karar vermeye çabaladı. Kadının yüzüne baktı ve fondöteninde soğukkanlılık, kırışıklarında da endişe gördü. Ama hiçbir zaman emin olamamıştı. Sarah'ya olan güveni Genetik Suçlar'dan ayrılmasından uzun zaman önce yok olmuştu. "Unut gitsin," dedi.

"Emin misin?"

"Bana bir iyilik borçlusun diyelim, anlaştık mı?" Reuben elini uzattı.

"İyilik mi? Ne gibi?"

"Şimdilik bilmiyorum. Ama sana yardım edeceksem, senden de bana yardım etmeni isterim."

Sarah göğüs geçirdi ve elini sıktı. Yavaşça, "İyi," dedi.

Reuben ayağa kalktı. Kendilerini içkiye adamış sarhoşlardan birkaçı bir iki saniye ona baktıktan sonra başlarını yeniden biralarına çevirdiler. "Ve bir şey daha. Sana yardım etmeyi cep telefonumu dinletmemen, numaramı başka kimseye vermemen ve bulunduğum yerleri belirlemeye çalışmaman kaydıyla kabul ediyorum. Tek bağlantımız telefonla ya da posta kutusuyla olacak. Bunlardan herhangi birine uymayacak olursan, yardımımı keserim. Anlaşıldı mı?"

Sarah sarı saçlarını ciddi bir onaylamayla zıplatarak evet der gibi başını öne doğru salladı.

Reuben dönüp bardan çıktı. Arabaya doğru yürürken, kadının görünüşünü düşündü. Soğuk, tarafsız ve sinsi. Bir kariyer telekızı sizi arıyor ve kendi ödeşmesi karşılığında size istediğiniz şeyi öneriyor. Reuben bunu daha önce de görmüştü. Sarah'nın bir vakayı kendine mal etmek için insanları çiğneyip, sonra da tükürüp attığını. İşini görene kadar gülümseyip, sonrasında da yan çizdiğini ve ilgisiz davrandığını. Reuben, ikiyüzlülüğünün ve acımasızlığının nedense kendisini heyecanlandırdığını görerek, sıcakta ürperdi. Arabaya ulaştı, kapısını açtı. Kieran Hobbs, otostopçu soruşturması, Edelstein tecavüzü, McNamara cinayeti... bütün öbür soruşturmalar beklemek zorunda kalacaktı.

Biri arkadaşlarını öldürüyordu. Şimdi kim olduğunu öğrenmenin zamanıydı.

8

Reuben, üzerinde çalıştığı Sandra Bantam'ın resminin başından kalktı. Sandra'nın yüzü neredeyse tamamen eski haline getirilmişti. Cildinde kusursuz bir berraklık, ağzında belli belirsiz bir sevinç izi vardı, gözleri açık ve mutluydu. Eski alışkanlıklardan vazgeçmek zordu ve Reuben hâlâ bu yöntemden biraz olsun teselli buluyordu. Kısa zaman içinde Run'ın üzerinde çalışmaya başlayacak, resmini yaparak ölümüne biraz saygınlık katacaktı. Ne var ki şimdilik duyguları fazla taze ve hassastı.

Moray Carnock kapıyı arkasından kapadı ve bir paketi parlak laboratuvar tezgâhının üzerinden barda içki kadehi kaydırırcasına kaydırdı. Basit, beyazımsı bir renkteydi, kabarcıklı naylonla takviye edilmişti ve üstünde adres olarak yalnızca Dr. Maitland'in posta kutusu yazılıydı. Reuben paketi sıktı, plastik baloncukların içindeki sert nesneye karşı esnediğini hissetti. Karşılık olarak omuz silken Moray'a bakıp kaşlarını kaldırarak, ellerine bir çift pudrasız naylon eldiven geçirdi. Yukarıdan bir tren Reuben'in taburesini birkaç saniye titreterek gürültüyle geçti. Zarfı açmak için tek kullanımlık bir neşter kullandı, yavaşça karnına saplayıp kesti. Işık geçirmeyen iki tüp, özgür kalmaktan memnun, birbirinin üzerinden taklalar atarak tezgâhın üstüne düştü. Birinin etiketinde Run, öbürününkindeyse Sandra yazıyordu. Tüpleri yeşil bir tüp rafına yerleştirdi. İçlerinde yoğunlaşmış buhar gibi çeperlere sıçramış birkaç küçük damlacık olduğunu gördü. Tüpleri bir mikrosantrifüje koydu ve damlacıklar her bir Eppendorf'un dibinde gerektiği gibi birikti. Moray genzini temizledi.

"Bu uzun zaman alacak mı?"

"On iki saat, uyumazsam eğer."

"Aralıksız on iki saat mi? Yoksa uslu durursan izin alabiliyor musun?"

"Bir sonraki aşamayı bitirir bitirmez, bir süreliğine boşum." Reuben pipetle her tüpten az bir miktar çekip yeni bir tüpe aktardı.

"Yalnız..."

"Ne?"

"Ben çıkacağım. Birini göreceğim, çalınmış bir köpekle ilgili bir mesele."

Reuben, tüplere biraz daha berrak sıvı eklerken, "Bir şey vardı," diye mırıldandı.

"Ne?"

"Judith, şu korumalarla gezen gece kulübü sahibi Xavier Trister'ın testlerini yaptı. Biliyorsun, şu geçitte ebelediğimiz adam."

"Ve senin voodoo büyün bize ne gösterdi?"

"Marie James'in sonuçta onun biyolojik kızı olduğunu."

Moray'in gözleri faltaşı gibi açıldı. "Harcadığı para boşa gitmedi. Adamın hatırı sayılır ganimetinden pay almayı bekliyor olmalı."

"Kızın bunu gerçekten önemsediğini sanmıyorum. Ama göreceğiz." Reuben saatine göz attı. Neredeyse akşamın yedisi olmuştu ve gece boyunca çalışacaktı. Büyük boy Dugena saatini çıkarıp bileğini ovuşturdu. Judith mesaisine gitmeden önce Öngörücü Fenotiplemenin son aşamalarını tamamlamasına yardım edeceğine söz vermişti. Reuben çatlamış dudaklarını yalayarak saatine daha uzun baktı. Isıl döngüleyici cihazının açma düğmesine basıp programlamaya başladı. "Testinin sonucunu bugün alacağımızı söyledik. Neden şu çalışırken, ziyaretine gidip bu işi halletmiyoruz?"

"Beni arabayla bırakırsan, kelepire konarsın."

"Arabanı bana emanet eder misin?"

"Arabamı kimseye emanet etmem ben. Ama şu anda kullandığım boktan kiralığa istediğini yap."

Reuben her şeyin düzgün çalıştığını iki kez kontrol ettikten sonra Moray ile birlikte laboratuvardan çıktı. Yukarılarındaki yıkık dökük binadan yavaşça ve dikkatle çıkıp, üstü kapalı bir kemerli geçide park edilmiş otomobile bindiler. Otuz dakika sonra, Fulham'da gidecekleri yere yaklaşmışlardı. Reuben anayolu takviye eden bir yan yola girdi. Karaltı halinde görülen beyaz yorgun sıra evlerin üzerindeki altın numaraları taradılar. Doğru eve ulaşınca, Reuben arabayı Londra tarzında yarısı kaldırıma, yarısı da asfalta gelecek biçimde park etti. Zarfı Moray'e verdi.

"İhtiyacın olabilecek her şey bunun içinde. Sonuçlar açıklandı, tanıyı koymak için kullanılan ekran görüntülerinin bir fotoğrafı, profillerin bir resmi ve tüm verilerle babasının DNA'sının üç farklı bölgesinin dizilişinin bulunduğu bir de disk var."

"Peki, tam olarak hangi kelimeleri kullanmalıyım?"

"Ona de ki; mahkemede kullanılacak kanıtlar için tüm analizlerimizin basılı kopyalarını verdik. Her insanda farklı bölgelerin dizilişi, neredeyse eşsizdir ve kullandığımız DNA'nın babasından geldiğini kuşkuya yer bırakmayacak şekilde ispatlayacaktır. Eğer babası bulgulara itiraz edecek kadar budalaysa tabii. Ona, aslında Xavier Trister'ın babası olmama olasılığının milyarda bir olduğunu söyle."

"Tıpkı serveti gibi."

"Ve önce paranın geri kalanını vermesini sağla."

Moray aptal bir ifade takındı. "Geri zekâlı gibi mi görünüyorum?"

Reuben gülümsedi, "Dinle beni," dedi, "içerde uzun kalma. Seninle konuşmam gereken bir şey var."

"Nedir?"

"Marie ile işin bitince."

Moray iri gövdesiyle arabadan indi ve zarfı başparmağıyla diğer parmağının arasında sallayarak aylak aylak ön kapıya yürüdü. Reuben kapı açılınca içeri girmesini izledi. Parmaklarını direksiyona vurdu. Babalık. Tırnaklarını kemiren ve dişlerini aşındıran tek ikiyüzlülük.

Elbette, en gerekli aletler elinin altındaydı. Reuben bu işi halletmenin kabaca yirmi dört saat alacağını hesapladı. Her an, yaşamındaki en büyük soruya yalnızca bir gün uzaktaydı. Kesin bir çözüm. Joshua: Benim oğlum mu, benim oğlum değil mi? Zaten elinde Joshua'nın, yanında taşıdığı, gerektiğinde otel kasalarına koyduğu, DNA örneği vardı. Kolay olurdu. Kendi genetik malzemesiyle yapılacak basit bir karşılaştırma. Ve tombala. Babası, ya da babası değil.

Ama Reuben, henüz bunu yapmaya cesareti olmadığını biliyordu. Gerçeği, DNA'sını itip dürterek Joshua'yı kirletmeden önce Lucy'den duymak zorundaydı. Üstelik varlığının en büyük sorusu, aynı zamanda en büyük umuduydu. Bilmeden bir ömürlük hayaller, arzular ve beklentiler birikiyordu. Eğer bunları kaybederse, her şeyi kaybederdi. Ve iyimserliğinin son kalıntılarını tehlikeye atmaya hazır değildi. O halde şimdilik, bu basit bir babalıktan fazlasıydı. Olasılıkla ilgiliydi. İkiyüzlülüğü bastırarak, kısacası, diye düşündü, bazen bir sorunun en iyi çözümü arkasındaki bilimi görmezden gelmektir. Ve içi içini yese de, Reuben düşüncelerini başka bir yere saklamaya, kendini başkalarının sorunlarında, sonsuz kod sellerinde, kırmızı, sarı, yeşil ve mavi ekranlarda, robotsu insanların hipnotik eylemlerinde unutmaya karar verdi.

Ancak Xavier Trister'in babalık meselesi kaçırılmayacak kadar iyi bir fırsat olmuştu. Kovalamacanın heyecanı da çok büyüktü. Marie James'in, Moray ile irtibat kurduğu saniyeden itibaren, Cilt-Delgeci'ni ateşlediği ana, baba ile kızın son DNA karşılaştırmasının sonuna kadar tutkun, canlı ve heyecanlıydı. Başkalarının gerçeklerini araştırmanın, onu kendi gerçekliğinden uzak tutmak gibi hoş bir yan etkisi olduğunun farkına vardı.

Reuben camdan dışarı göz atıp park etmesi yüzünden daralan açıklıktan bir kamyonun arabayı sıyırarak geçmesini izledi. Ama bunda da bir tehlike vardı. Gitgide içine çekiliyordu Gözlerini tam olarak göremediği Kieran Hobbs'a yardım etmesi. Karanlık sularda yüzüyordu, yeraltı dünyasıyla, su altında. Direksiyonu sıkı sıkı tuttu. Sorun yok, dedi kendi kendine. Bunu haklı nedenlerden ötürü yapıyorum. Tek bir suçlu, hepsi o kadar. Ama söylenmemiş olsa bile, sözcükler inandırıcı değildi. Ve olumluyla olumsuz yanları kıyaslamaya devam ederken, aklına bir fikir, ahlaki ikilemini ortadan kaldıracak bir yol geldi. Olasılıkları ve tehlikeleri etraflıca inceleyerek, zayıflıkları irdeleyerek, nasıl üstesinden gelebileceğini hesaplayarak birçok dakika geçirdi.

Yavaş yavaş ve adım adım, parmaklarını cilalı gösterge panosunda gezdirerek, olanaksız gördüğü fikre geldi. Kieran Hobbs için çalışmanın aslında iyi bir şey olabileceği fikrine.

Ama şu an, bu incecik umut kıymığı bile, Run Zhang'ın ertelenmiş, sarsılmış anlık görüntülerini sızdıran mateminin altında boğulmaya başladı. Retinasının Run'ın sağlığında kaydettiği enstantaneler hâlâ canlıydı; hüzünlü güleryüzlülüğüyle işine koyulması, laboratuvarda badi badi yürümesi, kültürlerine ayak uydurup benimsemesi, gruptakilerin çoğu daha soruları düşünürken, kestirmeden yanıtlara geçmesi. Reuben anladı ki, Sandra Bantam'ın ölümü yüzünden üzülmüş ve sarsılmıştı, ama Run'ın ölümü yüzünden acı çekiyordu. Bir kaza yeterince üzücü olurdu. Cinayet de korkunç olurdu, Ama uzun süren işkence... Bir dostun korkunç acılarla can verdiği, eziyet gördüğü, ağır ağır ve bir düzen içinde yok edildiği, vücudunun sistemli biçimde parçalara ayrıldığı düşüncesi Reuben'in üstünde kendi yaralarını açmaya başladı. İşkence Run'ın bedenini bırakmış ve Reuben'inkine girmişti, saatler ilerledikçe etini daha derinden oyuyor, bıçak gibi midesine saplanıyor, kalbini deliyor, beynini doğruyordu. Sarah Hirst'ün kıt tanımlamaları büyüyüp çoğalarak, hayal gücünü yiyip aşındırdı, ta ki tek görebildiği şey kan kırmızı bir dehşet kalıncaya dek.

Reuben düşüncelerini başka bir yere toplamaya çabaladı. Pençelerini geçiren ahlak kavramıyla, zihni birden önceki gün hayatının az kalsın son bulacağı o iki dakikaya atlayıverdi. En çok canını sıkan, birinin onu öldürmek istemiş olması gerçeği değil, birinin onu kurtarmaya gönüllü olmasıydı. Gayet iyi farkındaydı ki, Shaun Graves ona hiçbir iyilik borçlu değildi. Neden, diye düşündü yine, neden müdahale etmişti?

Reuben fazla derinden ısırıp, bir parça deriyi de birlikte kopararak tırnağını kemirdi. Katilin DNA'sını tekrar tekrar ısıtıp soğutarak kendilerine verilen görevlerin ilkini yerine getiren makineleri gözünde canlandırdı. Ardından etiketleme, hibridizasyon, yıkama, ayrıştırma, ifade eşleştirme gelecek, algoritmalar sabahın erken saatlerine kadar telaş içinde sürecekti. Ve sonunda ekranda bir yüz belirecekti. Ona bakan bir surat. Bir psikopatın soğuk yüz hatları. Sandra ile Run'ın yaşamlarının son dakikalarını özümsemiş gözler. Hoşnutlukla yukarı kıvrılmış dudaklar. Heyecanla kızarmış yanaklar. Reuben kendini, meslektaşlarını öldüren adamla karşılaşacağı şafak vaktine hazırlamaya çalıştı.

Dışarda olan bir hareket daldığı düşüncelerden çıkmasına neden oldu. Moray merdivenlerden sessizce inip arabaya doğru geliyordu. Reuben oturduğu yerde doğruldu. Uzun bir gece olacaktı.

Moray şişman bedenini yolcu koltuğuna sıkıştırırken, "Tatlı bir iş oldu," dedi.

"Nasıl tepki verdi?"

"Önceden biliyormuş gibi."

"Ya para?"

Moray şişkin cebine vurup sırıttı. Yaz sıcağına rağmen, Reuben Moray'in şık ya da hava sıcaklığına göre giyindiğini hiç görmemişti. Derbeder ve adamsendeci gündelik bir üniforma benimsemiş ve inatla bu tarzı bırakmıyor gibiydi. Reuben kaldırımdan inip, Moray'in dairesine doğru dikkatle ilerlemeye başladı. Moray'in nerede oturduğunu bilmiyordu, ama onun talimatına uydu. Tam adresi ya da konumu hiç bulamayacağı izlenimine kapıldı. Daralıp bir kavşaktan geçen yoldaki trafiğe takıldıklarında Moray'e önceki günün olaylarını anlatmaya başladı. Sinirini bozan başka bir şey vardı.

"Tamam, ömrümde hiç görmediğim bir adam başıma silah doğrultuyor. Ama her şeyden önce biri nasıl beni izlemiş olabilir? Görünmez olduğumu sanıyordum. Ne banka hesabım, ne kayıtlı bir adresim, ne arabam, ne de başka bir şeyim var. Adı sanı olmayan otellerde kalıyorum, hesabı nakit ödüyorum. En önemlisi de buydu. Yeraltında ve dokunulmaz. Polis bile nerede olduğumu bilmiyor. Ya da en azından ben bildiklerini sanmıyordum."

Moray yorgun bir kayıtsızlıkla iki kat olmuş gerdanını ovuşturdu. "Kimse görünmez değildir," diye homurdandı. "Cep telefonun varsa, yerini belirleyecek bir yol var demektir. Doğru kişilerle konuş, şu bulunduğumuz sokakta telefonunu kullanmasan bile ilerlemeni izleyebilirler. Üstelik muhtemelen takip ediliyordun, belki de birkaç gündür. Ki bu da sadece polislere ayrılmış bir saha değildir."

"Öyle olsa gerek. Ama üstüme gelen kim? Önceden hiç düşmanım olduğunu hatırlamıyorum."

"Görünüşe göre şimdi var. Ve fazladan tedbirler almanın zamanı gelmiş gibi görünüyor."

"Ne gibi?"

"Kuşatma zihniyeti." Moray tombul dizlerini parlak plastik panele sürterek Reuben'e doğru döndü. "Bir zamanlar tanıdığım biri vardı. Çok ünlü bir gazlı içecek imal eden bir ailenin hayatta kalan son üyesiydi. İçeceğin tarifi bir tek onda vardı. Amerikalı süper holding pisliklerinden biri yıllardan beri şirketi ele geçirmeye çalışıyordu. Şirketi kapatıp İngiliz piyasasındaki oldukça büyük pazar payını almak için bir tür ana planları vardı. Bilirsin, saldırgan, aşağılık heriflerdir. Bizimki benimle irtibat kurduğunda takip ve taciz ediliyordu. Tam anlamıyla korkudan deliye dönmüş haldeydi. Evinde, arabasında hiçbir yerde kendini emniyette hissetmiyordu. Biz de fabrikasında ona bir yaşam alanı kurduk. Güvenliği güçlendirdik. Yerel polisle gizlice görüştük. Onun için her şeyi hallettik."

"Ne oldu?"

"Dört aydan uzun bir süre gün ışığına çıkmadı. Amerikalılar ticari mülke tecavüz suçu işlemeden onu izleyemezlerdi ki bu noktada tutuklanabilirlerdi. Sonunda ilgilerini kaybettiler ve o da yaşamına devam etti."

"Benim de aynısını yapmam gerektiğini mi söylüyorsun?"

"Söylemeye çalıştığım şu. Dışarda" –Moray eliyle ön ve yan camları içine alacak bir yay çizdi– "kolay lokmasın. İş işten geçene kadar takip edildiğini bilmezsin. Hem konusu açılmışken, eski karının sevgilisinin evinin etrafında dolaşmanın intihardan farkı yok hani."

Reuben bir saniye sessiz kaldı. Bir araba sağdan önüne geçmeye çalıştı. Reuben direksiyonu hafifçe arabaya doğru kırdı ve sürücüyü sertçe fren yapmaya zorladı. Kulaklarını tırmalayan korna sesiyle mırıldandı. "Elimde yalnızca bu kaldı. Bakmak. Gözetlemek. Bana bırakılan bir tek bu. İçine ettiğimin tart emrini çıkarttılar. Oğluma dokunamıyorum, sarılamıyorum, öpemiyorum bile. Her gün büyüyor. On bir aylık bir çocuğun her gün ne kadar büyüdüğünü biliyor musun?"

Moray ilgisizce omuz silkti.

"Bir milimetre. Onu bir hafta görmezsem, yarım santimden fazla büyümüş oluyor. Bu beni yiyip bitiriyor. Büyüyor, değişiyor, öğreniyor, gülümsüyor ve bunların hepsi bensiz oluyor. Onu son kucakladığımda, şimdiki halinin yarısı kadardı. Sıkışıp kalmış gibiyim. Benim için Joshua her zaman beslediğim ve sevdiğim o bebek olarak kalacak."

Moray, Reuben'in içini döküşünü geçiştirdi. "Ben yalnızca otellerde kalmayı bırak diyorum. Ortalarda görünme. Yalnızca emniyetli olduğu zaman dışarı çık. Ve aynı zamanda ben etrafı koklar, ne bulabilirim bir bakarım. Her zaman bir şeyler bilen birileri vardır." Moray ön camdan bir otobüs durağını işaret etti. "Beni şurada bırakabilirsin. Geri kalan yolu yürürüm."

Reuben arabayı kenara çekti, düşüncelere dalmıştı. Moray karşıya geçti ve bir alışveriş merkezine girip gözden kayboldu. Reuben arabayı döndürüp neredeyse evi haline gelen laboratuvara doğru sürdü. Kendisini Genetik Suçlar katilinin yüzüyle buluşturacak işlemlerin üzerinden geçti. Sabah altıdan itibaren yardım edeceğine söz veren Judith'i aradı. Lucy'nin Joshua'yı yatmaya hazırladığını, banyoda oyunlar oynadıklarını, onun gülümsemesiyle güldüğünü, onunla birlikte çığlık attığını gözünde canlandırdı. Shaun Graves'in parmaklarını kanlı beysbol sopasının üstünde gezdirdiğini gördü. Moray'e bir kez daha açıldığı için kendine sövdü. Önündeki asfaltta etrafındaki betonlara odaklandı. Yine de çoğu zaman kendini yüzün neye benzeyeceğini düşünür halde buldu. Sanayi sitesine vardığında, aklından katilin tanıdığı biri olup olmadığı geçti.

9

Yay, ince ayar yap, ayarla. Hesaplamalar ve karşılaştırmalar. Yeniden eşleştir ve yeniden değerlendir. Neredeyse iki bin gen tarandı, doğrulandı ve sayısallaştırıldı. Spektrumlardaki tüm renkler ileri geri sürükleniyordu. Sıvı özellikleri akıyor ve katılaşıyordu. Devasa veri dizinleri talan edildi ve özümlendi. Üç boyutlu bir yüz piksellerle canlanıyordu. Kaşlar tel tel filizleniyordu. Kulaklar sürüp tomurcuklanıyordu. Dişler kırmızılaşan dudakların gerisinde çoğalıyordu. Gözbebekleri belirginleşiyordu. Yanaklar içlerine hava çekip veriyormuş gibi daralıp genişliyordu. Kirpikler hızla çoğalıyor, uzuyor, açıklaşıp koyulaşıyordu. Burun daralıp genişliyor, ekrandan dışarı çıkmaya başlıyordu. Çene köşeli bir şekil alıyor, gıdık oluşuyor, yanakları ileri geri hareket ettiriyordu. Alın gerilip çekiliyor, ön loblar kıvrılıp açılıyordu.

Reuben Judith'e göz attı. Kadın şaşkındı, ekran gelişen görüntüyü solgun yüzüne yansıtıyordu. Bilgisayarın sabit diski sinekkuşu gibi titreşiyor, algoritmalar sorunsuz akıyor, düzenleniyordu. Yüz insana benzemeye başladı, hatlar belirginleşti, ayarlar giderek zor algılanır hale geldi. Renkler sabitlendi. Gözler, saçlar, çene. Reuben katilin özelliklerini inceleyerek görüntüye baktı. Saniyeler içinde resim tamamlanmış olacaktı.

Vınlayan bilgisayarı bastıran tek ses Judith'in soluklarıydı. Yüz berraklaştı. Foto-modeli geçti ve

Feno-model sahasına girdi. Görüntü fotoğrafik, hatta holografikti. Dokusu, derinliği ve netliği olan neredeyse dokunulabilecek gibi bir yüzdü. Bilgisayar, monitörünü aydınlatan işten memnun, sustu. Sol alt köşede, üç temel kişilik özelliğiyle kırmızı harflerle özetlenmiş psiko-model belirdi. Saplantılı davranış. Bireycilik. Keskin bir zekâ. Bedensel ve davranışsal olan birbirine karışmış. Reuben kavrayamaz durumdaydı. Genetik Suçlar ekibini öldüren adam işte karşısındaydı. Judith sessizliği bozdu.

"Allah kahretsin," diye fısıldadı. "Bunun ne anlama geldiğini biliyor musun?"

Reuben, "Hiçbir fikrim yok," diye mırıldandı. Surattaki soğuk gözleri zihnine kaydedercesine baktı, baktı. "Hem de hiçbir fikrim yok." Kızgın bir statik patlama oluşturarak ekrandaki yüzün alnına hafifçe vurdu. "Durumun zannettiğimden çok daha boktan olması dışında."

ALTI

1

Jimmy Dunst pabın kasasını kapadı ve zemini göz-
leriyle taradı. Tam görüş alanında bir beysbol sopa-
sı vardı. Dikkatle köşedeki adama baktı ve fikrini
değiştirdi. Pabın arka tarafındaki özel odaya gitti,
tuvaletlerden gelen kokuların rahatsız edici keskin-
liği giderek artan gerginliğiyle karıştı. Jimmy Dunst
kapıyı kilitleyip telefona doğru gitti ve cebinden bir
bahis kuponu çıkardı. Tırnakları fena halde yenmiş
parmaklarıyla köşesindeki numarayı telaşla tuşla-
dı. Çalma sesini dinlerken, gözü kapıdaydı. Kendi-
ni içeri kilitlemiş olmasına karşın, Jimmy alçak ses-
le konuşmaya dikkat etti.

Karşı taraf yanıt verince, "Başmüfettiş Kemp'le
mi görüşüyorum?" dedi. "Ben Jimmy Dunst, Streat-
ham'daki Lamb and Flag barının sahibi. Aramamı
istemiştiniz. O burada. Evet. Hemen tanıdım. Ha-
yır, sanmıyorum. Uzun siyah paltoyla kahverengi
ayakkabı giymiş." Barmen ayaklarının üstünde hu-
zursuzca kıpırdandı. "Tamam. Dikkat edeceğim."

Barmen ahizeyi yerine koydu ve bir an durup dü-
şündü. Yirmi yıldan beri barlarda çalışmak ona po-
lisin zamanında yetişmesine bel bağlamamayı öğ-
retmişti. Kocaman televizyona bakacak şekilde yer-
leştirilmiş kanepenin arkasına uzandı. Birinci Dün-
ya Savaşı'ndan kalma bir kasatura aldı. Kınını çı-
karıp kısa, acımasız ağzını inceledi. Kirli sakallı ağ-
zının parlatılmış bıçaktan yansıdığını gördü ve sila-
hın güven duygusu verdiğini fark etti. Adi herif git-

mek için yanlış barı seçmişti. Polis gelmeden önce az vakti olacaktı. Bir cana bir can. Bu adaletti. Ve şimdi neredeyse on yıldır yapmak istediğini yapma fırsatı bulmuştu. Barmen küçük silahı dikkatle kotunun arka tarafından, kemerine sıkıştırdı, kapının kilidini açıp, salona döndü. Adam gözlerini etrafta gezdirip soğuk bir tavırla tüm özelliklerini özümleyerek hâlâ masada oturuyordu.

Jimmy, "Bir tane daha?" diye sordu.

Adam gözlerini ona çevirdi. Bakışları sertti ve insanın gözünü korkutuyordu. "Ne?" diye sordu.

Jim tekrar sordu. "Bir içki daha?"

Adam ona aldırmadı ve nikotinli duvarları, kirli pencereleri ve lekeli halıyı süzmeye devam etti. Jimmy Dunst dokuz yıl önce bu barda olan vahşeti aklından geçirerek ona yarım litrelik bir bira daha çekti. Bardak koyu renkli sıvıyla dolarken, gün bu gündür, dedi kendi kendine. Bardağı ağzına kadar doldurup, belindeki kasaturayı yokladı ve adama doğru yürüdü. Kısa ve kesik soluklar alıyordu, midesi de bira gibi sıvılaşmıştı. Pencereden dışarı baktı, polislerden hiç iz yoktu. Pab boştu, vakit kaşarlanmış müdavimler için bile çok erkendi. Birayı masaya koyarken, adam başını kaldırıp bakmadı. Jimmy elini kasaturaya atıp tek hareketle çekti.

Bıçağı savururken, soluk soluğa, "Demek geri gelebileceğini sandın," dedi. Bıçağı adamın yüzüne milimetre mesafede tuttu.

Adam tepki vermedi.

"Seni salıverdiler, değil mi?"

Adam, gözlerini halıya dikip sesini çıkarmadı.

"Ben çok içen gördüm, ama bu..."

Hâlâ başını kaldırmamıştı.

Bıçağın ucunu adamın eğri burnuna değdirecek kadar itti. "Seninle konuşuyorum," diye bağırdı Jimmy. "Polis birazdan burada olur." Bıçak küçük bir çentik yaptı. "Ama hemen değil."

Adam sakince, "Bıçağı bırak," dedi."

"Burada emirleri sen vermiyorsun. Aslında buraya geri gelip, sağ kalmayı da beklemiyorsun." Jimmy kasaturayı adamın yüzünün silueti boyunca gezdirerek aşağı indirdi, çenesinin altına indirip boynuna bastırdı. Derisine battığı yerde küçük kırmızı bir çizgi belirdi.

Adam doğruca gözlerini içine bakarak, "Bıçağı bırak," diye tekrarladı.

"Bu içine ettiğimin barında. Seni hayvan."

"Bir daha söylemeyeceğim."

Jimmy gülmesini bastırdı ve o anda öfkesinin aniden kabardığını hissetti. Bıçağı bir parça geri çekti ve adamın boynuna sapladı. Fakat bunu yaparken, ferforje masa bir anda havalanıp dirseklerine çarptı ve bıçağı yukarıya ve geriye doğru hareket ettirdi. Bir saniye sonra, mengene gibi bir el kasaturayı ellerinden parçalayarak alıvermişti. Yüzü bitişikteki bir masaya sertçe çarparken, saçlarının dibinden koptuğunu hissetti. Ciğerleri soluk almak için savaşırken, dolup taşmış bir kültablasının bayat küllerini içine çekti ve avurtlarında bozulmaya yüz tutmuş ince bir bira tabakası duyumsadı. Jimmy adamı görmeye çabaladı, ama arkasındaydı, aşağı doğru bastırmış kımıldamasına engel oluyordu. Pençesi masa kadar ağır ve katıydı. Saniyeler geçti. Jimmy kulak kabarttı. Trafiğin gürültüsüyle, vınlayarak gelip geçen arabaları duyuyordu. Birinin durmasını, polislerin içinden fırlamalarını, BM Phil Kemp'in adamı yere devirmesini diledi. O

anda saçları yüzünü normal seviyesine kaldırarak
başka bir yöne doğru çekilmeye başladı, çenesi ma-
saya bastırıyor, gözleri masanın üstünde dolaşıyor-
du. Jimmy'nin bağırsakları soğuk sıvıyı dışarı bo-
şaltmak için savaşıyor ve bacakları önlenmez biçim-
de titriyordu. Sonra adam konuştu.

"Yala," dedi.

Cilalı tahtanın üzerindeki bira lekesi yarı yarı-
ya kurumuş, kül ve tozla karışmıştı. Jimmy'nin mi-
desi bulandı. Fena halde çığlık atmak istedi. Ama
bunun yerine kendini koruma içgüdüsü ağır bastı.
Yarı aralık dişlerinin arasından dili gidebildiği ka-
dar ileriye uzandı. Masanın üstü soğuk ve yapış ya-
pıştı. Acı tadını hissederek ileri geri yaladı.

Adam, "Daha," diye fısıldadı.

Jimmy dilini elinden geldiği kadar sürttü. Polisin
kapıyı tekmeleyip içeri girmesini şiddetle istedi, tam
anlamıyla dehşete kapıldığını reddederek, o uğur-
suz gecenin olaylarını düşünmemeye çalışarak, ken-
di kendine sadece zaman kazanmaya çalıştığını söy-
ledi. O anda adam çenesini masaya daha da bastıra-
rak başını aşağı doğru itti, dişlerinin dilini parçala-
masına neden oldu. Jimmy boş yere dilini içeri çek-
meye çabaladı. Yüz yüze gelmek için dönüp, hâlâ
başına bastıran adama baktı.

Adam sakin bir tavırla, "Sana bıçağı bırakmanı
söyledim," dedi. "Hem ayrıca polisi aramayacağı-
nı da umuyordum." Bakması için kasaturayı hava-
ya kaldırdı, ama karşısındaki yüz Jimmy'yi afallat-
tı. Soğuk kara gözbebekleri rahatsızlığını içine çe-
kiyor gibiydi, ağzı beklenti ve şiddetin karışımıyla
çarpılmıştı.

Bıçağı tutan adam kabardığını hissetti. Ağzına
tükürük doldu ve derin ıslak soluklar almaya baş-

ladı. Başından penisinin ucuna kadar bir enerji dalgası ürpermesine neden oldu. Canlı, tam anlamıyla canlı, hayvanların öldürürken oldukları kadar canlı olduğu işte bu anlardı. Acının saflığını, bir başka varlığın hiddetinin gücünü yaşamasını izlemenin aletini sertleştiren zevkini gördü. Gövdesi kasıldı, midesi düzleşti ve ayak parmakları kıvrıldı. Kendisindeki arslanca güç ile et arzusunun farkına vardı. Babasının oğlu olduğunu anladı. Bu mani, kana susamışlık anlarında, bu gerçek yalnızca onu daha güçlendirmeye hizmet ediyordu. Kasaturayı yaladı ve çeliğin ete tekrar tekrar saplanmasını gözünde canlandırdı. Madeni esansı genzine takılıp kaldı. Ucuna dokundu ve dudağına bastırdı. Uyarıldığı zaman, can acısı hissetmiyordu. Deriyi yarana kadar bastırdı, ılık kırmızı bir damla yüzünden aşağı yuvarlandı. Adam bunun tutsağı üzerinde yaptığı etkiyi izledi ve taze bir heyecan akını yaşadı. Barmenin yerinde olduğu zamanları gözünde canlandırdı, babası onu döverken sırf taze ıstırabın acısını hissetmek için neredeyse yaralanmayı kendi isterdi. Olasılıkları hayal etmeye başladı, gözleri sulanıyor, neler yapabileceğini kuruyordu. Derin testere kesikleri, kemiklerle bağırsakların gizlice bir an için göze ilişivermesi, tekrarlanan yırtmalar, bir diğeri güçlenirken bir yaşamın sönmesi. Ve o anda o tatlı uyuşukluğu delip geçen bir siren sesi geldi. Seçenekleri hızla gözden geçirirken, gözlerini kırpıştırdı. Katı gövdesini gererken, gözlerini barda gezdirdi. Tutsağına baktı. Ve güven içinde elinden geldiği kadar oyalandıktan sonra bıçağı sertçe indirdi.

Jimmy Dunst için bir hiçlik anı vardı. Beyni çılgınca neyin ters olduğunu bulmaya çabaladı. Dışarda durup kendi vücudunu inceledi, sorunun ne olduğunu buldu, yolunda bir tek acının durduğunu anladı. Tek hissedebildiği acı olana dek bir sızının içine sızan, giderek soğuyan ve şiddetlenen, bilincini delip geçen bir uyuşukluk. Sertçe fren yapan lastiklerin cayırtısı geldi. Gözucuyla BM Phil Kemp'in kapıdan içeri daldığını gördü, ama görüş alanında bir şey vardı. Phil ona seslendi, ama Jimmy karşılık verecek durumda değildi. Sözcükler boğazında şekillendi, ama daha ileri gitmedi. Çığlık atmaya başladı.

Phil gözlerini çılgın gibi barda dolaştırırken, "Nerede bu be?" diye haykırdı. Arka avluya veya doğruca sokağa açılan üç olası çıkış yeri gördü. Yardımcısına döndü. "Ambulans çağır. Siz geri kalanınız arka tarafı sarın. Ben ön tarafı tutacağım. Uzağa gidemez. Tanrım. Biri ona yardım etsin."

Jimmy çığlık atmaya devam etti, ama çığlığı boğulmuştu. Sorunu anlamaya başladı ve bu onu korkudan çılgına çevirdi. Phil Kemp bir elini omzuna koydu. Kasaturayı inceleyerek ve o olduğunu çoktan bildiği halde "O olduğundan emin misin?" diye sordu.

Barmen dilinin her yerindeki kasılmalar yeni acılara yol açarken çığlık atıp haykırdı.

Phil bir daha sordu. "O olduğundan emin misin?" Ahşap zeminde telaşla gezinen botların, çarpan kapıların seslerini, boğulmuş bağırışları dinledi. Onu yakalayacak olsalardı, şimdiye kadar yakalarlardı, diye düşündü.

Jimmy kanının biraz önce temizlediği masanın üstüne sızmasını izleyerek masayı kavradı. Phil parmaklarını kasaturanın sapının yakınına doğru uzattı sonra tekrar çekti. "..tir" dedi. "..tir. Bunca yerin arasında bu pab." Barmen çığlık atmaya de-

vam ederken, Phil gözlerini kapayıp yüzünü ovuşturdu. Şoke olmuş bir polis memuresi yanına yakla
şıp ihtiyatlı bir tavırla ona baktı.

"Görünüşe göre kaçmış, efendim."

Phil, adamı saniye farkıyla kaçırdıklarını anlayarak memureye ters ters baktı. "Kabzayı poşetle,"
diye buyurdu, "sonra da lanet şeyi çekip çıkar." Memure barmenin dilini delip geçmiş ve sıkıca masaya saplanmış kasaturaya kararsızlıkla baktı. "Emin
misiniz?" diye sordu.

Phil öldürücü bakışlarla barmenle memureye
baktı. "Yap dedim."

Jimmy Dunst gözlerini kapadı ve ağzı dolusu
kan yutkundu. Kadın polis tutunca bıçağın yanlara
doğru oynadığını hissetti. Gözlerini kapayıp cesaretini topladı, hazırdı. Bu canını yakacaktı.

2

Reuben gerginliğinin yansıdığı bir sesle, "Sarah Hirst'ü arayacak mısın, yoksa ben mi arayayım?" diye sordu.

Judith Meadows elini havaya kaldırdı.

"Demek istiyorum ki Genetik Suçlar'a bilgiyi ne kadar erken verirsek..."

"Bekle. Sabret. Önce emin olmamız gerek." Judith'in her zaman emin olması gerekirdi. Bazen apaçık gerçekle yüz yüzeyken bile çok uzun yılların getirdiği bilimsel katılıkla inanmayı reddederdi. Judith'in içgüdüleri çoğu zaman eğitimine yenik düşerdi. Diğer tüm yollar araştırılıncaya dek bir şeyi kesin saymama tutumu, Adli Bilimler bölümünün tipik özelliğiydi. Hatta bunun için bir terim bile vardı: Çürüten hipotezler. Judith zamanının sinir bozacak kadar büyük bölümünü hipotezleri çürütmeye ayırıyordu. Bunun yaşamak için insanı ezecek kadar karamsar bir yol olduğunu hissediyordu, ama kökleşmişti ve artık bütün düşünme sürecini kapana kıstırmıştı. "Bak, aceleyle bir şey yapmadan önce, tekrar kontrol edelim." Geriye doğru bir adım attı ve gözlerini tekrar tekrar ekranda görünen yüzün üzerinde gezdirdi.

"Ve?" diye sordu Reuben sinirli bir tavırla. Yirmi dört saattir uyumamıştı. Şimdi de bu çıkmıştı.

"Konuşmayı bırak. Ben yalnızca yüzde yüz emin olmaya çalışıyorum."

"Haydi ama. Sen de biliyorsun, ben de biliyorum."

"Birkaç saniye daha, hepsi o kadar." Judith katilin Feno-Modeline dikkatle bakmaya devam etti. Yanıtı bilmesine ve Öngörücü Fenotipleme'nin belirginleştiği saniyeden itibaren anlamış olmasına rağmen, Reuben'in ayırdına varmadığından emin olduğu olası bir sonuç daha vardı. "Tamam," dedi Judith, "emin olabileceğimizi zannediyorum."

Reuben bir laboratuvar taburesine bıraktı kendini. Bu bir baş belasıydı. Yorgun beyni etrafında dönüyor, dönüyor, bir türlü gerçeğin üstüne inemiyordu. Judith'in gitmesini istedi, o zaman uyuyabilirdi. Sonuçlar için daha sonra kaygılanırdı. Gelgelelim, Judith'in başka fikirleri vardı.

Judith kendi kendine mırıldanır gibi, "Ben yalnızca anlamıyorum," dedi.

Reuben beden dilinde bir değişme sezip sezemeyeceğini düşünürken, kadının beyin jimnastiği yaparak sonucu gözden geçirmesini izledi. Kuşkusuz en güçlü olasılıklardan biri aklına gelecek ve onu korkutacaktı. Judith bir saç telini ağzından çekti. İleri geri yürüyor, arada bir durup sağ ayağını hızlı hızlı yere vuruyordu. İki dakika sonra, "Beş seçenek görüyorum," dedi.

"Nedir onlar?"

"Bir. Örneklere kendi genetik materyalini bulaştırdın."

"Olasılık dışı."

"İki. Senin Öngörücü Fenotipleme zırva."

Reuben omuz silkti. "Ya üç?"

"Sana kazara yanlış örnekler gönderdiler."

"Bunu öğrenmenin yolu yok. Ama orası kuşkulu."

"Dört. Sen Adli Bilimlere garezi olan, eski iş arkadaşlarını birer birer temizleyen soğukkanlı bir katilsin. Ki bu durumda ben gitsem iyi olur." Judith gözlerini kısıp bir sevgi seli hisseden Reuben'e baktı. Şu an öne atılıp kollarını ona dolamak istiyordu. Ama bunu yapacak yerde bakışlarını kaçırdı.

"Ya beşincisi?" diye sordu.

"O sen değilsin."

Reuben resmi bir daha incelemek için başını çevirdi. Oradaydı işte, saç renginden, burun uzunluğuna, çene çukuruna, kaşlara kadar... hepsi. Ekranda yüzünün neredeyse aynısı vardı. Gözler birazcık koyuydu, çene biraz gıdılı ve kulak memeleri de fazla şişkindi, ama sanal bir aynaya bakmak gibiydi. İşin aslı Reuben görüntüye ilk baktığında, kendi hareket edince neden kıpırdamıyor diye şaşırmıştı. Ayrıca yüzün kendisininkinden daha genç olduğu gerçeği yüzünden de telaşlanmıştı. Çabucak, belli ki diye akıl yürütmüştü, feno-modeli, geno-modelinin tasarladığından daha çetin bir hayat geçirmişti. Ama bütün bunlar asıl meseleyle kıyaslandığında önemsizdi. Kendi teknolojisi onun katil olduğunu öngörmüştü.

Judith'in sözcükleri düşünce kakofonisinin arasından çıkmaya çabaladılar ve sonunda kendilerini duyurdular. "Ne demek istiyorsun?" diye sordu Reuben.

"Ekrandaki sen değilsin."

Reuben Judith'in yüzüne bakıp ipucu aradı. "Ben değilsem, kim peki?"

"Senin DNA'nı paylaşan biri.

Aaron. Reuben'in aklına tek bir isim geldi.

"Bir keresinde bana bir erkek kardeşin olduğundan bahsettiğini hatırlıyorum. Artık yakın olmadığın kardeşin. Peki, birbirinize ne kadar benzersiniz?"

"Fiziksel olarak mı?"

"Evet."

Reuben gözlerini sönük renkli tuğla duvara dikti. Aaron'ı neredeyse üç yıldır görmüyordu. "Epey benzeriz."

"Ne kadar benzer?"

"O zekâyı almış, ben de yakışıklılığı..."

"Peki, ama bu onun resmi olabilir mi?"

Reuben başını kaldırıp yüz hatlarını iyice inceledi, ayrı ayrı görmeye çalıştı. Bir yandan da ergenlik döneminin önemli kısımları optik merkezinde oynamaya başladı. Kardeşinin mutlu, kızgın, aldırışsız, koruyucu, yıkıcı ve anlaşılmaz hallerini gördü. Ondan yalnızca on beş dakika önce dünyaya gelmişti, ama hep dünya kadar farklı olmuştu. "Hayır," diye yalan söyledi, "Aaron'la benzemeyiz." Judith biraz canı sıkkın gibi görününce, Reuben kadının getirdiği açıklamadan gurur duyduğunu fark etti. "Affedersin, Sherlock, o olduğunu sanmıyorum."

"Peki, bu bizi nereye çıkarır?"

"Ne bileyim?" Reuben tükenmenin eşiğindeydi. Yüzünü, katilin yüzünü ovuşturdu.

Judith biçimsiz laboratuvar önlüğünü, ince vücudunu saran dar bir hırkayla değiştirdi. Reuben, ilk kez onun kırılganlığını gördü. "Yola koyulsam iyi olacak."

"Doğru."

"Ha, unutmadan." Judith küçük plastik bir tüp uzattı. "Kurutulmuş örnek."

Reuben mikrosantrifüj tüpünü alırken parmakları bir an oyalandı, tenleri birbirine değdi, elini çekmeden önce kısa bir an temasın sıcaklığını hissetti.

"Judith..." Reuben gözlerinin içine baktı.

"Hah?"

"Bana hâlâ inanıyor musun?"

Judith yüzüne bakarak durdu, gözbebekleri iriydi, kıpırdamıyordu. Reuben onu arzulayarak, sıcaklığı hâlâ parmaklarında, bir anlığına büyülenerek kendini tuttu, ama onun evli olduğunu biliyor, bu dürtünün sebebinin sadece yalnızlık olup olmadığını merak ediyordu. Judith yaklaştı, kolları iki yanındaydı, gözleri ardına kadar açıktı. "Evet."

"Emin misin?"

Ağır ağır kolunu kaldırıp Reuben'in omzuna koydu. Çok zayıf bir tebessümle hâlâ gözlerinin içine bakarak, "Hep inandım," dedi. Reuben ürperdi. Judith öbür elini hareket ettirdi. Reuben mücadele ederek bekledi. Sonra öne doğru eğilip onu öptü.

Bir anda tutkuyla öpüşmeye başladılar. Islak, çaresiz öpüşler. Giysilerini çekiştirdiler. Onu soğuk laboratuvar tezgâhının üstüne çıkardı. Eteğini yukarı sıyırdı. Çılgın gibi, yoksun, bluzunu açtı. Elini sertçe araç gereç kalabalığına indirdi. Tüpler, tepsiler, uçlar sel gibi yere döküldü. Kadının arzusunu sezdi. Judith'in dokunuşları çekinmesiz, neredeyse kabaydı. Bacaklarını açtı. Reuben boynunu öptü. İç çekişlerini duyuyordu. Külotunu sıyırdı. İçine girdi. Gözünde Lucy'nin hayali. Judith'in gözleri sıkı sıkı kapalıydı. Avuçlarını tezgâhın üstüne dayadı. Kendini ona doğru itiyordu. Hızla akıp geçen karısının görüntüleri. Judith'in sesi giderek yükseliyordu. İç çekmeler, inlemelere dönüştü. Boynu kavislenmiş, yanakları kızarmıştı, ağzı açıktı, parmakları tezgâhın kenarını sıkıca tutunmuştu. Reuben ürperiyordu. Arzu, sancı, yanma, kasılma. Gözleri irileşti. Lucy'den kurtulmaya çalışıyordu. İtiyor, itiyor, dişleri kenetlenmiş, adaleleri kasılıyor, zaman duruyor... Soluk aldı. Hareketsiz kaldı. Onu kucakladı. Huzursuzluğunu sezmeye başladı. Yavaşça geri çekilip kotunu çekti. Sessizlik. Derin, laboratuvar sessizliği. Bir trenin uğultusu. Judith ayağa kalkıp, eteğiyle hırkasını düzeltti.

Reuben söze girişti. "İyi misin?"

Judith, yüzü kırmızı, mahcup bir tavırla "Gitsem iyi olur," diye karşılık verdi.

"Ben sadece..."

Judith yanağına üstünkörü bir öpücük kondurdu. "Biliyorum." Sinirli bir gülümsemeyle kapıya doğru yürüdü.

"Judith..."

"Gerçekten gitmem gerek." Judith laboratuvardan çıkıp, aceleyle binadan ayrıldı.

Reuben biraz önce olanları düşünmemeye çalışarak olduğu yerde kaldı. Rüyadaymış gibi ağır ağır gözlerini kırpıştırdı. Neredeyse kendiliğinden olmuştu, iki yoksun insan hızla ve düşünmeden arzularını söndürmüştü. Yıllarca çalışmanın ardından birkaç saniyelik zevk. Ve sonra hiç. Daha soluğu düzelmeden, Judith gitmişti.

Sessiz geçen iki dakikanın ardından, tekrar bilgisayarın başına geçti. Her ne kadar iç karartıcı olsa da, yalnız kalmak en azından basitti. Laboratuvarın bir köşesinde bir şilteyle bir de uyku tulumu yayılmıştı. Hemen yanında bir ambalaj sandığının üstüne dayanmış doğulu bir erkeğin tamamlanmamış yüzü duruyordu. Reuben tereddüt etti. Bitkinliğine rağmen içinde gergin bir enerji karıncalanması oldu. İki seçeneği vardı, seçenekler üstüne kafa yorarken parmaklarını davul çalar gibi vuruyordu. Birincisi, Öngörücü Fenotipleme'nin kanıtını ortadan kaldırabilir ve tekniği başarısız olmuş gibi yapabilirdi. Ne var ki bu sorunu çözmezdi. Sarah Hirst ondan işlemi tekrarlamasını isteyecekti. Üç günlük sakalına sürterek elinin tersini kaşıdı ve iç geçirerek Judith'in adını söyledi. İkinci seçenek intiharla eşdeğerdi. Ama düşündükçe, tek şık olduğunu anladı. Elektronik postasını açtı ve bir mesaj yazdı.

> **Sarah, ö.f. nin sonuçlarını ekte gönderiyorum. Ne anlama geldiğini düşündükten sonra beni ara.**

İki saniye kadar sözcüklerin üzerinde düşündükten sonra ekledi,

> **Sana bunu göndermemin nedenini düşün**

Mesajın başlık kutucuğuna "Kirli bilim" sözcüklerini yazdı. Feno-Model resmini ekledi, yüzünü buruşturdu ve Gönder kutucuğuna tıkladı. Gergin ve sinirliydi, ağır adımlarla yalnız yatacağı eğreti yatağına gitti. Kendi kendine, doğruyu söyle, diye mırıldandı. Sonuçları ne olursa olsun. Yatakta dönüp dururken, vücudunu kalbine batan adrenaline aldırmamaya zorluyor, kardeşi gitgide daha çok gözünün önüne gelmeye başlıyordu. Yeniyetmelik günlerinde sabaha karşı polis arabasıyla eve gelişleri, annesinin çileden çıkışları, babasının sarhoş kayıtsızlığı, yatıştırıcılar, marihuana, ekstasi, mutfak masasının altından Reuben'e küçük amfetamin paketleri verişi, babalarının cenazesinde Reuben'le göz göze gelmek istemeyişi. Dövme gibi onu damgalamış sözler: Kendine hayrı dokunmayacak kadar zeki. Reuben gözlerini sımsıkı yumdu ve nefesini yavaşlatmak için kendini zorladı. Kendine hayrı dokunmayacak kadar zeki.

3

Yeni bilgiler telefon kabloları aracılığıyla Phil Kemp'in ofisine ve kırmızı, yumuşak kulağına, *Sun* muhabiri, Colin Megson sayesinde ulaştı. Önemli olan alışılmış yollar üzerinden gelmemiş olmasıydı. Basında bilgi, her türlü bilgi çılgınlığı söz konusu olduğunda bile, genellikle ilk ulaşan polis olurdu. Phil çoğu zaman yakında artık polis müfettişinden çok acar muhabir mi olacak diye düşünüyordu. Bu iş giderek göğüs farkıyla kazanılan bir yarış haline geliyordu. Ve bugünkü, durumun tam bir örneğiydi. Basın polisten önce haber almıştı.

Megson kendini ağırdan sattı. Telefonu, ayaklarını masasına uzatmış, gücünü yitirmiş halde açan Phil, en sonunda dimdik oturup ayakkabılarını sertçe halıya çarpıncaya dek yavaş yavaş doğruldu. Tepesi atmak üzere, "Sadede gel," diye homurdandı.

Yazar bozuntusu var gücüyle durumdan faydalanmayı sürdürdü. "Dediğim gibi, başmüfettiş, her şeyin bir zamanı var. Ama önce bana yardım etmek zorundasınız. Diğer ikisi hakkında birkaç ayrıntı. Hepsi o kadar."

"Bak, Megson, benim canımı sıkma. Benimle düşman olmak istemezsin."

"Sakin ol, aynasız. Ben sadece senden bir kıyak görmeye çalışıyorum."

"Hem çok yakında öğreneceğim."

"Öyle mi? Birinin çıkıp halkaları birleştireceğini mi sanıyorsun? Ne yani, yirmi dört saat içinde mi? İki gün mü? İyi. Ama bu arada serbest gezen bir psikopatınız var. Cenazeniz." Megson sinirlendirmek kadar dokundurmayı amaçlayan kuru bir gülüşle kıkırdadı. "Her an olabilir."

Başmüfettiş Kemp'in sesi muhabirin kıkırdamasını yırtıp geçti. "Hemen benimle konuşmaya başlamazsan ve HEMEN derken çok ciddiyim, oraya iki polis göndereceğim..."

"Ve bu zaman alacak. Hadi, hemen bir iki ayrıntı ver. Sen bana gösterirsen..."

Phil elini masaya indirdi. "Burada içine ettiğimin cinayet soruşturmasını yürütüyorum ve senin gibi puştlar olmadan işimi çok daha iyi yapabilirim." Durdu, öfkesinin dengelenmesi için bekledi, Colin Megson'ın bir kâğıdı karaladığını, yularının elinde olduğunu bilerek beklediğini gözünde canlandırdı. Daha yumuşak bir tavırla, "Dinle," diye başladı, "sana lezzetli bir lokma vereceğim, sonra da sen anlatacaksın ve beni oyalamayacaksın. Tamam mı?"

"Kulak kesildim, seni dinliyorum."

Phil göğüs geçirdi. "Bize ipuçları bırakıyor, sanki takip edilmek istiyor gibi."

"Ne tür ipuçları?"

"Genetik –normal anlamda değil– ama tercüme edildiğinde sözcükler çıkan şifreli ipuçları."

"Hoşuma gitti. Boffin Kasabı."

"Ben emin değilim..."

"Peki, hangi kelimeler acaba bunlar?"

"Sataşmalar, tehditler. Seni almak için döneceğim, türünden şeyler."

" 'Sen' dediği kim oluyor?"

"Belli biri değil. Şimdi sen bana göster."

"Peki, bu ipuçları nerede? Cesetlerde mi? Olay yerinde mi?"

"Megson. Zamanımı harcama. Bildiklerini anlat."

Colin Megson işitilmez bir şeyler mırıldandı. "Tamam," dedi. "Ama bence benden bilgi saklıyorsun. Pekâlâ. Beni arayıp etrafı kolaçan etmemi istediler. Bilirsin, her zamanki şeyler. Sıradan bir cinayet —modern İngiltere'nin hali— o türden bir şey. Çeyrek sayfalık bir yazı. Her neyse, olay yerindeki domuzların —affedersin müfettiş— aynasızların birine sordum, ellerinde ipucu yoktu. Orta sınıftan, orta yaşlı bir adam, ortadaki sıraevlerin ortasındaki evinde saldırıya uğramıştı. Adamın ne iş yaptığını bilmiyorlardı, ben de biraz araştırma yaptım ve tahmin et ne buldum?"

"Ne?"

"Adli Bilimler uzmanıymış. Lloyd Granger."

"Granger mı? Hiç tanıdık gelmedi. Nerede çalışıyormuş?"

"Güney Londra'da küçük bir birimde. Kısa zaman önce özelleştirilmiş, galiba oral pamuklu çubuk diye bilinen nahoş bir şey üzerinde uzmanlaşmış bir birim."

Phil Kemp ayrıntıları mavi tükenmez kalemi not defterine bastıra bastıra aceleyle yazdı. "Devam et."

Megson, bir parmak bal daha çaldı. "Dahası var, eğer biraz daha işbirliği yapmaya razı olursan. Hikâyeyi zenginleştirecek fazladan birkaç ayrıntı daha ver."

"Colin?"

"Evet?"

"Şimdi telefonu kapatsam, ne kadar gücenirsin?" Phil ahizeyi yerine koydu. Kendi kendine, "Sanırım asla bilemeyeceğim," dedi. Telefonu tekrar eline alıp Lloyd Granger'ın yakın zamanda gerçekleşen ölümünün ayrıntılarını öğrenmeye başladı, bir yandan da düşünüyor, hayret ediyor, kafası karışıyor, bir başka Adli Bilimler uzmanının ölümünün ne anlama gelebileceğine karar vermeye çalışıyor, Granger'ın ekibinden olmadığını düşünerek, katilin nihayet dikkatini Genetik Suçlar'dan başka bir yere çektiğini umuyor ve bunun için dua ediyordu.

Metropolitan emniyet teşkilatının santralleri, onu çıtırtılı sessizlikler ve klasiklerin elektronik benzerleriyle ağırladı. İhtiyacı olan bilgiye giderek yaklaşırken, beklemede geçirdiği süre uzadı. Başparmağını hafifçe masaya vurdu. Güney Londra karakolunun nöbetçi çavuşuyla, Lloyd Granger'ın öldürülmesinin olay yeri incelemesinde hazır bulunan polis memuruyla, daha sonra cesedi inceleyecek olan patologun asistanıyla, OYİE üyelerinden biriyle, bölgedeki ağır suçları izleyen bir müfettişle ve ayrıca cinayet masasını oluşturan bir sürü orta rütbeli memurla konuşmuştu. Şu anda da özel Genetik Suçlar giriş izni vermesi rica etmek için bir santralin onu birim komutanına bağlamasını bekliyordu. Handel'in Su Müziği'nin katledilmiş elektronik yorumuna mırıldanarak eşlik ediyordu. Kapı açılınca boynunu uzattı, telefonun kordonu koluna dolandı. Gelen Sarah Hirst'tü.

Açıklama yapmak için, "Bekletiyorlar," dedi. "Otursana."

Sarah odadaki tek boş koltuğun üzerindeki kâğıt yığınını kaldırdı. Elindeki ince kahverengi dosyayı dikkatle kucağına koydu. "Bazı ilerlemeler kaydettik."

"Öyle mi? Ben de. Şüphelilerden birini eleyebildik."

"Kimi?"

"Jattinder Kumar'ı."

"Nasıl olur?"

"Birkaç ay önce bir trafik kazasında öldüğü meydana çıktı."

"Peki, emin misin?"

"Olabildiğince."

"Ya geri kalanı? Öbür üç şüphelin?"

"Stephen Jacobs, eski biyoloji öğretmeni ve seri saldırgan... Hayır. Bekliyorum, teşekkürler... Mayıs ayında mahkemeye çıkmamış ve kefalet hakkını kaybetmiş. O zamandan beri de görülmemiş."

Sarah gülümseme dürtüsüyle savaştı. "Ve Lars Besser'i kaybetmeyi başardığını anlıyorum." Phil'in işlerin içine her edişinde, kendisi Genetik Suçlar'ın yönetimine biraz daha yaklaşıyordu.

Phil'in gözleri kısıldı. "Kim söyledi sana?"

"Herkesin bildiği bir şey."

"Adiler." Phil yüzünün sağ tarafını ovuşturdu.

"Eee?" diye sordu Sarah, artık sırıtmasını saklamıyordu. "Onu elinden kaçırdın mı?"

"Bir barmen kendi başına kahramanlık yapmaya kalkışmasaydı, kaçırmazdık. Sonu modaya uygun delinmiş bir dil oldu."

"O olduğundan emin misin?"

"Tahmin edebileceğin gibi, bize pek bir şey anlatamadı. Ama oldukça emin görünüyor." Phil Kemp öfkesini bastırmaya çalışarak başını iki yana salladı, kasatura gözlerinin önüne geldi, sigara dumanı kaplı barı hissetti, gözlerini kendinden memnun Sarah'dan başka yöne çevirdi. "Ve Mark Gelson" –yüzünü buruşturdu, konuyu değiştirdi– "birkaç kez görüldüğü bildirilmiş. Artı, tekrar öldürdüğünü düşünüyoruz. Eski bir satıcısı, Carlton Morrison, ölü bulundu, kötü biçimde doğranmış, işkence kanıtı da var."

"Hiç genetik şifre var mı?"

"Henüz bulduğumuz bir şey yok. Ama çoklu kesikler Run'ın gövdesinde bulunanlarla büyük benzerlikler taşıyor gibi görünüyor. Her iki seçeneği de doğrulayacak testler yapıyoruz. O yüzden biz biraz... Bugün kesin olarak görevde mi? Onunla mümkün olduğu kadar çabuk görüşmem gerek. Tamam... daha ilerideyiz. Dört olası zanlımızdan birini eleyebiliriz, ikisi hâlâ faaliyette görünüyor ve biri de muharebe kaybı."

"Ama bu tanıdığımız biri olduğunu varsaymak olur."

"Şey, evet." Phil başını öne doğru salladı. "Ve sen de diğer açıklamayla ilgileniyorsun. Peki, elinde ne var?"

"Çok ilgini çekecek bir şey." İnce deri klasörün fermuarını açmaya başladı. Kapı sertçe çalındı, Kemp'in KSB ekibinden iki kişi içeri girdi. Sarah başıyla memurlara selam verdikten sonra devam etti. "Elimde..."

Phil sözünü kesti. "Sarah, bunu sen de dinleyebilirsin. Bazı yeni haberler aldım, çocuklar. Üçüncü bir cinayet. Bu kez, nehrin güney yakasından Lloyd Granger adında küçük bir Adli Bilimler memuru. Bağlantı olup olmadığını bilmiyoruz, ama olay yerini bizim için kapatmalarını sağlamak için birkaç görüşme yapıyorum." İş üstünde olduğunu göstermek için telefonu salladı.

Tıknaz memurlardan biri sordu. "İşkence izi var mı, şef?"

"Henüz çok erken."

"Olayı Sandra ya da Run'la ilişkilendirebilecek başka bir şey?"

"Hâlâ giriş sınavı aşamasındayım."

"Adli Bilimlerin hangi şubesindenmiş?"

"Sadece rutin seri testler yapıyormuş."

"Genetik Suçlar'la hiç bağlantısı yok mu?"

"Yok. Ama birlikte bir ekip oluşturun, giriş iznini alır almaz oraya gitmek için hazır olun. Etrafınızdakilere sorun. Bakın bakalım Lloyd Granger hakkında bilgisi olan var mı? Affedersin, Sarah, ne söyleyecektin?"

Sarah KSB dedektiflerine ters ters baktı. Phil'in alanında önemsiz bir varlık muamelesi görmesi, şu ana kadarki en büyük haber olmasına karşın, elindeki bilginin ikinci derece sayılması onu sinirden kudurtmaya devam ediyordu. "Bak, ya bu işi birlikte yürütürüz, ya da yürütmeyiz." Yüzü fevri bir öfkeyle kızardı. "Seni uyarıyorum, Başmüfettiş Kemp, bu vakayı kendine mal etmeye kalkışma. Ve sakın bana astınmışım gibi davranma hatasına düşeyim deme."

Dedektifler anlamlı anlamlı yere baktılar. Phil bir saniye durduktan sonra sakin bir tavırla, "Tamam," dedi. "Nedir vereceğin haber?"

"Belki daha sonra."

"Haydi, ama. Ben sana benimkini söyledim. Seninkini duyalım."

Üç adam beklentiyle ona baktılar. Sarah kendi kendine sakinleş, dedi. Öfkeye kapılırsan, tartışmayı kaybedersin. Tereddütle fermuarın ucunu parmaklarının arasında tuttu. Bunun büyük bir dikkatle ele alınması gerekliydi. "Seninle sonra konuşurum. Baş başa."

Phil Kemp'in soluk, gıdısı sarkık yüzü canlanıverdi. "Bu kahrolası bir cinayet soruşturması," diye bağırdı. "İnceliklere ayıracak zamanımız yok. İnsanlar ölüyor. Şimdi, eğer söyleyecek bir şeyin varsa, Tanrı aşkına söyle."

Sarah bir saniye daha durakladı. Rakibi, şu ısırmaya çalışan teriyer, haklıydı. Eğitim günlerindeki mantrasını hatırladı. Fermuarlı dosyayı açtı ve içindeki fotoğraf kâğıdını dikkatle çıkardı. "Run'la Sandra'dan alınan DNA örneklerinin Öngörücü Fenotipleme sonuçları," dedi. Phil kâğıdı aldı. Üzerinde bir Feno-Model vardı. Bir şey söylemeden iki memura uzattı. Biri ıslık çaldı. Phil telefonun ahizesini yerine koydu ve parmaklarını çenesinin altında birleştirip arkasına yaslandı. Kimse bir şey söylemedi. Sarah Feno-Model'i geri alıp klasörün içine kaydırdı. Phil'in yüzünü canlandıran duygusal çatışmayı izledi. Olasılıkları görüyor, bağlılıklarıyla mücadele ediyor, öznelliğini bastırıyor, dostluğun miyopluğundan bakıyor, her şeyi bir sonuca ulaşacak acı verici, zorlu bir yürüyüşte birleştiriyordu.

Sarah sessizliği bozdu. "Bunun üzücü olduğunu biliyorum," dedi, "ama onu hesaba katmak zorundayız. Bunu neden yaptığını ya da buna sevkeden sebeplerin neler olduğunu bilmiyorum. Ama görmezden gelemeyiz. Ne kadar eski dost olursanız olun."

"Kuşkusuz bize bunu Reuben'in gönderdiği gerçeği, masumiyetini ispatlamaya yeter."

Sarah, "Belki," dedi, "Ama yine de..."

"Peki, ama başka neden..."

"Bilmiyorum. Diğer her şeyi aklından çıkar ve gerçeklere bak. Bu konuda tarafsız olalım. Run'la Sandra saldırganlarını tanıyorlardı. İçeri zorla girildiğini gösteren bir işaret yok. Katil genetik şifreler kullanıyor. Reuben elindeki güçleri kötüye kullandığı için işten atıldı."

Memurlardan biri, "Fenotipik profilleme şeyini de alıp götürmedi mi?" diye sordu.

Sarah, "Öngörücü Fenotipleme," diye düzeltti.

"Şu ya da bu, hanımefendi, bunu kendisine karşı kullanmamıza engel oluyor. Yani onun katil olup olmadığını öğrenmemize."

Diğer memur, "Hem Gözetim birimi bu yakınlarda onun gangster Kieran Hobbs'la takıldığını görmüş," demeye cüret etti.

"Gerçekten mi?"

"Ama Lloyd Granger? Onun ne ilgisi var?" diye sordu Phil.

Sarah tırnağının kenarındaki deriyi ısırıp kopardı. "Bilmiyorum. Tesadüf bile olabilir."

"Şef, Dr. Maitland'in yerini biliyor muyuz?"

"Sarah? Belli ki sen onunla irtibat kurmuşsun."

"Hiçbir fikrim yok. Gerçekten. Her şey elektronik posta ya da telefonla yapıldı."

"Yani saklanıyor mu?"

"Evet, ama şart değil çünkü..."

Phil Kemp ayağa kalktı. Biraz kararsızdı. Sarah şüpheyle dolu olduğunu gördü. KSB dedektiflerine talimat verdi. "Herkesi toplayın. Beş dakika içinde toplantı salonunda." Kravatını sıkılaştırdı ve elini saçlarının arasından geçirdi. Tavrındaki mahzunluk, Sarah'ya onun aklından düşünülmez olanı geçirdiğini anlattı. Phil kapıya yönelirken, "Ne yazık ki yeni bir şüphelimiz var gibi görünüyor," diye mırıldandı.

4

Judith, Reuben'in laboratuvarları arşınlamasını izlerken, öteden beri derisinin hemen altında kaynamakta olan saplantılı davranışların ilk patlamalarını fark etti. Yirmi dört saat aralıksız çalışmasındaydı, tüm deliller toplanana kadar yemeyi ya da uykuyu reddetmesindeydi, niceleme, saptama, sonuçlandırma, gerçeği bilme dürtüsündeydi. Reuben'in neyi hatırlattığını düşündü. Tuzağa düşmüş bir hayvan yakındı, ama tam olarak uymuyordu. O kendi isteğiyle sınırlı bir alandaydı, ne zaman isterse kaçabilirdi. Kollarını laboratuvar önlüğünün tanıdık sertliğine bastırarak, hayır, diye düşündü, bu fizikselden çok zihinsel bir sınırlamaydı. Ve zihnindeki bütün sorunlar gibi, sonuçlar da yüzünde yer etmişti. Bitkin ve tıraşsızdı, gözleri kan çanağı gibiydi. Öngörücü Fenotipleme'nin sonuçları kokuşarak etrafa yayılmış, floresanla aydınlatılmış odayı terk etmeyi reddedip, eğri büğrü duvarlardan sekerek Reuben'i aşınmış ve dengesiz senaryolarla karşılaşmaya zorlamıştı.

Sonunda Reuben onu fark etti ve bir an için durdu, koyu renkli tuğla duvarların önünde soluk bir suret, neredeyse aksi bir gölgeydi. İzlendiğinin farkına varınca, mahcup bir tavırla başını ovuşturup ona doğru yürümeden önce gülümser gibi oldu. Ne diyeceğini bilemediğini gösteren bir tavırla, "Öyle işte," dedi.

Judith, "Gerçekten de öyle işte," diye karşılık verdi. Sessice durdular. Daha yirmi dört saatten az bir süre önce bu odada olanlara rağmen, Judith aralarında kocaman bir uçurum olduğunu hissetti. "Bunu yapamam," dedi.

"Neyi?"

"Dün."

"Düşündüm ki sen..."

"Hayır. Sadece sus ve dinle." Judith durakladı ve Reuben onun sessiz güzelliğindeki tereddüdü fark etti. "Charlie ile bazı sorunlar yaşıyoruz. Aramız çok iyi değil. Ama bu bir mazeret..." Gözleri ıslaktı, ağlamamaya çalışıyordu. "Bak, evliyim ben, Tanrı aşkına. Dün yaptığım yanlıştı. Çok yanlıştı. Ve bugün kendimi iyi hissetmiyorum."

"Önemli değil."

"Hayır, önemli."

"Peki, ne yapalım?"

"Devam edelim. İş arkadaşları olarak. Her zamanki gibi işimizi yapalım." Judith nemli gözlerini yerden kaldırdı. "Bak, seninle ilgisi yok, Reuben."

"Yok mu?"

"Bu benim evliliğimle ilgili. Nasıl oluyorsa hâlâ inandığım evliliğimle."

"Çok iyi. Sahiden." Reuben durumun hiç de iyi olmadığını kabul etti. Çaresizlik içinde ve müthiş baskı altında geçmemeleri gereken bir sınırı geçmişlerdi. O sırada bile Lucy'nin zihnine girmesine engel olamadığı Reuben'in kafasına dank etmişti. Daha hazır olmadığını görebiliyordu. "Laboratuvarda çalışmaya katlanabileceğinden emin misin?"

Judith içini çekti. "Kolay olmayacak, ama evet. Biz yetişkiniz. Üstesinden geliriz."

Reuben uzun uzun yüzüne baktı, sesindeki soğukluğu fark etti, ne kadar sahici olduğunu merak etti. Yakında Judith'in dostluğunun ve bağlılığının sınırlarını sonuna dek zorlayacağının, gitmek istemediği bir yöne doğru iteceğinin farkındaydı. "Ya bugün?"

Suratını asarak, "Bugün iyi değilim," dedi, bir mendile sümkürdü.

"İşin sonunu getirmek zorundayız, Jude. Yoksa bütün bunların," Reuben elini sallayıp laboratuvarı gösterdi, "dükkâna geri gitmesi gerekecek. Asıl üzücü olan Kieran Hobbs'un parası olmazsa paydos ederiz."

"Mutlaka daha emin bir yolu vardır, değil mi?"

Reuben ceketini çıkarıp bir sandalyeye attı ve gereksinim duyacağı araç gereçleri laboratuvarı içinde aramaya başladı. "Kötü şeyler yapmazsak, iyi şeyler yapamayız," diye karşılık verdi. "Artık ne yapmamız gerektiği konusunda emin misin?"

"Emin miyim, evet. İkna oldum mu, hayır."

"Hayır?"

"Hâlâ aşırı riskli geliyor."

Reuben omuz silkti. Çok şey soruyor, ama belli etmemeye çalışıyordu. "Bunu başından beri biliyorsun, Judith."

"Bilmekle yapmak arasında fark var. Kusura bakma, Reuben, ama bu ortada sıçan işi ödümü patlatıyor. Sanki ikiye bölünmüşüm gibi."

"Hayvanın doğası gereği, korkarım."

"Ama senin için mesele yok, öte yandan ben, hâlâ emniyet kuvvetlerinde çalışıyorum. Bir hatamda, kaybedenler kulübünde buluveririm kendimi. Üstüne alınma." Judith bir paketten üç sarı tüp alıp, eldivenli ellerinin altına değmemesine dikkat ederek kapaklarını kapadı. Tüpleri bir sigara paketine yerleştirip eldivenleriyle önlüğünü çıkardı ve kutuyu ona uzattı. Reuben hareketlerinden bir karara vardığını anladı. Hiçbir şeyin ters gitmemesi için dua etti.

"Öğle tatiline kadar işimizin biteceğine söz ver. Nöbetim ikide başlıyor."

Paketi gömlek cebine koyarken, "Söz," dedi Reuben. "Aynı zamanda sana bir zarar gelmeyeceğine de güvence veriyorum."

Judith hiç ikna olmuş görünmüyordu.

Takside Judith söyleyeceklerini prova etmeye başladı. Ayrıntıların üzerinden geçtiler. Reuben çift taraflı ince bir bant rulosuyla oynuyor, bir yandan da düşünüyor, en iyi yolu planlamaya çalışıyordu. Judith'e Joey Salvason cinayetini, Maclyn Margulis aleyhindeki ispatlanmamış suçlamaları, Kieran Hobbs'un kuşkularını, suç ortaklarını, tehlikeyi, işler ters giderse başvuracakları kaçış planını anlattı. Judith gözucuyla Reuben'e dikkatle baktı. Dipdiri ve heyecanlıydı. Judith içinden, hayatının amacı bu, dedi. Birkaç dakika içinde, tehdit dolu bir ortamda Reuben'le el tutuşacağını düşünerek parmaklarını inceledi. Düne ait görüntüler yine peşini bırakmadı. Terini kumaşa silmek için avucunu blucininde gezdirdi, alyansı kumaşın yüzeyine süründü.

Geçtikleri sokaklara bakarken, nöbeti başlayınca günün neler getireceğini merak etti ve çoktan oluşmaya başlamış gerginliği hissetti. Kocasının işyerinde oturmasını gözünde canlandırdı, gri saçlarını, gri giysilerini ve gri sözlerini. Reuben'i asla öğrenmemesi için dua etti. Katolik aileler boşanma taraftarı değillerdi. Başını kaldırınca Covent

Garden'a geldiklerini gördü. Alan çalışması demişti buna Reuben. Judith bunun tehlikesiz bir terim olduğunu kabul etti. Taksiden inip bara doğru yürüdüler. Reuben eline uzandı, bir an durakladıktan sonra tutup sıktı. Judith midesinde bastırmaya çabaladığı bir ürperme hissetti. Avucu ıslaktı, bu endişelendirdi onu. Bir an bir vitrindeki yansımaları gözüne ilişti, öğle tatilinde sokaklarda yürüyen sevgililer. Kapıya yaklaşırken, Reuben ona dönüp, "Haydi, yapalım şunu," dedi.

Judith güçlükle yutkundu. Hâlâ sıkı sıkı el ele tutuşmuş halde sandalyelerin arasından geçip bir masaya doğru gittiler. Prova yaptıkları gibi, tam oturmak üzereyken, Reuben arka tarafta oturan iki adama seslenip el salladı. Neşeyle gülümseyerek, yüzlerinde şaşırma ifadesiyle o tarafa doğru gittiler. "Kieran, seni ihtiyar kurt!" dedi Reuben. "Nasılsın?"

Kieran Hobbs dolaşık kirpiklerini açarak ayağa kalktı, o da gülümsüyordu. "David." Sırıttı. "Epey oldu."

Reuben Judith'i öne doğru çekerek, "Bu Annalie," dedi.

Adamı kucaklayıp iki yanağından öperken "Kieran," diye şakıdı, "David senden çok bahsediyor."

Reuben sordu. "Ee, neler yapıyorsun bu aralar?"

"Bildiğin gibi, biraz şu..." Kieran kendi etrafında döndü, hantalca bir tanıştırma faslı geliyordu. "Affedersiniz, bu Maclyn, iş ortaklarımdan."

Reuben elini uzatınca Maclyn Margulis de gönülsüzce aynısını yaptı. Bronzlaşmıştı, köşeli çenesi ve Romalı burnuyla yakışıklı bir adamdı. Saçları kuzguni siyahtı, gözleriyse yüzme havuzu mavisi. Maclyn'in omzunun üzerinden Reuben lokanta-

nın arka tarafında oyalanırken pür dikkat gidişatı
izleyen üç iri yapılı adamın varlığını fark etti. İçle-
rinden biri ayağa kalkıp, yanlarına yaklaşmaya baş-
ladı. Öne doğru eğilmiş, yavaş adımlarla yemek yi-
yenlerin arasından geçiyordu. Reuben Judith'e doğ-
ru yanaştı. Maclyn Margulis başını hafifçe salla-
yıp elini kaldırdı. Koruma aniden durdu, gönülsüz-
ce dönüp arkadaşlarının yanına gitti. Reuben bir
şey fark etmemiş gibi Maclyn Margulis'e gülümse-
di. Güpegündüz, sosyetik bir restoranda, etrafları
adamın fedaileriyle çevrili. Dikkatliydi bu .öt herif.
Maclyn, hoşçakal diyormuş hissini veren bir sesle,
"Merhaba, David," dedi. "Ve Annalie."

Judith kaskatı eğilip, ellerini omuzlarına koyarak
adamı iki yanağından öptü.

Kieran, Reuben'e, "Annen nasıl bugünlerde, Da-
vid?" diye sordu.

"Ah, bildiğin gibi, idare edip gidiyor," diye kar-
şılık verdi.

Maclyn Margulis sandalyesinde kıpırdandı.
Adamları küçümseme ve düşmanlığın tehditkâr ka-
rışımı bir ifadeyle dik dik bakıyorlardı. Reuben ilk
kez lokantanın diğer tarafında Kieran'ın çetesinden
iki kişi fark etti. Ve görünmeyen bir yerden Metro-
politan KSB dedektiflerinin de yakından izleyip iz-
lemediklerini merak etti.

"Dinle." Kieran gülümsedi. "Yakında açığı ka-
patalım. Şimdi bir çeşit iş toplantısının ortasında-
yım."

Reuben hayal kırıklığına uğramış gibi görünme-
ye çalıştı. "Ah, tamam. Sanırım bu beyleri baş başa
bırakmalıyız." Kolunu Judith'e sardı ve yanağına
üstünkörü bir öpücük kondurdu. "Haydi, tatlım,
bir şeyler yiyelim."

"Biliyor musun, fikrimi değiştirdim. Yemek yerine, bir şeyler içelim mi?"

Özür diler gibi Maclyn'le Kieran'a bakıp omuz silkti. Gözucuyla her iki koruma grubunun izlemeye devam ettiklerini gördü. "Tabii, güzel bir pab biliyorum. Bir ara seni ararım, Kier." Lokantadan çıkıp, köşede bekleyen taksiye geri gittiler. Taksiye otuz metre mesafede Reuben'in gözüne bir mağaza vitrinindeki yansımaları ilişti, kolu Judith'in belindeydi. Neredeyse suçluluk duyarak kadını bıraktı. Sonra, "Taksinin yanından yürüyüp geç," dedi.

"Neden?" diye sordu Judith.

"Bir köşe barına ihtiyacımız var, hem de hemen."

Geriden, Maclyn Margulis'in korumalarından biri gidişlerini izliyordu. Reuben tekrar kontrol etti.

"Şurada." Judith başıyla işaret etti.

İki sokağın kesiştiği yerde çiçekler ve sarhoşlarla dekore edilmiş bir Covent Garden pabı vardı. Reuben'le Judith içeri girdiler ve karanlıkta gözlerini kıstılar. Barın içinde Judith'e yol gösterirken, arkalarından kapının açılıp açılmayacağına kulak verdi. Hiçbir şey duymayınca, Judith'i bitişik sokağa açılan arka kapıdan dışarı çıkardı. Elini hızla sallayıp siyah bir taksiyi durdurdu, araba gacırtılı bir fren yaptı. Bindiler, Reuben tehlikeyi göze alıp arkaya göz attı.

"Reuben, neler oluyor?"

"Bela," diye karşılık verdi. Taksinin arka camında koruma yeniden belirmişti. Taksinin plakasını not ediyordu.

Judith cebinden bir cımbız çıkarıp sağ elini incelerken, "Lanet olsun," dedi. Her bir parmağının ucuna küçük çift taraflı bant parçaları yapıştırılmıştı. Üstlerinde çok sayıda kalın siyah saç teli vardı. Reuben sigara paketini ona uzattı, o da telleri içindeki tüplere koydu. Taksi ilerleyip şehri çılgın gibi dörtnala baştanbaşa dolaşan trafik tarafından yutulurken hiç konuşmadılar. Birkaç dakika sonra, Reuben şoföre kenara çekmesini söyledi. Taksiden indiler ve başka bir taksi durdurdular. Daha sonra Reuben sordu. "Sence çakmış mıdır?"

"Hayır. Parmaklarım yakasına sadece bir saniye değdi." Judith önceki gün hissettiklerini, bir hata olduğunu söylemekten memnun olur muydu, diye düşünerek patronunun yüzüne baktı. Vinil koltukta öne arkaya kayarlarken, sürücü dar geçitlerden geniş olmayan dolambaçlı sokaklardan geçip kestirmeden giderken, Reuben dijital taksimetrenin yirmi penslik artışlarla atmasını izledi. "Dinle beni," dedi, "seni işyerine mi bırakayım, yoksa o civarlarda mı?"

Judith başını camdan çevirip saatine baktı. Kendi yolculuğunda kaybolmuştu. "Bence öyle yap," diye karşılık verdi. "Biraz erken gidip, mevcut duruma yetişmenin bir zararı olmaz. Durum her ne ise. Asla bilemezsin, büyük bir ilerleme yapılmış bile olabilir."

"Her şey mümkün."

Reuben yeni adresi söyleyince sürücü U dönüşü yapmadan önce alçak sesle bir küfür savurdu. Yolun geri kalanında konuşmadılar. Judith, Genetik Suçlar'ın iki sokak uzağında taksiden inerken, Reuben'e sigara paketini verdi. "Bir günde bu kadar heyecan yeter," dedi.

Reuben yüzünü ekşitti. Taksi hareket ederken, içinde heyecanın daha yeni başladığına dair bariz bir hisle "Hoşçakal," diye mırıldandı.

5

Başmüfettiş Phil Kemp, uzun bir bilgisayar kayıt listesini ekrandan kaydıran Jez Hethrington-Andrews'un hemen arkasında duruyordu. Klima etkili olmasına karşın, Jez yine de amirinden fışkıran nemli ıslaklığı duyuyordu. Yakında durması rahatsız ediciydi, Jez'in diğer çalışanlarla arasına koymaktan hoşlandığı güvenli mesafeyi ihlal ediyordu. İsimler ve ayrıntılar ekrandan hızla geçti, Jez klasörler açıp içindekileri dikkatle inceledi. Tekrar devridaim yapılan havada, yalnızca Phil'in solukları ve Jez'in çift tıklattığı farenin tıkırtısıyla bozulan garip bir sessizlik vardı.

Phil rica ettiği bilgiyi sabırsızlıkla beklerken, "Ee," dedi, "Kardeşin ne zaman çıkıyor?"

Jez uzun uzun dikkatle ekrana bakıp kuruyan gözlerini ovuştururken, "Bir yıl daha içerde," diye karşılık verdi. Gözlerinin altı kızarıp şişmişti, son birkaç hırpalayıcı günün ardından ovuşturmaktan neredeyse yara olmuş koyu torbalar oluşmuştu.

Başmüfettiş Kemp boğazını temizledi. "Bunun bizim için bir sorun oluşturabileceğinin farkındasındır. Kuralların açıklaması katidir."

"Nasıl, efendim?"

Devam eden suç faaliyetlerine karışmış olan birinci derece akrabalar. Bu tür şeyler için yönergeler var. Dr. Maitland'in seni kardeşinin sicilinden tamamen haberdar olarak işe aldığını biliyorum, ama teknik olarak, bunu yapmaması gerekiyordu. Hem erkek kardeşin hapiste olduğu sürece, durum, nasıl desek, durağan. Ama sokaklara geri döndüğü zaman, bir çıkar çatışması olabilir, sence de öyle değil mi?"

Jez amirinin yüz ifadesini anlamaya çalışarak koltuğunda hafifçe döndü. "Ben emin..."

"Haydi. Bir Adli Bilimler istihbarat görevlisi. Bir de mükerrer suçlu. Herhalde bu sefer B ve E'den daha ciddi bir şey yapmıştır. En azından senin sorumluluk gerektiren görevin bir soruşturmayla tehlikeye düşebilir.

"Affedersiniz ama o biraz zor, efendim." Jez parmağını gözünün altındaki torbaya bastırıp göz küresine değecek gibi oluncaya kadar yukarıya doğru itti. Bir an için sıkıntısının kör sancısında kendini kaybetti. "Demek istiyorum ki ben cephenin yakınında bile değilim. Hem Davie'nin bir cinayet işleme ya da tecavüz etme olasılığı..."

Phil omuz silkti. "Böyle şeyler olur."

"Bakın, aptal değildir o. Yalnızca uyuşturucudan yakalandı. Davie suç işlemeyi meslek edinmiş biri değil." Jez nihayet aramakta olduğu dosyayı bulup işaret etti. "Bu mu?"

"Evet."

"Hem son ziyaretine gittiğimde çok daha iyi görünüyordu." Jez orayı hatırlayınca ürperdi, soğuk anısı midesini kavradı. "Belmarsh'ın onu adam ettiğini, bir daha geriye dönmemekte kararlı olmasını sağladığını söylüyor."

Phil küçümsercesine soluğunu burnundan verdi. "Hepsinin söylediği budur. Evrensel keş mantrası. Asla geri dönmem. Ben eski ben değilim." Bol beyaz gömleğini başının üstüne sürterek Jez'in omzunun üzerinden eğildi. "Bütün bu resim dosyalarını aynı anda açabilir misin?"

"Küçük resimler halinde görüntülersem."

"Ama sen de, ben de tekrar suç işleme ve eski uyuşturucu alışkanlıklarına dönme üzerine yapılmış istatistikleri biliyoruz. İkisini bir araya getirirsen, büyük tehlike demektir. Haksızlık mı yapıyorum söyle?"

Jez dişlerini kuvvetle gıcırdattı ve sesini çıkarmadı.

Phil küçük bir resmi işaret etti. "İşte, şu. Yalnızca bir parça aydınlat. Tam ekran göster."

"Oldu mu?"

"Mükemmel." Phil emin olmak için bir saniyeliğine gözlerini kısıp baktı. "Evet, aradığımız bu. Hayır, korkarım ki kardeşin tahliye edildiğinde, memuriyetini gözden geçirmemiz gerekecek. Kuralları ben koymuyorum, anladığından eminim. Ve ne olursa olsun, bu yüzden üzülüyorum. Ama yakın zamanda bununla ilgili bir talimat geldi ve görevimin bir bölümü olarak bunu ciddiye almak zorundayım. Tamam. Bunun renkli bir çıktısını alalım."

Jez "yazdır" simgesini tıkladı, faresinin hareketleri hızlı ve kızgındı. Azı dişlerini birbirine bastırıp, dudaklarını büzerek gözlerini ekrana dikti, kalbi normalden hızla atıyordu. Phil yazıcıdan çıktıyı kaptı ve göz gezdirdi. "Eski dostum, Reuben" —kaşlarını çattı— "ne oldu sana böyle?"

6

Reuben kendi kendine fısıltıyla, "Lloyd Granger," dedi. "Ne yaptım ben?" Mesaisinin başında gelişmelerin hızına peyderpey yetişen Judith'ten gelmişti telefon. Yüzünü avuçlarına gömüp boş laboratuvarda yankılanan kederli bir inilti koyuverdi. "Seni zavallı, adi herif." İçine derin bir nefes çekti ve sıcak nemli soluğunu parmaklarının arasından bıraktı. Oturur konumdayken bir daha inleyerek arkasına yaslanıp sıranın üstüne uzandı. Yan tarafına değen saca benzeyen ABI 377 sıralayıcının sıcaklığını duyumsadı. Blucinine bastıran ekranında Maclyn Margulis'in DNA'sı baz baz teknikolor barkodlar halinde bir araya getiriliyordu, ki sonradan lisanssız yazılım tarafından deşifre edilecekti.

Reuben lokantaya gitmelerinden bu yana üç saati Maclyn Margulis'i işleme tabi turarak geçirmişti. Dört siyah saç telinden DNA elde ederken ve paralel dizi analizi reaksiyonu gerçekleştirirken koruma tehdidi onunla birlikte yaşamıştı. Ancak, makine körü körüne görevini yaparken, Judith'in verdiği iki haberle donakalmıştı. Judith sadece şöyle demişti, "Bir kötü, bir de daha kötü haberim var."

"Kötü haberi söyle," diye karşılık vermişti."

"Bir ölü daha. Lloyd Granger diye birini hiç duydun mu?"

Reuben sesinin tarafsız çıkması için çabalamıştı. "Hiç sanmıyorum."

"SE6'da bir yerdeki özelleştirilmiş bir görüntüleme laboratuvarında çalışan alt kademe bir adli bilim uzmanı. Olası işkence delili var." Judith'in sesi şok yüzünden yorgundu. Sesi diyordu ki, bizden biri daha öldü ve bu travma artık kavrayamayacağımız kadar büyük. "Phil'le Sarah buna ne anlam vereceklerini bilmiyorlar. Birkaç dakika sonra oraya gitmek üzere yola çıkıyoruz."

Reuben sakince sormuştu. "İşten mi arıyorsun?"

"Evet. Neden?"

"Kısa keselim. Bir dahaki sefere de cebini kullan."

"Neden?"

"Uzun hikâye. Her neyse, dur da daha kötüsünü ben tahmin edeyim."

"Et bakalım. Ama..."

"Yeni bir şüpheli mi var?"

Judith uzun keyifsiz bir soluk koyuverdi. "Evet."

"Bendeniz, değil mi?"

"Seni biri mi uyardı?"

"Gerek yok ki." Reuben içini çekti. "Roket uzmanlarıyla uğraşmadığımızı bilmek için roket bilimi gerekmiyor."

"Ama bunun ne anlama geldiğini biliyor musun?"

"Birkaç fikrim var."

"Dikkatli olman gerekecek."

"Senin de. Yanlış anlama, Jude ama bunu söyleme artık. Neler olduğunu öğrenince beni, cebinden ara. Ama şimdilik periskop aşağı."

Reuben telefonunu hafifçe vurup kapatmıştı. Saniye saniye laboratuvar bankında uzanmanın tek mantıklı hareket gibi geldiği noktaya ulaşmıştı. Ve şimdi neon renkli bir bitkinlik kapalı göz kapaklarının içine yakarak işliyordu. Mekanize faaliyetin uğultusu kulaklarında vızıldıyordu. Bulantı veren bir kesinlik midesinde sımsıkı bir top şeklini almaya başlıyordu. Lloyd Granger'ın ölümü her şeyi değiştirmişti. Reuben dünyada bunu bilen tek insan olduğunu uyuşuk bir hüzünle fark etmişti. Genetik Suçlar ve KSB en önemli noktayı kaçırmıştı.

Yavaş yavaş sokulan üzüntüsünü soluğuyla birlikte verip esnedi. Çaresiz acılarla, bilincin bir içine bir dışına kaymakla, derinin yırtılıp açıldığını izlemekle, bıçağın ağır ağır ve telaşsızca girdiğini görmekle, soğuk madenin etinin içinde yakarak ilerlediğini hissetmekle, mutlak savunmasızlıkla, yalnızca ölmeyi istemekle geçen uzun saatler. Reuben düzensiz bir uyku, acı ve ıstırabın musallat olduğu keyifsiz bir yarı bilinç halinde birkaç saat geçirdi. Uyandığında Moray Carnock'un yüzü, eğilmiş dikkatle kendisine bakıyordu. Moray hapır hupur bir sandviç yiyor, bir Pepsi kutusunu da kafasına dikiyordu. Böyle yakından ve aşağıdan bakınca, burnunun gözeneklerinden fışkırmış kısa koyu renkli kıllar görünüyordu.

O koyu Aberdon şivesiyle "Rahat mı?" diye sordu.

Reuben dirseklerinin üzerinde doğruldu. "Çivili yatak gibi."

"Bütün bu bilimsel zımbırtılar yüzünden ne olduğunu gör işte." Gecikmeli öğle yemeğinden kocaman bir ısırık aldı. "Algılaman berbat oluyor."

"Hayat boyu bir sorun oldu benim için."

Moray kola kutusunu sıralayıcıya doğru sallayıp, "Maclyn Margulis'i enseledin sanırım," diyerek tahmin yürüttü.

"Evet. Birkaç saat içinde Kieran Hobbs'un önsezisinin doğru olup olmadığını öğreneceğiz." Reu-

ben, hemen geri döneceğini ve onu çabucak bulacağını bilse de, silkinip Lloyd Granger'ın ölümünün dehşetini zihninden attı. Ama şu an için zihninin açık olmasını istiyordu. Moray'in aklını biraz kurcalaması gerekiyordu. "Biraz tuhaf."

"Nasıl tuhaf?"

"Öngörücü Fenotipleme'yi Hobbs'un ikinci adamı Joey Salvason'dan alınan DNA örnekleri üzerinde uyguladık. Ne var ki Hobbs ona verdiğimiz Feno-Modeli tanımadı. Ama hâlâ bu cinayetin arkasında Maclyn Margulis'in olduğuna inanıyor."

"Ee?"

"Eesi, mantıklı gelmiyor. Feno-Model, Kieran Hobbs'un yanıldığını ve adamının bilinmeyen bir şahıs ya da şahıslar tarafından öldürüldüğünü gösteriyor. Normalde DNA ve fotoğraf veri tabanlarında taramak için şüphelinin kimliğini kullanmamızı ve adamı enselememizi önerirdim. Ama Hobbs bunun yerine bu doğrulama testini yapmamızı istiyor. Bu mantığa aykırı görünüyor. Demek istiyorum ki Kieran Hobbs hakkında ne biliyorsun?"

Moray içeceğini son damlasına kadar içti, son yudumlar lıkır lıkır midesine inerken kalın boynu aşağı yukarı oynuyordu. "Ben de yalnızca senin bildiğin kadarını biliyorum. Büyük bir suç örgütünün patronu, gerçekten pis bir herif, şehrin bu kesiminde büyük bir güç, adamlarına bağlı. Ama gizli gündemi dersen, kim bilir? KSB'nin ilgilendiğini söylemiştin."

"Run işleri hızlandırdıklarını söylemişti. Ama şu anda başka öncelikleri var, sanırım."

"Ve elbette, Kieran ile Maclyn Margulis arasında büyük sorunlar olabilir."

"Beni korkutan da bu."

"İşte dostum, sağladığın hizmetin sağladığı tehlike de bu. Birisinin katil olduğunu ileri sürmek biraz kişisel olarak algılanabilir."

"Bu konuda bir fikrim var."

"Nedir?"

"Birkaç hesabı kapamak hakkında. Adli Bilimler henüz Kieran Hobbs'u yakalamaya hazır değil. Ama ben yardım edebilirim."

"Neden bu fikir hiç hoşuma gitmedi acaba?"

"Bak, ben şu anda eşsiz bir konumdayım. KSB ona yaklaşamaz, ama ben yaklaşabilirim. Hobbs borcunu kapayınca, bütün bahisler de kapanır diyelim."

Moray hiç etkilenmemiş görünüyordu. "Aptalca bir şey yapma."

"Bunu kendim için yapacağım, Moray. Benim meslek yaşamım başından beri suçluları yakalamak olmuştur. Ben buyum ve yaptığım da bu."

"Bunlar bulaşılacak türden adamlar değil. Zaten yeteri kadar derine batmış durumdasın."

"Tam üstüne bastın."

"Ne?"

"Adli Bilimler uzmanlarının bir numaralı yeni katil zanlısı kim tahmin et."

Moray çalı gibi kaşlarını kaldırdı. "Peki, bu dâhiyane atılımı nasıl yapmışlar?"

"Sorma. Ama bir şey daha var, çok daha beteri."

"Devam et."

Reuben sıranın üzerinde yuvarlanıp yere atladı. Birkaç saniye laboratuvarı adımladı. Moray dikkatle onu izliyordu. Reuben kendini psikolojik olarak hazırlar gibi görünüyordu. "Üçüncü bir cinayet daha işlendi. Lloyd Granger adında özel sektörden vasat bir Adli Bilimler uzmanı."

"Şaka yapıyorsun."

"Keşke yapsaydım."

"Allah kahretsin."

"Bu işleri değiştiriyor. Daha önce, Run'la Sandra, hedef Genetik Suçlar'dı."

"Ya şimdi?"

Reuben Moray'e döndü, yakıp içe işleyen bakışlarla, "Şimdi benim," dedi.

"Yani?"

"Lloyd'un Genetik Suçlar'la hiçbir bağlantısı yoktu. Başmüfettiş Kemp ile Hirst bilmiyorlar, ama Lloyd'la arkadaştık. Birkaç yıl önce bir konferansta tanışmıştık. O... " Reuben'in gözleri doldu, karşısında ağlamamak için kendini tutarak, Moray'e arkasını döndü, ağzında dört aydan uzun zamandır hissetmediği o sızıyı duyumsadı. Kendini aşırı tecrit etmenin ve çok uykusuz kalmanın soğukkanlılığını zedelediğini fark ederek, dişlerini sıkıp tırnaklarını avuçlarına bastırdı. "Ortak ilgi alanlarımız vardı. O da resim yapıyordu." Reuben yeniden Moray'e döndü, yüzü duygusuzdu. "Arada bir hafta sonları bir araya gelirdik. Ya da o bana gelirdi. Bilirsin işte, birkaç haftada bir. Sabaha kadar uyumaz, yalnızca resim yapardık, kusursuz dudaklar, burunlar falan çizmeye çalışırdık..." Harcadığı büyük çabaya karşın Reuben'in gözleri geçmişe duyduğu hüzünlü bir özlemle buğulandı. "Genetik Suçlar ekibinden sadece bir ya da iki kişiyi tanırdı, o da benim vasıtamla. Dolayısıyla bu bütün senaryoyu değiştiriyor. Katil kesinlikle Genetik Suçlar'ın peşinde değil."

"Değil mi?"

"O benim peşimde."

Moray söylenenleri sindirmek için sessiz kaldı. Alışılmadık ölçüde ciddi görünüyordu. Reuben artık hareketsizdi, ama şimdi gözlerini ayaklarına dikip alnını kaşıyarak aynı sınırlı alanı adımlamadan duramadığını fark etti. İki dişinin arasında sandviçinin bir parçası kalmıştı, düşünürken diliyle yokluyordu. Yukarıdan bir tren sarsıntıyla geçti. "Tamam, sebebin var. Aleyhinde güçlü deliller var ellerinde. Bu çoğu mahkeme için yeterli. Peki, ya suçun işlendiği zaman başka yerde olduğunu ispatlayabiliyor musun?"

"Suçlu olduğuma inanıyormuşsun gibi davranıyorsun."

"Onlar gibi düşünmek zorundayım. Sandra'nın, Run'ın ve Lloyd'un öldürüldükleri saatte neredeydin?"

"Ah, buna bayılacaksın. Ya burada tek başımaydım, ya da..."

"Evet?"

"Seninleydim."

"Bittin sen." Moray durup, mırıldandı, "Benim gibi şaibeli kılıksızlar pek makbul şahit değildirler. Hem, mesleki varlığımı sürdürme gerekçeleri yüzünden ben sana yardım etmekte isteksiz olurdum."

"Sağol."

"Evet, güçlü sebepler, açık adli deliller ve seni destekleyecek hiçbir şahit olmadan..."

"Ne?"

"Şimdilik yeraltında kalırdım." Moray bir laboratuvar sandalyesinin sırtına parmaklarını vurdu. Yağlı suratı Reuben'in vereceği tepkiyi dikkatle inceliyordu. Reuben bakışlarını kaçırdı. Titreyen parmaklarıyla sıralayıcıyı açtı ve ağır cam plakalarını çıkarmaya başladı. Plakaları açıp yüzeylerindeki neredeyse görünmeyen akrilamid tabakasını kazırken, Moray tezgâhın üzerinden ona doğru bir zarf itip, laboratuvardan çıktı. Reuben kasılmış kollarıyla bedenini sardı, bağırsaklarına yapışmaya başlayan korkuyu ezebilecekmiş gibi vücudunu iyice sıktı. Biri onun peşindeydi. Tekrar tekrar öldürmüş olan biri. Onu parçalamak isteyen biri.

7

Genetik Suçlar'ı çevreleyen sokaklar, hemen her gün gözünde canlandırdığı gibiydi. Genetik Suçlar'ın çevresi dönüşümlü olarak, pis, lüks, ticari, meskûn, bıkkın ve yeni oluyordu. İşten ayrıldığında aylardan mayıstı ve yazın ilk uyanışları yaşanmaktaydı. Şimdi ise eylüldü ve güneş kızgın bir meydan okuyuşla vuruyordu. Reuben yolun güneşte kalan tarafını seçti, yeni ortaya çıkmış bir kelebek gibi sıcağı ve ışığı içine çekiyordu. Yürürken omuzlarının geriye doğru çekildiğini, kollarının gerildiğini, dudaklarının yukarı kıvrıldığını, vücudunun canlandığını hissediyordu. Güzel yaz günlerinin nasıl hissettirdiğini neredeyse unutmuştu.

Reuben arka cebinden beysbol şapkasını çekti, güneş gözlüğünü de kaygan burun kemerinin üstüne itti. Genetik Suçlar yalnızca bir sokak mesafedeydi. Yolun karşısına geçip küçük bir lokantanın bulunduğu dar bir sokağa doğru yürüdü. İçerdeki örtülü masaların iki tarafında birer tahta sandalye vardı. Bir masanın başındaki bir sandalyede Başmüfettiş Sarah Hirst oturuyordu. Ama Reuben dikkatli olmak zorundaydı. Bir tuzak sezerek, sokağı gözden geçirdi, sivil kıyafetliler, tetikte işçiler aradı. Kapıya yirmi metre kala Reuben Genetik Suçlar'dan birini fark etti ve durdu. Çabucak arkasına göz atıp bir kaçış yolu aradı, ama bulamadı. Adam doğruca ona yöneldi. Reuben her şeye rağmen bunun bir rastlantı olmasını umdu. Adam onu fark etmiş gibi göründü, sonra da fark etmemiş gibi. Reuben şapkası ve güneş gözlüğü sayesinde tanınmadığını tahmin etti. Yolun başına ve sonuna göz attıktan sonra kendi kararını verdi. "Jez," diye tısladı.

Adam başını çevirip yürümeye devam etti.

"Reuben güneş gözlüklerini çıkarıp biraz daha yüksek sesle seslendi. "Jez!"

Jez Hethrington-Andrews sinirli bir tavırla etrafına göz attı, bir daha baktı ve gönülsüzce durdu. Alçak sesle, "Reuben," dedi. "Seni görmedim."

"Kılık değiştirdiğimden olmalı."

Reuben şapkasını biraz daha aşağı çekerken, "Sen buna kılık değiştirme mi diyorsun?" diye alay etti.

"Ne bekliyordun? Takma çene mi?

"Hiç olmazsa." Jez Reuben'in ilerisine bakıp dikkatle yoldan geçenleri inceledi. "Bak... Bilmiyorum. Burada olmamam gerek. Bu kadar yakında ne işin var?"

"Biriyle buluşacağım."

"Peki, peki."

Reuben, Jez'in tedirgin olduğunu gördü. Her zamanki şakacı hali yenip yok edilmişti. Reuben Genetik Suçlar'daki olayların en rahat bilim adamlarının bile insafsızca eleştirilmesine neden olduğunu düşündü. Jez ümitsizce başka bir yerde olmayı istiyor gibi görünüyordu ve Reuben birden onun çelişkisinin ne olduğunu anladı. "Benim peşimde misiniz?" diye sordu.

Jez duygusuz bir sesle yanıtladı. "Evet."

"Ne zaman?"

"Yakında."

"Jez, kime güvenebilirim?"

"Hiç kimseye."

"Sarah'ya?"

"Hayır."

"Phil'e?"

"Hayır. Hiç kimseye."

"Hiç kimseye mi?"

"Özellikle de Sarah ile Phil'e." Olup biten bir sürü... bilmiyorum, işler bombok oldu. Seninle bunun hakkında konuşamam. Keşke konuşabilseydim. Üzgünüm. Çok üzgünüm. Bak, benimle birlikte görülmemen en iyisi. Çok ciddiyim. Gitmem gerek. Bir yere gitmeliyim."

"Ama Jez..."

"Reuben, sana şu kadarını söyleyeyim." Jez heyecanlıydı, gözleri ancak kısmen tarif edebildiği dehşet verici bir sahne ilişmiş gibi irileşti. "Git, saklan. İyi saklan. Orada kal ve sakın ortaya çıkma. Tek yapabileceğin bu. Anlamıyorsun... Ne kadar büyük tehlikede olduğuna dair hiçbir fikrin yok. Hem de hiç yok." Jez yürümeye başladı. "Git," diye yalvardı. "Saklan. Bazı şeyler var..." Başını çevirip gitti.

Reuben güneşte gözlerini kırpıştırarak kalakaldı. Bir tarafta Sarah ile buluşacağı lokanta vardı, öte yanda, yüzünde doğrudan Reuben'in adrenalin bezelerini etkileyen bir ifadeyle hızla uzaklaşan Jez Hethrington-Andrews. Jez'in söyledikleri sokakta yankılandı. Kimseye güvenme. Özellikle de Sarah ile Phil'e. Sarah'nın Feno-Model'i gülümseyerek Phil'e uzattığını, gözlerinin etrafındaki ince çizgilerin tatmin duygusuyla yayıldığını hayal etti. Reuben kımıldamadan duruyordu. Lokantanın kapısını görebiliyordu. Sokağın sonuna gidip bir taksi çevirmek yalnızca iki dakika alırdı. Güneşli taraf ya da gölgeli taraf. Düz ya da dolambaçlı. Riske girmemek ya da kumar oynamak. ...tir et, diye mırıldandı. Reuben bir karar verdi. Dönüp yürüdü.

8

Sarah lokantanın bodrum katında bir masaya yerleşmişti. Reuben yemek yiyen diğer müşterilerin arasından ağır ağır ve ihtiyatla ona doğru ilerledi. Hareketlerinin pervasızlığın sınırında olduğunu anladı ve merakının kendisi için devamlı bir tehlike oluşturduğunu kabul etti. Bir saniye için Moray'in dolu ağzıyla kendisini azarladığını hayal etti.

Sarah beklenmedik ölçüde solgundu, Reuben onun kapalı mekânlarda çok uzun zaman geçirdiğini, monitöründen kesin veriler yayılır ve tenini ağartırken bilgisayarının karşısında kök saldığını sezdi. Gök mavisi bluzunun kolları yukarı kıvrılmış, ince tüysüz bilekleri açığa çıkmıştı. Reuben karşısındaki sandalyeyi çekip oturdu. Bir şey söylemeye fırsat bulamadan, bir garson ayaklarını sürüyerek masalarına doğru geldi ve aralarında duran mumu yaktı. Reuben yer altındaki kirli salona göz gezdirdi. Küçük masalarda çiftler öne doğru eğilmiş, birbirlerine sokulmuş, el ele oturuyorlardı, mum isi tutam tutam sözcüklerinin arasında dans ediyordu.

"Hoş bir restoran," dedi.

"Samimi," diye karşılık verdi Sarah.

Reuben bir içki ısmarlayıp, "Neredeyse gelmeyecektim," diye mırıldandı.

"Neden geldin, peki?"

"Seninle yüz yüze konuşmak istedim."

"Pekâlâ, işte buradayız. Yüz yüze."

Reuben karşıdan kendisine gülümseyen Sarah'ya baktı. Bu son derece kontrollü bir gülümsemeydi ve Reuben bu konuşmanın açık ve dürüst olmayacağını sezdi.

"Belki de gelmemeliydin," dedi.

"Gelmemeli miydim?"

"Hayır." Sarah kırmızı şarabından ağır ağır büyük bir yudum aldı. "Sonuçta, senin peşinde olduğumuzu biliyorsun, değil mi?"

"Öyle duydum."

"Yani, tahminime göre ya çok cesursun ya da çok aptal."

"Belki de sadece bedava yemek için gelmiş bir beleşçiyimdir."

"Ve Phil nihayet gerçekten sen olduğuna inanmaya başlıyor."

"Öyle mi?"

"Üzerinde çalışıyorum."

Reuben bakışlarına karşılık vererek, "Peki, ya *sen* ne düşünüyorsun?" diye sordu.

"Katilin sen olduğunu."

"Bu kadar emin olmanı sağlayan nedir?"

"Şu, bu. Haydi, Reuben bana gerçeği söyleyebilirsin. Dök içini." Sarah'nın gözleri şeytanca pırıldadı. "Ortaya koy."

"Bu kadar eminsen, neden beni hemen tutuklamıyorsun?"

"Tutuklamayacağımı nereden çıkardın?"

"Çünkü anlaşma, anlaşmadır. Ben sana yardım etmeyi kabul ettim, sen de karşılığında bana bir iyilik yapacağına söz verdin. Şimdi sözünü tutma zamanı."

"Ama bana güvenmiyorsun, Reuben, değil mi? Hiç güvenmedin."

Reuben, sükût ikrardan gelir diye düşünerek, sesini çıkarmadı.

"Peki, nedir istediğin iyilik?"

"Ona geleceğim. Ama önce ne bildiğini öğrenmem gerek."

"Gizli bilgi. Bunu anlıyorsundur mutlaka."

"Aksi takdirde sana yardım edemem."

"Bana yapacağın en iyi yardım başka birini öldürmemen olur."

"Bazen benimle sadece oyun oynadığın izlenimine kapılıyorum."

"Oynamadığımı düşünmeni sağlayan nedir?"

Reuben saldırıya maruz kalıyormuş gibi düşünerek başını iki yana salladı. Sarah ile konuşmak her zaman baş ağrıtan bir işti. Hiç uğraşmadan insanın içine sızabiliyordu. Ama tıpkı pabda olduğu gibi, gözlerinde bir şey daha vardı. Bastırılmış, maskelenmiş, ama yine de dışarı sızan bir şey. Reuben Sarah ile kendi oyunuyla oynamaya karar verdi.

"Polis psikoloğu senin benimle buluşmak için romantik bir restoran seçmenden nasıl bir anlam çıkarırdı merak ediyorum."

"Çarpık bir mizah anlayışım olduğunu."

"Ya da..."

"Ne?"

"Ne söylediğimi biliyorsun."

Reuben ters ters yüzüne baktı. İşte oradaydı. Çabalayan çok silik bir kızarıklık. Güneş yanığı olsaydı, fark edemezdi. Ama Sarah'nın rengi solgundu ve Reuben'in keskin gözleri vardı.

"Bildiğimi sanmıyorum."

Reuben bir buz parçasını çiğnedi. Biraz önce değerli bir şey öğrenmişti. "Bunu iki kişi oynayabilir."

"Neyi?"

"Sıcak ve soğuk. İt ve dürt. Güzel ve çirkin. İstediğin adı verebilirsin."

Sabırsızca, "Bilmek istediğin nedir?" diye sordu.

"Elinde ne var, anlat bana."

"Yalnızca birkaç cinayet. Birer birer işkence edilen Adli Bilimler uzmanları. Eski meslektaşlarına garezi olan bir bilim adamı. Ve bir de tahmin et ne? Bütün DNA kanıtları katil olarak onu gösteriyor."

Reuben uzanıp Sarah'nın elini sımsıkı kavradı. "Çok ciddiyim. Beni oyalamayı bırak. Bir kez olsun, dürüst davran." İki çift gizlice onlara doğru baktılar. Bir an için Reuben onların gördüklerini gördü. Bir restoranda kavga eden, ilişkilerini kurtarmaya çalışan iki sevgili. Sarah'nın elini bıraktı, votkasından serin bir yudum aldı.

Sarah düşünceli bir tavırla uzun parmaklarını okşadı. Alnı kırıştı, gülümsemesi silindi. Yüzüne Reuben'i fazla zorladığının farkına varmış gibi gerçek bir anlayış ifadesi yerleşti. "Söyleyeceklerim tümüyle gizli bilgi ve asla su yüzüne çıkmamalı. Tamam mı?" Reuben peki der gibi başını salladı. Sarah göğüs geçirerek, "Doğru," dedi, "listemizdeki en ileri öncelik sensin, ama başkaları da var. Üç kişi daha. Hepsi de bir biçimde bağlantılı."

"Kim bunlar?"

"İsim yok. Kısa süre önce birini yirmi dört saatliğine gözaltına aldık. Diğer ikisi serbest dolaşıyor, ama cinayetlerin işlendiği günlerde ya da civarlarında onları şehirde tesbit eden kamera kayıtları var. Elimizde birinin DNA'sı yok, ama diğerininki var. Lloyd Granger'a geçiş bizi biraz şaşkına çevirdi, ama bir atılım yaptığımızı düşünüyoruz."

"Nasıl?"

"Söyleyemem – daha çok yeni, başlangıç aşamasında. Ama bence sen zaten biliyorsun." Sarah kadehindeki şarabı çalkaladı ve bir yudum aldı. "Bu nedenle iki ekibe ayrıldık, eski mahkûmiyetleri, kamera takip kayıtlarını, çok sayıda profili tarıyoruz. Adli Bilimler çift vardiya çalışıyor, ayakta kalmaya çabalıyor. KSB kapıları çalıp bilinen son yerlerini kontrol ediyor, tanıkları soruşturuyor. Ben ve Phil de verilerin çapraz kontrolünü yapıyoruz, fikirler üretiyoruz, taktikler planlıyoruz. Bütün Genetik Suçlar'ın kıçından ter akıtıyoruz, daha önce hiç yapmadığımız bir şey yapmaya çalışıyoruz."

"Neymiş o?"

"Bir vakayı gerçek zamanlı olarak çözmek. Katili katlederken yakalamak." Sarah ayağa kalktı. "Bir saniye izin ver bana," dedi.

Reuben tuvalete doğru yürürken arkasından baktı. Sarah Hirst incitilmez değildi. Bir votka daha ısmarladı, içinin soğuk yokluğunun tadına vardı. Sarah tekrar yerine otururken, Reuben, "Bak," dedi, "benim için bir şey yapmanı istiyorum."

"Fazla zorlama," diye karşılık verdi Sarah. "Sıkı pazarlık edecek durumda değilsin." Kadınlar tuvaletinde zamanını, dağılan kontrolünü yeniden bir araya getirmek için kullandığı belliydi. Fondöteni birden kalınlaşmış, yanaklarına allık sürmüştü. Ne kadar açık verdiği korkusuyla kapıyı sertçe çarpıp kapamıştı.

"Bir numaralı şüpheliler, bir soruşturmanın seyrini dikte etmek zahmetine nadiren girerler."

"Belki yardımcı olabilirim."

"Çoktan ettin. Kendini katil olarak teşhis ettin."

"Ben gerçekten yardım edebilirim diyorum."

"Nasıl?"

"Soruşturmaya dahil olmak istiyorum. Bırak cesetleri inceleyeyim."

"Şaka yapıyorsun, değil mi?"

"Senden istediğim iyilik bu. Haydi, Sarah. Benim sana güvendiğimden daha çok güvenmiyorsun bana. Ama bu cinayetler üst üste gelmeye başladı. Basınç ışığı yanıyor. Yüksek rütbeliler hepinizin üstüne atlıyor olmalılar. Hem en azından birkaç saatliğine başlıca şüphelinin nerede olduğunu bileceksin."

Sarah hesap yaparak soğuk bir ifadeyle gözlerini Reuben'in yüzüne dikti. Reuben seçenekleri değerlendirirken gözlerinin kısılmasını izledi. Cansız bir gülümsemeyle yeni boyanmış dudakları kıpırdadı. Gözleri yeniden irileşti, gözbebekleri çiçek gibi açıldı. "Olur," dedi. "Bence işe yarayabilir." Gülümsemesi genişledi. "İkimiz için de."

Mina Ali Genetik Suçlar'ın park yerinden çıkarken hafifçe ürperiyor. Dışarının ısısı ne olursa olsun, binanın içi soğuk ve artık güneş battığından yerin altındaki park yeri de soğuk. Otobüs durağına doğru giderken gün boyu birbiri ardınca kayıtsız tamirciler tarafından saldırıya uğradıktan sonra garajın bir yerinde bir başına surat asan, eskiyen Polo'sunu gözünde canlandırıyor. Sabah nöbetine yetişecek şekilde zamanında tamir edileceğini umarak başını iki yana sallıyor.

Bütün günü laboratuvar tezgâhının başında ayakta durarak geçirmekten ayakları acıyor, diğer ucuna yürüyüş rahat rahat sekiz yüz metre. Saatine bakıyor ve küfür ediyor. Saat neredeyse sabahın biri. Mina ümitle otobüs durağında bekliyor. Bozuk para bulmak için çantasını karıştırırken, parmaklarıyla bileğinin de hemen hemen ayakları kadar kötü acıdığını fark ediyor. Sandra'yla Run'ın olay verlerinden alınmış çok sayıda örneğini pipetle çekmekle geçen epey uzun bir çift vardiya oldu. Daha da beteri Lloyd Granger'dan alınan ilk örnek grubu, tüm Adli Bilimler uzmanlarının son hızla çalışacakları anlamına geliyor.

Bir otobüs yaklaşıyor ve Mina minnet duygularıyla biniyor. Güneye gidiş yirmi dakika alıyor, trafik de günün bu saatinde hafif. Otobüsten indiğinde tek düşünebildiği sıcak su dolu küvette uzatmalı bir banyo. Mina okulun dairesine çıkan oyun sahalarından geçip kestirmeden gidiyor. Çok karanlık, ama yolu öyle iyi biliyor ki gözlerini açma zahmetine bile girmiyor. Arka planda Londra'nın sabahın erken saatlerine has uğultusunu duyuyor, hafif bir esinti bir arabanın alarm sesini ona doğru taşıyor. Şehrin hareketliliğinin üstünde, aniden yalnız olmadığını fark ediyor. Parkta bir başkasının daha olduğunu güçlü biçimde seziyor. Mina hızlı adımlarla yola doğru yürüyor, etrafına bakınıyor. Karanlıkta kimseyi göremiyor. Ama başka birinin yakınında olduğundan emin. Aklına korkunç bir fikir geliyor. *Sıradaki o.* Körce, var gücüyle koşmaya başlıyor. Yol elli metre ilerde. Kulaklarında aceleci ayak sesleri, sol tarafında, arkasında.

Sokağa ulaşıp sağa, sesin geldiği yönden uzağa ama aynı zamanda da evinden de uzağa sapıyor. Arkasına, oyun sahasına doğru göz atıyor, ama kimseyi göremiyor. Mina koşmaya devam ediyor, tek bir düşünce onu ileriye doğru itiyor. Karanlıkta Sandra'nın, Run'ın ve Lloyd'un hayallerini görüyor. Yüz metre ilerden açıkça hızlı ayak sesleri işitiyor. Kendi etrafında dönüyor. On beş araba boyu geriden bir adam ona doğru geliyor. Öne doğru eğilmiş, son sürat koşuyor, hızında tilkilerinkini andıran bir açlık var. Mina etrafı gözden geçirerek, paniğiyle savaşarak tekrar koşmaya başlıyor. Etrafı birbirlerini kesen, kesişen sık sıra evlerle çevrili. Mina yavaşlayıp, sokak adlarına bakıyor. Önünde üç seçenek var. Sol, sağ ve ileri. Arkada, karanlık suret yolun öbür tarafında, kırk metre geride çabucak ilerliyor ve hızlanıyor. Mina onun sık soluklarını duyabiliyor, neredeyse ayakkabılarının asfalta vurduğunu bile hissedebiliyor. Polisin buraya yeterince çabuk gelemeyeceğini biliyor. Ansızın buz gibi bir önsezi ciğerlerini sıkıştırıyor. Başka bir stratejiye ihtiyacı var. Polisten daha hızlı bir şey. Zihninden yardım yakarışları geçiriyor.

Bir tabelaya göz atıp sol tarafı seçiyor ve yeniden hızlanıyor. Sokak gitgide metruk bir hal alıyor. Tahta çakılıp kapatılmış pencereler kural halini alıyor. Yol keskin bir açıyla sağa doğru dönüyor. Köşeyi döner dönmez, görülemeyecek yere ulaşır ulaşmaz telefonunu çıkarıyor. Karşı taraf yanıt verdiğinde, sadece, "Dunkirk, Tiverton Caddesi. Tekrar ediyorum Dunkirk," diyor. Mina cep telefonunu tekrar ceket cebine indiriyor. İlerde evler sona eriyor. Otuz metre ötede yol da bitiyor. Yüksek tuğla bir duvarın solmuş duvar yazılarından dövmeleri var. Mina yavaşlıyor. Geri çekilmeye başlıyor, ona bakmak için dönüyor. Adamın ayak sesleri ona doğru yankılanıyor. Gölgesi. Ve sonunda da kendisi.

Adam temkinli, Mina'nın kapana kısılmasını sağlama alıyor. Mina onun yüzünü göremiyor. Paniğe kapılıyor. Işık yetersiz. Kırılmış sokak lambaları geniş aralıklarla dizilmiş. Elinden geldiği kadar geri çekiliyor. Arkasındaki duvarı hissediyor. Sert ve pürüzlü. Adam güvenini kazanmış görünüyor. Yüzü Olay Yeri İnceleme maskesiyle örtülü. Mina ceketinin altına bir OYİ giysisi olduğunu görüyor. Adam ona doğru geliyor. Mina kapana kısılmış durumda. Elinde lateks eldivenler var. Mina çığlık atma dürtüsüyle savaşarak kendini kasıyor. Gözleri irileşmiş, solukları şiddetli, göğsü sımsıkı. Adam dört adım uzakta. Mina gözünü dikip ona bakıyor, boyunu, beden yapısını ve genel görünümünü ölçüp tahmin etmeye çalışıyor. Mina gecikmiş olarak ışığın çok sönük olduğunu ve adamın buna hazırlıklı geldiğini anlıyor. OYİ maskesi soluk alıp vermesiyle içe dışa hareket ediyor. Mina zamana karşı oynamak zorunda olduğunun farkına varıyor.

Adam etrafını iyice kolaçan ettikten sonra öne doğru adım atıyor. Çantasından bir şey çekip çıkarıyor. Mina o şeyin beyaz bir bez olduğunu görüyor. Kokuyu üç metre uzaktan bile tanıyor. Bu çoğu günler duyduğu bir koku. Ama şimdi serin açık havada, kloroformun burnuna gelen tatlı esintisi onu korkutuyor. Başına gelecekleri anlıyor. Ağzından soru sorar gibi tek bir sözcük çıkıyor, "Reuben?" Adam donakalıyor. Ve sonra öne doğru atılıyor. Birden dar sokak ışığa boğuluyor. Tangırtılarla hareket eden silahlı bir birlik. Bir düzine dizel motorunun gürültüsü. Onlara doğru hızla akan siyah arabalar. Adam gözlerini dikip ona bakıyor. Giysilerinin örtmesine rağmen, Mina öfke ve şaşkınlığını sezinliyor. Dönüp doğruca taksilere doğru koşuyor. İki tanesi direksiyon kırmak zorunda kalıyor. Bir çitin üzerinden atlayıp karanlıkta gözden kayboluyor. İri cüssesine karşın atletik olduğu Mina'nın dikkatini çekiyor. Telefonunu çıkarıp polisi arıyor. Konuşurken, tek düşünebildiği şu: Onu neredeyse yakalamıştım. Sürücüler arabalardan dışarı fırlıyorlar. Bazıları silahlı. Birbirlerine yaklaşıyorlar, şaşkınlar. Taksilerin birinden Mina'nın babası iniyor. "Burada ne halt ediyorsun?" diye soruyor aksi bir tavırla. Sonra da "İyi misin?" diyor. Mina yalnızca başını öne doğru sallıyor. Adrenalin kuyruğundaki iğnesini bırakarak yok oluyor. Mina titriyor. Bir iki taksinin camından içlerindeki yolcuları görüyor, meraklı yüzler camı buğulandırıyor.

Onu kucaklarken, "Sanırım Dunkirk'ü yardıma çağıran sendin," diyor.

"Bir adam vardı... o..."

"Geçti, kızım," diyerek yatıştırıyor, kollarında nazikçe sıkıyor.

Mina gözlerini karanlığa dikip boş yere ondan bir iz arıyor. Hafif gece esintisiyle kulaklarına yaklaşan siren sesleri geliyor. "Teşekkürler, baba. Ben iyiyim, gerçekten."

Esad Ali kendilerinden birini başı belaya girmiş halde bulmayı bekleyerek arabalarından fırladıktan sonra bir araya toplanmış sürücülere işaret ediyor. Arabalarına biniyorlar ve çıkmaz sokaktan gürültüyle geri geri çıkmaya başlıyorlar. Giderlerken, şoförler de yolcular da ona bakıyorlar.

"Peki," diyor Mina'nın babası, "Seni eve götürüyorum."

Mina başını iki yana sallıyor. "Hayır. Gelemem. Kalmak zorundayım. Beni kovalayan adamı nerede arayacaklarını bilmeleri gerek. Bana göz kulak olurlar." Titreyerek, polisin gelmesini isteyerek, babasının kollarının arasında kalıyor. Siren seslerine bakılırsa, hâlâ yan sokaklarda dolaşıp, çıkmaz sokağı arıyorlar.

"Onu yakalayacaklarından eminim," diyor Mina'nın babası.

"Hayır. Uzun zaman ele geçmeyecek," diye karşılık veriyor. Mina'nın içinde neredeyse boğucu bir ağlama arzusu var, ama karşı koyuyor. Yıllardan beri babasının önünde ağlamadı ve böyle devam etmesini istiyor. Nihayet ilk polis arabası, birkaç dakika sonra, Tiverton Caddesi'ne sapıyor.

10

Phil Kemp bir gazeteyi kaldırıp yüz seksen derecelik bir yay çizerek odadakilere gösterdi. Kaliteli bir günlük gazeteydi ve sayfanın yarısını kaplayan bir beşinci sayfa haberini gösterecek biçimde katlanmıştı. Manşetinde, "Bilim adamları Adli Bilimler Cinayetleriyle İlişkilendiriliyor" deniyordu. Phil gazeteyle boğuşup kapadı ve bir küçük gazete aldı. Sessizdi, hareketlerindeki sertlikten öfkeli olduğu apaçık ortadaydı. Aynı biçimde bu gazeteyi de gösterdi. Ön sayfa "Bilim Adamı Serbest Dolaşıyor" diye haykırıyordu. Phil odadakilerin hiddetini hissetmelerine fırsat verdi. Bu yıllarca yapılan sorgulamalardan öğrenilmiş bir teknikti. Gözdağı dokundurmaları, patlamak üzere olan şiddet. Sakin bir tavırla konuştu, her sözcüğü dikkatle dinlendi. "Basınla kimin ilgilendiğini bilmek istiyorum." Odada oturanlara ters ters baktı, çoğu gözlerini kaçırıyordu. "Odama döndüğüm zaman, bilgisayarımı açacağım. Bilgileri sızdıran suçlu PİSLİKTEN bugün bir elektronik posta almazsam, o posta bana gelinceye kadar bu bölümün anasını ağlatırım." Sesinin bir ton yükselmesine izin verdi, tükürürcesine söylenen anahtar sözcükler odada yankılandı. "Açıkça ifade edebiliyor muyum?" Onaylarcasına bir sessizlik oldu. "Bu tür bir harekete GÖZ YUMMAM. Gazeteciler bu toplumun YÜZ KARALARI. Bir kere olayı çarpıtmaya başlasınlar, soruştumanın İÇİNE ederler. Artık AÇIKTAYIZ. LANET OLASI kamuya mal olduk." Gazeteleri gösterdiği gibi aynı açıyla yavaş yavaş dönerek odadakilere dik dik baktı. Bir iki kişi genzini temizledi. Klima yavaşladı. Phil ellerinin üstüne baktı. Ellerinin üstünde damarlar ağaç kökleri gibi düğüm düğümdü. Ellerini sıkınca parmak eklemleri kızgın ve bembeyaz oldu. "Tamam," diye homurdandı, "Başka işlerimiz var. Mina'nın burada olmadığını fark edeceksiniz. Duymamış olanlar için söyleyeyim, dün gece Mina neredeyse dördüncü kurban oluyordu." Başmüfettiş Kemp başını genç bir dedektife doğru kaldırdı. "Keith?"

Keith sıkılgan bir tavırla ayağa kalktı. "Bu doğru," dedi. "Dr. Ali gece geç saatlere kadar çalıştıktan sonra, bu sabah erken saatte evine dönerken takip edilmiş. Anlaşıldığına göre, henüz pek anlamadığımız sebeplerden dolayı, KSB yardımını kesin olarak geri çevirmiş. Hızlı karar vermekten değilse, büyük olasılıkla..." Phil Kemp acele etmesini işaret etti. Memur elinde tuttuğu kâğıt parçasını çevirdi. "Evet, artık elimizde adamımızın bir eşkâli var." Durakladı, elleri hafifçe titriyordu, bütün dikkatlerin üzerine toplandığının farkındaydı. "Orta boyun üzerinde, yapılı ve atletik. Koyu renk giysili."

Bu kez daha uzun süren bir duraklama oldu.

Sarışın, kalkık burunlu dedektif, Helen Alders sordu. "Ve?"

"Bu kadar."

"Yapabildiğinin en iyisi bu mu? Demek istiyorum ki, Tanrı aşkına kıdemli Adli Bilimler uzmanı bu kadın. Blunket'in köpeği bile daha çok ayrıntı verebilirdi."

"Savunma olarak, etrafın karanlık olduğunu, doğranmak üzere olduğunu ve daha çok kendisini sokaklarda kovalama yetisini tamamen kaybetmiş

şahıslarla ilgilenmeye alışkın olduğunu ileri sürdü."
Phil dedektife doğru bakıp kaşlarını hızla kaldırdı.
"Onlara diğer kısmı anlat, Keith."

"Konu şu. Bu kısıtlı bir tarif çünkü adam kontaminasyon maskesi takıyormuş. Mina'nın dediğine göre, paltosunun altında OYİ kıyafeti varmış, ellerinde de naylon eldivenler. Hatta galoşları bile varmış."

Huzursuz bir sessizlik oldu. Bilim adamları, KSB dedektifleri ile destek personeli düşüncelerinin başıboş gezinmesine izin verdiler. Her biri kendi hayallerini gördü, kendi sonuçlarına vardı. Phil, konuşmasına başlangıç olarak, derin bir soluk aldı. "Korkarım ki bu noktada rahatsız edici bir şeyle yüz yüze gelmek zorundayız. İki gün önce Reuben Maitland'in Feno-Model'ini inceledikten sonra hepimizin ne kadar tedirgin hissettiğimizi biliyorum. Ve bunu anlıyorum da. Aslında, herhalde hepinizden daha çok benim kuşkularım vardır. Ama her şeyi bir araya getidiğimde ve tamamen tarafsız olduğumda... Yani üzücü olan tarafı şu ki gözümüzün önünde olanı görmezden gelemeyiz. Cinayet işlemek için sebepler. Deliller. Eşkâl. Bu durum beni öldürüyor, ama şeffaf ve dürüst olmalıyız. Bu başka biri olsaydı, hiçbirimizin tanımadığı biri, bu kadar suskun olur muyduk?"

Bernie Harrison yavaş yavaş ayağa kalktı. Adli Bilimlerin onun yanında olduğunu biliyordu ve Phil Kemp'in söylediklerinin karşısındaki sessizlikten cesaret aldı. Kesin bir tavırla, "Sezgi," dedi. "Burada ihtiyacımız olan şey sezgi."

"Yani?"

"Bilimde mantık sizi ancak belli bir yere kadar getirebilir." Elinin tersiyle alnını sildi. "Terlemek

iyidir, ama ilham olmazsa asla gerçek bir buluş ya-
pamazsınız."

İriyarı bir dedektif Bernie'ye bakarak, "Aman
ya," diye mırıldandı.

Phil Kemp Bernie'ye bakıp kaşlarını çattı. "Ber-
nie, ne söylemeye çalışıyorsun?"

"Söylemek istediğim şu. Sezgilerim bana Reu-
ben'in insanları öldürmediğini söylüyor. İlk olarak,
Bizim bağımsız bir Adli Bilimler bölümümüz yok.
Şimdi Dr. Maitland'in bize kendi Feno-Model'ini
göndermesi için kendine göre sebepleri olabilir, akıl
oyunları oynuyor, bize iz sürmemiz için bir koku
gösteriyor olabilir, ama kesinlikle bizi doğramıyor.
Kendi verilerimize ihtiyacımız var."

"Sorunun yattığı yer de burası. Katilin örnekle-
rini işleme tabi tutan bilim adamları öldürülüyor-
sa, tedarik zinciri zayıflayacaktır. Üstelik ben si-
zin söylediğinizi anlamıyorum. Run'la Sandra'ya
ait Reuben'in işlemden geçirdiği deliller zaten eli-
mizde..."

"Kendisini suçlu gösteren deliller. Ama dediğim
gibi, öyleyse, işten atılmış bir personelin sağladı-
ğı kanıta, mantıken başka birini suçlu olarak gös-
teren kanıta güveniyorsunuz. Peki ya Lloyd Gran-
ger? Onun Genetik Suçlar'la hiçbir bağlantısı yok-
tu. Reuben'in bu olaya karışmasını nasıl açıklıyor-
sunuz?"

Phil Kemp yüksek perdeden içini çekti. "Çün-
kü Lloyd hakkında haberlerimiz var. Bir ilerleme
kaydettiğimizi düşünüyoruz." Phil birkaç saniye
bir tepegözü kurcaladı, açma düğmesine basıp be-
yaz tahta üzerine odaklamaya çalıştı. "Henüz ku-
rum içi adli kanıtlarımız olmamasına rağmen, şüp-
hesiz, olanlar da Mina işe döndüğü zaman, yakla-

şık olarak önümüzdeki yirmi dört saat içinde filt-
relenmeye başlanmalı. Ama bulduklarımız –He-
len Alders, aferin iyi iş çıkarmışsın– merhumun ad-
res defterindeki bir isimle adres oldu." Phil gözle-
rini kısıp beyaz tahtaya, sonra yeniden dinleyicile-
rine baktı, bakışları birkaç saniye Bernie'ye takıl-
dı. "Sonuç olarak, bir bağlantı kurduk. Bu nokta-
ya kadar, Lloyd Granger'ın ölümü bir yön değişikli-
ğini gösteriyor olabilirdi. Fakat Bernie, Lloyd'un öl-
dürülmesinin doğrudan Genetik Suçlar'la bağlan-
tılı olmamasına karşın, eski çalışanlarımızdan bi-
riyle ilişkili olduğunu fark edeceksin. Gördüğünüz
gibi, R harfinin altında belirgin biçimde, Reuben'in
adıyla beraber karısının ve oğlunun isimleri, eski
adresleri ve telefon numaraları görünmekte. Soya-
dı Maitland'in M'si altında değil. Lloyd ve Reuben
birbirlerini iyi tanıyorlardı. Ne yazık ki, hepimiz
için Reuben Maitland'in cinayetlere karıştığı gerçe-
ğiyle karşılaşmak tatsız bir olasılık."

Bernie yerine oturdu. Destek görmek için mes-
lektaşlarının yüzlerini inceledi, ama pek az bulabil-
di. Yüzlerine bakarken, KSB dedektifleri yerlerinde
öne doğru eğilip, mırıldanıyor, notlarını karşılaş-
tırıyorlardı. Phil onların birlikteliklerine gıpta etti.
Tam aksine, Adli Bilimler entelijansiyası birbirlerin-
den olduğu kadar diğer çalışanlardan da soyutlan-
mış, somurtuyorlardı. Görevi Adli Bilimler başkan-
lığı olan Phil Kemp eski haline, koklayarak iz süren,
kovalamaya aç, gelenekçi dedektife geri dönüyor gi-
biydi. Programcılardan, istatistikçilerden ve veri ta-
banı kazıcılarından oluşan destek ekibi yansız, ne-
redeyse kayıtsız kaldı. Üzüntüyle ortada bir uyum
eksikliği olduğunu kabul etti. Ve Adli Bilimler uz-
manlarının öldürülmesi, çalışanları birleştireceği

yerde ayırıyor, birbirine hiç benzemeyen meslek yaşamlarını birbirine sürtüyor, eski yaraları açıyordu.

"Judith," dedi Phil, "Sanırım Patoloji ile en son konuşan sensin."

Bernie bakışlarını her nasılsa hem endişeli hem de sakin görünen Judith'in üzerinde gezdirdi. "Patoloji, Bay Granger'ın yaralarının Run ve Sandra'nınkilerle bütünüyle uyumlu olduğunu söylüyor. Küçük keskin bir bıçak, çok sayıda yırtılma. Kurbanı sağ tutarken, azami acı verme."

"Başka bir şey? Elimizde mesaj var mı?"

"Tercümeyi az önce aldık. Ama ne anlam vereceğimizi bilmiyoruz."

"Nedir mesaj?"

"İki kelime, o kadar."

Phil sabırsızca "Nedir onlar?" diye sordu.

"Oto ve stop. Otostop."

Phil ağır bir şekilde yerine oturdu. Odada bakışmalar oldu. İki kıdemli dedektif birbirlerine bakıp kaşlarını kaldırdılar.

Dr. Paul Mackay, "Ne?" diye sordu. "Nedir o?"

Phil Kemp'in telefonu çaldı ve odadan çıktı. Kimse bir şey söylemedi.

11

"Seni öldürmeden önce, anlamanı sağlamak istiyorum."

Lamb and Flag pabının barmeni Jimmy Dunst, çılgın gibi karanlığın içine baktı. Bir el ağzının üstüne kenetlendi ve yüksek bir yırtılma sesi yatak odasının sessizliğini delip geçti. Saniyeler sonra el geri çekildi ve geniş bir bant barçası başının alt tarafından kapalı dudaklarının üstüne dolandı. Hareketlerin çabukluğu ve sertliği, yarıda bölünen uykunun mahmurluğunu kesip geçerek anlık bir anı getirdi. Jimmy Dunst'ın dili bu adamla son karşılaşmasının hatırasıyla zonklamaya başladı. Bu adam kasanın şifresini istemek için gelmiş, gecenin kazancını kaldırmaya kararlı bir hırsız değildi. Hayır, bu çok daha beteriydi.

Yatağın kenarındaki küçük okuma lambası açıldı ve barmenin kâbusu doğrulanmış oldu. Üzerine eğilen adam, "Ne düşündüğümü biliyor musun?" diye sordu.

Jimmy korkudan tamamen taş kesilmiş halde başını iki yana salladı.

"Gerçeğin her şey olduğunu. Bu yüzden de ölmeden önce gerçeği öğrenmelisin."

Barmen homurdanıp, sık sık soluk alarak, çırpındı. İri bir el göğsünden itip onu yatağa bastırıyordu.

"Sen bir kasaturayla canıma kast ettin. Ve de polis çağırdın. Hatırlıyor musun?"

Gideren artan panik Jimmy'nin istemsiz olarak titremesine neden oldu.

"Senin için geri gelmemin asıl nedeni bu." Adam yatağa oturup elinin baskısını biraz hafifletti. "Biliyorsun, annemi bir polis öldürdü."

"Mmm."

"Peki, biliyor musun o polis neydi? Hayır mı?"

Jimmy büyük gayretle başını iki yana salladı.

"Benim babamdı. Çok acımasız bir adamdı. Sadit ve merhametsizdi. Polislikte çok ilerledi. Ama tabii, ben katilin o olduğunu hiç öğrenemedim." Sanki kendi kendine konuşuyormuş gibi yavaş yavaş ve alçak sesle anlatıyordu. "Annemin vefatı hakkında bana yalan söyledi. Kendi ölümünden önceki son birkaç saniyeye kadar. Bana onun ölmeyi hak ettiğini, onun, ne derler, bipolar, şizofren olduğunu söyledi. Annem deliydi, korkunç sinir krizlerine ve sürekli ruh hali değişimlerine eğilimliydi ki bu durumdayken babamı kışkırtıyor, alay ediyor, hatta tehdit ediyordu. Anlıyor musun?"

Jimmy yalvarmaya çabaladı, ama ağzının etrafındaki bantla dilindeki hâlâ taze dikişler çabalarını bir homurtuya dönüştürdü.

"Ve sonradan fark ettim ki bilmeliydim. Beni dövdüğü zamanlar, sırf annem gibi davrandığım için –sağın solun belli olmuyor, derdi. Değişkenmişim. Ne düşündüğümü hiç bilemiyormuş. Beni anlamak imkânsızmış." Büyük bir dikkatle barmeni inceledi. "Benim anlaşılması güç olduğumu düşünüyor musun? Hayır mı? Umarım düşünmüyorsundur. Umarım kendimi çok açık ifade ediyorumdur. Güzel. Şimdi sana iki soru sormam gerekiyor ve konuşma çabalarına engel olduğumun da farkındayım. Bu yüzden de yapacağım şey, çok çok dikkatli bir şekilde bıçağımla ağzındaki banta bir delik açmak."

Jimmy'nin gözleri irileşti ve göğsündeki ezici baskıyla savaşmaya başladı.

"Sana mücadele etmemeni tavsiye ederim. Bir kayarsa bıçak boynuna iner. Tıpkı birkaç gün önce bana saplamaya çalıştığın kasatura gibi. O yüzden hiç kımıldamadan dur."

Küçük keskin bıçağı bandın üstüne yerleştirdi ve bir delik açtı, geri çekmeden önce dikkatle ve ağır ağır bıçağı barmenin ağzından içeri itti. "İşte," dedi. "özür dilerim dediğini duyayım."

Alçak sesle, "Özür dilerim," dedi Jimmy.

"Seni bir bıçakla tehdit ettiğim ve polis çağırdığım için."

Jimmy sözcükleri elinden geldiği kadar anlaşılır biçimde tekrarladı.

"Güzel. Şimdi diğer olayı konuşalım. Ne olurdu? Dokuz ya da on yıl önce?"

"Peki."

"Ve birkaç gün önce bana saldırmaya kalkışmaya seni teşvik eden buydu, değil mi?"

"Evet."

"Bana kendi gözlerinle ne gördüğünü anlat. Polisin bulduklarını ya da mahkemenin ileri sürdüklerini değil, tam olarak hatırladıklarını anlat."

"Çok uzun zaman önceydi."

"Bir yere gittiğim yok. Bu yüzden en başından başla, sonuna kadar götür beni."

İki saatten uzun bir süre boyunca Jimmy gördüklerini tarif etti, adam da onu sıkıştırarak, olmuş olayları varsayımlardan, gerçeği iddiadan ayırarak onun yanıtlarını inceden inceye tahlil etti. Jimmy ancak onu yeteri kadar uzun süre meşgul edebilirse bir şansı olabileceğini fark etti. Saat sabaha karşı 4.55 olmuştu. Temizlikçi saat yedide, teslimatlar da ondan hemen sonra gelirdi. Kapıyı kimse açmazsa, şüphelenirlerdi. Hatta belki polisi arayacak kadar şüphelenirlerdi. Bir nebze güveni yerine geldi. Adamı çözmek zor olsa da, sorgulama ilerledikçe Jimmy giderek daha dost canlısı, neredeyse canayakın hale geldiğini görebiliyordu.

"Ve ölü adam, onu hâlâ canlı olarak anımsadığından eminim, sırtüstü mü yatıyordu, yoksa yan mı?"

"Yan yatıyordu, sanırım. Ama doktor onu kımıldatmış olabilir."

"Nasıl kımıldatmış?"

"Yuvarlamıştır."

"Başının etrafında kan olduğunu söyledin?"

"Evet. Çerçeve ya da bir şeyin gölgesi gibi, büyük, yuvarlak bir gölcük..." Jimmy Dunst sustu. Bir şey değişmişti. Karşısındaki surat birden farklılaştı. Gözleri sabitlendi, göz kapakları geri çekildi, gözbebekleri irileşti. Yanakları kıpkırmızı oldu, dudaklarının kanı çekildi. Jimmy yüzüne bakakaldı. Sanki uyuşturucu almış gibiydi. Çenesi seyiriyor, dişlerini gıcırdatırken, yanağındaki adalaler kasılıyordu. Gözleri hâlâ irileşmiş ve uzaktı, Jimmy'nin göremediği bir şey görüyordu. Uzatarak ve bunun adamı kendine getireceğini umarak, öyküsüne devam etmeye karar verdi. "Kan halıya yayılıyordu. Bunu hatırlıyorum, çünkü kanı ovalayıp çıkarmaya çalıştım, şeyle..." Tekrar durdu. Adam burgu gibi delici bakışlarıyla doğruca ona bakıyordu. Hiç uyarmadan bıçak dirseğinin hemen üzerinden Jimmy'nin koluna saplanıverdi. Barmen çığlık attı, ağzındaki banttan havayı içine çekip dışarı veriyor, yatakta kıvranıyordu. İkinci saldırıda bıçak uyluğunu deldi. Sonra jilet kadar keskin bıçak etini yararak bacağından yukarıya kasıklarına doğru kaydı.

Adam bıçağı geri çekerken, buyururcasına "Kasanın numarası ne?" diye sordu.

Jimmy haykırdı, "Has..., has..., has...!"

Adam Jimmy'yi sertçe yatağa bastırıp, Jimmy'nin şişmiş gövdesine, şort külotunun bitiminin hemen üzerine derin olmayan bir yara açtı. "Lanet olası numara."

"On bir, kırk, on bir, on altı."

Jimmy Dunst'ın neyin değiştiğini merak edecek zamanı yoktu. Yalnızca adamın alevlendiğini, manyaklaştığını, aşırı ve ezici derecede kuvvetlendiğini gördü. İçinde normal insan kas yapısını aşıyor gibi görünen bir güç vardı. Bir yara daha açıldı ve Jimmy çığlık attı. Birden sorgulamanın sırf bu ana dek zaman doldurmak için yapıldığı izlenimine kapıldı.

"Kasaya kaç para çekmecesi sığıyor?"

Jimmy ilk seferde yanıt vermesi gerektiğini öğrenmişti. Yaralarının yakıcı acısına rağmen, soluk soluğa "Üç," dedi.

Adam bir an için durup kurbanını, kedinin kuyruğundan kapana kıstırılmış bir fareye baktığı gibi inceledi. Jimmy gözlerinde zevki, kovalamanın heyecanını, beklentiyi gördü. Açlık ve gereksinim vardı ve ilk kez mutlak bir kesinlikle öleceğini kavradı. Mide bulandıran bir önseziyle, kemiklerinin kırılması gereksin ya da gerekmesin, pabın kasasına sokuşturulacağını ve kıvrılmış cesedinin günlerce bulunamayacağını anladı. Kanla karışıp bir yaraya girerken yakmaya başlayan bıçağı düşünürken, bacaklarının arasından bir sıcaklığın aktığını hissetti.

Kendisine anlatılanların hızlık anlık görüntülerini hayal ederken, adamın akli durumuna hayret etti. Sadist baba, şizofren anne, cinayet, yalanlar. Ve bıçak kasıtlı olarak ağır ağır burnuna doğru alçalırken Jimmy Dunst aniden ve nihayet on yıl önceki o gecenin gerçeğini anladı. Ve bu gerçek onu neredeyse kendisini bekleyen işkence kadar çok korkuttu.

YEDİ

1

Reuben gözünü monitöre dikti. Belirmeye başlayan ağır bir kavrayış, bir bulmacayı çözme, bir muammanın özündeki güzelliği görme bakışıydı bu. Ekrandaki fazlasıyla uzatılmış grafik üzerindeki çok sayıda renkli tepeye bakıp "Yakaladım seni," diye fısıldadı, "Seni kurnaz orospu çocuğu." Feno-Model'e bir fiske atıp, hoşnutlukla soluğunu bıraktı. "Eh, bu kez eğitim kazandı." Reuben ekrana odaklanmaya devam ederken, telefonunun bir tuşuna bastı.

"Moray," dedi, "bırakamayacağın bir şeyle mi uğraşıyorsun? Buraya gelebilir misin? Neredesin? İki saat içinde görüşürüz."

Boştaki eliyle bazıları kırmızı, bazıları mavi kümelenmiş rakamlarla darmadağın ekranı sonuna kadar kaydırdı.

"Kieran. Ben Reuben," diyerek söze girdi. "Sanırım ilgini çekebilecek bazı haberlerim var. Telefonda olmaz. Moray Carnock'u sana yollayacağım. Bana bir yer söyleyebilir misin? Tamam. Üç saat. Ve ona ödemenin tamamını yapman gerekecek." Reuben, aklından hızlı bir hesap yaparken, soluk alıp kaşlarını çattı. "Hepsi birlikte, altı bin dolar. Evet. Seninle orada görüşecek. Hoşçakal."

Ağır ağır başını iki yana salladı, bacaklarını tabureden aşağı sallandırdı. Gerinerek içine derin bir nefes çekti ve tuttu. "Kurnaz, kurnaz, kurnaz," diye homurdandı. Soluğunu bırakırken uzun saatler boyu süren yorucu konsantrasyon yavaş yavaş azaldı. Kieran Hobbs gibi gangsterlerle çalışmak çirkin ve alçaltıcıydı, asalaksı bir gereksinimdi, ama arada bir, tıpkı bugün gibi, ona polis kuvvetlerinde kalsa asla öğrenemeyeceği bir şey öğretmişti.

Gözlerini ovuşturdu ve başka bir işe geçti, cebinden bir kâğıt parçası çıkardı. Birkaç saniyeliğine başını eğip seçenekleri değerlendirdi. Neredeyse isteksizce kâğıttaki numarayı tuşladı. Karşı taraf yanıt verdiğinde dimdik ayağa fırladı.

"Merhaba. Aaron adında birini bulmaya çalışıyorum... Evet... Öyle mi? Ne kadar önce? Gönderileri için bir adres bıraktı mı? Ya telefon numarası? Herhangi bir şey? ... Peki, postasını almak için geri geldi mi? ... Ah, tamam." Birkaç saniye konuşmadı. "Evet, o gibi görünüyor. Oldukça mantıklı."

Üstünde çalıştığı tuvalin başına gitti ve gözlerini yüzeyinde gezdirdi. Şu ana kadar iki gözbebeği, Asyalı bir burnun silik izi ve bir de hafifçe aşağı dönük bir ağız vardı. Tek bir tutam siyah saç dümdüz havaya kalkmıştı. Run Zhang zorlu çıkmıştı. Dudağını dişleyerek elindeki kâğıttan başka bir numara tuşladı. "Ah, selam. Aaron'ı bulmaya çalışıyorum da. Bu bana verilen numaralardan biri, şey tarafından... Hayır, ben kardeşiyim... Ne zaman oldu bu? Bakın, ben onun kardeşiyim... Orada mısınız? Resepsiyon çok kötü... Alo? ... Affedersiniz beni duymadığınızı sandım. Peki, şimdi nerede olduğunu biliyor musunuz?.. Alo? Alo?" Reuben telefonu kulağından çekip ekranına baktı. Siyah harflerle üzerinde 'Bağlantı Kesildi' yazıyordu. "Bunu bir daha söyleyebilirsin," diye fısıldadı. Ucu kütleşmiş kurşun kalemini tuvale sapladı, kaba dokunmuş liflerin arasından zorlayarak geçirdi ve siyah irisin olduğu yere bir delik açtı.

Düşünceli geçen birkaç saniyenin ardından Reuben ani bir telaşla paltosuyla anahtarlarını kapıp laboratuvardan çıktı, sanayi sitesinin içinden geçip, tesisin uzun ruhsuz yolundan göreceli medeniyete doğru ilerledi. Beysbol şapkasını sıkı sıkı yüzüne indirip, yılmaz bir kararlılıkla, hızlı hızlı yürüdü. Yirmi dakika sonra onu sihriyle şehrin bir başka kesimine bırakan bir metro istasyonuna girdi. Reuben cam cepheli bir binadan içeri daldı, danışma görevlisine aldırmadan merdivenlerden koşarak üçüncü kata çıktı. Kapalı ofislerin bulunduğu bir koridorda yürüdü, birinin önünde durup kapıyı ardına kadar açtı.

Adımını içeri atarken, "Güvenliği arama," dedi.

Masasında oturan Lucy Maitland başını kaldırdı. "Reuben! Senin burada ne..."

"Bazı cevaplar istiyorum."

"Sanırım geçen gün şikâyette bulunursan ciddi biçme yasalara karşı gelmiş olacağını açıkça ifade etmiştim."

"Bana daha fazla ne zarar verebilirler? Kaybedecek çok şeyim kalmadı."

"Seni içeri atarlar. Hem gazetede okuduklarıma göre..."

"Öyleyse, neden şikâyet etmedin?"

Lucy birkaç saniye sessiz kaldı. Reuben saçının değişik olduğunu fark etti, cilalı tahta kadar sert ve parlaktı.

"Dinle, bir şey beni rahatsız ediyor, kafamın içinde dönüp duruyor. Seni görmek zorundaydım. Ondan uzakta." Reuben şiddetle soluk alıp vererek, karısına dönük bir koltuğa oturdu. "Shaun'un neden hayatımı kurtardığını anlamıyorum."

"Niyeti o değildi."

"Değil miydi?"

"Değildi."

"Neydi peki?"

"Sana saldırmaya geliyordu."

"Bana saldırmak mı?"

"Sana yetişmek için ön taraftan dolandı. Sen ona saldırdığından beri kendini savunma dersleri alıyordu. Bağnazca. Aslında bence kendini fazla kaptırdı."

"Peki, adama ne oldu?"

"Tahminen, her şeyden habersiz, şiddetli bir baş ağrısıyla uyanmış, evine savuşmuştur."

Reuben geldiğinden beri ilk kez bitişikteki ilave odada bir sekreter olduğunu fark etti. Kız da bakışlarına karşılık vererek, cam bölmenin üzerinden dikkatle ona baktı. "Gerçekten gelip beni dövecek miydi?"

"Sen onu tutuklattırıp dayak attırdın, sonra da kendin yumrukladın, en sonunda da bizi gözetlemeye başladın. Başka ne yapacaktı?"

"Peki neden..."

"Yaptıklarını pek takdir etmese de, öldürüldüğünü seyretmek istemedi. Belki de bunun beni çok üzeceğini anladı. Belki de senden daha iyi bir insandır..."

"Seni çok üzer miydi?"

"Senin düşündüğün biçimde değil."

Neredeyse kendi kendine konuşur gibi, "Bizi özledim," diye mırıldandı, onu buraya sürükleyen enerjisi duruluyordu. Bunu söylememeliydi, biliyordu. "Ailemizi özledim, demek istedim. Sen, ben ve Josh."

Lucy içini çekti ve "Şimdi durum farklı," dedi.

"Bak, tanıdığım üç kişi... biriyle birlikte olmayı özledim."

"Herhangi biriyle mi?"

"Ne kastettiğimi biliyorsun."

Lucy'nin bakışları onun üstünden geçip odanın dışına koridora kaydı. "Bunun bir yararı yok."

"Peki, neyin var? Bana ihanet etmenin mi?"

"Reuben..."

"Bilmem gerek." Reuben'in soğukkanlılığında bir şey koptu, kırgınlığı engelleri aşıp dışarı yuvarlandı. Koltuğunda öne doğru eğildi. Judith'le yatmak, sadakat meselesini yeniden tüm şiddetiyle odak noktası haline getirmişti. "Neden bana ihanet ettin?" diye sordu. "Neden? Neden sadece beni sevemedin? Neden benimle mutlu olamadın? Beni sevdiğini söylerken neden samimi olamadın?"

"Reuben... sen hiç yanımda değildin. Aklın hep olay yerlerindeydi ya da röportajlar yapıyordun..."

"Ama başkasıyla yatmak zorunda mıydın?" Reuben ayağa kalktı. "Lanet olası yatağımızda?" Ona doğru bir adım attı. "Neden kendini bunu yapmak zorunda hissettin? Neden benimle konuşmayı denemedin?"

"Denedim..."

"Ya Joshua?" Reuben cam masaya yumruğunu indirdi. "Neden çocuğumuzun mutluluğunu tehlikeye attın?" Artık bağırıyordu. "Tabii benim çocuğumsa." Bir başkasının varlığını hissetti. Kapıda bir çizgili takımlı duruyordu.

"Her şey yolunda mı, Lucy?"

Lucy gözlerini Reuben'den ayırıp başını iki yana salladı.

"Lucy, bilmem gerek. Sana soruyorum. Lütfen, O benim çocuğum mu?" Sekreter olanları görmek için boynunu uzatıyordu. Çizgili takımlı, yavaşça odanın içine doğru sokuldu. "Lucy? Güvenliği aramamı ister misin?" diye sordu.

"Ben onun kocasıyım be," diye bağırdı Reuben.

"Ben de patronuyum."

"Benden mi, Lucy?"

"Şimdiye dek kan testi falan yapmadığına şaşırdım."

"Kendime yediremiyorum. Sen söyleyene dek. Önce senin ağzından duymam gerek. Lütfen, bana gerçeği söyle."

Lucy ısrarla gözlerini kaçırarak, buz gibi bakışlarla odanın ortasına, boşluğa baktı. Sekreter telefonu açıp hızlı hızlı bir numara çevirdi. Çizgili takımlı yanına gelip Lucy'nin arkasında durdu.

"Sana bir soru sordum."

Hâlâ konuşmuyordu.

"Sanırım gitsen iyi olacak."

Reuben aniden korunmasız açıkta kaldığını hissetti, duyguları yabancıların kulaklarına tecavüz eden biçimsiz sözler halinde ortalığa yayılmıştı. Güvenlik görevlilerinin onu karşılamak için heyecanla merdivenlerden yukarı çıktıklarını fark etti. Reuben dönüp odadan çıktı. Merdivenlerden dördüncü kata çıktı, sonra da asansörle aşağı indi. Arkasına bakmadan, bütün baskının patlamasına izin verdiği için kendine söverek ve laboratuvarına sığınmaya can atarak Lucy'nin çalıştığı binadan çıktı.

2

Laboratuvara dönünce, ümitsizlik içinde yeniden bilgisayarının başına geçti, orijinal Feno-Model'i açtı. Sonra çekmecelerin birinden Judith'in küçük makyaj aynasını çıkardı. Boğazı sımsıkı, kalp atışı hızlı ve koftu. Son hızla başı önde koşup laboratuvarın duvarına çarpmak istedi. Ama bunu yapmak yerine ekranın karşısında durup aynayı sağ eliyle yüzünün hizasında tuttu. Çatık kaşlarıyla, gözlerini aynadaki görüntüden ekrandaki görüntüye, sonra tekrar aynadakine çevirdi. Anlamaya ve karşılaştırmaya, bulanıklaştırıp netleştirmeye, aklında tutup göz ardı etmeye başladı. Kardeşi Aaron'a, Reuben dediklerini hatırladı. Kollarını kaskatı birbirlerinin omzuna atmış, her biri yakınlıktan çekinen ikizlerin fotoğraflarını gördü. İkisini bir örnek okul üniformaları, futbol tişörtleri, cenaze takımları içinde gözlerinin önüne getirdi. İnsanların başlangıçta şaşkınlıkla alınlarını kırıştırdıklarını, tereddüt ettiklerini, mümkün mertebe isim kullanmaktan kaçındıklarını anımsadı. Sonraki yılları düşündü: Farklı saç kesimlerini, farklı giysileri, artık karıştırılmamayı. Gözlerini hızlı hızlı ileri geri hareket ettirdi, şu ana döndü. Üç yıldan beri kardeşini görmemişti, ama yüzünün tıpkı kendisininki gibi değiştiğini biliyordu. Ağzı, dudakları, kulakları ve gözleri dikkatle inceledi. Yapacağı bir sonraki işi düşünürken, kapı açıldı ve Moray Carnock'un iri gövdesi içeri girdi. Reuben aynayı çekmeceye koydu ve itip kapadı.

"Yeni rimel iyi çıktı mı, koca adam?" diye sordu Moray.

Reuben kaşlarını kaldırdı ve moralini yükseltmeye çalıştı. "Dikkat ettiğini fark etmemiştim."

"Ah, uzun saatler, yakın temas, samimi telefon konuşmaları. Nasıl etmem." Moray poposunun yarısıyla bir tabureye ilişti. "Hem ben tehlikeli kanun kaçağı tiplerden hoşlanırım."

"Harika. Ben de etine dolgun ve erkeksi tipleri beğeniyorum."

"İri kemikli. Hem zaten benim metabolizmam böyle." Moray halinden memnun göbeğine vurdu. "Bana büyük miktarda pasta yememi söylüyor." Moray neredeyse düğümünden kurtulmak üzere olan kravatını gevşetti. "Bu kadar yastık sohbeti yeter. Ne haberler var?"

Reuben, "Buna bayılacaksın," diyerek konuya girdi.

"Her şeyin bir ilki vardır."

"Maclyn Margulis. Adam ya kıskanılacak kadar zeki ya da nefes kesecek kadar kibirli. Kieran Hobbs'un Feno-Modelimizin sağ kolu Joey Salvason'un katilinin kimliğini tespit edememesinden pek etkilenmediğini hatırlarsın. Ve sonra da, en çok kuşkulandığı kişi olarak Maclyn Margulis'i test etmemizi önerdiğini."

Moray cebinden bir sosisli çıkarıp nazik hareketlerle paketini açtı. Reuben aylar boyunca onun cebinden çok çeşitte yiyecek çıkardığını gözlemlemişti. Cebi taşınabilir bir hazır yiyecek kileriydi. "Bununla ilgili sızlandığını hatırlıyorum, evet."

"Eh, sanırım Kieran bana çok değerli bir ders verdi. Bazen teknoloji işleri fazla karmaşık hale getiriyor. Bazen mesaj çok basit, kolay ve açık oluyor."

"Nasıl yani?"

Maclyn Margulis'in saç foliküllerini incelediğimde, dizilişleri, Joey Salvason'dan aldığımız DNA örnekleriyle uyumluydu Maclyn Margulis'i uzaktan gördün mü?"

"Fazla yakınına girmek istemezdim. Ama evet, gördüm."

"İşte, Feno-Model'e bak." Reuben kendi görüntüsünü kapayıp, bir başkasını açtı. "Ne görüyorsun?"

"Oldukça çirkin, kızıl saçlı, koca burunlu ve tavşan dişli bir erkek."

"Peki, ne sonuca vardın, Holmes?"

"Senin Feno-Modelin bir boka yaramıyor."

"Ya da, simsiyah saçlı, güneş yanığı tenli, düzgün burunlu, kusursuz dişleri olan Maclyn Margulis görünümünü genlerinden çok kuaförüne, plastik cerrahına ve dişçisine borçlu. Bir daha bak." Reuben bilgisayara birkaç komut girince, saçlar koyulaştı, kaşlar siyahlaştı, cilt solgunluğunu yitirdi, burun küçüldü ve dişler düzgünleşti. Bakım tabiatı altediyor."

"Ve sen bunun maksatlı olduğu fikrindesin?"

"Bence o sadece geçmişinin bir yerinde görünüşünü esaslı biçimde düzeltme kararı almış zengin bir gangster." Reuben tekrar gerindi. "Bu olayın açıklığa kavuşma anıydı, Judith'in aldığı saçlar siyahtı, ama DNA'ları kızıl olduğunu söyledi."

"Ve tahminime göre benden bütün bunları Kieran Hobbs'a anlatmamı istiyorsun."

"Hah, evet. Ama dikkatli ol. Bu konuyu ne kadar düşünürsem, Kieran ve Maclyn gibi adamların arasına girmek o kadar canımı sıkıyor.

Moray sosislisiyle burnuna hafifçe vurdu. "Dikkatli olmak benim en iyi yaptığım şeydir."

Reuben, Moray'in cildine yapışan küçük kırıntılara baktı. Arkasında, kapının kolu döndü ve kapı sessizce açıldı. Judith elinde bir evrak çantasıyla içeri girdi. Temkinli bir tavırla iki adama yaklaştı. Kıyafetiyle yüzü bitkin ve asıktı. Ona bakarken Reuben'in aklından *içten içe kaynıyor* sözcükleri geçti. Kötü haberler duymayı bekleyen eski patronuna dönmeden önce, Moray'i başıyla selamladı. Reuben, "Ne var?" diye sordu.

"Sonunda oldu. Afişe oldun, Reuben. Sokaklarda, gazetelerde, haber bültenlerinde, konuşmalarda hep sen varsın." Çantanın sapıyla oynadı. "Retrovirüs gibi şehrin her yerine yayılıyorsun."

"Tam olarak nasıl?"

"Manşet oldun."

"Ne yazıyor manşette?"

"Adli bilim adamlarını öldüren adli bilim adamı."

"*Allah kahretsin. Kim sızdırmış bilgileri?*"

"Hiç fikrimiz yok. Phil Kemp öfkeden mosmor oldu. Bak, Reuben, en başından riskler alacağımı ve bunun benim kararım olduğunu biliyorduk. Buna değecek gibi görünüyordu. Ama şimdi risk çok büyüdü."

"Neden?"

"Bir seri cinayet vakasındaki bir numaralı şüpheliyle takılırken, vaktimin geri kalanını onun izini sürmeye çalışarak geçiriyorum. Boku yemiş durumdayım."

"Ama beni şimdi terk edersen..." Reuben kendini tuttu. "Affedersin. Çok zor bir durumdasın. Bencillik ediyorum." Kaşlarını kaldırdı, gözleri irileşti. "Ama bir de benim tarafımdan bak. Biri beni köşeye kıstırıyor. Tek umudum kim olduğunu bulmak. Genetik Suçlar'ın içindesin, sen olmazsan, hiç şansım kalmaz." Parmağıyla Judith'i işaret etti. "Sen benim Adli Bilimler ekibimsin." Sonra da parmağını Moray'e çevirdi. "Sen de benim polis kuvvetlerimsin. Ve *siz* korktuğunuzu sanıyorsunuz." Reuben destek aradı, ama Judith'in yüzünde daha önce hiç tanık olmadığı bir şey –belki de kuşku– vardı. "Benim peşime düşecekler. Beni yakalamaya gelecekler. Deliller yeteri kadar güçlü." Gözlerini laboratuvarın içinde gezdirdi. "Sonsuza dek içeri kapatılacağım. Bana yüzde yüz güveniyorsan eğer, lütfen, yalvarırım bana yardım et."

"Yüz çok büyük bir sayı."

"*Sen de mi*, Judith?"

Judith omuz silkmekle yetindi.

"Peki, bana yardım edecek misin?"

Eski patronunun gözlerinin içine uzun uzun baktı. Reuben birkaç saniye bakışına karşılık verdi. Bu daha iki gün önce aralarında geçen arzu ve gereksinim dolu bakışlardan rahatsız edecek kadar farklı bir bakıştı.

Moray'e döndü. "Ya sen?"

"Ücretimi ödediğin sürece, kimi öldürdüğüne aldırış etmem."

Judith evrak çantasını kasten ağır ağır açtı ve birkaç gazete kupürü çıkardı. "Hakkında neler söylediklerini gör bari." Reuben yazılara göz gezdirdi, bitirdiklerini sırayla Moray'e verdi. Kendi adını halkın okuyacağı biçimde basılmış görmek... birden insanın DNA'sının dizilip basılmasının nasıl bir his olduğunu anlayıverdi.

Moray göbeğini titreterek boğuk, gürültülü bir kahkaha attı. "'Polis bilim adamı katili Reuben Maitland için bir DNA önlem paketi açıkladı – Sakın Yaklaşmayın...' Kim yazıyor bu zırvaları."

"Haberi ilk veren *Sun* gazetesinden Colin Megson'dı," dedi Judith.

Moray bir gazete sayfasına döndü:

> "Euston KSB'den Başmüfettiş Sarah Hirst, ekibinin Mayıs ayında Kuzey Londra'daki seçkin bir Adli Bilimler biriminden atılmış olan Dr. Maitland ile konuşmak için sabırsızlandıklarını doğruladı. Suç tespiti teknolojileri alanındaki ilerlemelerde öncülük eden Genetik Suçlar adındaki birim, Metropolitan polis kuvvetlerinin yüksek kademeleri haricinde pek bilinmiyor. Bununla birlikte, Genetik Suçlar yaptığı atılımları bilimsel dergilerde yayınlama politikasını sürdürmekte. Dr. Maitland (38) önceden suç analizleriyle basında düzenli olarak yer almaktaydı ve yetkilerini kötüye kullanma iddialarına dayanılarak görevine son verilmesinden önce, adı İngiliz Adli Bilimlerinin ön saflarında geçmekteydi."

Moray, "İddialarına mı? Bariz suiistimal demek, daha doğru," diye mırıldandı.

Reuben başını kaldırıp bakmadı. *Daily Express*'teki bir makaleye dalmıştı. Judith bu yazıyı ona sessizce, sorgularcasına vermişti. Manşetin yukarısında tekinsiz bir kutu içine alınmış beyaz üstünde siyah harflerle 'özel haber' ibaresi hayalet gibi asılı duruyordu. "İçine edeyim," diye fısıldadı. Çaresiz bir ümitle yazıyı gözden geçirdi, ama umudu hemen sönüverdi. Biri derinlere inmişti. Verilen bilgilerin hemen hepsi doğruydu. Polis kayıtları araştırılmış, hatta tutuklamayı yapan memurlarla bile görüşülmüştü. Reuben kemiklerinde kutup ayazı hissetti, madeni bir kıskaç beynini sıkıştırıyordu. Kendi yaşamına ait gerçeklerin peşine, başkalarınınkine sarf ettiği gayretle düşülmüştü. İçe atılmış, kenara kaldırılmış, üzeri yaldızlanmış, inkâr edilmiş olaylar açığa vurulmuştu. Yalnızca tek bir kişinin daha bildiği fiiller. En azından şimdilik. Gazetenin ellerinden kaymasına izin verdi, tüy gibi düşmesini, tam inerken ters dönüp, nihayet yere konmasını izledi. Laboratuvar tezgâhına kolları dümdüz, başı eğik halde iki eliyle tutundu. Moray gazete parçasını yerden aldı, Judith'e göz atıp okumaya başladı. Bir ıslık çaldı.

"Doğru mu bu?" diye sordu.

Reuben gözucuyla, Judith'in kendisini dikkatle izlediğini gördü.

"Bir kısmı," diye mırıldandı.

Moray bir daha ıslık çaldı. "'Aranan Bilim Adamı Uyuşturucu Satıcılığından Sabıkalı.' Bilmemiz gereken başka bir şey var mı?"

"Bundan çok daha karmaşık."

"Nasıl?"

Reuben gözlerini önündeki rafta duran kahverengi fenol şişesine dikti. "Bunun hakkında konuşmak istediğimden emin değilim."

"Peki, ya giydiğin hüküm?"

"İddia edildiği gibi altı ay değil, sadece üç aydı. Ama başka bir sebeptendi, evet. Brixton. Ülkenin en iyilerinden biri."

O ana dek sesini çıkarmayan Judith genzini temizledi. "Kuralları biliyorsun. Sicilin temiz olmalı. Bir muhabir öğrenebiliyorsa... Neler dönüyor, Reuben. Sabıka kaydınla emniyet teşkilatında çalışabilmen olanaksızdır, nerede kaldı, hapis yatmak. Bu kesinlikle doğru olamaz, değil mi?"

Reuben dönüp ona baktı. Judith'in yüzünde kaygılandırıcı bir duygu karışımı vardı. Gözleri ihanet, ağzı merak, burnu nefret aksettiriyordu. Ona gerçeği söylemek, ona karşı dürüst olmak, her şeyi yapmak istedi, yeter ki yüzüne böyle bakmasın. Kendini ona açılmaya mecbur hissediyordu. "Makalenin ima ettiği gibi, benim asıl adım Maitland değil. Değiştirdim. Birazcık. Bildiğin gibi geçmiş kontrolleri üstünkörü yapılır. Babam, ben on dokuzumdayken sirozdan öldü, annem de kızlık soyadına döndü, daha çok babamın anısından kurtulmak için. Çok fazla tutarsız kanıt yoktu ortada."

"Ama kokain – ne yapıyordun?"

"Uzun hikâye. Yanlış zamanda, yanlış yerdeydim, yanlış yapan kardeşime yardım etmek için. Bakın, bunlardan herhangi biri nasıl her şeyi değiştirir anlamıyorum..."

"Anlamıyor musun?" Judith çantasını kapamakla meşguldü. "Bütün bunların hep hakikatle ilgili olduğunu görmüyor musun? Daima gerçekler. Ekibin sana bu yüzden tapıyordu. Sen bir doğruluk yanlısıydın." Gözleri nemliydi, laboratuvardan çıkmak üzere arkasını döndü. "Ne olursa olsun... bu ikiyüzlülüğü aşan bir durum. Pek çok şey için üzülmeme neden oluyor. Tanrım, sendeki gücü, dürüstlüğü, bağlılığı düşünüyorum da. Başından beri bir yalancı, eski bir sahtekârmışsın." Kapıyı çekip açtı. Yüzü kıpkırmızıydı, konuşması da gergin. "Kimsin sen, Reuben?"

"Judith..."

"Senin için neleri tehlikeye attığım hakkında en ufak bir fikrin var mı? Kariyerimi riske attım. İş arkadaşlarımın kuyularını kazdım. Arkalarından iş çevirdim. Gizli gizli sana çalıştım." Moray'e göz

attı. Gözlerinde yaşlar vardı. "Diğerlerini söyleme-
ye gerek yok."

"Nasıl göründüğünü biliyorum..."

"Ve bana ne demiştin sen? Ortada sıçan mı?"

"Ama..."

"İyi, şimdi bu küçük sıçan ortaya çıkıyor."

"Judith..."

"Ve geri dönmeyecek."

Kapı çarpılıp kapandı. Reuben dişlerini dudağı-
na geçirdi. Yumruklarıyla alnını ovuşturdu, yüzü
alt üst oldu. Omuz silkip kapıya doğru yönelen
Moray'e döndü. Sosislisinin son lokmasını yutup,
"Biraz uyu," dedi. "İhtiyacın olacak."

3

Mark Gelson, Dulwich'te yenilenmiş bir binanın önünde duran ağzına kadar dolu sarı çöp konteynerinin arkasına çömeldi. Konteynerin kenarına kullanılmayan kapılar sıkıştırılmıştı, dolup taşan içeriğinin her an üzerlerine dökülme tehlikesi vardı. Küçük bir çıkıntının arkasındaki yerinden, Mark Gelson sokağı, kısa araba yolunu ve evin ön kapısını izleyebiliyordu. Daha da önemlisi, konteyner bitişikteki bir duvarın yakınında çekilmiş olduğundan, kimse Mark Gelson'ı göremezdi.

Aslında, yalnızca arabasında oturup beklemeyi planlamıştı, ama böylesi çok daha iyiydi. Temiz havada olmak, batmakta olan güneşin hâlâ asfaltı ısıtması, hayat buydu. Başını kaldırıp evin parlak yepyeni oluklarını geçip, yukarısına baktı ve gökyüzünün yavaş yavaş bulutlarla kaplandığını, bulutların eski Amerikan arabaları gibi süzülüp park ettiklerini gördü. Hafif bir rüzgâr, konteynerden sarkan boş bir çimento torbasını oynattı. Mark Gelson montunun fermuarını çekti ve saatine baktı. Neredeyse yedi buçuk olmuştu. O kahrolasıca KSB dedektifinin, o düşük maaşı karşılığında neden bu kadar uzun saatler boyu çalıştığını merak ederek, sabırsızca ellerini birbirine sürttü.

Zaman geçirmek ve gözlenmediğinden emin olmak için, ayağının dibindeki spor çantasını açıp içine bir göz attı. Bıçağın o tanıdık pırıltısıyla karşılaştı. Karanlıkta gözü ayrıca bir ağız tıkacı, bir tabanca, bir miktar kablo, kelepçe ve bir de ilaç kutusuna ilişti. Her birine bakarken gözünde prosedürler ve protokolleri, eğlence ve oyunları canlandırdı. Cephaneliğini görünce hırslanıp ayağa kalktı ve konteyneri dikkatle inceledi. Şişkin iç kısımları onarım ve yenilemeden, kendin-yap ürünlerden ve modernize etmekten dem vuruyordu. Devirleri deviren kalaslar, pencere çerçeveleri ve şömine dekorları hiç kuşkusuz yerlerine daha az süslü, daha işlevsel şeyler koymak üzere sökülüp atılmıştı. Bir an için yüz yıllık ev hizmetinden sonra atılan parçaların artık kimsenin işine yaramayacak olmasına üzüldü. Mark Gelson faydalanabileceği bir şey, işe yaramazlıktan kurtarabileceği bir nesne buluncaya kadar içindekileri inceden inceye karıştırdı. Tuğlaların, fayansların ve tahta parçalarının arasında ideal aleti aradı. Hafif bir tesisat parçasının altından kalın bir cam kırığı çıkardı. Yanında boyayla kaplanmış şerit şeklinde bir bez parçası buldu. Sap yapmak için bezi camın keskin olmayan tarafına doladı ve çantasına yerleştirdi.

Yeniden çömelince Mark Gelson'un dizleri gıcırdadı, femur ile tibia mutsuzca birbirine sürttü. Hayatının yürüyüşü kemiklerini aşındırıyordu. Otuz yedi yılını küçük insanları tüketecek bir taşkınlıkla yaşamıştı. Bir şehrin tüm sıradan insanlarının toplamından daha çok uyuşturucu almış, daha çok yer görmüş, daha çok umutsuzluk yaşamış ve daha çok para kazanmıştı. Onunkisi uçlarda, acımasızlıkla, çaresizlikle geçmiş bir ömürdü. Şu içinde bulunduğu anda iskeletindeki yakınmalar ona öncekinden çok daha uç noktada, insanlıktan uzak ve çaresiz olduğunu söylüyordu. Ve bedeninin ağıdını dinlerken, Mark Gelson kendi kendine bu azgınlığın yakında biteceğine ant içti. İliklerine işleyecek, ancak hak ettiği gerçek cezanın verebileceği derin bir tatmin duygusuyla, bedenleri parçaladığı gibi kolayca ortadan kaybolacaktı.

Sağ taraftan gelen bir araba yavaşlayınca Mark Gelson spor çantasının fermuarını çekti. Gergin kaslar, sabırsız tendonlarla sımsıkı tutulmuş olsa da kemikleri bir anda yeniden kuvvetli ve diri hissetti. Duruşunu değiştirdi ve gümüş renkli bir Vectra'nın araba yoluna girmesini izledi. Bu bir ekip arabasıydı, işaretsiz bir polis aracıydı, bir kilometre öteden belliydi. Son sorgulamasının doğru çıkmasından dolayı kendini tebrik etti. İşte zincirin bir sonraki halkası buradaydı. Bu kez bir KSB dedektifi. Rotada bir değişiklik. Ama işlerin daha da ilginç hale gelmeye başladı yerdi bu. Bir polisin sağlayabileceği bilgiyle ulaşamayacağı kimse yoktu. Mark Gelson yeniden saatini kontrol etti. Sekizi biraz geçiyordu. Ertesi sabaha dek hiçbir planı yoktu. Uzun bir gece olacaktı, özellikle de şu anda yorgun argın arabasından inen KSB dedektifi için. Mark onun elinde dosya ve not destesiyle ön kapısına gidişini izledi. Yine bir polisin elindeki vakaya kendini adayışına hayret etti. Memurun anahtarıyla kapısını açıp, arkasından kapamasına izin verdi. Mark Gelson yavaş yavaş yüze kadar saydı. Dedektifin ev ödevini elinden bırakmasını, kravatını gevşetmesini, ayakkabılarını çıkarıp atmasını ve sonra da göz deliğinden bakmadan sabırsızlıkla kapıya uzun adımlarla gelmesini istiyordu. Birazcık kışkırtma gardını düşürürdü. Doksan beş. Ayağa kalktı. Doksan altı. Biraz gerindi. Doksan yedi. Ön kapıya çıktı. Doksan sekiz. Birkaç kere ellerini sıkıca yumruk yapıp açtı. Doksan dokuz. Tabancasını çıkardı. Yüz. Zili çaldı.

4

Reuben'le Moray, Genetik Suçlar'a yaklaşık bir kilometre kala arabayı bıraktılar. İkisi de sessizdi, Reuben elindeki ince bond çantayı, Moray de kapalı bir şemsiyeyi sallayarak yürüyordu. İncecik bir yaz çisentisi alınlarını ıslatıyor, nemli hava düşüncelerini yutuyordu. Kaldırım yağlı bir ayna gibi, olan ışığı yansıtıyordu. Reuben sokakları neredeyse mikroskobik ayrıntılarına kadar biliyordu. Bir köşeyi dönünce, Jez Hethrington-Andrews'la karşılaştıkları yeri gördü. Orada olmasını beklermiş gibi Sarah ile buluştukları lokantaya göz attı. Ama lokanta kapalıydı, diğer tüm dükkânlar, işyerleri ve kafeler gibi. Dükkânlara arabayla dalan hırsızlara karşı taktırılmış kepenkler sokak boyunca sıralanmıştı, öyle ki insana çelik bir borunun içinde yürüyormuş hissi veriyordu. Reuben saatine baktı. Bu saatte Londra bile uyuyordu. Moray paltosunun fazladan bir düğmesini daha ilikledi ve bir homurtu koyuverdi. "Adam gibi yağsa bari," dedi. Büyük boy şemsiyesini yukarı kaldırıp açtı. Reuben kaldırıma atlayıp şemsiyenin altına girdi. Moray şemsiyeyi başlarının birkaç santim yukarısında tuttu.

"Tanrıya şükür, yağmur yağıyor," dedi Reuben. "Beysbol şapkalarından bıkmaya başladım."

"Şemsiyelere dayanamıyorum".

"Seni kadınsı gösterdiğini mi düşünüyorsun?"

"Evet."

Reuben Moray'in derbeder gövdesine gözucuyla baktı. "Lanet bir pembe şemsiye seni hiç de kadınsı göstermezdi."

"Deneyeceğim ve bunu bir iltifat olarak alacağım." Moray yüzünden rutubeti sildi. Her yere yayılan, giysilerin içine işleyen, şemsiyenin altına sızan türden bir yağmurdu. "Şimdi, bütün bunlardan emin misin? Yani aslanın inini kastediyorum."

"Hiçbir şeyden emin değilim." Reuben ilerde Genetik Suçlar'ın kimliğini belli etmeyen arka duvarını gördü. Ne pencere ne de kapı vardı. Yalnızca bir bölme görevi görüyor, bir çıkmaz sokağı kapatıyordu. Gün boyu insanlar farkında olmadan önünden geçiyorlardı. Reuben'le Moray keskin bir dönemeci dönüp, elli metre mesafedeki, arabaların girmeyeceği kadar dar, ama iyi aydınlatılmış bir yan sokağa saptılar. İlerlemeleri yukardan ve etraflarından bir sürü güvenlik kamerasıyla denetleniyordu. "Sarah'nın söylediği bir şey doğru gibi geldi."

Moray şemsiyeyi iyice başlarının üzerine çekerek, "Demek artık dostsunuz, böyle birdenbire?" diye sordu.

"Pek uzun zamandan beri saylmaz. Ama anlaşma anlaşmadır. Bana bir iyilik borcu var ve ben nasıl sözümü tutup ona Öngörücü Fenotipleme sonuçlarını gönderdiysem, ondan da sözünü tutmasını bekliyorum. Lokantada onunla buluştuğumda beni tutuklattırabilirdi, ama yapmadı. Kim bilir, belki de oyunu kuralına göre oynuyordur."

"Belki. Belki de bu bir tuzaktır."

"Ki senin içeri gireceğin yer."

"Doğru," diye fısıldadı, Moray, "bütün göz alıcı işleri benim aldığım gibi. Tamam, sen burada kal. Şemsiyeyi aşağıda tut. On sekiz yirmi metre ilerde, kameralarla görülmeyen bir girinti var. Bir süre dönmem. Bir saat içinde geri gelmezsem, eve git, takip edilmediğinden emin ol." Moray cebinden küçük bir telsiz alıcısıyla birlikte ısıya duyarlı, dijital bir kamera çıkardı. Reuben onun, kamerayı ayarlayıp, telsizi dinleyerek sokakta ağır ağır yürümesini izledi. Kendi gizli çalışma ortamında, Moray yaşamınızı emanet edeceğiniz türden bir profesyonele dönüşmüştü.

Reuben son bir kez daha, doğru olanı yapıp yapmadığını ölçüp biçmeyi denedi. Sarah'nın lokantada kendisiyle oynamasını, yüzünde artan hevesi, istediği iyiliği yapmaya beklenmedik ölçüde kolay razı olmasını düşündü. Jez'in gözlerindeki uyarı ifadesini, ona güvenmemesini, kimseye güvenmemesini söylemesini hatırladı. Judith Meadows'un nasıl kilo kaybettiği, kazaklarının bollaştığı, hırkalarının sıkıca üstüne oturmadığı üzerine kafa yordu. Gazete manşetleri gözünün önüne geldi. Başkentin Adli Bilimler birimlerine dedikoduların yayıldığını hayal etti. KSB toplantılarını, Phil Kemp'in masayı yumruklamasını, tükürük saçmasını zihninde canlandırdı. Fotoğrafını kusan yazıcıları, resimlerinin dağıtıldığını, peşine düşülen suçlu haline geldiğini gördü. Önce bir sığınak, sonra da bir hapishane olarak laboratuvarını gözünde canlandırdı. Öngörücü Fenotiplemeyi ilk düşündüğü o yükseliş anını ve onu kapana kıstırdığı o kırılma anını yaşadı. Çok az seçeneği olduğu sonucuna vardı. Karşılık vermek. Onların oyununu oynamak. Açıkgöz olmak. Bir adım önde olmak. Ona aşıladıkları becerileri kullanmak. Onlar gibi düşünüp onlar gibi hareket etmek. Onları içerden çözüp, dışarıdan alt etmek. Av bekçisi, kaçak avcıya dönüşmüştü. Ve şimdi Genetik Suçlar'a, onun peşine düşen örgütün merkez üssüne girmek üzereydi.

Bir siluet belirdi ve yanından geçip gitti. Her yer sessizdi. Reuben ürperdi. Dakikalar sonra, başka biri, bir sarhoş dar sokağa girdi, sendeleyerek onu fark etmeden yanından geçti. Tuzak olasılığının güçlü olduğunu anladı. Tekrar geri dönmek zorunda kalırsa ne yapacağını düşündü. Üç ay berbat geçmişti. Ama Reuben çok daha zor olacağını biliyordu. Polis diye yaftalanarak içeri girecekti. Sivil olması önemli değildi. Adli Bilimlerin sağladığı delillerle kaç meslektaşının hapse atıldığını merak etti. Acaba kaçını bizzat o hapse göndermişti? Yine ürperdi. Bu kez cinayetten olacaktı. İstemsizce ellerini sıkıp yumruk yaptı. O anda Moray'in toparlak şeklini tanıdı. Reuben saatini kontrol etti. Moray kırk dakikadır yoktu. Başını eğip şemsiyenin altına girerken, "Temiz," dedi.

"Emin misin?" diye sordu Reuben.

Moray, "Temiz," diye tekrarladı. "Sekiz yüz metre dahilinde ne polis haberleşmesi, ne de morgda Sarah Hirst haricinde biri var." Kızılötesi kamerayı sağa sola oynattı. "Eh, diri kimse yok. Ayrıca sokaklarda park edilmiş arabaların içinde bekleyen de yok. Gidelim mi?"

Yürümeye başladılar. Sağ tarafta sığ bir köşeyi dönünce, parke taşı döşeli bir avluya açılan bir dizi yüksek metal kapı vardı. Başkent böyle kim bilir neyi saklayan adsız sansız girişlerle doluydu. Kapılar iterek açılıyordu, Reuben'le Moray birine yaklaştılar. Reuben elini madeni tuş takımına doğru uzattı, ama Moray bileğini tuttu.

"Parmaklar," dedi.

"Affedersin, alışkanlık. Şifre..."

Moray onu susturdu. "Sakın söyleme." Gözlerini kısıp tuşlara birkaç eğik açıdan baktı. "İki, yedi, dokuz, dört."

Reuben düzeltti. "İki dokuz, dört, yedi."

"Yaklaşmışım." Moray şifreyi girdi.

Reuben, "Nasıl yaptın?" diye sordu.

"Şirketler tuş takımlarını pek silmezler. Bu yüzden de şifrenin tuşları genellikle yağlı olur. Hem iki rakamı en parlak olanı gibi görünüyordu. İki dakikada şifreyi kırardım."

Reuben başını iki yana salladı. "Karanlık işler yapmanın birinci kuralı. Asla karakollara izinsiz girme."

"Ne olur?" Moray kapıyı tuttu. "Girelim mi?"

Reuben içerden burnuna ulaşan formalinin soğuk çimdiğini duyumsadı. Buzlu camların arkasında bir siluet hareket ediyordu. Koridorun duvarındaki yorgun saat sabah 3.15'i gösteriyordu. Reuben derin bir soluk aldı. Kapıyı itip morga girerken, İçinden "Ne ters gidebilir ki?" diye geçirdi.

5

Mina Ali kollarıyla dizlerini sarmış yatakta oturuyor; hırpalayan, terleten bir başka kâbus onu uyandırdı. Kan kırmızı dijital rakamlara bakıyor: Sabah 3.15. Ev ağır bir mobilya gibi, çatırdıyor, inliyor. Tek kişilik yatağına en yakın olan duvardan babasının horlaması geliyor. Bu boğuk titreşimde biraz huzur buluyor ve kendini ailesinin yanına taşınmasının iyi bir şey olduğuna inandırıyor, hiç olmazsa şimdilik. Hafifçe karanlık odanın karşı tarafına dikkatle bakıyor. Kendi evine çıktığından beri duvar kâğıdıyla perdeler değiştirilmiş. Geç de olsa, odasını kişiliksizleştirdiklerini fark ediyor. Mina yapış yapış alnına dokunuyor. Parmaklarını burnunun üstünde gezdiriyor, kâbusundan sızan yağı hissediyor. Tek bir ışık yayan diyot saati 3.16 yapıyor. Tekrar dizlerine sarılıyor ve gözlerini kapıyor, zihnini gece kovalamacalarından sıyıracak bir şey düşünmeye çalışıyor.

Bernie Harrison karısının içinde ve üstünde. Kadının uyukladığına dair belli belirsiz bir hisse kapılmış durumda, ama bu onu ilgilendirmiyor. Uyku tutmadı, karısını sekse zorladığını biliyor. Karısı ona penetrasyon şeklinde rahatlama sunuyor. Bernie hareketlerini hızlandırıyor. Kadın sessiz. Bernie karanlıkta gözlerini açıyor. Ne zaman kapasa onu dehşete düşüren şeyler görüyor. Karısı daha derin soluklar alıp vermeye başlıyor ve bir an Bernie onun gerçekten uyukladığından endişe ediyor. Ama karısı ellerini sıkıca tutuyor, bu yakın olduğunun belirtisi. Gözlerini açık tutmaya zorluyor, KSB'nin destek ekibinden bir memureyi çıplak, arkasına yaslanmış ve kendini ona sunarken hayal ediyor. Bernie boşalmaya başlıyor. Neredeyse anında bitiyor, zayıf bir orgazm, zorlama, düşünülüp bulunmuş, zihinsel bir soruna getirilmiş fiziksel bir çözüm. Karısı onu sevdiğini fısıldıyor. Bernie yavaşça, gönülsüzce geri çekilip sırtüstü yatıyor. Saatinin fosforlu akreple yelkovanı üçü çeyrek geçe olduğunu söylüyor. İç geçiriyor. Karısı horlamaya başlıyor. Bernie gözlerini kapıyor ve ona katılmayı deniyor.

Paul Mackay ellerini göğe doğru uzatıyor. Yukarıda duman, ışıklarla katı hale getirilmiş ve lazerlerle deliniyor. Arkasında dans eden adam kasığını ona sürtmeye başlıyor. Bir coşku hücumu yabancının temasıyla çakışıyor. Paul'ün kasları kaskatı, aralarındaki temas öyle sert ki adeta çarpıp geri tepiyorlar. Güm güm atan, hızlı vuruşlu gürültü bir o kadar görkemli ikinci bir temponun içinde eriyor. Yoğunlaşarak kamburunu çıkarıp öne eğilmiş DJ hızlanan bir plak dizisinden diğerine atlıyor. Baslar Paul'ün göğsünde nefis bir sıcaklıkla titreşiyor. Kendini iyi hissediyor. Yabancı arkadan kollarını ona doluyor Paul hâlâ yukarıya, ışıkların arasından, gece kulübünün görünmeyen tavanına ve sorunlarının dışına ve ötesine, yukarısına ve uzağına doğru uzanıyor. Yabancının bilekleri parlıyor, neredeyse hiç tüyü yok. Paul adamın bilek saatinden saati fark ediyor. Yenilenmiş bir taşkınlıkla dans ediyor, kendini uyarılmış, heyecanlı ve özgür hissedi-

yor. Kulüp üç saat daha açık. O zamana dek dışar-
daki dünya yok.

Birgit Kasper telefonla konuşuyor. Sigarasının
külünü silkiyor. Kültablası olarak kulandığı plastik
bardağın içinde birkaç izmarit var. Sigaranın ucun-
da külünün uzamasına hiç fırsat bırakmıyor, çünkü
neredeyse durmadan sigaraya parmağıyla vuruyor.
Birgit İsveççe konuşuyor. Üzerinde üniseks bir pija-
ma, ayaklarında da küçük, yünden koyunlarla süs-
lü terlikler var. Arada bir gözünün altındaki deriyi
işaret ve başparmağıyla ovuşturuyor, telefonu boy-
nun altına sıkıştırmış. Bir süredir ağlıyor. Dinler-
ken, sigarasından derin bir nefes çekiyor, ucunda za-
yıf, kırmızı bir koni parıldıyor. Ara sıra konuşmasını
nı kısa İngilizce kelimelerle çeşnilendiriyor. Stüdyo
dairesindeki mikrodalga fırın saati gösteriyor. Bir-
git saati fark ediyor ve hızlı hızlı konuşuyor. Konuş-
masını "Ciao" diyerek bitiriyor, kendini koltuğa bı-
rakıyor ve yeni bir Marlboro Lights paketi açıyor.

Simon Jankowski bilgisarayına tıkır tıkır bir
harf seli akıtıyor. Bir kâğıt parçasına bakarak ya-
zıyor ve bir kere bile klavyeye bakmıyor. İki par-
mağı A ve C harfleri arasında havada duruyor, di-
ğer iki parmağı da G ve T harflerine dokunuyor.
Simon hem yatak odası hem de salon olarak kul-
landığı odada. Yemek masası, kâğıt parçaları, fo-
toğraflar ve delil formlarıyla karmakarışık. Reu-
ben Maitland'in bir Feno-Model'i bantla duvara
tutturulmuş. Bir tükenmez kalemin ucunu kemiri-
yor, dikkati had safhada. Simon Alt-Tab tuşlarıy-
la diziliş verileriyle dolu bir başka pencereye geçi-
yor ve sonra da genetik erişim numaralarının oldu-

ğu kamu veri tabanı sayfasını açıyor. Dizüstü bilgisayarının küçük hoparlörlerinden Stone Roses'ın Manchester'daki öğrencilik günlerini anımsatan bir CD'si çalınıyor. Ekranın sağ alt tarafında dört küçük rakam var. Gözucuyla rakamların 03.15 olduğunu fark ediyor. Yazmayı bırakıp geriniyor, yalnızca ne kadar yorgun olduğunun farkında, şimdi vaktin ne kadar geç olduğunu anlıyor. Simon yaptıklarını kaydediyor, ayağa kalkıyor ve tekrar geriniyor. Yatağının olduğu tarafa bakıyor, bir saniye durakladıktan sonra oturup işine devam ediyor, isteksiz bir disiplin içinde klavyeyle yazıyor, düzenliyor, karşılaştırıyor ve doğruluyor.

Judith Meadows yatağının kenarına oturmuş, sessizce ağlıyor. Kocası yanında yatıyor, derin uykuda. Pencereden dışarı bakmaya devam etmeden önce, kocasına göz atıyor turuncu bir sokak lambası karşıdan gecenin karanlığında hüzünle ışıldıyor, baş tarafı ayağını inceliyormuş gibi eğilmiş. Judith burnunu bir mendile sümkürüyor. Gözlerinden yaşlar akmaya devam ediyor, yüzünden aşağı kayıyor, çenesinden damlayıp çıplak bacaklarına düşüyor. Bir sesle irkiliyor. Pervazda bir kedi beliriyor, içeri girmek için miyavlıyor. Judith çabucak solan belli belirsiz bir gülümsemeyle kediye omuz silkiyor. Gözlerini pencereyi sıkıca kapayan yeni takılmış bir çift kilide çeviriyor. Kedinin kocasını rahatsız edip etmediğini merak edip arkasına dönüyor. Adam anlaşılmaz bir şeyler geveleyip, uykusuna devam ediyor. Judith ayağa kalkıp, bitişikteki yeni dekore edilmiş odaya gidiyor. Kullanılmayan yatağın soğuk çarşaflarını çekip yatağa giriyor.

Phil Kemp Genetik Suçlar binasındaki masasında uykuda. Sol yanağı küçük bir gazete destesinin üzerine dayalı, iki boş Shiraz şişesi masanın üzerinde yatıyor. Formlar, kâğıtlar ve deliller her yere dağılmış. Kolları önündeki tüm bilgileri bir araya toplamak üzereymiş gibi iki yana açılmış. Masanın üzerindeki kalemliğin ortasında küçük bir analog saat var. Kısa, küt akreple yelkovanı birbirinin üzerine binmiş, ikisi de üç sayısını işaret ediyorlar. Bilgisayar ekranı bir internet poker kulübünün ana sayfasını gösteriyor. Phil başını kaldırıp yüzünü öbür duvara çeviriyor. Sol yanağına gazetenin siyah baskı harfleri bulaşmış. Homurdanıp yeniden hafif uykusuna kayıyor.

Jez Hethrington-Andrews gözlerini televizyonuna dikmiş oturuyor. Peş peşe sarma sigaralık içiyor, sert birasını yudumluyor, bakıyor, bakıyor. Gözleri cam gibi, aklı televizyonda oynayan filmden çok uzakta. Bir ses geliyor. Başını yavaş yavaş çevirip dairesinin kapısına bakıyor. Bu bir teslimiyet ve kabullenme hareketi. Jez bir ses daha duyuyor; bu sefer daha yüksek ve kapının uzağından gelen bir ses. Jez olduğu yerde kalıp, esrarlı sigarasından derin nefesler çekiyor, parmakları öyle titriyor ki yanan ucu televizyonun kızıllığında titreşiyor. Teneke kutuyu başına diktikten sonra, Jez kendi kendine mırıldanıyor. "Boktan," diyor. "Bu çok boktan." Uzaktan kumandayı alıp bir düğmesine basıyor. Film yerini teletekste bırakıyor. Başlıklardan biri "Bilim adamı katili serbest dolaşıyor". Çok boktan. Jez bir nefes daha çekiyor ve kendi kendine konuşmaya devam ediyor. "Çok boktan," diye tekrarlıyor. "Gerçekten de çok boktan."

6

"Ve Dr. Maitland suç işlediği yere döner." Sarah Hirst'ün gözleri irileşmiş, çoktan parlak ışığa alışmış. Üzerinde dar kollu, yakası kapalı bir laboratuvar önlüğü var.

Reuben, "Selam, Sarah," diye karşılık veriyor. "Bu benim bir arkadaşım, başıma bir şey gelmeyeceğinden emin olmak için burada. Herhangi bir aksilikte, gideriz."

Sarah, Moray'e doğru başını sallayarak donuk bir selam veriyor. "Bu pek çok ipi elinde tutmak anlamına geliyor," diyor tekdüze bir sesle. "Çok zamanımız yok, en fazla bir saat ve her şeyi bulduğumuz gibi bırakmak zorundayız." Her zamanki gibi, Reuben, hissettiği o daimi ayrılık duygusunu taklit eden kayıtsız tavrına kapılıyor. Arkadaşlarından ayrı, ailesinden, Joshua'dan, toplumdan. Sarah'nın soyutlanmışlığında, kendi uzaklığının yüzüne baktığını görüyor. "Şimdi birkaç kural söyleyeceğim. Deri punch biyopsisi gibi homojen örnekler almayacaksın. Fark edilebilecek hiçbir şey olmayacak. Cesetler raylı sedyelerinde kalacak. Otopsi masasına taşıyacak zamanımız yok. Sessiz çalışmak zorundasın, bina içinde yukarda gece nöbetinde iki KSB memuru var, seni gördüklerine ne kadar sevinirler bir düşün. Ve arkadaşın hiçbir şeye dokunmayacak. Tamam mı?"

Moray, ruhsuz bir sesle, "Aklımdan bile geçirmem," diye karşılık veriyor.

"Peki, sanırım bu partiyi başlatmamız gerekiyor." Sarah üst üste dizili, uzatılmış dosya dolaplarına benzeyen şeylere doğru yürüyor. Reuben peşinden gidiyor. Gergin, cesetleri gördüğünde vereceği tepkiden endişeli, bunun hâlâ bir pusu olabileceğinden kaygılı. Sarah, "Seni uyarmak zorundayım," diye ekliyor, "berbat haldeler."

Reuben homurdanıyor. Çantasını yere koyup açıyor. İçinden bir çift cerrahi eldiven, bazı uzun pensler, bir raf dolusu tüp, birkaç kendinden mühürlü plastik torba, bir seloteyp rulosu ile bir kutu pamuklu kulak çubuğu çıkarıyor. Reuben daha önce birçok ceset gördü, ama bunun farklı olduğunu biliyor. Bu insanlara beslediği duygular var. Kendine tek yapması gereken şeyin onları daha önce hiç görmemiş gibi incelemek olduğunu söylüyor. Reuben bunu yapmaya çalışıyor, onları yabancı gibi görmeye. Ama pek işe yaramıyor. Sarah parlak çelik bir çekmeceyi açıyor ve Reuben sessizce soluğunu tutuyor.

Tablanın üzerinde çıplak yatan Sandra Bantam'ın cesedi. Yaralarının temizlenmiş olmasına karşın, gövdesi, uzun kesikler, ısırık izleri ve sigara yanıkları ile harap halde. Cildinin hastalıklı solgunluğu, kızıl-kahverengi yaralarla tezat oluşturuyor. Hafifçe şişmiş yüzünde lokal şişkinlikler ve bereler görünüyor, dudaklarında ve burnunda göze çarpan sızıntılı kesikler. Kulak memelerinden biri yok, belki de küpe takılı olan kısmındaki lokma büyüklüğünde iri parça kopmuş. Kollarının üst kısmında ve boynunda parmak şeklinde çürükler var. Reuben'in gözleri derisi soyulmuş dizlerinde, cinsel organının gür tüylerinde, göbeğinin durgunluğunda, meme başlarının esmerliğinde, alnındaki eziklerde, dağınık saçlarında geziniyor. Sert soluklar alıyor, sırtından ter akıyor. Sarah onu izliyor. Hâlâ karar vermeye çalışıyor. Reuben bir pamuklu çubukla bir mavi boya şişeciği çıkarırken, bunun iyi bir şey olduğunu anlıyor.

Hafif dokunuşlarla çözeltiyi ısırık izlerinin etrafına sürüyor ve DNA renklenmesini inceliyor. Bu işlemin çoktan yapılmış olduğunu görebiliyor, ama sakinleşmek için alışılmış yöntemlere gereksinim duyuyor. Sandra'nın kokusu tiksindirici, içine çekmemeye çalışıyor. Eskiden sürdüğü parfümleri anımsıyor. Reuben çömelip gözlerini Sandra'nın cildinin yüzeyinde gezdiriyor. Yalnızca girişteki saatin bozduğu neredeyse salt sessizliği duyuyor. Moray arkasını dönmüş, kamerasını kurcalıyor, zihnini meşgul edecek bu kadar korkunç olmayan bir şey buluyor. Reuben, Sarah'nın beden dilini gözlemeyi sürdürdüğünü fark ediyor. Sarah'ya, "Bol miktarda DNA," diye fısıldıyor.

"Sandra'nın işlemlerini Run yürütüyordu. DNA'yı başta aldı."

"Diş izleri. Büyük hata. Herhalde diş incelemelerini yaptınız."

"Elbette."

"Ve?"

"Biraz belirsiz, bu yüzden pek bir şey elde edemedik." Sarah başına dert açacağını belli eden bir tavırla sırıtıyor. "Ama diş izleri seninkilere benziyor."

"Onu nasıl hallettiniz?"

"Kilitli dolabında bir dişlik bırakmışsın, tahminen zavallılığıyla meşhur Adli Bilimler Ragbi Kulübü'ndeki döneminden kalma. İç kısmının kalıbını aldım ve diş izleriyle karşılaştırdık. Patologlar yarı yarıya benzediği fikrindelerdi."

Reuben başını Sandra'nın derisinden çeviriyor. "Sanırım bunu çok fazla düşünmemeliyim."

"Sanırım düşünmemelisin."

"Peki, şüphelinin diş yapısınının haricinde, DNA'yı nereden aldıklarını tam olarak biliyor musun?"

"*Tam* olarak değil. Ama mavi renklenmeyi takip et."

Reuben kaşlarını çatıyor. "İç kısımları boyadılar mı demek istiyorum?"

Sarah bir tomar not ve form yapraklarını karıştırıyor. "Vajinal, anal, ağız boşluğu."

"İşte benim oğlum. Run esaslı iş..." Reuben susup metal çekmecelere göz gezdiriyor. Mide bulandıran bir beklentiyle ürperiyor. Bir sonraki ceset Run'ın.

"Bak, Dr. Maitland, bizim şimdiye kadar bulamadığımız neyi bulacağını sanıyorsun?"

"Bilmiyorum," diye yanıt veriyor. "Haydi, bir sonrakini de çıkartalım."

Sarah parmağını metal kapaklar boyunca, bir ismin üstünde durana dek gıcırtıyla sürterek iletiyor. Reuben onu seyrediyor. Solgun görünen Moray'e göz atıyor. Sarah çekmeceyi çekip Run Zhang'ı göz kamaştıran beyazlığa çıkarıyor. Reuben kendini hazırlıyor. Bu kez zor olacağını biliyor. Bu bir yabancıymış gibi davran, diyor içinden yine. Kusmak üzere değilmişsin gibi yap. Birbiri ardına uykusuz geceler boyunca Run'ın ölümü seni yiyip bitirmiyormuş gibi yap. Reuben ağır adımlarla ilerliyor. Gördüğü ilk şey kısa, ince köşeli kesiklerle oyulmuş harfler oluyor. Dişlerini sıkıyor, kendini tarafsız olmaya zorluyor. İsteksiz gözlerini tepeden tırnağa cesedin üzerinde gezdiriyor, cildin pürüzsüzlüğünü, nispeten tüysüzlüğünü, travmayı ve iç yaralanmaların sızıntısını fark ediyor. Yanıklar, kesikler ve aşınmalar gevşek yüzeyin her yerine dağılmış. Kimi yerde deri, kırmızı etten dudakları, beyaz yağ dokusundan dişleri olan küçük ağızlar gibi açılıyor. Boğazındaysa aydınlığa çıkmaya hazır gibi görünen şarap rengi bir karalık var. Her tarafında ölüm anından hemen önce meydana gelmiş tomurcuklanan bereler, yüzeyde çiçeklenmek için yağ tabakasını aşmaya çabalıyorlar. Reuben'in ıslak gözleri tekrar en yoğun hasarın olduğu bölgeye sürükleniyor. Canı çekilirken Run'ı doğrayan çok sayıda kesik, kesişen şekiller çizerek gevşek göğsünü kaplamış. Reuben bir an Sandra'nın yüzünü kontrol ediyor.

"Söylesene, Sandra'yla Run'ın gözleri ölüm anında kapalı mıydı? Yoksa göz kapaklarını patologlar mı kapadı?"

"Öldüklerinde kapalıymış. Olay yerlerindeydim."

"Aha," diyor Reuben.

Moray başını kamerasından çeviriyor. Sarah öne doğru adım atıyor. "Ne?" diye soruyor.

"Bir şey yakalamış olabiliriz." Reuben Run'ın göz kapağını geriye doğru çekiyor, naylon eldivenlerin üstünden soğukluğunu hissediyor. Beklenmedik bir dedektiflik dürtüsü onu kusacak gibi olma duygusundan uzaklaştırıyor. "Bir zamanlar bununla ilgili bir şey okumuştum." Gözbebekleri iri, etraflarını saran irisleri görmek zor. Yeni bir çubuk alıyor, çözeltiye batırdıktan sonra nazikçe Run'ın göz yuvarlarının üzerini siliyor. Pamuk göz yüzeyine sürünüyor, Reuben bu dokunuşla ürperiyor. Sandra'nın göz kapağını çekip aynı mide bulandırıcı işlemi başka bir çubukla tekrarlıyor. Sırayla üzerlerine eğilip, "İşte!" diyor.

"Reuben..."

"Göz aklarında mavinin azlığını gördün mü?"

"Az çok."

"Demek kimse göz kapaklarının altını test etmemiş. Şimdiye kadar."

"Ee?"

"Eesi belki önemli bir şeydir."

Sarah etrafından dolaşıp karşısında duruyor, Run'ın başı aralarında, yukarıya bakıyor, açık gözlerinin akları yavaşça maviye dönüyor. "Nasıl? Cesedin her tarafında olan, aynı DNA –senin DNA'n– olamaz mı?"

Reuben, "Olabilir," diyor. "Ama şunu bir düşün. Gözler kehribar gibidir. Anı yakalar ve hapseder. Bir ağacın reçinesine yapışan sinek fosil haline gelir, sonsuza dek orada kalır."

"Hâlâ söylediklerini pek takip edemiyorum."

"Alışırsın," diye söyleniyor, Moray Carnock.

"Gözler şokla ardına kadar açılır, cinayete tanık olur. Sonra kimi zaman kapanır. Ve kapandığında da her türlü örneği, bulaşanı ya da her ne varsa, zarar görmeyecek, güvenli bir şekilde mühürler." Reuben bir pamuklu çubuğu Run'ın irisine hafifçe dokundurduktan sonra berrak sıvıyla dolu bir plastik tüpün içine sokuyor. "Çok az adli bilim uzmanı gözleri kontrol eder, özellikle de başka yerlerde bol miktarda örnek bulunuyorsa." Aynı dikkatli işlemi Sandra üzerinde de gerçekleştirdi. "Ama bence şu anda sineğimizi bulmuş olabiliriz."

7

Genetik Suçlar'ın birkaç sokak uzağına park edilmiş arabaya vardıkları zaman, Moray, "Sarah sana inanıyor ha?" dedi.

"Hiç inanmıyor. Sadece bana borçlu. Hem bana borcunu ödemesinin asıl nedeni cesetlere nasıl tepki vereceğimi görmekti. Klasik prosedür."

"Peki, güzel. En iyisi mesafemizi korumak."

"Elimizden geldiği sürece. Ama şu gerçekle yüzleş, Moray, biri bana adilik yapıyor."

"Kim?"

"Hiçbir fikrim yok. Çok zeki oldukları ve Adli Bilimler hakkında bilgi sahibi oldukları haricinde." Merkezi kilit kapının içinde bir kemer hızla çekiliyormuş gibi bir ses çıkardı. Reuben binerken, "Bir düşün," diye ısrar etti. "Üç bilim adamı ölüyor, hepsine de benim DNA'm bulaştırılmış. Hatta biri diş izi bırakma zahmetine bile giriyor. Sence bu kolay mıdır?"

"Şimdiye kadar hiç düşünmediğim bir şey." Moray arabayı çalıştırdı ve hareket ettirdi. Aralıklı çalışan silecekler su dereciklerini parçalara ayırdı ve fırlatıp attı. "Nereden bulsunlar ki senin DNA'nı?"

"Zor bir şey değil. Ne yaptığını biliyorsan, küçücük bir miktar alıp artırmak mümkün."

"Peki ya dişliğin?"

"Sarah'nın dediği gibi, belli ki eski soyunma dolabımda bırakmışım. Bunu nasıl öğrendiğinden emin değilim."

"Ama Genetik Suçlar'da çalışan birinden söz ediyoruz, değil mi? İçerden birinden. Ortalama bir suçlunun asla elde edemeyeceği şeylere ulaşma olanağı olan birinden."

Arabanın fanından gelen ılık hava Reuben'in gözlerindeki ıslaklığı kuruttu, kuru göz kapaklarını yavaşça kırpıştırdı. "Aynen öyle."

"Korkuyor musun, koca adam," diye sordu Moray.

"Sen olsan korkar mıydın?"

"Ben etrafıma duvar örerdim."

Reuben sesini çıkarmadı. "Evet, dedi sonunda. "Tek başıma kaldığım zaman. Orada oturup yalnızca dinlediğimde. Bilirsin işte, gece evde yalnız kaldığın zaman olduğu gibi. Ama birinin peşinde olduğunu, sana zarar vermek istediklerini bilmek... Evet, içim içimi yiyor."

"Peki, şimdi ne olacak?"

Reuben başını kaldırıp Moray'e baktı. "Sandra on gün önce öldürüldü. Run beş gün önce. Lloyd da aşağı yukarı üç gün önce. Run tam Sandra hakkında yanıtlar bulmak üzere olduğu anda öldürülüyor. Mina tam Run'ı işleme tabi tutarken kovalanıyor ve kıl payı kurtuluyor."

"Ya Lloyd Granger?"

"Lloyd rotada bir değişiklik olduğunu gösteriyor."

"Aklına gelen herhangi bir isim var mı?"

Reuben üzgün üzgün camdan dışarı baktı. Aydınlık artıyordu, şafak solgun varlığını hissettirmek üzereydi. Silecekler sisi andıran yağmur dinmeye yüz tutarken ön camın bir yanından öbür yanına sürükleniyordu. "Bir ya da iki. Ama göz örnekleri bize bir ipucu verebilir."

"Ne yapacaksın peki?"

"Run'la Sandra'nın gözlerinden DNA alıp, fenotiplemeyle profilini çıkaracağım."

"Peki, bu bize neyi gösterecek?"

"Her şey yolunda giderse, katilin yüzünü."

"Senin örneklerin Run ve Sandra'nın kendi DNA'larıyla karışmayacak mı peki?"

"Hiç önemli değil. Sarah bakmadığı bir anda her iki cesedin ağzından örnek aldım böylece katilin DNA'sını öncekilerden ayırabileceğim."

"Yapabilecek misin bunu?"

"Bilemezsin. Nereye gidiyorsun?"

Moray gaza basıp çift yönlü yoldan çıktı ve arabayı savurarak bir göbekten döndü. Direksiyonla boğuşurken, "İzleniyoruz, sanırım," dedi, çatık kaşları alnını buruşturdu. Yolun yüzeyi kaygandı, Reuben ince nem tabakasının lastiği asfalttan ayırmasını gözünde canlandırdı. Yan aynayı kontrol etti. Beyaz bir Fiesta yüz metre geriden hızla ilerliyordu.

"Kim olduğunu görüyor musun?"

"Erkek, beyaz. Hepsi o kadar."

"Lanet olsun."

"Bence de."

"Ne yapacağız?"

"Senin istediğini.

Reuben aynaya bir daha dikkatle baktı. Fiesta hızla ilerliyordu. "Süratli," dedi.

"Bu koca şeyden daha hızlı."

Moray vites küçülttü ve gazı kökledi, motor bağırdı. Hız göstergesi saat yönünde yavaşça ilerledi ve Moray direksiyonu daha kuvvetli kavradı.

"Bizi yakalayacak."

Moray, "Polisler uzakta. Başka seçenek yok," diye homurdandı.

"Neden başka?"

"Bundan." Moray lastikleri cayırdatarak arabayı bir başka göbeğin etrafında döndürdü. "Güvenlik danışmanlarının temel birinci seviye eğitimi." El frenini hızla çekti ve arabayı hızla kendi etrafında döndürüp bir yan sokağa soktu. Neredeyse aynı anda el frenini bir daha çekti ve arabayı geldiği yöne döndürdü. Reuben emniyet kemerine tutundu, yolcu koltuğunda öne arkaya savruldu; yanan lastik kokusu burun deliklerinden içeri sızdı. Adrenalin, midesinde taş gibi kasılma ve bulantı hissi bırakarak kanını sindirim sisteminden kaslarının içine akmaya teşvik etti. Moray motorun devrini yükseltti. "Hazır mısın?"

"Tanrı aşkına, bizi öldüreceksin."

Moray gaz pedalını naylon halıya değecek kadar kökledi. Debriyajla oynadı. Büyük kiralık araba uludu. Yanık kokusu yoğunlaştı. Beyaz otomobil belirsiz bir şekil halinde geçip gitti. Moray ayağını debriyajdan çekiverdi ve araba yan sokaktan fırladı, tekerlekler tutunmak için yeri kazırken, köşeyi patinaj yaparak döndü. İkinci vitese geçti, Reuben koltukta arkaya doğru düştü. Üçüncü vites ve devir göstergesi çabucak geri dönmeden önce bir an kırmızı alana düştü. Saniyeler içinde Fiesta'nın arkasına geçtiler. "Yakaladım, seni orospu çocuğu." Moray yüzünü buruşturdu. Sanayi sitesine yaklaşıyorlardı. Öndeki otomobil yavaşladı. Moray tamponunu dürttü. Motoru zorladı. Kavrama noktasının hemen altında tutulan debriyaj feryat etti. İlerde yol ikiye ayrılıyordu.

Reuben uyardı. "Yavaş."

Moray hızlandı ve arabaya güm diye vurdu. Sürücüsü gaza basınca Moray de onu izledi. Bir kere daha toslamaya çalıştı. Reuben kırılmış sinyal ve fren lambalarını gördü. Daha küçük ve daha seri olan Fiesta ikinci temastan kurtuldu. Yol ayrımı uzakta belirdi. Moray kiralık otomobilin gaz pedalını tekrar kökledi. Reuben emniyet kemerini kontrol etti. Ve arkadaşına göz attı. Moray değişmişti. Artık tehlikeliydi. Saatte yüz otuz kilometre hızı aşarlarken, Reuben'in gözünün önünde bir dizi görüntü belirdi. Moray, kovalıyor ve kovalanıyor, saldırıyor ve saldırıya uğruyor, avlıyor ve avlanıyor.

Süratle ilerliyorlardı. Kiralık otomobil hızla asfaltı yiyordu. Reuben sağ ayağını ayak boşluğuna doğru iterek gayrı ihtiyari fren yaptı. Çarpışmalarına ramak kalmıştı. Yol ayrımı çatallanmaya başladı. Çapraz beyaz çizgiler iki dönüş arasındaki bölgeyi gösteriyordu. Fiesta aniden sola saptı. Moray onu takip etti. Ve sonra beton refüje metreler kala direksiyonu birden sağa kırdı. Fiesta'nın ayrılıp, uzaklaşmasını izlediler, bir üstgeçide doğru gitmeye mahkûmdu artık. Moray sert soluklar alıp veriyordu. Ensesindeki saçlar ıslanmıştı. Yavaşlamadı. Reuben ibrenin yüz otuz beşi zorladığını gördü.

"Moray," diye bağırdı.

Moray başını sallayıp Reuben'in bakışlarını takip etti. Ayağını gazdan çekti. Araba kendi hızıyla yarım kilometre daha gidip yavaşladı, motor açlıktan ölmek üzereydi. Sessiz geçen birkaç saniyenin ardından, "Nereye bırakmamı istersin?" dedi.

"Eve yakın olduğumuzu biliyorum, ama beni sabaha kadar açık olan bir eczaneye götür. Birkaç şeye ihtiyacım var."

"Nasıl geri döneceksin?"

"Araba ya da metroyla. Merak etme, vakit daha erken. Polisin sabahın altısında sokaklarda beni arayacağını sanmam."

Moray esnedi, heyecanı diniyordu. "Dikkatli ol," diye karşılık verdi. "Şimdi işlerin içine etmek istemeyiz."

"Senin kullandığın arabadan sağ çıkmak, asıl büyük bela oydu. Başka her şey kolaydır."

Reuben bacaklarına asılan, titrek bir bitkinlik hissetti. Yol neredeyse kuruydu. Az sayıda taksi ve otobüsün, tek tük özel aracın yanından geçtiler. Aklından eczaneden alması gerekenlerin bir listesini yaptı. Diş macunu. Sabun. Islak mendil. Dizi analizi plakaları için vazelin. Örnek hazırlamak için cımbız. Başı için parasetamol. Birkaç saat uyuyabilmek için öksürük şurubu. Önünde çılgın bir Öngörücü Fenotipleme günü görüyordu. Günün sonunda da katilin resmi. Moray yavaşladı ve durdu. Reuben arabadan indi ve transtaymış gibi, suçluyu tespit etme tekniklerine dalmış halde eczaneye doğru yürüdü.

8

Güvenlik memur yardımcısı Dave Hillier sırtını yaylandırıp, şişkin göbeğini çıkararak ve başını sandalyenin sırtına doğru yatırarak gerindi. Başını tekrar eğince turuncu bisküvi kırıntılarının, kazağının fazladan bir yağ katmanı gibi kat yapmış kıvrımları arasına girmeye başladığını gördü. Eliyle silkeledi, kırıntılar önce pantolonunun paçasına takıldıktan sonra nihayet vinil zemine düştü. Ayağa kalkarken sandalyesinin tekerlekleri toz haline gelmiş artıkları çıtırtıyla ezdi.

Dave rahat adımlarla kontrol odasının köşesinde duran kilitli dolabına gitti. Dolap mavimsi gri renkteydi, kilidinin etrafı da paslıydı. İçinden yıpranmış bir *Razzle* nüshası aldı, yerine geri dönerken büyük bir iştahla göz gezdirmeye başladı. Kapağı 'Okur Eşleri Özel Sayısı' olduğunu ilan ediyordu. Dave bir bisküvi daha çıkarıp sayfalara daldı. Zaman zaman başını kaldırıyor, gözlerini kısıp etrafını elektrikli bir panorama gibi çevreleyen koca monitör yığınına göz atıyordu. Ekranlar solgundu, yaz gününün ilk ışıkları belirmeye başlıyordu, yasa dışı gece faaliyetleri ile sabah iş keşmekeşi arasındaki durgunluğu gösteriyordu.

Dave iki fotoğrafı inceleyerek uzun bir zaman harcadı. Fotoğraflar farklı kadınları gösteriyordu, biri sırtüstü uzanmıştı, diğeri ellerinin ve dizlerinin üzerindeydi. Öyle kayda değer çekicilikte değillerdi, çekimlerde de neredeyse kasıtlı bir basitlik vardı.

Ama yeniden tahrik olmaya başladı. Dave sağ elinin parmaklarını pantolon cebinden içeri soktu. Bu kadınların çekici, rötuşlu ya da çekim açıları sayesinde olduklarından güzel görünmediklerinin farkındaydı, ama oradaydılar işte. Dave bir an monitörlere göz gezdirdi, bakışlarının bir monitörden diğerine atlayan biçimli bir kadın vücudunu takip etmesine izin verdi. Belki bugün bu kadınlardan biri ekranlarından geçecekti. Belki KDKS kameralarının önünden geçit yapan yüzlerce kadın, yatak odası kameralarının önünden de geçit yapmışlardı. Onu steril gece ve kulak tırmalayan gündüz nöbetlerini çekmeye devam ettiren işte bu düşünceydi. Yaşamının televizyon pencerelerinden geçen kadınlar çıplaktılar, gereksinim içindeydiler ve gizli teşhirciydiler.

Okşamaların tam ortasında bir ses onu durdurdu. Dave saatin neredeyse altı olduğunu fark etti. Bir sonraki nöbet başlamak üzereydi. Elini mümkün olduğu kadar yavaş ve doğal biçimde masanın üstüne çıkardı ve parmaklarını denetim topunun üstünde dolaştırdı. Dave sol eliyle küçük madeni joystiki kavrayıp, yakınlaştırdı, taradı, insanların yaşamlarına baskın yaptı, işhanlarının arasından yan yatarak dolaştı, hızla hareket eden araçları takip etti. Kesintisiz gözetimle geçecek bir gün daha yeniden başlamak üzereydi. Kapı açıldı, nöbeti devralacak meslektaşı içeri girdi.

Dave başını öne doğru salladı. "Jim."

Yerini alacak arkadaşı, "Dave," diyerek karşılık verdi.

Dave kontrolü devretmekte gönülsüzdü. Özellikle de güvende olduğunu anlayana kadar ayağa kalkmak istemiyordu. Kazağını biraz aşağı çekti.

"Olan biten bir şey var mı?"

"Bir kızarmış balık-patates dükkânının önünde kavga çıktı. Gasp girişimi, birkaç fuhuş olayı, bilirsin işte. Alışılmadık bir şey yok."

"Polisler gaspçıyı yakaladılar mı?"

"Yok. Çok ağır kaldılar. Ben olay gerçekleşir gerçekleşmez çağırdım, ama on dakika içinde geleceklerini söylediler. Ben de adamı takip ettim, ama on sekizincide kaybettim, çünkü dönmedi."

"Dönmedi mi? Bir deneyelim, bakalım."

Dave ereksiyonunun artık inmesinden memnun ayağa kalktı. Yeni güvenlik memuru yerine oturdu, dikkatle on sekizinci monitöre bakıp kalın küt parmaklarıyla joystik ve denetim topuyla yönlendirmeye koyuldu. "Lanet şey bozulmuş. Ne yapıyordun bununla? Hatun mu gördün?"

Dave kıkır kıkır güldü. "Arsız bir karıydı," dedi. "Al, dergiyi bırakmamı ister misin?"

Jim kapağına bakıp kaşlarını çattı. "*Razzle* mı? Seni hasta herif. Yine senin karın mı var içinde?"

"Ne güzel olurdu," dedi Dave, hakiki bir pişmanlık ifadesi yüzüne sızdı. "Neyse, gitmeden önce bir çay ister misin?"

Jim başını öne doğru salladı. "Ama çayı..." Ekranların birinden gelen ısrarlı vınlamayla cümlesi yarıda kaldı. "Bu halt da ne şimdi?"

Dave durdu. "Örüntü tanıma. Euston şubesi bazı deneysel sistemler yerleştirdi, insanları kalabalığın arasında tespit ediyor. Dört ay kadar önce herifin birini bulmak için kullandık."

"Sonra ne oldu?"

"Kullanmalı mıydık, kullanmamalı mıydık konusunda biraz sert itirazlar oldu. Kıyamet koptu"

"Nasıl oldu da adi heriflerin hiçbiri bana anlatmadı?"

"Bir defaya mahsus bir şeydi. Sonra geçen hafta, birdenbire Euston KSB'den çift isimli sıska bir herif geldi, aranacak yeni bir yüz getirdi." Dave joystiki meslektaşının dövmeli elinden aldı. "İşte, üstüne getir," dedi. Memur kaşlarını çatıp kamerayı zumladı, sanki bağlı iplerle hareket ediyormuş gibi parmaklarıyla birlikte dili de oynuyordu. "Ve işte" –bir kaldırımda yürürken hafifçe aşağı yukarı hareket eden bir yüzün yakın çekim görüntüsüne dikkatle baktı– "peşinde oldukları kişi bu." Dave, kare monitörden her an kaçabilirmiş gibi gözünü tutsağından ayırmadan telefonu eline aldı. "Druids Lane KDKS. Junction Road'dan doğu istikametine doğru yürüyen bir hedef tespit ettik, şu anda bir yaya geçidinden geçti, Somerset Caddesi'ne yaklaşıyor. Euston şubesi tarafından aranıyor. Özel talep." Yüz, gözden kayboldu ve Dave bitişikteki bir ekranda yeni sinyali takip etti. "Evet. Sola Somerset'e doğru hareket ediyor. Birinci Derece Öncelikli olduğunu bildirdiler. Bilmiyorum. Burada, ayrılmayın." Dave, Jim'e yarım daire şeklindeki masanın ucunda duran kayıt defterini vermesini işaret etti. Parmaklarını hızlı hızlı masaya vurdu, defteri alınca çabucak deftere göz gezdirdi. "Burada bir Reuben Mait... Reuben Mait-land var. Dr. Maitland yazıyor." Dave mönitörleri taradı. "Tahminime göre Mayfield Centre'a doğru. Ama hâlâ Somerset'te."

"Tam bir sinsi pisliğe benziyor." Ekrandaki adam, yürüyüşünün birden dikkatle izlenmeye başlandığının farkına varmış gibi temkinli bir tavırla etrafına bakındı.

"Evet, şimdi temasa geçtim." Bir devriye aracı, ekrandan ekrana atılarak, gizlice hedefe doğru ilerledi. Köşeleri geniş açıyla döndü, arabaları yanlış

taraftan geçerek, trafiği yararak adama doğru git-
ti. "Blucin, açık renkli eşofman üstü ve spor ayak-
kabısı giymiş gibi görünüyor. Kaçırmanız imkânsız.
Kaldırımdaki tek herif o." Aksi yönden ikinci bir
araba belirdi, mavi ışıkları yanıp sönüyordu, ada
kavşakların etrafından tiz gıcırtılarla sessizce dön-
dü. Dave ahizeye, "İzlemeye devam edeceğim,"
dedi. "Yaklaşık otuz kırk saniye gibi." Adam öne
doğru eğilmiş aceleyle yürüyor, ilerliyordu. İki araç
düz yollarda hızla ilerledi, hızlanan trenler gibi bir-
birlerine doğru son sürat gittiler. Aralarında, adam
düzgün adımlarla yürürken yolu gözden geçirmeye
devam etti.

"Hay lanet." Sorunu ilk fark eden Jim oldu.

"Allahın cezası metro istasyonu," dedi. "Kırk beş
metrede."

Dave karşı tarafa tekrar etti. "Bir metro istasyo-
nu gördük. Charing Cross. Adamlarınıza gaza bas-
malarını söyleyin."

Güvenlik görevlileri adamın ceplerini yoklama-
sını seyrettiler. Bir bilet çıkardığını gördüler. Araç-
ların yaklaşmasını isteyerek, ekranları taradılar.
Araçlar birkaç saniye mesafedeydi. Bir polis mo-
tosikleti de takibe katılmıştı, ama çok uzaktaydı.
Adam istasyona ulaştı. Ona doğru gelen yanıp sö-
nen ışıkları fark ettiğini gördüler. Uyanıklık edip is-
tasyona girdi. Dave, "İçeri girdi. İçeri girdi," diye
bağırdı. Araba yavaşladı, durakladı ve durdu. Kısa
bir duraklama oldu. Polislerin telsizle konuştukları-
nı görebiliyorlardı. Mesaj kademeliydi. Dave sözle-
rinin teller boyunca sürünerek ilerlediğini, santral-
lerden savaşarak geçtiğini, çatırtılarla radyo dalga-
larına dönüştüğünü ve hoparlörlerden çıktığını his-
setti.

"Haydi, ama!" diye bağırdı Jim. Dövmeli yumruklarını sıkıp masaya vurdu.

"Dave, kahrolası istasyona girdi!" diye haykırdı.

Polisler kapıları açıp içeri koştular. Dave ile Jim bakıştılar. Dave almacı yerine koydu. "Ne düşünüyorsun?" diye sordu.

"Bileti vardı, çoktan gitmiştir." Ümitsizce ekranları gözlediler. İki erkenci turist yol sordu, sırt çantaları yüzünden neredeyse yere yıkılacaklardı. Bir gazete satıcısı duyamadıkları biçimde bağırdı. Bir iş kadını metro istasyonuna girerken bir kâğıt parçasına göz gezdirdi. İki polis aynı çıkışta yeniden belirdiler, araçlarına dönüp telsizle konuştular. İkinci araçla buluşan motosiklet yolun kenarına yanaştı.

Dave, "İyi, çaya gelince," diye mırıldandı, saatine bakınca artık heyecan bittiğinden şu anda orada olduğu için para almayacağını fark etti. "Ben çıkıyorum, o zaman."

Jim başını öne doğru salladı. "Sütlü ve iki şekerli," dedi. "Bana bunun hakkında bir şey sorarlarsa..."

"Sorabilirler. Ne olduysa anlat."

"Ama geçen sefer demiştin ki..."

Dave sözünü kesti. "Dur bir dakika," dedi. "Has... bir dakika dur."

42. monitör izlediği yan sokak kadar cansız, solmuş renkli bir kumlu görüntü gösteriyordu. Başka bir metro çıkışından kasklı bir polis çıkıyordu. Başı bir yana eğilmişti ve omzuna asılı telsizle konuşuyor gibi görünüyordu. Aranan şahsı sıkıca dirseğinden tutuyordu. Jim'le Dave, diğer polislerin koşarak köşeyi dönmelerini izlerken sevinçle bağırdılar. Adam karşı koymadı. Üzgün bir kabullenişle yürüdü. Saniyeler içinde etrafı sarıldı. Yere itildi, kolla-

rı arkaya kıvrıldı. Bir polis kulağına bir şeyler fısıldadı. Bir başkası dizini sertçe kürek kemiklerinin arasına bastırıp ellerini kelepçeledi. Bir kadın polis ellerini bacaklarına, bedenine ve kelepçeli kollarına hafif hafif vurarak üstünü aradı. Onu yerden kaldırdılar ve apar topar bir araca doğru götürdüler. Arka koltuğa koçbaşı tarzında iterken başını çarptılar.

Dave zafer kazanmışçasına, "Yakaladık seni, Dr. Maitland," dedi. "Her kimsen."

SEKİZ

1

Davie Hethrington-Andrews işaret parmağını spiral telefon kordonuna sardı, dolayıp dolayıp bırakıyor, kablo parmak ucunu sıkınca beyazlaşmasını ve arada tekrar kırmızılaşmasını seyrediyordu. Gözünde kanın dönüşümlü olarak bir sıkışıp bir serbest kalmasını canlandırdı. Gövdesini öne doğru eğdi. Koridor sessizdi. Tepesinde dikilen iri adamın haricinde bir başınaydı.

Davie ne söyleyebileceğini ve ne söyleyemeyeceğini biliyordu. Kurallar ona anlatılmıştı. İmalar ve dokundurmalardan kaçınması konusunda özellikle uyarılmıştı. Bu yalnızca haftalık aramalardan biri daha olacaktı, oğul annesinin sağlığını ve hatırını soruyor olacaktı. İri adam avucunu duvara dayadı, düz tuttuğu koluna yaslandı, biraz fazla yakındı. Davie koltuk altının ekşi kokusunu alabiliyor, dövmelerinin ne kadar inandırıcı olduğunu görebiliyordu. Karşı taraf telefonu açınca boğazını temizledi.

"Alo," dedi donuk bir sesle. "Annem orada mı?"

Birkaç saniye sonra, "Anne? Ben Davie. İyi misin?" dedi.

Kordonu daha sıkı sardı, parmağının dolaşımını kıstı, oksijen açlığının durgun acısını hissetti. "Evet, biliyorsun. Her zamanki gibi," diye karşılık verdi. Sonra da, "Eh, ne bekliyordun? Güllük gülistanlık olacak değildi ya."

Sabırla karşı tarafın söylediklerini dinlerken, hücre arkadaşı Griff, göz göze gelmekten özenle kaçınarak yanlarından yürüyüp geçti. Davie kısa süre önce yapılan egzersizin, kekre kokusunu, koruma hissi yayan kokuyu biraz daha soluyarak gülümsedi. Artık insanlar ondan korkuyorlardı. Doğrudan doğruya değil, taşıdığı bagaj yüzünden. Bu tedirgin eden bir ayrıcalıktı oysa. Davie çoğu kez adamın artık onu korumamasından korkuyordu.

"Biliyorsun, bu konuda konuşamam." dedi. Gözucuyla adamın dikkatle kendisine baktığını gördü.

"Anne, sen iyi misin? Onların şey yaptıklarından endişelendim..."

"Öyle mi?"

"Hayır, ağlama. Sonunda her şey düzelecek. Gerçekten. Garanti veriyor. Bize ihtiyacı var. Dinle beni, anne, yakında her şey normale dönecek. Söz veriyorum. Ve unutabileceğiz... yeniden bir aile olacağız. Hepimiz. Ben de beladan uzak duracağım."

Annesi neredeyse kendini kaybetmiş gibi hızlı hızlı konuştu ve Davie onu yatıştırmaya çalıştı.

"Güven bana, anne. Sen dişini sık yeter. İyi olacağız. İyi olacağız."

"Hayır, hayır. Gerçekten. Umut ışığı görüyorum ben."

Ona bakıcılık yapmakla görevlendirilmiş adamın kokusu hafifledi. Davie uzun tırnağıyla solmuş yeşil sıvayı kazıdı.

"Bunun hakkında konuşamam biliyorsun."

Davie durakladı. Şahsi korumasının ilgisi dağılıyor gibiydi. Duvarın kenarında yavaşça uzaklaşıyordu, bir sigara yakıp başka bir mahkûmla sohbet etmeye başladı. Davie bunun tek şansı olduğuna karar verdi.

Ahizeyi sönecek bir alevmiş gibi iki avucuyla kapayarak aceleyle, alçak sesle, "Jez'le konuştum," dedi, "şey gibiydi... bilmiyorum, onun için endişeleniyorum. Sen yapabildin mi?"

Bakıcısını dikkatle gözledi, ama hâlâ dikkatinin başka yerde olduğunu gördü.

"Dinle bunu söylemek için tek fırsatım olabilir bu. Anne, dikkatle dinle. Bütün bunların neyle ilgili olduğunu biliyor musun? Seni neden izlediklerini biliyor musun? Seninle konuşmalarımı neden dinlediklerini, beni gelip neden ziyaret edemediğini biliyor musun? Hepsi Jez yüzünden. Bir tek onda olan bir şeyi ..."

Davie öne doğru düşerken yer yakınlaştı, başı yere vurdu, dişleri birbirine çarptı, burnu tutuşmuş gibi yandı. Ellerinin üzerinde doğruldu. Bakıcısı ağzında sigarası, başında duruyordu, kasları seyiriyor, telefonu kör bir alet gibi sımsıkı tutuyordu. İşaretparmağını ileri geri bir iki kere salladı, ağzını kımıldatarak sessizce "Hayır," dedi. Davie burnunu yokladı, kanamıyordu. Küçük bir diş parçası tükürdü. Bakıcı arkasını dönüp ortak kullanılan salona geri döndü. Davie parmaklarını yüzünde dolaştırdı, ıslak bir şokla gözlerini kırpıştırdı. Üst dudağında nahoş bir hissizlik vardı. Telefona baktı, kendine sövdü ve sonra peşinden gitti.

2

"Evet, Dr. Maitland. Sizi henüz resmen suçlamıyoruz, ama iddianame hazırlanırken sizi burada tutacağız. Yasal temsilcinizle bağlantı kurmakta serbestsiniz, söyleyeceğiniz her şey aleyhinizde... falan filan. Bu işler nasıl yürüyor biliyorsunuz."

Tutuklu bir şey söylemedi. Yüz ifadelerini inceliyor, ne yapacağına karar vermeye çalışıyor, en iyi seçeneği hesaplıyordu.

"Euston KSB'deki eski ekibinize teslim etmeden önce sizi memure Marsh ve ben Müfettiş Commershal sorgulayacağız. Anlaşıldı mı?"

Kayıtsız kaldı. Buraya daha önce de gelmişti ve sessiz kalmanın düşünmek için bolca zaman kazandırdığını biliyordu.

"Peki Reuben. Başlayalım mı, ne dersiniz? Yalnızca temel bilgilere ihtiyacımız var. Şu andaki adresiniz nedir?"

Tutuklu gelecekteki çürüklerin soğuk sızlanışlarını hissederek, yerinde kıpırdandı. Tutuklanışı hoyratça olmuştu ve şimdi bedeni katılaşıyordu. Sorgu memurlarını inceledi, onlara yarışı kaybedenler gözüyle baktı. Tepkilere ihtiyacı vardı, düşündüklerini söylemeden önce, ne bildiklerini öğrenmek zorundaydı.

Müfettiş Gommershall, "Tekrar soruyorum," dedi. "Şimdiki adresiniz nedir?"

Kadın polis yatıştırmak için, "Bakın," dedi, "Şu anda kazanacak bir şey yok. İfade almıyoruz. Yalnızca ayrıntıları doğrulamak istiyoruz, bizim bölgemizde tutuklandığına göre. Nerede oturuyorsun, Reuben?"

Masanın kenarı ahşap dokusu görünümündeydi. Damarların üzerinde yüzlerce delikli kelepçenin açtığı çizikler vardı. Sakince, "Bilmiyorum," diye karşılık verdi.

Müfettiş, "Tamam, peki," dedi. "Güzel." Sözlerinin kısalığında öfke vardı. "Peki ya doğum tarihin?"

"Bilmiyorum."

"Doğum yerin?"

"Bilmiyorum."

"Mesleğin?"

"Bilmiyorum."

"Bugünün tarihini biliyor musun?"

"Bilmiyorum."

Kadın polis öne eğilerek, "Biz sana sadece yardım etmeye çalışıyoruz, Dr. Maitland," dedi. "Dediğim gibi, tek ihtiyacımız olan..."

Müfettiş Gommershal araya girdi. "Bizi oyalamayı kes." İki elinin parmaklarını alnında gezdirip, güzel siyah saçlarının arasından geçirdi. Uzun bir gece nöbeti olmuştu. Tek istedikleri tutuklunun temel bilgileriydi, sonra onu teslim edebilecek ve yataklarına kavuşabileceklerdi. "Benim vaktimi boşa harcıyorsun, memure Marsh'ın vaktini boşa harcıyorsun ve kendininkini de boşa harcıyorsun. Her halükârda suçlanacaksın. Şimdi, son kez söylüyorum, şimdiki adresini ver."

"Bilmiyorum."

"Pek bir şey bilmiyorsun, değil mi?"

"Yalnızca adını ve adresini teyit etmemiz gerekiyor, sonra resmi evrakını düzenleyeceğiz. Şimdi, adın nedir?"

"Bilmiyorum."

Yerin altındaki küçük odada yankılanan otomatik yanıt, kayıt cihazı tarafından emildi, ikili döner makarası üzerinde manyetize edildi ve müfettişin kulaklarında çınladı. Ayağa fırladı ve bağırdı. "Bana bak seni küçük .öt herif, kim olduğun da umurumda değil, bir zamanlar ne olduğun da. Beni biraz daha oyalarsan, şu makineyi kapatır, sana istediğim her şeyi söyletirim. Bu içine ettiğimin işi ciddi bir suçlama, o yüzden de bizimle oynamayı kes. Bana adresini söyle, yoksa o lanet dişlerinin bir kısmını eline vereceğim." Müfettiş Gommershall yan gözle göz göze gelmekten kaçınan meslektaşına baktı, öfkesiyle savaşarak ağır ağır yerine oturdu. Gözlerini parmak eklemlerine dikti, eklemleri öyle beyazlamıştı ki kemikleri derisini delip çıkacak gibi görünüyordu. Başını tekrar kaldırdığında tutuklunun yüz ifadesi değişmişti. Sesinde fark edilir bir dizginlemeyle sordu, "Nerede oturuyorsun?"

Tutuklu öksürdü, boğuk bir sesle genzini temizledi. Aradığı tepkiyi elde etmişti. Ne var ki, durumun tahmin ettiğinden daha kötü olduğunu anladı. Hızlı düşünmek zorundaydı. "Nerede oturduğumu söyleyeceğim," dedi. "Ama önce başka bir iki şey söylemem gerek. Sonra bir avukatla konuşmak istiyorum."

Kadın polis, "Ne gibi şeyler, Dr. Maitland?" diye sordu.

Durakladı. Önünde onu bekleyen bir dizi tatsız soru ve durum vardı. Dikkatli olmak zorundaydı. Kaçamak yanıtlarda bir fayda ya da korunma olmadığını ve gerçeğin de bir o kadar tehlikeli olduğunu anlayacak kadar görüp geçirmişti. Neredeyse yakalanmıştı, ama bir çıkış yolu olabilirdi. "Öncelikle, soyadım Maitland değil. Mitland. Birinci a harfi yok."

"*Mit*-land mi?"

"Evet. Ve ilk adım da Reuben değil."

"Değil mi?

"Hayır."

"Nedir peki?

"Aaron."

"Aaron Mitland. *Mit*-land?" Müfettiş Gommershall'in gözlerini yeniden öfke bürüdü. "Sana demiştim ki..."

Kapı sertçe vuruldu. Memure Marsh gidip açtı. Dışarda, koridorda karşılıklı kısa ve öz bir konuşma geçti. Bir kadın polis içeri girdi. Güzeldi, biraz narin tarzda bir güzelliği vardı. Tutuklu, kadının irislerinin ışığı yüzüne doğru çeken, yutup yok eden, kenarları koyu renkli sedefsi mavi daireler olduğunu fark etti. Alnında şüphe, yüz hatlarında kaygı, daha önce milyonlarca kez izlediği bir tereddüt gördü. Yüzüne dikkatle bakarken, kadın daha dikkatle gözlerini ona dikti. Kısmi bellek kaybı yaşayan iki kişinin buluşması gibiydi. İçeri bir başka memur daha girdi. Bodur, enli ve işadamına benzeyen biriydi. Kadın polise katılıp o da kanlı gözlerini üzerinde gezdirdi. Bakışında insanı telaşlandıran bir şey vardı, sanki gözleri istihbarat almaktan çok sızdırıyordu.

Memur gözlerini üzerinden çekmeden, "Ne düşünüyorsun, Sarah?" diye sordu.

"Bir numaracı olduğunu, Phil."

Phil, "Haydi, Reuben," diyerek cesaretlendirdi, artık bitti."

Tutuklu gülümsedi. "Diğer iki memura da söylediğim gibi, ben Reuben değilim. Aaron Mitland'im ben. Reuben'in kardeşi. Bir kardeşi olduğunu biliyordunuz, değil mi?" Yeni gelen iki KSB dedektifinin suratlarında belirmeye başlayan hayal kırıklığına baktı ve gerçekten de bunu bildiklerini anladı.

Başmüfettiş Sarah Hirst ortaya sordu. "Bunun doğru olup olmadığını nasıl kontrol edebiliriz?"

"DNA testi yapmanın bir anlamı yok."

"Aynen öyle. Eğer tek yumurta ikizleriyse, birbirlerinin aynısıdırlar." Sarah tutukluya döndü. "Tek yumurta ikizisiniz, öyle mi, değil mi?"

Tutuklu omuz silkti. Rahat bir kayıtsızlık içinde numarası yaparken, zihni arı gibi çalışıyor, hikâyeler ve başka yerde olduğunu gösterecek şahitler uyduruyor, çıkış yolları bulmaya çalışıyordu. Ellerinde ne gibi deliller olduğunu tam olarak bilmesi gerekiyordu.

"Bak, Aaron, eğer Aaron'san, neden şu ana kadar oynadın?"

"Konuyu tam olarak tartışma fırsatı bulamadım." Yanıt verirken, suçlamaları gözden geçirdi, bulabilecekleri şeyleri düşünüp ürperdi. "Bir metro istasyonunda üzerime atladılar, paldır küldür buraya getirdiler, sonra da sorular başladı. Önce kardeşimin neyle suçlandığını anlamalıyım diye düşündüm."

"Bilmiyor musun yani?"

"Hayır."

"Ve bunların hiçbirini gazetelerde de görmedin?"

"Bana ait olmayan bir yerde izinsiz oturuyorum." Masanın altında ellerini yumruk yaptı, kelepçeli hallerini gözünde canlandırdı, derisini kestiğini, çok sayıdaki ize yenilerinin eklendiğini gördü. "Televizyona pek düşkün değilizdir."

"Ama Genetik Suçlar'la görüşmüş olmalısın."

Aaron Mitland ağzının kenarından serin hava

üfledi. "Açığımı yakalamak istiyorsanız, bundan daha sıkı çalışmanız gerekecek."

"Bekle." Sarah elini trafik polisi gibi kaba bir tavırla kaldırdı. "Tutuklama nasıl yapıldı?"

Odanın bir ucunda duvara dayanmış işlerin gidişatını izleyen Memure Marsh, toparlanıp dimdik durdu. "KDKS yoluyla alındı. Bir tür örüntü tanıma kimlik tespitiyle haber aldık..."

Phil Kemp ile Sarah Hirst bakıştılar. Aaron Mitland dikkatle yüzlerine baktı. Kadın polis, yeniden gevşese mi gevşemese mi emin olamadan, ellerini beline koydu. Müfettiş Gommershall, kimseyle göz göze gelmek istemeyerek oturduğu yerde düşüncelere daldı. Aaron dikkatlerin yeniden üzerine dönmesini bekledi. Onu gölgede bırakan, aklından hiç çıkmayan kardeşini düşündü, biraz fazlaca gerilmiş bir yay. Reuben'i tanıdıkları açıkça anlaşılan ve onunla birlikte çalışmış bu insanların tepkilerini izlerken, bir an için onlarla yer değiştirmeyi, Reuben'i bir kardeş olarak değil de, tarafsız olarak, hiç tanımadığı, anlaşmazlıklar, çekişmeler ve suçluluk duygusuyla dolu bir geçmişi paylaşmadığı biri olarak görmeyi istedi. Sonra geri çekildi. Manolya renkli dört duvarın arasına çekildi, ince tüylü mavi halı, çıplak, fluoresan lamba asılı tavan. Tanıdık alan. Bir başka hücre, bir başka aynasız grubu.

Phil, "Diyelim ki sen Reuben değilsin," diyerek konuşmaya başladı, "nerede bu kaldığın yer? Bize bir adres verebilir misin?"

"Allah kahretsin, hayır. En kötüsü. Avukatımı istiyorum. Hemen."

"Peki, geçimini nasıl sağlıyorsun?"

"Şununla, bununla." Aaron gözlerini hücrenin içinde dolaştırdı. "Çoğunlukla şununla." Midesinde giderek büyüyen düğümü açmaya çabaladı, ne kadar büyük bir tehlike içinde olduğunun fazlasıyla farkındaydı. Tutuklama kayıtlarını elde etmeleri, ayrıntıları didik didik etmeleri, adını ve eşkalini çözülmemiş olaylar veri tabanında aramaları, birkaç isabet kaydetmeye, ona daha çok ilgi duymaları, yaptığı şeyleri birleştirmeye başlamaları yalnızca an meselesiydi. Buradan çıkmak, uzaklaşmak, bir süre ortadan kaybolmak zorundaydı. Ve bu da onun kardeşi Reuben olmadığına onları ikna etmesi anlamına geliyordu. Ama bu üzerinde yürünecek incecik bir ipti. Sinsice yaklaşan büyük bir engel vardı. Bir tartışma daha çıkacağını sezinledi ve tartışma amansız bir kaçınılmazlıkla tam zamanında hücreye sızdı.

Phil, Aaron'un duyabileceği kadar yüksek perdeden, "Bunu bir düşün, Sarah," diye fısıldadı, "Reuben'i takıntı haline getirdik. Eğer bu tek yumurta kardeşiyse, onunla aynı DNA'yı taşıyordur."

"Ve dolayısıyla katille aynı DNA'yı."

"Feno-Model'i unutma. Ve de örüntü tanımayı. Belki aradığımız adamı çoktan bulduk."

Başmüfettişler, sanki bu hareketi önceden çalışmışlar gibi, aynı anda ona döndüler. Etkisi cesaret kırıcı oldu, gerçeğin iki şeridiyle burun buruna gelmek, hızla keskin bir viraja dalmak gibiydi. Aaron bir anda dalga geçilecek insanlar olmadıklarını anladı. Bunlar başkaydılar. Bunları dolaysız suçları çözmek için dolaysız sorular soran sıradan polislerden ayıran bir şey vardı.

Phil Kemp not defterine bazı sayılar çiziktirirken, "Şu tarihlerde neredeydin?" diye sordu.

"Ya da belki Reuben OLMADIĞINI bana ispatlayabilirsin," dedi Sarah.

Phil, Marsh'a, "Parmak izinden birini çağır," diye buyurdu."

Sarah ekledi. "Kaldığı yeri incelemeleri için bir ekip gönderilmesi talimatını vereceğim."

"Haydi, Reuben, oyun bitti."

"Ben değilim..."

"Kim olduğunu biliyoruz."

"Reuben, Aaron. Ne fark eder?"

"Kurbanların üzerlerindeki senin DNA'n."

"Kardeşin nerede?"

"Onu en son ne zaman gördün?"

"Ona yardım ettin mi?"

"Bunu birlikte yapıyordunuz."

"Birbirinizin yerine geçiyordunuz."

"Klasik suçun işlendiği zaman başka yerde olma stratejisi."

"Hep aynı anda ayrı yerlerde oluyordunuz."

"Sabahki kamera kayıtlarını alıp tam olarak nerede kaldığını öğrenelim."

"Tutuklanma anından geriye doğru tarayıp, adresini bulacağız."

"İnsanların neler bildiklerini anla."

Aaron Mitland başını kaldırıp onlara baktı. Kan kokusu alıyorlardı. Bir şey yakaladıklarını sanıyorlardı. Eğer kaldığı yere kadar hareketlerini takip edebilirlerse, işi biterdi. Kardeşi her halükârda bitmişti. İkisinin de başı beladaydı. Sorular gelmeye devam ediyordu. Sorular arasından dikkatini toplamaya çalıştı. Düşünmeliydi, hem de hızlı düşünmeliydi.

3

Maclyn Margulis BMW X5'inin ön koltuğunda, ellerini hafifçe deri direksiyonun üzerinde dolaştırarak bacaklarını esnetti. Bugün arabayı kendi kullanmakta ısrar etmişti. Rehberlik edilecek zaman da vardı, rehberlik yapacak zaman da. Dikiz aynasından kendi profiline, kapkara saçlarına, keskin hatlı çenesine bakmak bahanesiyle arkadaşına göz attı.

"Mart," dedi, "şu adresten emin misin?"

"Evet."

"Ne kadar eminsin?"

"Oldukça eminim."

"Yüzde olarak?"

"Ne demek istiyorsun?"

Maclyn Margulis, yanındaki yolcu koltuğunda kamburunu çıkarmış oturan adama kaşlarını kaldırarak, lüks döşemeli koltuğunda hafifçe döndü.

"Yüz üzerinden."

"Doksan. Aşağı yukarı."

"Peki, bu bilgi tam olarak kimden geldi?"

"Bluey Jones. Hedef'in arkadaşını takip etti, Kieran Hobbs'la bir kez görüşen şişko bir İskoç."

"Bluey hâlâ Hobbs için mi çalışıyor?"

"Öyle görünüyor."

"Ona güvenebilir misin?"

"Oldukça."

"Yüzde olarak?"

"Yine aynı."

Biraz da kendi kendine, "Hobbs'un bundan ne

elde edeceğini anlayamıyorum," dedi Maclyn Margulis. "Neden bunu yolumuza çıkarıyor?"

"Belki moruk gereğinden uzun yaşamıştır."

"Belki. Ya da belki Reuben Maitland bilmemesi gereken bir şey biliyordur." Maclyn, iri yapılı, bıyıklı, yüzünde kemikli bir sertlik, gövdesinde adaleli bir çeviklik olan diğer adama döndü. Kafası öyle sinekkaydı tıraşlıydı ki adeta parlıyordu. "Her neyse, sana uygun geliyor mu?"

Adam duygusuz bir sesle, "Bu işin öncesi nedir?" diye sordu.

"Bak, bir darbe indirmemiz gerekiyor. O kadar. Ayrıntıların önemi yok."

"Asıl önemli olan ayrıntılardır. Son gönderdiğin adam hakkında söylentiler..."

"Kendi adamlarımdan. İyi çocuktur, biraz sadist bir tarafı vardır, ama iyi çocuktur. Marcus Archer."

"Dayak yediğini duydum."

Maclyn Margulis iç geçirdi. "Senin düşündüğün anlamda dayak yemedi. Başına darbe aldı. İcabına bakması için gönderildiği ..cık tarafından, bir geçitte. Adam ya önceden biliyordu ya da koruması vardı. Herhalde biraz aklı başına gelmiştir."

"Yani dediğim gibi, ayrıntılar."

Maclyn Margulis durakladı. Dikatini iri yarı yolcunun ötesine toplayarak, arka taraftaki Londra'nın en yeni gökdeleninin katıksız egzotizmine baktı. Binaya Gherkin adı verilmişti çoktan. Ama Maclyn için o, ucunu barut dumanından bulutlara saplayan devasa bir mermiydi. Herkesle bilgi paylaşmak onun prensibi değildi. Ama bunun halledilmesi gerekiyordu. "Doğru," dedi yumuşayarak. "Reuben Maitland eski bir polis, adli bilim uzmanı. İşte bu da teşkilatta çekilen resmi."

"Peki, nedir senin ilgilendiğin?" Maclyn Margulis derin bir soluk aldı. Bu türden merak genellikle ölümcül olurdu. "Batı Londra'da Kieran Hobbs'un çetesini biliyor musun?"

"Ivır zıvır."

"Hobbs'un sağ kolu Joey Salvason bizim yaptığımız bir şeye bulaştı. Pis bir işti, sınırı aşmıştı. Vazgeçmeyecekti, ben de icabına bakmak zorunda kaldım. Sıkı bir dayak attım, sonradan biraz fazla sıkı olduğu anlaşıldı, ne kastettiğimi anlamışsındır." Adama gülümsedi, ama tepki alamadı. "O yüzden biraz ortada görünmemeye çalışıyoruz. Büyük bir örgütüz biz, ama Kieran Hobbs'u karşımıza almak istemiyoruz. Anlamı yok. Sonra lanet bir adli bilim uzmanının Joey Salvason'un cesedinin etrafında koklayarak dolaştığını duyuyorum, Hobbs'un verdiği özel görevle. Bu meseleyi çok alevlendirecek, büyük patırtı çıkaracak. Ben de onu takip edip bulması ve susturması için Marcus Archer'ı gönderiyorum. Ancak Marcus, bahsettiğimiz gibi, gidip kendini yere serdiriyor. Bundan başka bildiğim, Kieran Hobbs kimsenin başına bir şey gelmemesi için açıkta, Covent Garden'daki öğle servisi yapan bir restoranda, bir buluşma ayarlıyor. Bu da bana artık kesin olarak Joey Salvason'u öldürdüğümü bildiğini gösteriyor."

"Öyle mi?"

"Öyle. Böylelikle, o yemek esnasında, bu pezevenk, Kieran'ın uzun zamandır görmediği arkadaşıymış gibi yanında süslü bir karıyla yanımıza geliyor. Daha sonra kontrol etmesi için arkalarından bir koruma gönderiyorum, ama bir taksiye atlıyorlar. Artık bunu düşünmüyorum. Bu çocuğu dövdüğümü inkâr ediyorum, restorandan çıkıyoruz, sonrası hiç. Düne kadar hiçbir şey olmuyor", Maclyn Margulis gözlerini, bir an için kapadı, "Hobbs mekânıma geliyor, kalabalık bir grupla. Elinde bir resim. Kızıl saçları, tavşan dişleri, büyük çenesi hariç, beni andırıyor, tam bir andavallı." Maclyn elini parlak saçlarının arasından geçirdi. Arka koltukta oturan adamına dikiz aynasından çabucak göz attı. "Uzun lafın kısası, beni katil olmakla itham ediyor. Bana artık elinde sağlam adli delil olduğunu söylüyor. Joey Salvason'dan alınan DNA'nın bunu ispatladığını söylüyor. Sanıyorum ki testler restorandaki pezevenk tarafından yapıldı ki onun da uzun zamandır görmediği arkadaşı değil, tahmin edeceğin gibi, eski polis Reuben Maitland olduğu ortaya çıkıyor. Onlar o konuda direniyorlar. Katiller dışarda, biz de lanet olsun ki çaresiz durumdayız. Ve sonra Hobbs öne çıkıyor, tabancasını sağ kolum olan Tony'nin göğsüne dayıyor ve ateş ediyor. Gözlerimin önünde, herkesin önünde. Göze göz, diyor, arkasını dönüp gidiyor. Ve Tony yerde kıvranıyor, kan kaybından ölüyor." Maclyn Margulis uyumsuz biçimde mavi gözleriyle acı acı adamın gözlerinin içine baktı. "Bu işi bitirebileceğini aklın kesiyor mu?"

Adam ona bakma zahmetine girmedi. "Peki, Hobbs neden şimdi sana Reuben Maitland'in yerini söyledi?"

"Neden ipleyeyim ki bunu? Benim tek ilgilendiğim mesele bu işi yapıp yapamayacağın."

Adam tıraşlı başını, sonra da zıtlığın tadını çıkarıyormuş gibi bıyığını sıvazladı. "Şimdiye kadar hiç başarısız olmadım," dedi.

"Pekâlâ, seni şiddetle tavsiye ettiler. Ve söylemeliyim ki, fazlasıyla da pahalısın."

"Paranın karşılığını alırsın. Eski özel ajanlarla çalışmak istiyorsan, piyasası neyse ödersin."

"Peki, ne zaman yapacaksın işi?"

"Yakında."

"Yakında olmasına bak. İşi uzatma. Hafta sonuna kadar bu işin halledilmesini istiyorum."

Adam zarfı ceketinin cebine tıktı. Kapıyı açtı, arabadan indi ve arkasına bakmadan yürüyüp gitti. Maclyn Margulis onun gidişini izledi. Başını uzatıp çevirdi, Martin'e, "İş bitti," dedi. Gherkin'e doğru yürüyüp takım elbiseli şehir çalışanlarının arasına karışan adamın arkasından baktı. "Sahiden, Martin," kaşlarını çattı, "Neden sürmüyorsun?"

Ağır, siyah X5, sıcak havada dağılıveren çifte egzoz gazı selini peşinden sürükleyerek hareket etti. Birkaç saniye sonra, yüz metre geride park etmiş işaretsiz bir Ford Mondeo sinyal verdi, ihtiyatlı bir mesafeyi koruyarak peşine düştü, içindeki KSB dedektifleri BMW'nin ilerlemesini dikkatle izliyorlardı.

4

Judith Meadows yatak odasındaki bir çekmeceyi sertçe çekti ve hızlı hızlı beş külot saydı. Alt çekmeceyi açıp beş çift çorap çıkardı. Sonra hepsini siyah deri bir çantanın içine doldurdu. Bunların üstüne iki blucin ile iki de ince kazak koydu. Hızla gardıroba gidip vinil elbise askılarını plaklar gibi birer birer itip gözden geçirdi. Giysi seçecek zaman yoktu. Mesele sadece kabaca birbirine uyacak çeşitli parçalar seçmekti. Altüst ederek ararken, Judith gergin bir tavırla pencereden dışarıya göz attı. Solgun ve kararsızdı, gözleri kaçan uykularının delili olan halkalarla çevriliydi. Cep telefonunun bir tuşuna bastı ve gergin boynuyla sıkıca tuttu.

Karşı taraf yanıt verince, "Selam," dedi. "Benim."

Hattın diğer ucundan Reuben, "Sesin biraz..." diyecek oldu.

"Ben iyiyim," dedi. "Gayet iyiyim." Bir bluzu askısından çekip aldı, askı boş boş öne arkaya sallandı. "Dinle, Reuben, dolandırmadan sadede geleceğim. İçinde bulunduğum durumu düşünüyordum ve bir karara vardım."

"Sesinden bir ilişkinin sonu gibi anlaşılıyor."

"Bir bakıma öyle."

"Öyle mi?"

"Evet. Uzaklaşmak istiyorum." Judith perdeyi biraz itip sokağa baktı. "Geçen gün söylediklerime rağmen, konu sana güvenmemem değil... sadece bütün bunların korkunç, dehşet verici..."

"Ne oldu?"

"Aklımı başıma topladım, böyle yaşamaya devam edemeyeceğimi anladım. Geçmişte Genetik Suçlar'da her ne olduysa, artık önemli değil. İnsanlar ölüyor." Bluzu yatağın üstüne fırlattı ve parmaklarını gardırobunu tıka basa dolduran askıdaki elbise ve üstlerin üzerinde gezdirdi. "Ve biri benim peşimde. Bana işkence yapıp öldürecekler. Korunmam gerekiyor, ama ben başlıca şüpheliyi koruyorum. Buna bir son vermek gerek. Bir taraf seçmeliyim. Beni anlıyorsundur mutlaka, değil mi? İşimi, her şeyimi kaybedebilirim..."

Reuben bir saniye sesini çıkarmadı. "Anlıyorum," dedi.

"Bak, o şeyleri sen yapmadın, biliyorum, ama mesele o değil. Sen her zaman bana bağlılığı öğrettin." Soluk mavi, boğazlı bir kazağı askısından çekip aldı ve hoyratça çantanın içine tıktı. "Artık bağlılığımı ekibe göstermeliyim. Sağ kalmak ve birbirimize kenetlenmek zorundayız. Katili yakalamaya çalışan insanları baltalayamam."

"Dediğim gibi, Judith, anlıyorum.

"Ve bilmen gereken bir şey daha var."

"Nedir?"

"Sanırım daha duymamışsındır, ama onlar... biz... kardeşini tutukladık."

"Aaron'ı mı? Tanrım. Ne zaman oldu bu?"

"Bugün erken saatte. Anlaşılan o ki bir yanlış kişi tutuklama olayı." Judith banyoya yürüyüp bir çantaya tuvalet malzemeleri atmaya başladı. "Sen sanmışlar, Picasso."

Reuben kendine rağmen, soluğunu burnundan vererek güldü. "Bahse girerim hoşuna gitmiştir."

"Onu görmek çok garipti. Senin huysuz bir kopyan gibiydi. Sen olmadığını sürekli kendime hatırlatmam gerekti."

"Demek... Allah kahretsin! Bahse girerim suçu onun üzerine yıkmaya çalışacaklar."

"Ah tabii. Ne de olsa elimizde DNA var, örnekler..."

"Nerede tutuluyor?"

"Neden? Kesinlikle gidip onu ziyaret edemezsin."

"Sadece bilmek istedim."

"Ludgate Road'da. Aramızda kalsın, onu seni yakalamak için kullanacaklarına dair bariz bir izlenime kapıldım."

"Nasıl?"

"Emin değilim. Ama bunu bir düşün. Asıl istedikleri yalnızca senken, kardeşini alıkoyuyorlar."

Judith dar tuvalet çantasına sığdırmak için avucunu bir deodorant kutusuyla bir saç fırçasının üstüne bastırdı. Fırça elinde küçük bir çukur taburu bıraktı. Çantanın kenarı boyunca fermuarı zorlayarak çekti, yolunu kesen eşyaları içeri itti. Çantayı eline alıp yatak odasına döndü ve ağır çantayı valizin içine bıraktı.

Reuben iki saniyelik sessizliğin ardından, "Ne yapıyorsun?" diye sordu.

"Toplanıyorum," diye karşılık verdi.

"Nereye gitmek için?"

"Buradan kaçmam gerek. Güvende değilim. KSB bizi korumak niyetinde, ama asla hata yapmazlar diyemeyiz." Judith'in yüzü her zamanki dinginliğine tekrar kavuşmaya çabaladı ve soluğunu kuvvetlice bıraktı. "Hem Charlie ile işler yürümüyor. Suçluluk duygusundan boğuluyorum ve bir şeylerden kuşkulandığından da endişeliyim."

"Üzgünüm."

"Öyle misin?"

"Tabii ki."

"Yani olduğu için mi üzgünsün, yoksa..."

"Yoksa ne?"

"Sonrasında olanlar için mi üzgünsün?" Judith sustu, sessizliği hafif soluk alıp verişleri dolduruyordu.

"Ne sorduğunu anlamıyorum."

"Evet, anlıyorsun, Reuben."

"Bak, Jude..." Reuben ilk defa anladı. O anda, telefonda anladı ki, çaresiz zamanlarda yakınlaşmalarına karşın, birlikte olmak kaderlerinde yazmıyordu. Judith'in yıllarca süren bağlılığını düşündü. Ona yardım etmekteki istekliliğini, onun için tehlikeleri göze almasını. Hep oradaydı, için için kaynıyordu. Biliyordu, çünkü bunu o da hissetmişti. Ama yine de Reuben bunun olmayacağını anladı. Yanlış zamandı, yanlış mekândı, yanlış koşullardı.

"Ben hazır değilim yalnızca."

"Sorun değil," diye fısıldadı Judith. "Hiç önemi yok. İşler biraz çığırından çıktı, o kadar. Ben kontrolümü kaybetmemeye çalışıyorum."

"Jude, aramızda olanlardan hiç pişman değilim. Keşke..."

"Sen bana aldırma. Gerçekten darmadağın haldeyim."

"Ne diyeceğimi bilemiyorum."

"Öyleyse bir şey deme."

Reuben soluklarının kırılan dalgalarını dinledi, Her şeyin nasıl berbat olduğunu anlayarak, gözlerini kapadı. Kendisi için, Judith için, her şey için.

"Nerede kalacaksın?"

"Arkadaşlarımda. Olanlardan haberi olmayan kişilerde. Bana göz kulak olacak insanların evlerinde." Sanki sırf bozulduğu anları ileri sarmak istiyormuş gibi, konuşması soğuk bir canlılık kazanmıştı.

Hattın diğer ucunda, Reuben başını eğip ayaklarına baktı. "Ama sence kalman ve..."

"Listedeki bir sonraki kişi mi olmalıyım? Asla. Sana bunu söylememeliyim, hem bu sana içerden vereceğim son bilgi olacak, ama Jez kayıp. İki gündür onu gören olmadı, evi de cevap vermiyor."

"Cep telefonundan aramayı denerim."

"İşte bu yüzden nereye gideceğimi ya da kiminle kalacağımı söylemiyorum. Hepimizin yerini bilen birisi var. Run ile Sandra kendi evlerinde saldırıya uğradılar, Lloyd da... Sırada ben varım biliyorum. Reuben, o benim peşimde."

"Peki ya olaydaki diğer şüpheliler? Onlara ne oldu?"

Judith çantasının yan tarafına iki çift ayakkabı sokup ağırlığını tarttı. "Daha fazla bilgi yok dedim."

"Tamam. Bu son."

"Diğer iki kuvvetli şüpheli Lars Besser ile Mark Gelson'un nerede olduklarına dair bilgi elde edemedik. Elimizde kamera görüntüleri var ve Londra'da olduklarını biliyoruz, ama hepsi o kadar. Olay yerleriyle ilişkilendirmek çok güç oldu, Lloyd Granger'ın sokağında kapı kapı dolaşarak yapılan soruşturmadan da pek bir şey çıkmadı. Ama iyi bir haber var."

"Ne?"

"Lloyd üzerinde yapılan testler çok yakında tamamlanacak. Profili elde etmemize tam anlamıyla saatler kaldı."

"Ki büyük olasılıkla o benim profilim olacak."

"Bu kez öyle olmayacak. Sarah gözden örnek alınmasını önerdi..."

"Bu fikir nereden aklına gelmiş merak ettim."

"Ve Mina elinde umut verici bir şey olduğunu tahmin ediyor. O zaman veri tabanlarını taramaya ve öncekileri aramaya başlayabileceğiz. Ayrıca başlangıçtaki dörtlüden birini daha elemeyi başardık, çok yardımsever çıkan Stephen Jacobs'ı, tabii büyük ölçüde okulların etrafında gezinirken görüldüğü ve tekrar içeri girmemek için her şeye razı olduğu için. Böylece geriye yalnızca şu anda ikisi de serbest olan Besser ile Gelson kalıyor. Ve tabii, Maitland."

"Ben bitmiş bir iş olduğumu sanıyordum. Neden Besser'le Gelson'da ısrar ediyorlar?"

"Ben esasında Phil Kemp'in katilin sen olduğuna yüzde yüz ikna olmadığı izlenimine kapıldım."

"Bunu öğrenmek hoşuma gitti."

"Ne kadar iyi götürdüğüne bağlı." Judith pencereden dışarıya son bir kez göz attı. "Ve Reuben sana en fazla bu kadarını anlatabilirim." Çantayı kaldırıp omzuna astı ve telefonu eline aldı. Neredeyse resmi bir tavırla, "Sanırım bu kadar," dedi.

"Sanırım bu kadar."

Judith çevik adımlarla merdivenleri indi, fazladan ağırlık ayakkabılarının halıya vurduğunda çıkan sesi yükseltiyordu. "Kendine dikkat et, Reuben," dedi. "Çünkü başka kimse etmeyecek." Judith telefonunun kapatma tuşuna bastı ve evden çıktı. Arabasına koştu, merkezi kilidi açtı, motoru çalıştırmadan önce kapıların kilitli olduğunu kontrol etti. Arabayı sürerken, dikiz aynasından arkayı izledi ve kendine sövdü. Şu anda zayıf ve kararsız olmasına karşın, kurşun ağırlığında bir pişmanlık yapıştı ve onu bırakmadı. Judith şimdilik ortadan kaybolursa, endişelendiği herkes için en iyisi olacağına karar verdi.

5

Reuben telefonunu yanındaki laboratuvar tezgâhının üzerine koydu. Jez'in cep telefonu çaldığında karşısına doğrudan mesaj servisi çıkıyordu. Dikkatle aşağı doğru bakınca tezgâhın üzerindeki ince toz tabakasını ilk kez gördü ve parlak renkli bir plastik tüp rafının yanında cansız duran iki tel saçı fark etti. Bir kâğıt havlunun üzerine %70'lik etanol sıktıktan sonra, tezgâhı, ameliyattan önce ellerini yıkayan bir cerrah gibi ağır ağır ve düzenli biçimde ovdu. Temizlendikten sonra bile, hareketlerle yatışıp, hazırlıkların mekaniğiyle sakinleşerek ovalamaya devam etti. Kâğıt havlu kurudu, alkol uçup ince bir tabaka bıraktı ve şikâyet edercesine gıcırdamaya başladı.

Reuben temizlemeyi bıraktı ve etrafı, rafların üzerini, tezgâhın altındaki küçük buzdolabını, yan tarafında dik duran soğutucuyu arayıp bir kez daha moleküler biyoloji aşçılığı için ihtiyacı olacak malzemeleri topladı. Hacimleri hesaplarken, ısıları ölçerken, yoğunlukları oranlarken, tüpleri etiketlerken, notlar alır, döngüleri programlarken, plakaları bir araya getirir, sıvıları pipetle çekerken, nükleik asitleri çıkarırken, dizilişleri denkleştirirken, okuma alanlarını tararken, miktarları ölçerken, tepkimeleri yüklerken, elektroforezleri denetlerken ve algoritmaları başlatırken transa benzer bir hale girdi.

Judith'e söylediği sözleri tekrarlarken, kardeşini düşündü, zihninde onun kısa, aceleci cümlelerini dinledi; Jez'in ortadan kayboluşunu uzun uzun düşünüp taşındı; gözlerden alınan örneklerin ne göstereceklerini kestirmeye çalıştı; bir sandviç yedi; Lloyd Granger'ın yaralanmamış yüzünü yeni bir kare tuvalin üzerine çizdi; hiç olmayacak yerde, Finlandiya'da takılıp kalan Moray'i aradı; laboratuvarı adımladı; kapıyı izledi, uzayan sakallarını kaşıdı; uyudu; tuvaldeki resmi berbat etti ve çöpe attı; Kieran Hobbs'la Maclyn Margulis'e kafa yordu; saf amfetaminin sıcak akışını aklından geçirdi; alkolik babasının görüntülerinin zihnine dolmasını engellemeye çalıştı; geçitte onu kimin öldürmeye çalıştığını bir daha merak etti; Joshua'nın fotoğraflarını birer birer çevirip hüzünlü gözlerle baktı, oğlunu Lucy ile Shaun Grave'in büyüttükleri düşüncesini boğdu; Joshua'nın başka birinin oğlu olacağı fikrini bastırdı; eli beysbol sopalı birinin ve boğazındaki sıkışmayla, kaburgalarındaki soğuk sızıyla savaştı.

Saniyeler, dakikalar ve saatler, mikrolitrelerle, mililitrelerle ve litrelerle ölçüldü. Pipetin her basılması onu bir özelliğe bir santim daha yaklaştırdı, her bir işlemin her hareketi onu yüze daha da yakınlaştırdı. Kaşındıran, yağlı, yakan bir yorgunlukla savaştı Reuben düşünceden uzak, aralıksız bir faaliyet devresine girdi, mekanikler idareyi ele aldı, bilimsel otomatik pilot onu iyileştirdi. Çevresel etkenleri, dikkat dağıtan şeyleri, endişeleri devre dışı bıraktı ve zihnini temizledi. Düşünmenin aslında zararlı olduğu bir an geldi. Yaptığı işlemlerin saflığında kaybolan Reuben, Öngörücü Fenotipleme'nin son aşamalarına geçti. Tekrar suspansiyon haline getirmiş, özütlemiş, yükseltmiş, etiketlemiş, melezlemiş, yıkamıştı. Renk tonları, nüanslar, ebat, konumlar ve ayırıcı nitelikler olarak görünecek algoritmalar boyunca sürüklenecek olan veri öbekleri ile karşılaştırılacak olan rakamlara dönüşecek işaretlerle, dizilim eksiksizdi. Reuben RNA çip verisini fluoresan okuyucudan dizüstü bilgisayarına aktardı.

Tekrar canlanınca, tırnağı yenmiş, ince kemikli orta parmağını denetim topunun üzerinde gezdirdi. Çalıştır düğmesini seçti, gergin bir soluk aldı ve bastı. Sabit sürücü, hesaplamalar ve karşılaştırmalar arasından hızla ilerleyerek hevesle vızıldadı. Bulanık rakamlar yukarıya doğru kayarken yeşil ve kırmızı renkte yanıp söndü. Reuben saatine göz attı. Sabahın on biri olmuştu. Bir yerlerde bir gün daha kaçırmıştı. Başkalarının gerçeklerini araştırırken zaman parmaklarının arasından kayıp gidiyordu. Yüz otuz dakika uzağındaydı. Şimdiden bir taslak beliriyordu, kaba çizgiler renklenip yayılarak fotoğrafik görüntüye dönüşecek üçboyutlu yüzeyi ayrıntılarıyla çiziyordu. Reuben'in cep telefonu tezgâhın üzerinde ona doğru hareket ederek titreşip çaldı. Arayan gizli numaraydı. Durakladı, telefonunun Finlandiya'dan yapılan aramaları tanımasının şart olmadığını düşündü. Gözlerini ovuşturarak donuk bir sesle, "Alo," dedi.

Ses, "Reuben Maitland?" diye sordu.

Reuben doğruldu. "Kim arıyor?"

"Çoktan bildiğini sanıyorum."

Farkında olmadan ayağa kalktı, bağırsakları buz kesti. "Sen söyle."

"Önce en önemlisini halledelim. Bence yanımda biri olduğunu bilmelisin."

"Kim?"

"Jeremy Hethrington-Andrews. Eski iş arkadaşın, sanırım."

"Jez mi? Bırak onunla konuşayım."

Telefon el değiştirdi, çıtırdadı, sessizleşti, sonra yeniden ses geldi. Jez aniden "Yardım et bana, Reuben," dedi, sesi kulaklıktan patlayarak çıkıyordu. "Adam ciddi. Sıradaki benim. Bana..."

Jez'in zayıf, dehşete kapılmış yalvarışının yerini daha tok, daha kaba bir konuşma aldı. "Bu kadar yeter."

Reuben telefon geri alınırken çıkan sürtünme, çekişme seslerini duymadan önce, hat bir an kesildi.

Reuben neredeyse umutsuzca, "Bana bak, kimsin sen?" diye sordu. "Hiç olmazsa adını söyle."

"Hemen sadede gelmeme izin ver. Seni bulmak çok zor oldu Dr. Maitland ve artık seninle tanışmayı istiyorum." Ses sakin, kontrollü neredeyse hipnotize ediciydi. Reuben, Sandra'nın, Run'ın ve Lloyd'un duydukları son konuşmaların, başkalarının acılarında rahatlık bulan bir adamın yatıştırıcı sesi olduğunu anladı. "Seni harekete geçirmek için, çıkıp gelmezsen, Jeremy'i bir saat içinde infaz edeceğim. Alcester Towers binasında yüz on üç numaralı dairedeyiz, Penny Drive, Walthamstow. Numaradan da anlaşıldığı üzere on birinci kattayız. Tek başına gelip gelmediğini anlamak çok zor olmayacak. Eğer yanında birileri olursa, Jeremy büyük bir hızla kaldırımı keşfe çıkar." Reuben çılgın gibi adresi yazdı, dizüstü bilgisayarının fişini çekti, kapadı, cüzdanıyla anahtarlarını kaptı. Adam "Elli dokuz dakikan var," diye bildirdi. "Ve sonra nihayet iş konuşmaya başlayabiliriz."

Reuben çılgın gibi gözlerini laboratuvarda gezdirdi, sonra elinde bilgisayarıyla kapıya koştu. Yukarıdaki harap fabrikaya bağlanan yer altı geçidini koşarak geçti ve dışarı çıktı, kırık camların üzerinden aydınlığa kavuştu. Son sürat, asfalt kaplanmamış uzun, düz bir yolla beslenen uzun sanayi sitesinin içinden geçti. Sola sağa baktıktan sonra, sağa gitmeye karar verdi. Yaklaşık altı yüz metre ileride işlek bir kavşak vardı. Koşarken saatini kontrol etti, etrafındaki dalış halkasını çevirip elli dakikaya getirdi. Ucu ucuna yetişecekti. Gözbebekleri irileşmiş, ölümün bir saat içinde gerçekleşeceğini bilen Jez gözlerinin önüne geldi.

Kavşağa doğru koşarken, koltukaltına yaslanmış sıcak dizüstü bilgisayarını hissetti. Arabaların yavaşladıklarını ve durduklarını gördü, ama hiç taksi yoktu. Bir taksi durdurabilecek miydi? Oyalanacak vakit yoktu. Gideceği noktaya varır varmaz, arkasında siyah bir taksinin tanıdık gürültüsünü duydu. Yanan ciğerleriyle güçlükle soluyarak, lütfen ışığı yanıyor olsun, dedi. Arkasına döndü, kolunu uzattı ve birden parlayan sarı ışığı gördü. Taksi hızla yanından geçip kavşağa girdi. Reuben gözlerini kesişen üç yolun aşağısında yukarısında dolaştırırken küfretti. Görünürde başka taksi yoktu. O anda taksinin kavşaktan döndüğünü gördü. Biraz önce duracak bir yeri olmadığını fark etti. Taksi ona korna çaldı ve kenara çekti. Arka koltuğa geçti ve nefes nefese, "Walthamstow. Çabuk. Yarım saatte varırsan elli pound veririm," dedi.

Taksi hareket etti ve Reuben bilgisayarını dizlerinin üstünde açtı. Hâlâ vızıldıyordu ve yüz de değişmişti. Renkler koyulaşıyordu, kabartma haritanın yükseltileri belirginleşiyor, saçlar filizleniyor, dişler çıkıyordu. Bilgisayara bir iki komut girdikten sonra telefonunu çıkardı. BM Sarah Hirst'ün numarasını tuşladı, her çalışında, "Haydi, haydi," diyordu.

"Dr. Maitland," dedi Sarah. "Neden..."

Sözünü kesti. "Zaman yok. Katil beni aradı. Son aşamaya girdik. Jez elinde ve onu öldürmek üzere. Walthamstow'a varmak için," Dugena'sını kontrol etti, "kırk dört dakikam var. Yüz yüze gelmek istiyor."

"Neden sen?"

"Sanırım, yöneldiğimiz istikamet bu."

"Silahlı mısın?"

"Hayır. Walthamstow'da, Penny Drive'ın bir buçuk kilometre içinde biri beni karşılasın. Silah istiyorum, Smith and Wesson gibi küçük bir şey. Sonra oraya yalnız gideceğim."

"Biraz ayarlamalar gerekecek."

Taksi köşeleri savrularak dönüyor, sert süspansiyonu tümseklerden geçerken sarsılıyor, arka koltukta Reuben'i oradan oraya atıyordu. Bilgisayarını sıkı sıkı tuttu. "Hallet, yoksa Jez ölecek."

"Bak, bana adresi ver. Oraya bir ekip göndereyim."

"Hiç vakit yok. Hem benim haricimde birilerini görecek olursa, Jez'e uçmayı öğreteceğinin sözünü verdi."

"Neredesin şimdi?"

Camdan dışarı baktı. "Hızla Bermondsey'in arka sokaklarından geçiyorum."

"Sence oraya varabilecek misin?"

"Ucu ucuna." Reuben koltuğun köşesine çekilip kendini sağlama aldı. "Devir teslim yerini bildirmek için beni arayacak mısın?"

"Güzergâhı giriyorum. Hiç sokak adı görebiliyor musun?"

Hızla T şeklinde bir kavşaktan geçtiler. "Jamaika Yolu."

"Jamaika. Jamaika. Tamam. Bakalım. Bermondsey. Haydi, haydi. Tamam, buldum. Aşağı yukarı ne yöne gittiğini görebiliyorum. Bir ayarlama yapacağız, seninle yolda buluşacağız. Şimdi ne kadar vakit kaldı?"

"Kırk bir dakika."

"Hay aksi." Reuben yankılanan ayak sesleri işitti ve Sarah'nın Genetik Suçlar'daki bir koridorda koştuğunu anladı. Bir kapıdan paldır küldür geçip, gürültüyle merdivenlerden inerek olay komuta odasına daldığında onunla beraberdi. "Reuben," dedi soluk soluğa, "kahramanlık yapmak yok. Sen polis değilsin. İnsanları vuramazsın."

"Niyetim yok," diye karşılık verdi.

"Kapatmalıyım. Phil... bir durum var. Reuben bir takside, katilin yanına gidiyor. Evet, telefonda şu anda. Bermondsey. Konuşmak mı istiyorsun? Phil iyi şanslar diyor. Oldu. Reuben, dediklerimi unutma. Öbür tarafta görüşürüz. Hoşçakal."

Reuben de "Hoşçakal," dedikten sonra, telefonu tekrar cebine koydu. Büyülenmiş gibi ekrana baktı, sinirleri alev alev yanıyor, midesi kaynıyor, kalbi dörtnala koşuyor, terliyor, parmakları sımsıkı kapanıyordu. Görüntü gerçek hale geliyordu. Biraz önce sadece tomurcuklanan yüz hatları, şimdi çiçekleniyordu. Program inşa etmekten, ince ayara geçmişti. Bunun tıpkı gece dışarı çıkmadan önce son kez makyaj tazelemek gibi, yalnızca oynamak, üzerinde denemek olduğunu fark etti. Karşılaşmak üzere olduğu adam buydu. Ve önündeki yüze bakarken, Reuben ilk kez katilin bu olduğunu anladı. Çünkü yüz tanıdıktı. Daha önce görmüştü, hem de son birkaç gün içinde. Bu kez ne kendine ne de kardeşine benziyordu. Yüz hatları daha kaba, daha koyu renkli, ekranda bile daha tehditkârdı. Gözlerin içine baktıktan sonra bakışlarını ikincil özelliklere: Etli dudaklara, kalın kaşlara, şişkin kulak memelerine, gür saçlara yöneltti. Ama kim olduğu hâlâ bir türlü aklına gelmiyordu.

Reuben başını iki yana sallayarak, son günlerde yaşananları hızla geri sardı, karşılaştığı herkesi gözünün önüne getirdi: Sokakta yanından geçenleri, Judith'in vaka dosyalarında gördüğü resimleri, kafede gördüğü Kieran Hobbs'un çete üyelerini, Maclyn Margulis'le restorandaki suç ortaklarını, Xavier Trister'ın korumalarını, Sandra Bantam'ın ölümünden beri retinasının taradığı herkesi. Dişlerini gıcırdatıp alnına vurdu. Taksi savrularak küçük bir göbekten döndü. Reuben saatine baktı. Otuz dört dakika. Gözü sokak tabelalarını aradı. Yüz hâlâ gözünün önüne gelmiyordu. Beyninin arka tarafında kaşınmaya direnen bir kaşıntı gibiydi. Yollarının tanıdık görünmeye başladığını fark etti. Dikiz aynasından taksi şoförünün gözlerine baktı. Mide bulandıran bir önsezi hisseti. İlerledikleri sokağın tümseklerini tanıdı. Merkezi kilidin tıkırtıyla indiğini duydu. Zihni kavşağa geri gitti. Taksi. Şoför. Adam. Yüz. Taksi yavaşladı. Şimdi yeniden o kavşaktaydılar. Taksi kenara çekti. Şoför etrafına bakındı. Reuben iki benzer görüntü gördü, biri bilgisayarında, biri sürücü bölmesinin arkasında. Biri nötr ifadeliydi, diğeri gülümsüyordu. Ödeme deliğinin içinden bir tabancanın kör namlusu uzandı. Reuben bilgisayarını çarpıp kapadı. Katile bakıyordu.

"Buradan yolu sen tarif edeceksin," dedi adam.

Reuben, "Jez nerede?" diye sordu.

"Jez gitti. Şimdi bana yolu göstermek zorundasın. Yakın olduğumuzu biliyorum. Yaşamak istiyorsan, sakın bir numara yapma."

Reuben sertçe yutkundu. "Üçüncü sokaktan sola dön. Kemerlere kadar o yolu takip et."

Taksi sarsılarak ileriye atıldı ve sanayi sitesine yöneldi.

"Seni tanıdım. Ama seni doğru düzgün göreli epey zaman oldu."

"Kesinlikle oldu," diye karşılık verdi.

Reuben, "Sağdan," dedi. Boğazına kadar yükselen bulantıyı bastırmak için dişlerini birbirine sürttü. Sarah Hirst'ün, peşinde Londra KSB çalışanlarının yarısıyla çaresizce Walthamstow'a doğru gittiğini hayal etti. Moray Carnock'un Helsinki'de bir otel odasını dinlediğini gördü. Ama en çok da Sandra'nın, Run'ın ve Lloyd'un gördüğü uzatmalı işkenceleri, kesikleri, yanıkları hayal etti. Yıkık binaya doğru giderken ve bodruma inerken, tabancanın sivri, açık sözlü namlusu sırtına batıyordu. Reuben sekiz milyonluk şehirde bir başına olduğunu anladı. Laboratuvara girdi, neon lambaları yanarken gözlerini kırpıştırdı. Günlerce haykırabilirdi ve onu hiç kimse duymazdı.

DOKUZ

1

Dışarıdaki kargaşanın Phil Kemp'in ruh hali üzerinde, aksine yatıştırıcı bir etkisi vardı. Paniğin ortasında, gelen istihbaratı düşünerek, dışarıdan gelen gürültüleri, ana sinyalden ayırarak emin adımlarla yürüdü. Son zamanlarda olmasa da başmüfettiş rütbesine istikrarlı yükselişinde çoğu kez sakinliğinin ona faydası dokunmuştu. İlk zamanlar, kolayca alevlenecek durumların ortasında kaldığında ya da darmadağınık olay yerlerinde, sırf telaşa kapılmama becerisi sayesinde emsallerinin birçoğunda olmayan otoriteyi kullanmayı başarmıştı. Ve şimdi Sarah Hirst bağırarak etrafa emirler yağdırır ve deli gibi notlar alırken, beynini alışılmış soğukkanlılığını yeniden kazanmaya ve önemli olan tek meseleye odaklanmaya zorladı.

Sarah, Reuben Maitland'in taksisiyle buluşacak Silahlı Müdahale Birimini, yasa dışı şekilde teslim edilecek küçük bir tabancayı, kapatılacak yolları ve helikopter desteği ayarlamıştı. Ama Phil sıkıntıyla bunun muhtemel bir kaybet-kaybet durumu olduğunu kavradı.

Sarah'nın cep telefonunu eline alıp, Seçenekler ekranını, Arama Kayıtları seçeneğine gelinceye kadar aşağı doğru kaydırdı ve sonra da Arayan Numaraları seçti. Numarayı bir yere yazdı. Meslektaşlarına yapacaklarını haber vermenin çok az bir yararı olduğunu biliyordu. Kimse dinlemeyecekti. Deneyimleri ona mücadelenin hararetinde insanların yalnızca silah seslerini duyduklarını söylemişti.

Sarah yanına gelip telefonunu geri aldı.

"Eh, işte buradayız," dedi Phil. "Oyunun sonu."

"Gerçekten de."

"Bak, Sarah, asıl önemli olan o alçak herifi yakalamamız. Hepsi o kadar."

"Ve sakın bana," Sarah ters ters baktı, "onu parçalayacak kişinin sen olmak istediğini söyleme."

Phil alışılmadık ölçüde dalgındı, vereceği yanıtı ölçüp tartıyordu. "Hayır, onu demiyorum."

"Peki, ne öyleyse?"

"Yalnızca... şu işi hatasız bitirelim," diye karşılık verdi. "Sen git onu al, ben de üsse komuta edeyim."

"Emin misin?"

Phil başını öne doğru salladı. "Eminim."

Sarah'nın gözleri ona teşekkür etti. Dönüp odadan çıktı, KSB dedektifleri de arkasından dönerek çıktılar. Phil telaşlı gidişini izledi. Asıl övünç takipte, katili yakalamaktaydı. Komuta odasını idare etmek hem tatminkâr değildi hem de uzaktaydı. Bu sefer övgüleri Sarah'nın almasına izin verdiğine memnundu. Telefon numarasını bilgisayara girerken, Sandra Bantam'ın öldürüldüğü andan itibaren yoğun bir mücadele yaşandığını düşündü. Genetik Suçlar acı çekmişti. Artık halkın gözü önünde olduğu, hakkında ön sayfalarda yazılar çıktığı, sayfa doldurmak için yorumlar yapıldığı göz önüne alınırsa, çalışanlarının ölümü Genetik Suçlar'ın adını sonsuza dek lekeleyecekti.

Ancak bir sorun daha çıkmıştı. Cinayetler takımlar arasında derin bölünmelere yol açmıştı, bilim adamlarına karşı KSB'ciler, iki grup arasında belki de hiç kapanmayacak oyuklar kazılmıştı. Sarah ile kendi bile, bunun içine çekilmişler, anlaşmayı becerememiş, çocuklar gibi kavga edip, terfi için çekişmişlerdi. Bölümü için geleceğin neler getireceğini merak ediyor ve olumlu bir şey göremiyordu. Küçük bir pişmanlık alevi sakinliğini hafifçe alazladı. Phil meslek yaşamını gelişmiş Adli Bilimler biriminin yönetimine adamıştı ve katil yakalandıktan sonra elinden alınması olasıydı. Suçlunun aranması süresinceki faaliyetleri için bir soruşturma yapılacaktı. İşyerinin morali, işbirliği, bilgi paylaşımı ve polis faaliyetleriyle ilgili diğer konuların tümü hakkında sorular sorulacaktı. Üzüntüyle fark etti ki Sarah zaferin eğişindeydi. Veri ekranlarını başından sonuna kadar kaydırırken, telefonunu açtı ve kayıtlı bir numarayı aradı. Soruşturma sırasında öz denetiminin uçup gittiğini, yavaş yavaş oyunu kaybetmekte olduğunu düşündü.

Karşı taraf yanıt verince, "Başmüfettiş Phil Kemp, Euston KSB, Genetik Suçlar Birimi," dedi. Başparmağının tırnağını kemirdi, gözleri alabildiğince açıktı, alnı kırışmıştı, sonra telefon numarasını okudu. Birkaç saniye sonra da kendi numarasını verdi. A4 boyutundaki boş bir kâğıda birkaç satırlık bir yazı yazdıktan sonra katlayıp, gömleğini cebine yerleştirdi.

Almacı yerine bıraktı ve bir dakika boyunca hiç kıpırdamadan oturdu. Zihni bir dizi hesap yaparak hızla işliyordu. Kargaşa içinde dinginlik. Seçenekleri değerlendirdi, iki yana sallayarak başına bir kulaklık geçirdi ve olay yerine doğru giden memurlar arasında kurşunlar gibi vızır vızır gidip gelen konuşmaları dinledi.

Karışıklığın arasında bir yerde Sarah'nın emirler veren, ikna eden, akıl soran ve senaryoları gözden geçiren sesini algıladı. Phil her bildirimle, iç içe geçmiş siren seslerini, farklı ekip araçlarındaki çeşitli KSB görevlileri diyaloga girip çıkarken ses perdelerinin ve tonlarının değişmesini duyabiliyordu. Bunları duyarken bir yandan konumları ve sokak adlarını not ediyor ve bilgisayara giriyor, ilerlemelerini yakından takip ediyor, hepsi de kaçınılmaz olarak Walthamstow'da birleşecek şekilde hareket eden, birbirlerini takip eden araçları, aralarına katılan yeni araba ve minibüsleri izliyordu.

Phil'in cep telefonu çaldı, kulaklıkları çıkarıp, dikkatle dinledi. Göğüs cebinden bir kâğıt parçası çıkarıp üzerinde bazı başka numaralar ve rakamlar karaladı. Bir kez daha etrafındaki hızlı olaylardan geçici olarak koptu ve kısa bir süre kıpırtısız kaldı. Sonra kıdemsiz bir KSB memuruna dönüp, "Bir dakika yerime bakar mısın?" dedi.

Memur başını öne doğru salladı ve Phil gözlerindeki paniği fark etti.

"Bir şey olmaz. İyi bir deneyim olacak senin için. Yalnızca sana önemli gelen her şeyin kaydını tut, konumları ve tahmini varış zamanını bildir." Telefonunu salladı. "Ve işler kotrolden çıkarsa beni ara."

Phil Komuta Odasından çıktı ve bir alt kata yöneldi. Ceketini giydi, zemini vinil kaplı uzun bir koridordan yürüdü, birbiri ardınca laboratuvarların ve ofislerin önünden geçip tuvaletlere doğru gitti. Bir kabinin içine girip kâğıt parçasını açtı, gözlerini üzerine dikti ve kendini son bir karar vermeye zorladı.

2

"Güzel laboratuvar."

"Teşekkürler."

"Çok korunaklı, izleyip bulması zor."

"Amaç da oydu."

"Bazı meslektaşların bana adresini vermekte son derece isteksizlerdi. Bolca teşvikten sonra bile."

"Bilemezlerdi ki."

"Maalesef. Karınla oturduğun evi terk ettin, gideceğin adresi bırakmadın, işinden ayrıldın, sırra kadem bastın. Ama şimdi neden seninle daha erken karşılaşmadığımı anlayabiliyorum."

"İşkenceler bana ulaşmak için miydi?"

"Tam olarak değil. Anlayacağın gibi."

Reuben kendini garip biçimde sakin hissediyordu, ama uzun sürmeyeceğini biliyordu. "Evet, beni buldun işte. Şimdi ne olacak?"

"Çok garip. Bir şeyi uzun zaman planlıyorsun, söyleyeceklerini prova ediyorsun ve olunca da... Bir stratejim var diyelim. Sen diğerlerinden farklı olacaksın. Daha çok külfet, ama daha çok nimet. İlerlerken anlatırım. Şimdi, fenol nerede?"

Reuben gözlerini, laboratuvar tezgâhının yukarısındaki rafta duran büyük kahverengi bir şişeye çevirdi.

"Sana öyle numaralı araç gereç yok. Yirmi yıldır işe yarayanlardan ayrılmayacaksın." Kaşları çatıldı. "Sorgulama ve doğruluk, sana öğretilenler bunlar. Ne pahasına olursa olsun doğruluk. Öyle değil mi? Tamam, senin sorgulamanla başlayalım." Şişeye uzandı ve tıpasıyla oynadı. "Kim olduğumu biliyor musun?"

Reuben dikkatle gözlerini yüzüne dikti, Öngörücü Fenotipleme'nin öngördüğü yüz hatlarına baktı. Siyah gözlere, kalın kaşlara, dolgun dudaklara ve sivri dişlere. "Evet, tanıdım seni."

"Ve ben?"

"Lars Besser'sin."

"Çok iyi. Peki, nasıl tanıdın beni?"

"Seninle daha önce karşılaştım. Doksanlardaki bir pab cinayeti."

"Mükemmel. Bundan başka beni mahkûm ettiren ekibi senin yönettiğin gerçeğini de hatırlayabilirsin belki?"

"Evet."

Lars Besser'in durgun yüz hatlarına ansızın bir şey çarpmış gibi oldu; yanaklarında bir kırmızılık, gedikli azında bir gerilme vardı, kısa sert kirpikleri ışıkta çekildi, altından gözlerin en vahşilerini açığa çıkardı. "Görüyorsun, bilgi elde etmek kolaydır. Tıpkı DNA elde etmek gibi. Tek ihtiyacın olan doğru aletlerdir. Haksız mıyım?"

Reuben omuz silkti.

Lars Besser fenol şişesinin kapağını açtı. "Haksız mıyım, dedim."

Reuben hemen, "Hayır," dedi. Ve son on dakikadır aklından çıkmayan soruyu sordu.

"Jez'i öldürdün mü?"

Lars gülümsedi, cılız, hilebaz bir tebessümdü, dudakları soğuk bir ifadeyle yılan gibi yukarı kıvrıldı. "Ah, evet," dedi.

"Nerede?"

"Evinde. Buradan sadece birkaç dakika mesafede."

Reuben karnında bir sıkılaşma, adalelerinde bir kasılma duyumsadı. Böbreküstübezleri fazla mesai yapıyordu, salgısal paniği kanına sızdırıyor, Reuben'i azami tetikte olmaya zorluyordu. Bu yükselmiş ruh halinde, acının yakın ve kaçınılmaz olduğunu anladı ve bir an için faniliğini hissetti. Yaşamıştı, alev alev yanmıştı ve artık sönmeye çok yakındı. Ama yine de merakı depreşti. "Demek ona işkence yapmadın? Buna vaktin olamazdı..."

"Hayır, ona işkence yapmadım, gerek yoktu. Nihayet bütün istediklerimi Jeremy'den aldım. Anlayacağın, Jeremy hayal bile edemeyeceğin yönlerden bana çok yardımcı oldu."

Reuben saatine baktı. Bir saat henüz dolmamıştı. Londra'yı boydan boya aşacak o kurgusal kovalamacada, Jez için hâlâ ümit olacaktı. Reuben bu aldatmanın nedenini anladı. "İki gün önce beyaz Fiesta'da bizi takip eden sendin, değil mi? Sarah ile buluşmaya giderken laboratuvardan peşimize takıldın. Böylece semti öğrendin, ama adresi değil. Sen de beni saklandığım yerden çıkarıp, aldın. Beni bir arkadaşa yardım etmek için gizli yerimden çıkmaya zorladın. Sonra çalıntı bir taksiyle KSB'yi aramama izin verdin ve beni laboratuvara getirmeden önce, KSB'yi yanlış yöne gönderttin."

"Aşağı yukarı."

"Öyleyse bunun laboratuvarla bir ilgisi var. Yoksa neden beni başka bir yere götürmeyesin ki?"

"Biliyor musun, beyninin çalışmasını izlemek insanı büyülüyor. Demek istiyorum ki, seni radyoda dinledim, makalelerini okudum –çoğu başka yerlerden kopya edilmişti, dar görüşlü ve odaklaması zayıftı– ama şimdi orada bir yerde, dışarı çıkmak için çabalayan bir zekâ olduğunu görebiliyorum." Lars Besser öne doğru bir adım attı, atılgan, amirce, Reuben'in güçsüzlüğünü yüzüne vurarak. "Belki de sorgulamaya dönmenin vakti geldi." Tabancasını bel hizasında tutup kalçasının üstüne yaslandı ve Reuben'e bir kelepçe uzattı. "Dene bakalım şunları, ellerin ön tarafta olsun."

Reuben kelepçeyi tezgâhın üstünden aldı, kelepçenin birini sol bileğine, diğerini de sağa taktı. Gözlerini Lars'tan ayırmadı. Bakışının altında binlerde düşünce ve dürtü sessizce serebral korteksini yırtıp çıkıyor, bağlantılar oluşturuyor ve ittifaklar kuruyordu.

"Ellerini tezgâhın üstüne koy, avuçları aşağı baksın."

Reuben söylediği gibi yaptı, hareketleri ağır ve otomatikti, beyninin hayatta kalmak için savaşmasına meydan veriyordu. Lars'ın bir pipet alıp bir uç kutusuna yerleştirmesini ve sonra da çekmesini izledi. Reuben, Lars'ın ne yaptığını bildiğini giderek daha iyi anlıyordu. Sonra Lars aleti fenolün içine batırdı ve bir mililitre çekti. Reuben hızlı düşünmek zorundaydı. Lars onu sorguya çekmek ve öldürmek üzereydi. Reuben etrafı araştırmasını dayandırdığı ekipman ve örneklerle çevrili olarak ölecekti.

"Ellerini hiç kımıldatmadan tut. Kımıldatırsan, seni vururum. Seçim sana kalmış, Dr. Maitland, elinin ortasından geçecek bir kurşun ya da bir damla fenol." Lars bir keçeli kalem aldı ve Reuben'in parmaklarının etrafından geçirerek ve derisini de boyayarak tezgâhın üzerine elinin siyah çerçevesini çizdi. Pipetinin ucunu Reuben'in sağ elinin üzerinde duracak biçimde tuttu. Fenol damlası ucundan dışarı akacak gibi oldu, kendi akışmazlığıyla geri çekildi. Reuben dişlerini sıktı. Fenol nahoştu, çünkü öyle olması gerekiyordu. Kastan, deriden ya da saçtan DNA elde etmek istediğinizde, insan hücrelerini parçalayacak ve patlatıp açacak bir kimyasala gereksinim duyardınız. Ki asıl sorun da buydu. Bu şeyi kullanırken dikkatli olmak mecburiyetindeydiniz, yoksa sizi yiyip bitirirdi. "Şimdi, bu biraz acıtabilir." Lars Besser gülümsedi. "Ama bir çeşni görevi görmesini, arkasından gelecekler hakkında bir fikir vermesini istiyorum. Hem sadece fenolle de değil. Neden olmasın, biraz trikloretilen ajanı içebiliriz, biraz kloroformla gargara yapabiliriz. Bakışlarını laboratuvarın içinde dolaştırdı, "belki burnumuza biraz etidyum bromid çekebiliriz. Hem bunları akrilamid ya da merkaptoetanole geçmeden yapabiliriz."

Reuben, "Ne istiyorsun?" diye sordu, gözleri irileşmişti, pipet yavaş yavaş etine doğru alçalıyordu.

"Hepimiz ne isteriz? Huzur. Sevgi. Anlayış." Lars Besser parmağını pompanın üzerine getirdi. "Ama en çok anlayış." Bastı. "Koyu, berrak sıvı antiseptik kokusuyla birlikte mavi uçtan dışarı sızdı. Esnek bir tereddütle bir saniye yaylandıktan sonra Reuben'in cildine düştü.

Reuben elini çekme, lavaboya koşup yıkama dürtüsüyle savaştı. Fenol kötüydü, ama bir mermi daha beter olurdu. Bir an için tek hissettiği, sanki sıvı sadece suymuş gibi bir serinlik oldu. Ama sonra yanma başladı. Derisinin kabardığını, beyaz bir kabarcık oluştuğunu gördü. Fenol deriden içeriye, altındaki kan dolaşımına sızdı. Bedenindeki her bir kas sımsıkı kasılmış gibiydi. Eli kasıldı. Sıvının yakıcı dişleri etini yiyordu. Gözünün önüne madeni eriyen

sülfürik asit görüntüsü geldi. Zihni sessizce haykırıyordu. Reuben dikkatini parmaklarına verip hareketsiz tuttu, dayanılmaz biçimde hareketsiz. Başını kaldırıp bakınca, ilk kez gerçekten korktu. Lars
Besser heyecanla ışıl ışıldı, ıstırabını içine çekiyor,
duyuları Reuben'in acısıyla yükseliyordu. Şişip büyümüş, kurbanının çaresizliğinden güç kazanmış
gibiydi. Gerçekten de sağı solu belli olmayan biriydi, bir saniye sonrasını tahmin etmek olanaksızdı.
Taksiden beri, Lars Besser, tehditkâr, inandırıcı, içine kapanık, makul, coşkulu ve sadist olmuştu. Reuben onun ne yapacağını kestirmekte zorlanacağını
anladı. Düşünceleri kafasından uzaklaştırmaya çalıştı, can acısının sirenini duymazdan gelmeye zorladı. Ama yararı yoktu. Düşünceleri tekrar acının
içine sürüklendi ve yok oldu.

Lars neşeyle, "Ne oluyor, görüyor musun?" diye
sordu. "Bütün bunların nasıl da bir mecaz gibi işlediğini görüyor musun? Katmanları soyup çıkarıyoruz, gerçek et ve kemiğe ulaşıyoruz. DNA elde edip
okuduğumuz gibi, bilgi alıyor ve anlıyoruz. Bunun
güzelliğini görüyor musun?"

Reuben dişlerini birbirine kenetledi. Acı migrensi bir yoğunlukla zonkluyordu. Tıpkı puroyla, ama
epidermisin içine doğru itilmiş bir puroyla yakılmak gibiydi, altındaki et söndürmeye başlayıncaya
kadar sanki biri puroyu hâlâ orada tutmaya devam
ediyordu.

"Güzel olan bir başka şey de izimi bulmak için
yaptığın çılgınca girişimlerinle bütün elde ettiklerinin şimdi seni suçlu göstermesi. Beni bulmak için
çabaladıkça, katil olduğunu ispatlamaya da o kadar yaklaştın."

Reuben homurdandı.

"Sanırım, şimdi dikkatini çektim. Bu tek bir fenol damlasıydı. Burada koca bir şişe dolusu fenolün var. Nasıl hissettirir bir düşün!" Reuben, Sandra Bantam'ın, Run Zhang'ın ve Lloyd Granger'ın kesilip biçilmiş cesetlerini gözünün önüne getirdi. Bu yaraların şevk ve hevesle açıldığını ilk kez anladı. İşte Lars Besser'in sarsak, heyecanlı hareketlerindeydi. O şimdi serçenin boynuna misina geçirdikten sonra çarpıp kemiklerini kırmak için kuşu serbest bırakan bir okul çocuğuydu. "Ama bildiğin gibi, fenol doğru düzgün dengelendiğinde çok daha etkilidir."

Reuben onun kahverengi şişeden, uzun, ince bir ölçme silindirine bir litre fenol boşaltmasını izledi. Dikkatliydi, zararlı sıvıyla kendinden geçmiş haldeydi. Sonra pipetle fenolün içine, küçük bir miktar izoamil alkol akıttı, altındaki kahverenkli fenolden daha berrak, oynak bir üst katman halinde kaldı. Etanol damlacıkları, lav lambasında olduğu gibi, yavaşça koyu kıvamlı fenolün içine aktı. Bir ölçüde büyülenen Lars, fısıltıyla konuştu. "Fenol tam olarak dengelendiğinde, başlayacağız. Ve senin tezgâhına oturup ölmeni izlediğimde −ki literatürden öğrendiğim kadarıyla bunun epey sürebileceğini sanıyorum− isimsiz bir ihbarla polise bu laboratuvarın adresi bildirilecek. Olay yerinin her tarafında senin DNA'nın bulunması ve başkentin her yerine dağılmış Feno-Model resimlerinle, vaka çabucak gazetelerin asıl istediği hale dönüşecek: Her şeyi özetleyen tek bir manşet. 'Amansız bilim adamı cinnet geçirdikten sonra intihar etti'. Hikâyenin sonu." Lars pipetin ucunu Reuben'in elindeki kabarcığa bastırıp patlattı, cıvık, sulu bir sıvının dışarı akmasını sağladı. "Ve sonra da ilgilenmem gereken tek bir kişi kalacak."

"Kim?"

Lars yalnızca burnunun kenarına parmağıyla vurdu ve göz kırptı.

Reuben, alkol damlalarının aşağı dalmalarını izleyerek biraz cesaretini topladı, her biri bereberinde ömründen günler alıp götürüyordu. "Peki, benden ne istiyorsun be?"

"Haydi, daha önce yollarımızın kesiştiği noktadan konuşalım, Dr. Maitland. Delillerin arasından dikkatle ilerleyelim, bakalım ne gibi sonuçlara varabileceğiz." Parmaklarını çalı gibi gür kaşlarının üzerinde gezdirdi, okşadı, aniden düşüncelere dalmıştı. "Yani doksanların ortaları. Bez kullanmayı yeni bırakmış tüysüz bir öğrenci, Güney Londra'daki bir pabın arkasına taşan bir kavgada dövülerek öldürülülür. Polis olay yerine neredeyse anında gelir ve kaçan kimse görülmez. Pabdaki bütün erkekler sorgulanır ve sonra da DNA testinden geçirilir. Bir şeyler hatırlatıyor mu?"

"Biraz."

"Peki ya ben? Ben barda bir şeyler düşünüp taşınarak tek başıma oturmuş içiyorum. Anlayacağın, Dr. Maitland senin dengesiz diyebileceğin türden bir hayatım oldu benim. Alışılmışın dışında bir yetiştirilme tarzı. Ve orada otururken, annemi ve babamı düşünüyordum. Sürüp giden her şeyi. Sessiz dayakları. Kargaşayı. Cenazeyi. Yalanları. Gothenburg'a dönmek ve babamın mezarını yıkmak istiyordum. İngiltere'ye annemin memleketine kaçmayı becerebildiğime hayret ediyordum. Bilirsin işte son birkaç yılı gözden geçiriyor, bundan sonra ne yapacağıma karar veriyordum. Ya sonra? Bir kavga çıkıyor. Kımıldamadan oturmuş seyrediyorum. Diğer herkesle birlikte DNA testine tabi tutuluyorum, sorgulanıyorum ve serbest bırakılıyorum. Ve tahmin et ne oluyor? Birkaç hafta sonra, kurbanın giysilerinde benim DNA'm bulunuyor. Tutuklanıp yargılanıyorum ve ağır saldırıdan giydiğim önceki hükümlerle, eh belli ki aranan adam benim." Lars yüzünü Reuben'inkine yaklaştırıp vahşice gülümsedi. Delilik su yüzüne çıkıyordu. "Tek sorun şu ki ben yapmadım. Ve beni suçlu çıkaran ekip? Başında Reuben Maitland'den başkası yoktu."

Reuben sesini çıkarmadı. Damlalar, ömrünün kalan dakikalarını ölçerek düşmeye devam etti. Anılar içini kemiriyordu. Bu sadece bir intikam değildi. Başka bir şey vardı. Hatıralar kaygıyı, basit gerçeklerin artık basit olmadıklarına dair bir hissi ateşliyordu. Gözleri Lars'ın tabancasının ötesine daldı, Lamb and Flag'deki bir sahne, on yıl önceki gibi gözlerinin önüne geldi.

3

Reuben Maitland bara giriyor. Gergin, başını kaldırıp ona bakan KSB'lilerin hemen hepsi daha kıdemliler. Bilfiil düşman değiller, ama ufak bir halı parçasını incelerken, küçük değerli bir canayakınlık da var. Bunu omuz silkmelerinde ve kaşlarını kaldırışlarında görebiliyor. Soruyorlar, nerede asıl Adli Bilimler Şefi? Reuben içeriye göz gezdiriyor. Köşede, Bar'dan görebildiği Salon'da olduğu gibi, yirmi otuz kişilik bir içkici grubu teker teker sorgulanmakta. Tıknaz barmen bir kadın polisle konuşuyor. İki yuvarlak masaya el konmuş, her birinde bir memur oturuyor, kişisel bilgileri soruyor, notlar alıyorlar, kimlik kontrolü yapıyorlar.

Bir an Reuben olduğu yerde kalıyor. Bir parçası kaçmak istiyor. Bir ses, ben buraya ait değilim, diye fısıldıyor. Sonra bir başkası, bu görev başındaki ilk vakan, berbat etme, diyor. İyi bir iş çıkarırsan onlar da bunu kalıcılaştırabilirler. Sorumluluk yüzünden felce uğrama korkusuyla, amirinin bir olay yerinde yaptığına defalarca tanık olduğu şeyleri yapmaya başlıyor.

Doğrudan amirinden ödünç alınmış sözcüklerle soruyor. "Pekâlâ, elimizde ne var?"

Uzun boylu, kalın yapılı bir memur doğruluyor ve "Genç bir erkek cesedi, dışarda, Gabriel Trask adında birine ait olduğunu sanıyoruz. Ölüm anında burada olanların hepsi sorgulanıyor. Maktulün arka avluya çıkmadan önce oturduğu yeri inceliyoruz," diyor.

"Tamam. Bakın, bu alanın ve cesedin etrafındaki alanın kapatılmasını istiyorum. Üç adım yakınında hiçbir memur istemiyorum. Tamam mı?"

"Patron sensin.

"Ve müşterileri burada tutun. Hepsinden DNA almak istiyorum."

"Hepsinden mi?"

"Evet."

"Emin misin?"

"Kesinlikle. Bir adli bilim teknisyeni de yolda, buraya geliyor."

"Ama tanık ifadelerini aldık zaten..."

"Bak, bu benim soruşturmam. Hoşuna gitsin ya da gitmesin, DNA testi yapacağız. Tamam mı?"

Uzun boylu memur bir an için alınmış görünüyor, Reuben yetkinin kendisinde olduğu etkisini vermek için fazla sert davranıp davranmadığını merak ediyor. Sesi titremediği sürece işler yolunda olacak.

"İyi," diyor memur.

Reuben pabın içinde yürüyor, rutubet kokan tuvaletleri geçiyor ve arka avluya çıkıyor. Beton zeminde üstü başı pis bir delikanlı sırtüstü yatıyor. Mum gibi solmuş benzini karşı duvardaki parlak güvenlik lambası aydınlatıyor. Cansız, düz saçlarının altına kan sızmış ve başının etrafında suni ışıkta siyah gibi görünen bir hale oluşturmuş. Bir polis patalogu yanında diz çökmüş, dalgalı beton zemin arada bir ağırlığını diğer ayağına vermeye zorluyor. Reuben kendini tanıtıyor.

Elini uzatıp, "Reuben Maitland, Adli Bilimler Şefi'ne vekalet ediyorum," diyor.

Ellilerinin sonuna yaklaşmış sakallı bir adam olan patalog başını kaldırıyor ve Reuben'e kanlı eldivenlerini gösteriyor.

Reuben elini geri çekiyor ve soruyor. "Sebep neymiş?"

"Tahminen, birkaç ağır yumruğun ardından kafatası ile betonun talihsiz teması."

"Demek direk gibi devrildi ve kafasını çarptı?"

"Dediğim gibi, bu bir tahmin."

Patologun yanında diz çökmüş duran kıdemsiz memur, Reuben'le aynı anda terfi ettirilmiş olan Phil Kemp. Artık bir müfettiş ve Reuben patologun beden dilinden saygın bir polis olma yolunda olduğunu anlayabiliyor. Phil Kemp ayağa kalkıyor ve elini sıkıyor.

"Demek bu olayda seni görevlendirdiler, öyle mi?"

"Patron başka bir vakayla ilgileniyor."

"İşlerin içine etmesen iyi edersin öyleyse." Gülümsüyor ve Reuben olay yerinde bir arkadaş edindiğini anlıyor.

"Baksana," diyor Reuben, "tam olarak ne oldu?"

"Jimmy Dunst'tan bir telefon aldık, adam barın sahibi. Büyük bir kavga yaşandığını söyledi. Bir kısmı buraya sıçramış," başparmağıyla yüzükoyun yatan kişiyi işaret ediyor, "Gabriel Trask'ın şansının tükendiği yere. Olayı doğrudan gören tanığımız yok, ama fail büyük olasılıkla ya oradaki duvarı aşmış ya da tekrar koşarak bara girmiş. Buraya epey çabuk geldik, daha çoğu kişi kavganın en hararetli yerindeydi."

"Şu duvarı aşmak için dağcı falan olması gerek."

"Eğer çaresizsen, her şeye tırmanırsın."

"Öyleyse katil muhtemelen hâlâ barda."

"Öyle olsa gerek." Phil Kemp omuz silkiyor. Çabucak Reuben'e göz atıyor. "İşin aslı bu benim de ilk büyük soruşturmam."

"Demek, birlikte blöf yapacağız. Eh, öğrenmenin tek bir yolu var."

"Öyle mi?"

"Olay yerinde bulunan herkesi DNA testine tabi tutacağım."

"Ya şimdi burada olan kişiler. Burası tam olarak temiz değil."

"Aramızda kalsın ama bence bu sefer daha çok biz kirlettik." Reuben cesede göz atıyor. "Fazla ileri gitmiş saldırılar için bile."

"Bak, beni yanlış anlama, ama hepsini sorguya çekmek, ifadelerini almak ve faili teşhis için yüzleştirme yapmak daha kolay olmaz mıydı?"

"Bilmiyorum. Bu farklı olabilir."

"Nasıl?"

"Çoğu muhtemelen sarhoş olan ve yarısı da birbiriyle kavga etmiş insanlarla dolu bir pabın var. Maktul dışarda öldürülmüş, meydandaki incelemeden uzakta. Benim hissettiğim o ki, güvenilir tanık ifadeleri, mahkemede bozguna uğramayacak ifadeler almak zor olacak."

Phil Kemp ayakta duruyor, birkaç santim daha kısa, gözlerini yukarıya doğru çevirip uzun uzun ona bakıyor. Alt dudağını çiğniyor ve bir saniye parmaklarını inceliyor. Sonra, "Sence bu iş kolaylaşır mı? Yani, içerdeki koca oğlanlar için?"

Reuben kaşlarını çatıyor. "Allah kahretsin, umarım kolaylaşır," diye karşılık veriyor.

Phil sırıtıyor, Reuben'in yanından geçip paba giriyor. Reuben, birkaç saniye sonra kahkaha sesleri duyuyor ve aralarından Phil'in kıkırdamalarını fark ettiğini sanıyor. Peşinden içeri giriyor ve boş bir masaya oturup soruşturmanın seyrini izliyor, bir yandan da Adli Bilimler teknisyeninin gelmesini diliyor. Oturan polislerden birkaçı ona göz atıyorlar. Üzüntüyle şu sonuca varıyor: Bu, eski polislere yeni yöntemleri tanıtma savaşı, hatta yenilere bile. Ama sabırla sorgulanmayı bekleyen müşteri sırasına göz gezdirince kendisini bekleyen savaşın yanında bunun hiç olduğunu tahmin ediyor.

4

Reuben anladı ki onu hayatta tutan tek şey iki sıvının akışkanlığı arasındaki farktı. Yüzey gerilimi uyuşmazlığına, fenolik toplum polisi kordonunun aralıklarla kırılıp geçilmesine, protestocu alkol damlaları tarafından yarılmasına merakla baktı.

Meslek yaşamı boyunca, Reuben birçok vesileyle ölümü üzerine kafa yormuştu. Düşünmemek güçtü. Ölümle ve sonrasındaki çirkin sonuçlarıyla yüzleşmek, kendi ölümünüzü düşünmenize yol açıyordu. Ama kendi laboratuvar tezgâhında öleceği hiç aklına gelmemişti. Reuben etrafına bakındı. Laboratuvarlar, insanların öldürüldükten *sonra* boyladıkları yerlerdi. Asıl olay yeri olmamaları gerekiyordu. Fazla düzenli yerlerdi ölümün kaosu için –beyhude çırpınışlar, oksijen için çaresiz solumalar.

Lars Besser'e, "Beni vurması için birini gönderdin mi?" diye sordu.

"Cehaletin beni şaşırtmaya devam ediyor. Nerede olduğuna dair hiçbir fikrim yoktu. Ortadan bu kadar etkin bir biçimde kaybolmasaydın, sana ulaşabilmek için iş arkadaşlarına işkence yapmak zorunda kalmazdım. Bir saniye durup düşün bunu. Aniden ortadan kaybolman birkaç kişinin canına mal oldu. Üstelik ölümünün zevkini tamamen kendim çıkarmak niyetindeyim. Demek kanını dökmek isteyen biri daha var?"

"Öyle görünüyor."

Lars sırıttı. "Eh, kim bulduysa onundur." Gözlerini ölçme silindirine çevirdi. "Artık gösteriyi başlatmamıza fazla zaman kalmadı. Son dakikalarında meselenin özüne gelmek en iyisi." Lars tabancasını ellerinde çevirdi. "Öncelikle sana başka bir öykü anlatmak istiyorum, birçok yönden daha önemli olan bir öykü. Görünüşte alakasız iki olay arasında nasıl bağlantı kurdum. Aslında neler döndüğünü nasıl anladım. Tahliye olmamdan bir yıl önce, yeni bir mahkûm geldi, seksenlerin sonunda Gloucestershire'da işlenen çözülmemiş üç otostopçu cinayeti sebebiyle iftira yüzünden içeri girdiğini etrafa yaymaya başladı. Bu vakaya aşinasın, değil mi Dr. Maitland?"

"O vakada çalışmıştım."

"Ve onu iftirayla içeri attıran adli bilim birimi? Genetik Suçlar mıydı?"

"Bak, Lars. O mahkûmiyetin benimle bir ilgisi yoktu. Ben başka bir şey üzerinde çalışıyordum..."

Lars "Kapa çeneni be!" diye bağırdı. "Ben konuşuyorum."

Lars Besser'in tepkisinin şiddeti Reuben'i sessiz kalmaya teşvik etti.

Lars bir yumruğunu sıktı. Ve sonra, hiç uyarmadan tabancasının kabzasını Reuben'in eline indirdi. Yakan bir şiddetli acı dalgası bir anda temas noktasından yayıldı. Reuben'in bütün sinir sistemi haykırdı. Midesi katıldı. Eli yaralı bir hayvan gibi büküldü. Kemikleri, acı içindeki çığlıkları daha biraz önce dinmiş olan parmak eklemleri boyunca vızıldayan bir sancı koptu. Fenolle çoktan açılmış derisinden tezgâhın üstüne nabız gibi kan akıyordu. Lars tabancayı Reuben'in yaralı eline doğrulttu.

"Bir daha kımıldatırsan, diğer ucuyla tanışırsın."
Sesinin şiddeti laboratuvarı sarstı. Reuben dişlerini birbirine bastırdı. Acı şiddetleniyor, her yerini kaplayıp boğuyordu. Aklında yaralı elinden başka hiçbir düşünce yoktu. Parmaklarını açmaya çabalayınca karpalleri, tendonları ve metakarpalleri arasında acı veren bir anlaşmazlık oldu. Yanaklarının içlerini ısırdı. Lars aslında parmaklarını tezgâhtan çekmesini istiyordu. Parmaklarını vargücüyle tezgâhın üstüne bastırdı ve gözlerini sıkı sıkı kapadı. Ölüyordu ve bunu biliyordu. Ama şimdi değil, süreç işliyordu. Sistemli işkence, kimyasal saldırı, zehir derisine ve kanına yayılırken geçen mide bulandırıcı dakikalar, yanan hücreler ve soyulan sinirler. Reuben gözünde yalvarıp yakardığını canlandırdı, Lars Besser bakışlarını üstüne dikmiş, gözleri hazdan yaşarmış, Reuben'in sızan kanıyla yeni bir şifre yazıyor. Havanın karardığını, bulutlu Londra göğünü, yatmaya hazırlanan şehri, dünya sonsuza dek sürecekmiş gibi ayinlerine devam eden insanları gördü. Kendi dururken, diğer herkesin devam ettiğini gördü. Joshua yatağında rahatsız bir uyku uyuyor; Judith bilinmeyen bir pencereden dışarı bakıyor; Moray Finlandiya'da takipte, Lucy ile Shaun Graves pencere açık halde sevişiyor; annesi hâlâ ön taraftaki odasında oturuyor; Sarah Hirst, aklı karışmış, telaşlı, üsse dönüyor; Adli Bilimler ekibi alçak sesle Jez'den bahsediyor; erkek kardeşi küçük bir karakol hücresini arşınlıyor. Elindeki acının tüm vücuduna yayıldığını hayal etti.

Reuben gerçekten de ölmek istediğini fark etti.

"Elbette, hapishanedeki herkes masumdur. Herkes iftiraya uğramıştır. Ama bu vaka benim ilgimi çekmeye başladı. Neden, biliyor musun?"

Reuben irkildi, kırık kemikler daha şiddetli zonkluyordu. Kısmen soruya yanıt vermek, kısmen de hızlı bir ölümü bilfiil istediği düşüncesini aklından defetmek için başını iki yana salladı.

"Ben ona inandım. Bunu yüzünden anlayabiliyordum. Aziz değildi. Aslında zamanında büyük olasılıkla birkaç otostopçunun etrafından dolanmaktan daha kötü şeyler yapmıştı. Ama bağlantıyı kuran yalnızca bendim."

"Neydi o bağlantı?"

"Bana çamur atan aynı adli bilimci heriflerin başkalarına da çamur attıklarını. Sahte kanıtlara dayandırarak insanları içeri tıktırıyorlardı."

"Ama güvenlik denetimleri var..."

"Doğru. Denetimler, kontroller. *Mekanizmalar.*" Son sözcüğü haykırarak söyledi. "Unuttuğun bir şey var."

"Ne?"

"Bir katili ararken gerçeği bilen tek bir kişinin olduğunu. Ve o kişi bendim."

"Sen mi?"

"Adama sahte delillerle iftira atılmıştı. Apaçık belliydi. Çünkü seksenli yılların sonlarında, Glouchester yakınlarında çalıştığım zaman, bir yere gitmek için otostop çeken üç delikanlıyı rahatsız ettim. Onlara insanın sahip olabileceği otorite nedir gösterdim. Onların, insan etinin mümkün olan her yolla zevk almak için olduğunu anlamalarını sağladım. Bir insan ölürken diğerinin canlandığını. Babamın annemi öldürürken, daha da güçlendiğini." Lars fenolü inceledi. Hazır olmak üzereydi. Heyecandan adeta titriyordu.

Reuben Otostopçu Katili'nin yüzünü inceledi. Lars Besser'in nadir rastlanan bir tür olduğunu görebiliyordu. Sadist, zeki ve psikozlu. Çift uçluluk da vardı: Rasyonel ve öfkeli, ölçülü ve hezeyanlı, kontrollü ve ne yapacağı kestirilmez. Normal tespiti yararsız kılan bir karmaşıklık, üstün bir kavrama yeteneği ile bastırılmış, öngörülmeyen bir art niyetle üstünlük sağlanmış.

"Elbette olayın güzelliğini gördüm. Hapiste, herkes adli bilimcilerden ölümüne korkar; yaptıkları her şeye burnunu sokan, nereye giderlerse onları izleyen hiç kırpılmayan bir göz. Onlardan polisten korktuklarından daha çok korkarlar. Silahlı Müdahale Birimi'nden daha ölümcüldür." Lars kelimeleri çiğner gibi, dişlerini gıcırdattı. "Kimse adli bilimcilerden şüphe etmez. Jüriler kahrolasıca zımbırtıya bayılırlar. O eski güzel günlerde, birini dayakla itiraf ettirirdin. Şimdi, herkesin dikkatle incelendiği bir teşkilatta kimin her şeyin üstünde gücü var? Canının istediği herkesi kim mahkûm ettirebilir? Yanılmaz olan kimdir? Bilim adamları. Cop yerine pipet. Canının istediğini içeri attırmak için yeni bir kestirme yol." Lars sesinin şiddetini azalttı. "Yapmadığın bir şey için on yılını hapiste geçirmenin nasıl bir his olduğunu sen nereden bilebilirsin? Namussuz bir bilim adamının seni oraya koyduğunu ve başkalarına da aynısını yaptığını bilmenin. Dışarı çıktığında aynı şeyi deneyip denemeyeceğini düşünmenin."

Reuben sesini çıkarmadı.

"Ben de seni kendi sopanla döverim diye düşündüm. Adli bilimcileri alıp senin ağzına s..mayı. Seni içerden yıkmayı. Mutlak gücün olmadığını sana göstermeyi. Benden ve iftira attığın diğer herkesten aldığın yılların hesabını sormayı."

Reuben'in beyni eşeleyip arayarak, pençeleyerek, sımsıkı kavrayarak, bir yanıt bulmak için savaştı. Bir çıkış yolu olmalıydı. Lars'ın hikâyesini anla, dedi kendi kendine. Olayı onun tarafından gör. Onun uğradığı haksızlığı anla ve kullan onu, saptır.

Yalnızca birkaç damla alkol kalmıştı. Lars Reuben'in işlediği suçları tam olarak bilerek ölmesi hevesiyle iddialarını özetliyordu. Reuben onu yarı dinledi, yarı sulanmış bilincinde ileri geri hamle yapan balığa benzer fikirleri kapmaya çalıştı.

"Ben de plan yapmaya başladım, genetik ve moleküler biyoloji üzerine makaleler okudum. Bu alanı öğrenmeye çalıştım. Gardiyanları ıslah olmuş bir kişilik olduğuma, hapisten çıktıktan sonra diploma almak için okuyacağına inandırdım. Tabii o yarım akıllıların hiç biri moleküler biyolojiyle Adli Bilimlerin aynı şey olduğunu anlamadı. Aynı ilkeler, yalnızca farklı bir ad. Biyoloji? Bunda tehlikeli ne olabilir? Böylece her gün zamanımın tamamını öğrenmeye ve özümlemeye ayırdım, ta ki hemen her şeyi anlayana dek. Genetik Suçlar küstahlık ediyordu ve şimdi ödeşme zamanıydı. Gazetelere verdiğin bazı sudan mazeretleri bile okudum. Ve sonra büyük buluş geldi. Ortak yazarlarından birinin alışılmadık bir soyadı olduğunun, Belmarsh'taki mahkûmlardan birinin adıyla aynı olduğunun farkına vardım. Şansıma inanamadım! Jeremy Hethrington-Andrews'a ulaşmak kolaydı. Kardeşi Davie'yi hapiste öldürteceğim haberini gönderdim. Sevgili anneciğini Walthamstow'daki dairesinde alıkoydum. O da bana yardım etmeye razı oldu. Sadece, birkaç örneği değiştirecekti, hepsi o kadar. Reuben Maitland'in Genetik Suçlar'daki dışlama profilinden biraz DNA almak ve olay yerindeki DNA'yla değiştirmek. Bütün bu karmaşa yalnızca birkaç tüpün kasten yanlış etiketlenmesi yüzünden çıktı. Ve sonra Adli Bilimler ekibinin içinden bir adamım da olunca, gördüğün gibi taramalara adeta bağışıktım. Durdurulamaz. İzi sürülemez. Ta ki Jez –nasıl söylesek?– gerilimin altında çatırdamaya başlayana dek. Zavallı Jez. Aslında başına nasıl bir iş sardığını bilmiyordu. Ama ağzını açarsa, bir anda kardeşini ve annesini kaybedeceğini bilecek kadar da zekiydi. Ve kabaca yerini tespit ettiğimde, Jez'in işe yararlılığı da miyadını doldurmuştu."

Reuben son alkol damlasının sallanıp daha kıvamsız olan yatağının üzerinde duraklamasını izledi. Bu sondu. Düşün. Düşün. Düşün. Lars'ı kızdırmalı mıydı, yoksa kızdırmamalı mı? Vurulması gerekiyordu. Fenol ile ölüm bir seçenek değildi. Eğer her halükârda ölecekse, önemli olan hızlılıktı.

"Ve böylece..." Lars ölçme kabına döndü. Son damla küçüktü, zar zor görülüyordu. Düşecek gibi sallanıyordu. Lars silindiri dürttü. Amil alkol, fenol dalgasının üstünde sürüklendi, sağa sola çalkalanıp eski yerine döndü. Ve sonra kurşun ayaklıklı bir dalgıç gibi, batıp, fenolün içine daldı. İki erkek de hipnotize olmuşçasına bunu izlediler, sessiz ters yönde bir baloncuk. "Dengelendik. Kararlı durumdayız, hazırız." Lars uzun silindiri tek eliyle kaldırdı, diğer eli silahı hâlâ Reuben'e doğru tutuyordu. Ağır ağır derin bir soluk aldı, gözleri bir an için kapandı. Tekrar açınca, "Şu işi yapalım," dedi.

Reuben gözlerini deli gibi laboratuvarda dolaştırdı. Dondurucular, soğutucular, makineler, kimyasallar, parlak renkli plastikler ve çıplak duvarlar ona baktı. Bilimin, soğuk antiseptik bakışı. Derin sessizlik yukardan geçen bir trenin gürültüsüyle bozuldu. Laboratuvarın karşı köşesinde Lloyd Granger'ın tamamlanmamış portresi sarsıntıyla ha-

fifçe sallandı. Lars fenol kabını hareket ettirdi. Re-
uben gözlerini kapadı. Lars Besser kabın ağırlığı-
nı hissetti, en iyi nasıl boşaltacağını hesapladı. Re-
uben kendini sımsıkı kastı. Sessizce veda etti. Dişle-
ri birbirine sürtündü. Lars kolunu geriye çekti. Re-
uben soğuk, kof soluğunu içinde tuttu. Sağ bacağı
önlenemez biçimde sallandı. Bir başka tren, tezgâhı
titreterek sarsıntıyla geçti. Ve o anda odada bir ses
duyuldu.

"Sakın kımıldama," dedi gölgelerin içinden.
"Kahrolası kaslarının tekini bile oynatma."

5

Reuben'le Lars aynı anda döndüler. Reuben, Lars'ın tabancasının zararsızca tezgâhın üstünde durduğunu gördü. Bunun ancak kötü haber olabileceğini bilerek, sesin geldiği yeri bulmaya çalıştı. Moray uzaktaydı ve polis de yanlış bir yöndeki çılgın takipten dönmekteydi. Laboratuvarı bulmuş biri ancak bela demekti. Geçitte onu öldürmesi için gönderilmiş adam gözünün önüne geldi. Suret yavaş yavaş gölgelerin arasından çıktı, önce tabanca, sonra el, sonra kol, omuz ve yüz. Ve Phil Kemp'in gözlerinin içine bakınca, Reuben midesinden büyük bir sevinç dalgasının yükselip tüm vücudunu kapladığını hissetti. Tıknaz, tutucu başmüfettiş biçiminde, silahlı ekip işte gelmişti.

Kendi silahıyla işaret ederek, "Silindiri bırak ve tabancanı erişemeyeceğin bir yere kaydır," diye emretti.

Lars Besser fenolü dengeleyip tezgâhın üzerine koydu ve ona baktı. Yüzünde nefret vardı. "Kemp, değil mi?"

"Bir daha söylemeyeceğim. Tabancanı erişemeyeceğin bir yere atmazsan, ateş etmekten başka seçeneğim kalmayacak."

Reuben, Phil'in arkasına geçmek için sakınarak yavaş yavaş Lars'tan uzaklaştı. BM Kemp'in soğukkanlılığından etkilenmişti. Bu daha önce hiç tanık olmadığı bir yönüydü: Gerilimli durumu sakince kontrol altına almak. Phil kolunu dik tuttu, beylik tabancasının namlusunu doğrulttu. Reuben sanki babası bir okul kavgasına müdahale etmiş de şimdi zorbalık yapan çocuğun karşısına dikilmiş gibi kendini himaye altında hissetti.

"Beşe kadar sayacağım. Sonra silahımı ateşlemekten başka seçeneğim kalmayacak." Reuben bile Phil'in konuşma tarzından etkilendiğini fark etti. Bu genelde nefret ettiği türden kalıplaşmış polis ağzıydı. Ne var ki şimdi bu tarzın doğrudan konuya girmekteki gücünü ve sadeliğini görebiliyordu.

"Phil Kemp. Vasatlığın timsali."

"Bir."

Lars kaşlarını çatıp sertçe baktı. "Ondan sonra seni vurmaya geleceğimi düşününce."

"İki."

"Büyük kahraman günü kurtaracağını sanıyor."

"Üç."

"Gördüğün gibi, burada hâlâ patron benim. Mesele şu yalnızca; ölmek istiyor musun yoksa istemiyor musun."

"Dört."

"Yaşa ya da öl." Lars silahına göz attı. "Yaşa ya da öl."

"Beş."

Lars silahını kapmak için ellerini oynattı. Phil tetiği çekti, yankılanan silah sesi Lars'ı durdurdu. Reuben Lars'ın arkasına, duvardaki deliğe göz attı.

Phil bağırdı. "At silahını, orospu çocuğu."

Lars gözlerini tabancasına dikti. Phil Lars'ın başına nişan aldı. Reuben Lars'ı izledi. Silahını kapıp nişan alacak zamanı olup olmadığını hesaplıyor gibiydi. Phil bir daha tetiğe bastırdı. "Bu sefer, kafana," diye bağırdı.

Lars ona baktı. Gülümsedi ve sonra, tabancasını yere itip, yavaşça, neredeyse fark edilmeyecek biçimde kollarını havaya kaldırmaya başladı.

Phil, "Ayağınla Reuben'e doğru it," diye emretti, tabancasını hâlâ Lars'ın başına doğru tutuyordu.

Lars denileni yapmak zorunda kaldı, ama hiçbir yenilgi belirtisi göstermeden. Reuben hâlâ güvende olmadıklarını sezdi. Lars'ın üzerinde canı istediğinde koparabileceğini bilerek boynuna tasma takılmasına izin veren bir pit bull havası vardı.

Reuben tabancayı almak için eğildi, kabzasının sıcaklığını farkına vardı. Kelepçe anahtarlarını tezgâhın üstünden kaydırıp aldı ve kelepçeyi elinden çıkardı. Phil gözlerini Reuben'e çevirdi.

"İyi misin?" diye sordu. "Elin..."

"Ben iyiyim." Reuben BM Kemp'e karşı ikinci kez neredeyse zaptedilmez bir sevgi dalgası hissetti. İşlerinin gitgide aralarına girmiş olduğunu kabul etti. Genetik Suçlar'da, Phil doğru bildiğini yapma ihtiyacı hisseden, bölünmüş ve tutarsız bir birimi sürekli anlamak için savaşan, baskı altındaki bir diğer ekip lideriydi. Ekibin geri kalanıyla aynı çizgilerde kopmuşlardı. "Peki, ama buraya nasıl geldin?"

"Cep telefonunu izledim. Kesin olarak doğuya doğru gittiğini bir kez daha kontrol etmek istedim." Phil silahını hâlâ elinde tutuyor, hafifçe terliyordu. "İstihbarat Servisi'nden bir bağlantımı kullanıp ilerlemeni izlettirdim, GPS ile senin burada olduğunu tespit ettim. Hepsi de tam anlamıyla yasadışı tabii."

"Tabii." Reuben gülümseyerek ona katıldı. "Phil, biliyorsun, geçmişte..."

"Unut gitsin," dedi Phil. "Dediğin gibi, geçmiş. Şu anda tek önemli olan, bundan sonra nereye gide-

ceğimiz. Artık nihayet katili yakaladığımıza göre."
Kendi tabancasını Reuben'e verdi. "Al," dedi, "onu
bununla kontrol et."

Reuben, Phil'in karton bir kutudan bir çift ame-
liyat eldiveni çıkarmasını ve parmaklarının içinde
manevra yapmasını izledi. "Olay yerini kapatalım,"
dedi. "Ve ..." Phil fenol dolu ölçü kabını işaret etti,
"tasarlanmış cinayet silahı şu mu?"

Reuben, "Gördün mü?" diye sordu. "Sen ne ka-
dar zamandır..."

"Duymam gerekeni duyduğumdan emin olmama
yetecek kadar."

Lars tükürür gibi, "Tipik boktan aynasız," dedi.

"Reuben, fenolü bana ver, dikkatli ol."

Reuben, Lars Besser'e doğru bir adım attı, sonra
ölçü kabını tezgâhın üzerinden yavaşça Phil'e doğ-
ru hareket ettirdi. Bu hareket iyi geldi, sanki Lars'ın
silahını elinden alıyordu. Bir saniyeliğine içinde dal-
ga dalga yayılan rahatlama hiddetle karıştı ve teti-
ği çekmeyi düşündü. Ama hayır, Lars'ın tutuklan-
ması, yargılanması ve toplumdan tecrit edilmesi çok
önemliydi. Adalet böyle işlemeliydi. İntikam hiç-
bir alacağın tam olarak karşılığı olmazdı asla. Phil
Kemp eldivenli elleriyle fenolü alıp inceledi.

"Berbat," dedi.

Reuben, "Hem de çok," diye karşılık verdi.

Phil zararlı sıvıyla hipnotize olmuş gibiydi. Lars
Besser'e doğru yürüdü. "Görünüşe göre tabutunun
son çivisini çaktın, Bay Besser."

"Öyle diyorsan öyledir."

"Seni resmi olarak suçlamadan önce paylaşmak
istediğin başka bir şey var mı?"

Lars alay etti. "Büyük boktan kahraman."

Ve o anda Phil fenolü onun suratına fırlattı.

Lars haykırdı, geriye doğru sendeleyerek ellerini gözlerine attı. Öne doğru eğildi, bir an sessiz kaldıktan sonra tekrar çığlık attı. Ses Reuben'i ürpertti, içine işledi, duvarlardan geri tepti. Lars ciğerlerine havayı öyle şiddetle çekip geri verdi ki sanki odadaki bütün oksijeni içine çekmişti. Yan tarafına devrildi, Reuben parmaklarının altında yüzünün yavaş yavaş aşınmasını seyretti. Eti beyaz kabarcıklarla kaplandı ve mide bulandırıcı şeritleri halinde soyulmaya başladı. Lars tiz çığlıklar attı, attı ve Reuben ölümünün tahmin ettiği gibi, saatler değil dakikalar alacağını anladı. Besser sırtının üstüne döndü, vücudu kasılıyor, kollarıyla bacakları çırpınıyor, Reuben'in bir daha hiç duymamayı umduğu bir ses çıkarıyordu. Kollarıyla bacakları yere laboratuvar tezgâhının kalın bacaklarına, laboratuvar taburesinin tabanına sertçe çarptı. Reuben Phil'e bakmak için döndü. Boş silindiri hâlâ elinde tutan Phil bu sahne karşısında kendinden geçmişti. "Hay lanet olsun," diye fısıldadı.

Lars'ın solukları akışkan hale geldi, bir yoğuşturucudaki sıvı ve gazların karışımı gibi. Yüzünü tırmalıyor, kabarcıkları yırtıyor, zarar görmüş eti kazıyıp atmaya çalışıyormuş gibi derin kanlı yaralar açıyordu. Reuben arkasını döndü, ulumalar giderek yükseldi. Sonunda Lars bir şey söylemeye çalışıyor gibi oldu. Reuben'in ne dediğini anlayabilmesi birkaç saniye sürdü. Tiz bir sesle, "Vur beni. Vur beni," diye bağırıyordu. Reuben yine yüz hatları değişmeyen Phil'e baktı. İfadesizlik ve acıma, "Layığını buldu" diyor gibiydi. Lars'ın çığlıkları acıklı hıçkırıklara dönüşüyordu. Reuben kendi mükâfatını anlayan bir sadisti izlediğini fark etti. Kuşku duymadığı gücü zayıflıyor, eriyordu. Phil bir adım yaklaşıp çömeldi. Lars'ın bedeni sadece seyiriyordu, artık kıvranmıyordu ve yüzü de derisi yüzülmüş gibi görünüyordu. Zahmetli solukları artık yalnızca, ani, kesik kesik ve kulak tırmalayıcı iç çekişlerden ibaretti, birkaç saniyede bir tüm gövdesini şiddetle sarsıyordu.

Phil, dönmeden, "Onun tabancasını ver bana," dedi.

"Onu vuracak mısın?"

"Onun gibi bir şey."

Reuben silahı verdi, Phil gözlerini arada bir Lars'ın üzerinde gezdirerek inceledi. Ne yapacağını düşünüyor gibiydi.

"Destek çağırayım mı?" diye sordu Reuben.

Hâlâ Reuben'e arkası dönük, çömelmiş halde duran Phil yanıt verdi, "Durumu gözetim altına aldık. Bu ..cık bir yere gitmeyecek. Ben yalnızca işimi sağlama alıyorum."

"Ama KSB..."

"Ben yalnızca işimi sağlama alıyorum dedim. Bu pislik başıma yeteri kadar bela açtı. Başkalarına çektirdiği gibi acı çekmesinin zamanı gelmişti. Bu oyun nasıl oynanır biliyorsun Reuben. Masum olduğunu ileri sürecekti, mahkemeyi tıkayacaktı, belki rahat bir hücrede yirmi beş yıl yiyecekti. Nerede adalet? Hakiki insan adaleti? Bunu anlayabiliyorsundur mutlaka. Haydi, Sandra'yı düşün. Run'ı düşün. Lloyd'u düşün."

"Ve Jez'i."

"Jez mi? Allahın cezası hayvan!" Phil, Lars'ın tabancasının kabzasını kaldırdı, başının üstünde birkaç saniye tuttu. Dişlerini gıcırdattı.

"Phil," dedi Reuben.

"Tamam, bir şey yok." Phil tabancayı indirdi.

"Modern polislik ve bütün bunlar. Bazen unutuyorsun." Yüzünü ovuşturup içini çekti.

Reuben alçak sesle, "Nihayet öldü mü?" diye sordu.

"Sanırım. Tanrım, bu nesne çok kötü. Yani ben asla..."

"Yaptın. Ve artık bitti." Reuben yavaşça az da olsa işbirliği yapmaya başlayan yaralı elini kapatıp açarak doğruldu. "Ölmek için ne iğrenç bir yol." Aniden midesinin bulandığını hissetti. Bütün kötü sonuçlarına, bütün soğukluğuna, meslek yaşamı boyunca gördüğü parçalanmış bedenlere rağmen, hiçbir şey onu biraz önce gördüklerine hazırlayamazdı.

"Senden ne istiyordu?"

"Eski bir vakanın ayrıntılarını."

Phil kendi etrafında dönüp, Lars'ın başının yakınında çömeldi. "Hangi vaka?"

"Doksanların ortalarındaki Lamb and Flag cinayeti. Hatırladın mı?"

"Onu bu raddeye getiren şey bu muymuş?"

"İftiraya uğradığını söyledi. Delillerimiz yanlışmış"

"Ne açıdan yanlışmış?"

"O katil olamazmış."

Doğru. "Phil Reuben'e bakıp kaşlarını kaldırdı, küçük bir kahkaha attı. "Onun gibi iyi, namuslu bir adam."

"Olacak şey değil."

"Her neyse..." Phil uyup uymayacağını görmek için tabancayı Lars'ın avcunun içine itti. "Soruşturma kapandı. Yıllardır kapalıydı. Ve şimdi," sırıttı, "Adli Bilimler Katili'ni yakaladım."

Gerilim nihayet vücudunu terk ederken, Reuben de ona gülümsedi. "Sanırım öyle."

Phil Lars'ın hâlâ sıcak olan işaret parmağını tetiğin üstüne bastırdı. Lars'ın kolunu çevirip nişan hattına baktı.

"Ne yapıyorsun?"

"Dediğim gibi, Adli Bilimler Katili'ni yakaladım." Tabancayı Reuben'e doğrulttu.

"Ne?"

"Durumu anlıyorsun, değil mi? Bu sonuç, vakanın çözümü. Gerçek karşında, arkanda, etrafında. Aslında gerçek sensin. Yıllardır peşinde olduğun şey sensin."

"Phil, dalgayı bırak."

"Ve gerçek işte bu. Adli Bilimler Katili Reuben Maitland, soruşturmanın baş şüphelisi Lars Besser'i üzerine fenol dökerek öldürür. Ama Besser ölürken Dr. Maitland'i vurmayı başarır. Adli Bilimler ve parmak izi hata kabul etmez. Vaka kapandı." Phil, Lars Besser'in kaygan parmağıyla tetiğin üstüne bastırdı. "Bir şey atlamadıysam."

Reuben elini ağzına kapadı, ihanete uğramış, sarsılmıştı, korku ve kuşku karışımı bir duyguyla Phil'e bakakaldı.

"Ama Phil..."

"Hoşçakal, Reuben," dedi Phil.

"Anlamıyorum..."

"Seni tanımak bir zevkti, Dr. Reuben. Hoşçakal. *Arkadaş.*"

Tabancanın gerisine bakınca bir hareket fark etti, ayağın seyirdiğini. Phil görmemişti. Ve bir daha kımıldadı. "Phil..." dedi. Ama çok geçti. Lars Besser şahlandı ve hamle yaptı. Ete saldırdı. Yaralı bir ayı gibi kükrüyor, elleri havayı pençeliyordu. Phil emekleyerek kaçmaya çabaladı, ama kaydı, tabanca yere düştü. Lars atıldı, gözleri kocaman ve korkunçtu, kapakları erimişti. Reuben içgüdüsel olarak ileri hamle yaptı ve sırtüstü duran Phil'i yakalayıp sıkıca tuttu. Lars kollarını Phil'in bacaklarına doladı ve sıktı. Phil haykırıyordu. "Kurtar beni ondan, kurtar beni." Reuben Phil'i omuzlarından çekti. Lars bacaklarını sıkarak yukarıya ilerliyordu. Donmuş bakışı Phil'in ensesine sabitlenmişti. "Vur onu, yalvarırım." Reuben Phil'in silahını göremedi. "Vur onu." Lars'ın tabancası Phil'in altında kalmıştı. Lars Phil'in üstündeydi, korkunç kuvvetiyle onu öyle çekiyordu ki kolları göğsüne dolanıyordu artık. Bir kolu Phil'in boynuna uzandı.

Reuben Phil'i bırakıp ayağa kalktı. Başını iki yana salladı. Ne yapıyordu? Phil, "Yardım et bana," diye haykırdı, neredeyse tamamen Lars'ın altındaydı. Reuben gözlerini laboratuvarda gezdirdi, çatışma bedeninin her yerine yayıldı. Tezgâha atılıp bir şişe kaptı. Üstünde sadece "Nitrik' yazılıydı. Lars kükrüyor, hırlıyor ve böğürüyordu. Reuben şişenin kapağını açtı. Durdu. Aklına korkunç bir fikir geldi. Tabii Phil'i kurtarabilirdi. Ama onun yerine Lars'ı da kurtarabilirdi. İkisi de onu öldürmeye çalışmıştı. Hangisinin yaşamasını istiyordu? Phil'in yardım feryatları Reuben'in bocalamasını sarstı. Şişeyi başlarının yukarısında tutarken elleri titredi.

Reuben tepelerinde durdu, Phil'in çığlıkları daha çaresiz, daha çılgın hale gelince duraksadı. "Öldür onu, öldür pisliği." Hiçbir şey yapmazsa, Phil bir dakika içinde ölecek, Lars'ın korkunç kuvvetinin kurbanı olacaktı. Ama Lars'ı saf dışı bıraksa, Phil hâlâ bir tehditti. Belki onu etkisiz hale getirebilir, silahlardan birini bulabilir, destek çağırabilirdi. Ama Phil'in yaşamasına izin vermek, çözdüğünden çok sorun yaratacaktı. Reuben Phil'in yüzünün renginin değişmeye başladığını kollarının boş yere çırpındığını gördü. Yine de bekledi. Doğru düşünemiyordu. Bu ölmek ya da öldürmek meselesiydi. Tek yapması gereken nitrik asidi o ya da bu şekilde dökmekti.

Reuben gözlerini kapadı ve yüzünü ekşitti. Bir insanın yaşamını sonlandırmak zorundaydı. Phil inliyordu; Lars'ın gücü artıyordu. Reuben ayaklarının üzerinde sallandı. Phil ya da Lars. Lars ya da Phil. İkisi de onun ölmesini istemişti ve şimdi sıra ona gelmişti. Phil'in rengi mora dönüyordu, gözleri yuvalarından dışarı uğruyordu. Lars parmaklarını Phil'in boynuna daha da bastırıyordu, kolunun alt kısımları şişiyor, kasları sımsıkı kasılıyordu. Lars ya da Phil. İkisinden biri birçok sorunu çözecekti. Tiksindirici bir karar berraklaştı. Bileğinin açısını ayarladı. Ve berrak sıvıyı kabından boşalttı.

6

Saf, katıksız bir dehşet çığlığı koptu. Odayı bir yanık kokusu, yanan et ve saç kokusu doldurdu. Reuben iğrenerek ve büyülenmiş halde seyretti. Şişenin ağzında tıpkı namlunun ucundan çıkan duman gibi bir buhar asılı kalmıştı. Bir başka uluma laboratuvarı delip geçti, adeta cam malzemeleri sarstı, Reuben'in içine işledi ve sinirlerini tırmaladı.

Phil Kemp başını kaldırıp ona baktı, gözleri pörtlemişti, ölüyordu. Lars Besser de çarpılmış suratı yukarı bakacak biçimde döndü. Dört göz, dört korkunç göz üzerine saplandı. Reuben bu bakışları asla unutamayacağını anladı. Lars Besser'i ikinci defa ıslattı, yalnızca birkaç damla kaldı. Lars sonunda durdu, yaralı gözleri açık kaldı. Etinde, oyuklar açan bir karalık belirdi, yaradan duman çıkıyordu. Fenol derinin dış tabakasını eritmişti. Nitrik asit eti ve kemikleri yiyordu. Lars aniden kımıldadı, saçının arka tarafını yakaladı. Phil kıvranarak ondan uzaklaştı, silkinip üzerinden atmayı başardı. Lars yüzüstü devrildi. Başının arka tarafı kırmızı ve beyazdı, deri açılmış, kemik ve sonra da zar meydana çıkmıştı.

Phil ağır ağır ayağa kalktı, soluk soluğaydı. "Lanet olsun, lanet olsun, lanet olsun," dedi. Gidip Lars'ın böbreklerine sert bir tekme indirdi. Lars'ın solukları sığlaşıyordu. Asit beynine girerken, mücadele sızıp gidiyordu.

Reuben Lars'ın tabancasını yerden aldı, bir mendille silip temizledi. Phil kendi kendine mırıldana-

rak, sarsak adımlarla küçük daireler çizerek dolanı-
yordu. Lars'ın cesedinin etrafından dolaştı, görünü-
şe göre başka her şeyden habersizdi. Lars'ı bir daha
tekmeledi. Bu kez itiraz homurtusu gelmedi.

Reuben geç de olsa birini öldürme eylemi içinde
olduğunun farkına vardı. Asidi kullanmadan önce
tereddüt etmiş olmasına karşın, küçük de olsa bir
tarafının, beyninin bastırmaya savaştığı bir par-
çasının, bu eylemdeki adaleti gördüğünü biliyor-
du. Ama adrenalin yavaş yavaş dindiğinde suçlu-
luk duygusunun devreye gireceğini tahmin ediyor-
du. Verdiği acı yüzünden değil, artık Lars Besser'i
harekete geçiren şeyin, sadistliğine rağmen, adalet-
sizlik olması yüzünden. Durumlarında, Phil'in ce-
sedi incelemesini, Lars'ın kollarından birini kaldır-
masını ve bırakınca gevşekçe yere düşmesini sey-
rederken cesaretini kıran bir benzerlik vardı. Reu-
ben çok daha ihtiyatlıydı ve yüzükoyun yatan su-
retten iyice uzakta kaldı. Phil Lars'ın öbür kolunu
kaldırdı ve üzerinden Reuben'e göz attı. Silahı ilk
kez fark etti.

"Galiba işler bombok oldu," diye mırıldandı.

Reuben, ne diyeceğini bilemeden, ifadesizce
omuz silkti.

Phil başını iyice açtığı parmaklarının arasına
aldı, yavaş yavaş öne arkaya salladı. "Lanet, lanet,
lanet. Bu ne iğrenç... Beni öldüreceğini sandım."

Reuben tabancanın emniyetini açtı ve blucininin
cebinden cep telefonunu çıkardı. Başparmağıyla bir
numara tuşladı. Karşı taraf yanıt verince, "Buraya
gel, tek başına ve silahsız," dedi. "Burada bir du-
rum var." Adresi verdi ve yolu tarif etti. "Başmü-
fettiş Phil Kemp'i silah zoruyla burada tutuyorum
ve yapacaklarımdan sorumlu tutulamam. Onu sağ

görmek istiyorsan, hemen buraya gelsen iyi edersin." Reuben telefonunu bir fiskeyle kapadı. Sert beyaz bir laboratuvar önlüğü alıp Lars Besser'in cesedinin üstüne örttü.

"Evet, Başmüfettiş Kemp." Kaşlarını çattı. "İşlerin ilginçleştiği bir yerdeyiz."

ON

1

Reuben midesinin yakınmasını dinledi. Çok fazla adrenalinin yanında çok az yiyecek görmüştü. En son ne zaman yemek yediğini hatırlamıyordu. Boş bedenini buzdolabına yasladı. Hafifçe titriyordu, kompresörün titreşimi ile birlikte kendi sallanması. Phil Kemp'in arkasında Lloyd Granger'a hiç ölüm sonrası saygınlığı vermeyi başaramamış olduğunu gördü. İşler öyle berbat olmuştu ki tuvale sıçramıştı. Lloyd beklemek zorunda kalacaktı.

Phil sessiz kaldı, suratı giderek grileşiyordu. Kapıda bir ses oldu, Reuben silahı başına doğru tutup kapıyı koruyarak hızla Phil'in arka tarafına yürüdü.

BM Sarah Hirst, adımını laboratuvarın içine atarken, "Ee," dedi.

"Ee," diye karşılık verdi Sarah. Kadının laboratuvardaki kargaşa sahnesini serinkanlı bir tarafsızlıkla kavramasını, manzaradan kendi hikâyesini yazmasını izledi. Yerde yatan bir suret, saçılmış sıvılar, yanan deriler, başına dayalı bir silahla duran Phil. Sarah etrafındaki karışıklıktan uzaklaşmaya çalışıyormuş gibi, saçlarını düzeltti, yakasını dikleştirdi, eteğini düzleştirdi. Ağır adımlarla ilerledi. "Sözünü ettiğin durum bu demek."

Reuben, "Bana silahlı olmadığını göster," diye emretti.

Sarah ceketinin düğmelerini açtı. Kendi etrafında dönerken, Reuben yontulmuşa benzeyen beyaz bluzuna baktı.

Sarah ona dönerek, "Neler olduğunu anlatmak ister misin?" diye sordu.

Phil, "Sarah, Tanrı aşkına," diye yalvardı.

"Tek kelime daha edersen, son sözün olur." Reuben tabancanın namlusunu sertçe Phil'in saçlarına bastırdı.

"Evet?"

"Adli Bilimler Katili Lars Besser'miş."

"Sana asıl neden silah zoruyla kıdemli bir KSB dedektifini tuttuğunu soruyorum Dr. Maitland."

"Bu biraz karmaşık."

"Bundan iyisini yapman gerekecek. Hem çok zamanın da yok. Mina Ali'ye nereye gittiğimi bildirdim. Saat ikiye kadar ortaya çıkmazsam, alarm verecek. Ve sen de bunun ne demek olduğunu biliyorsun."

Reuben içini çekti. Sarah tam ondan beklendiği gibi, sözünden dönmüştü. Zaman kısıtlıysa, yardıma ihtiyacı vardı. "Bir yeri arayacağım," dedi. "Ondan sonra iş konuşmaya başlayabiliriz." Telefonunu çıkarıp bir numara tuşladı. "Judith," diye konuşmaya başladı, "Laboratuvardayım. Bence buraya gelmelisin. İşler değişti. Birçok şey. Ama güvenli. Senin teknik desteğine ihtiyacım var. Buraya gelmen ne kadar sürer? Tamam, Görüşürüz o zaman."

Reuben telefonunu bıraktı ve şimdi Lloyd Granger'ın bitmemiş portresinin önünde duran Sarah'ya baktı. Sarah gözlerini tuvalin üzerinde gezdirerek, "Elbette," dedi, "Neden resim yaptığını biliyorsun, değil mi?"

"Aydınlat beni."

"Çünkü aklının derinlerinde, gerçeğe katlanamıyorsun."

Reuben homurdandı. "Ben buna bir çıkış noktası derdim. Belki senin de faydalanabileceğin bir şey. Neden hoşlanırsın, BM Hirst?"

"Kontrolün bende olmasından."

"Etrafını bir incele. Sence şu anda kontrol sende mi?"

Sarah Hirst kapı açılınca anında dönüverdi. Reuben geri çekildi ve tabancayı Phil'in başının arkasında tutmaya dikkat ederek kapıya doğrulttu. Gölgelerin içinden Moray Carnock'un iri gövdesi çıktı.

"Hayrola?" diye sordu, odanın içine göz atınca yüzü gölgelendi.

"Uzun hikâye. Helsinki'de ne oldu?"

"Misafirliğin tadını kaçırdım ve aceleyle ayrılmak zorunda kaldım."

"İyi, bir işe yara bari. Silahı al ve BM Kemp'e doğru tut."

Reuben Sarah'nın yanına yürüdü, kadını dirseğinden tutup resimden uzaklaştırdı. Parfümünü içine çekerek, "Bazı testler yapacağız," dedi. "Neler döndüğünü anlayacağız. Şimdi, seni buraya çağırmakla bir risk aldım. Ama bütün bunların yasal ve açık olması gerek. Sana güvenebileceğimi bilmem gerek."

"Neden şimdi başlıyorsun, Dr. Maitland?"

"Çünkü başka seçeneğin yoktu."

"Silahı tutan senin adamın."

"Benimle işbirliği yapacak mısın, yapmayacak mısın?"

Sarah omuz silkti. "Göreceğiz bakalım."

"Boş ver. Moray, gözünü BM Hirst'ün üzerinden de ayırma."

Sarah öfkesinden kıpkırmızı oldu, silkinip Reuben'in elinden kurtulmaya çalıştı. "Bu kadarı yeter,

Dr. Maitland. Ne biliyorsan bana anlatacaksın. Bütün bunlar bittiğinde seni parçalarına ayırtmamam için beni ikna edeceksin."

Reuben çabucak Phil'in olduğu yere göz attı. Sarah'yı sessiz bir ümitsizlik içinde izliyordu. Reuben gözlerinde hâlâ umut olduğunu gördü. Moray arkasında bir tezgâha dayanmıştı, tabancayı tutuyor ve ceplerini karıştırıp yiyecek bir şey arıyordu. Reuben'in bakışlarındaki açlığı fark edince ona bir muzla bir kutu meşrubat uzattı. Reuben Sarah'ya dönüp fısıldadı. "Tamam, bir şey olduğu yok. Lamb and Flag cinayetini hiç duydun mu? Gabriel Trask adında bir öğrenciyi?"

Sarah kaşlarını çattı. "Evet, hatırlıyorum."

"Yerde yatan Lars Besser içeri gönderdiğimiz adamdı. Eski moda DNA parmak izi zahmetliydi. Cinayetten belki de ancak üç ay sonra gelişme kaydedip Besser'in DNA'sını öğrencinin giysilerinde bulduk." Reuben tatlı-asitli serinliğinin tadına vararak ağız dolusu elma suyu içti.

"Nereye varmak istiyorsun?"

BM Kemp'le Lars'ı bağlayan tek şey bu. Phil bu vakaya bakıyordu ve Besser bugün ona bakınca, sonra da onu vuracağını söyledi. Nedenini öğreneceğim. Judith Meadows yolda, yardım etmek için buraya geliyor. Şu anda anlatmamayı tercih ettiğim nedenlerden dolayı, o soruşturmadan bazı örnekleri arşivledim."

Reuben dikey bir dondurucuya gidip kapağını açtı. İçinde her biri dondurma kalıplarına benzeyen yaklaşık on dikdörtgen kutuyla dolu dört adet raf vardı. Kişiye ait kapları çıkarıp etiketlerini inceledi ve yere yığdı. İki dakika sonra üstünde "Lamb and Flag 1995" yazanı buldu. Sarah'ya verdi ve öbür kutuları yerlerine yerleştirdi. Sarah kapağını açtı ve birkaç saniye içindekilere baktı. İçinde mermi biçiminde ve sırayla numaralanmış otuz tane beyaz tüp vardı. Küçük bir plastik poşetin içinde de altı yedi tane kırmızı renkte daha küçük tüp duruyordu. Bir başkasında birkaç kâğıt fiş ile beş mikrosantrifüj tüpü daha. Sarah nemli bir Kirlenme İhbarını incelerken, "Genetik Suçlar örneklerinin senin dondurucunda ne aradığını sormayacağım," dedi. "Ama bu senin ne işine yarayacak?"

"Orijinal örnekleri Öngörücü Fenotipleme işleminden geçireceğim, böylelikle o gün pabda olan herkesle tanışabileceğiz."

Sarah kayıtsızca, "Gerçekten mi?" diye sordu. "Silahlı ekip buraya varmadan önce fazla zamanın yok." Phil'e göz attı. "Ve o da kavanozundan salıverilmiş kızgın bir eşekarısı gibi olacak."

"Mesajı aldım." Reuben hızlı hızlı yedi, çip okuyucusunun düğmesine basıp açtı, bir raf dolusu uç alıp şimdiye kadar hiç yapmadığı kadar hızla çalışmaya başladı. Phil'in neden Lars'la onun ölmesini istediği meselesiyle boğuşuyordu. Bu kadar korktuğu şey neydi? Phil birini koruyor olmalıydı ve o kişi de Reuben'in tanıdığı biri olmalıydı. Yoksa neden her çareye başvuracaktı ki? Phil paba Gabriel Trask öldükten sonra gelmişti, dolayısıyla onun rolü ancak soruşturmayı saptırıp tespit edilmekten kaçınmak isteyen birinden uzaklaştırmak olabilirdi. Son zamanlarda karşılaştığı insanları gözünün önüne getirdi. Gözlerini örten kirpikleriyle sarı saçlı Kieran Hobbs, kozmetikle güzelleştirilmiş gangster Maclyn Margulis, gece kulübü girişimcisi Xavier Trister. Phil'in Genetik Suçlar'daki yandaşlarını, amirleri için canlarını ortaya koyacak Metropolitan polislerini gördü. Shaun Graves'in evinin arkasında onu öldürmesi için gönderilen adamı düşündü. Bir kez daha on yıl önce Lamb and Flag'e gitti, kıdemsiz Phil Kemp'in kıdemli KSB dedektifi, patolog ve öbür memurlarla bayat sigara dumanlı havada, kafa kafaya vermiş fısıldaştığını hatırladı. İkisi o zamandan itibaren yüksek rütbelere çıkmış dört ya da beş polis memuru. Son birkaç ayda işlemden geçirdiği iğrenç olay yeri vakalarına göz attı: Sanayi casusluğu; kurban kimlikleri; aldatma vakaları. Daha önce ayrı olarak gördüğü olaylar arasında bağlar aradı. Geç de olsa anladı ki bu bilimin giziydi: münferit delil dizileri arasında ilişkiler kurmak.

Bir yandan düşünürken, sol eliyle fiskeleyerek tüplerin kapaklarını açtı, sıvıları dağıttı, örnekleri mikrosantrifüjde titreştirdi, bir elmadan ısırık aldı ki tadı elma suyuyla hiç gitmedi, filtreleri yıkadı, sinyalleri yükseltti, sondaları melezledi, makineleri programladı ve hâlâ Lars Besser'in donmuş, zarar görmemiş, kusursuz görüntüsünü gösteren dizüstü bilgisayarını açtı. Judith Meadows nihayet laboratuvardan içeri girdi, sakıngan ve kuşkuluydu. Reuben onun karışıklığa bakmasını, Phil Kemp'i, Sarah Hirst'ü, tabancayla hedef almış olan Moray Carnock'u ve yerdeki cesedi görünce yüzünün değişmesini izledi. Belli belirsiz bir tereddüt ve hantallık vardı. Judith orta parmağındaki iki halkayla oynayarak bir dondurucuya dayandı. Reuben yanına gidip ona sarıldı. Kısa bir kucaklamaydı, soğuk ve mekanik. Judith kollarından kurtulmadan önce Reuben'in ne yaptığını, hangi aşamada olduğunu sordu ve bir kutu eldiven açtı. Sessizce işlemlerle ilgilenmeye başladı.

Sarah saatine göz atıp, yapılan işlemlerin uğultusunu bölerek, "Saat işliyor, Reuben," dedi.

"Elimden geldiği kadar kestirmeden gidiyorum," diye karşılık verdi. "Öngörücü Fenotiplemeyi düşük çözünürlükte kullanacağım ki o da yeteri kadar hassas olur. Ayrıca her zamanki kontrolleri ya da ölçümleme adımlarını yapmayacağız. Ve son bir strateji olarak, önceden gözardı ettiğimiz örneklere öncelik vereceğim. Normalden hızlı bir büyüklük sırası olmalı."

Sarah'nın cep telefonu klasik bir parçanın polifonik taklidini çaldı. Duymazdan geldi. Telefon bir daha çalınca sinirlenerek ekranına baktı. Üçüncü kez çalınca yalvarırcasına Moray'e, sonra da Reuben'e baktı. Reuben peki der gibi başını salladı. "Moray, konuşmayı dinle. Ve Sarah, sakın hayatını ya da BM Kemp'inkini tehlikeye atacak bir şey söyleme."

Sarah bir tuşa bastı. Moray onun durduğu yere doğru kulak kabartıp dikkatle dinledi. Phil umutla mevkidaşına bakıp ağırlığını bir ayağından öbürüne verdi. Sarah bir alay evet, hayır ve belki dedi. Suçlayacak hiçbir şey söylemedi. Konuşmasını bitirince, "Jez'in cesedini dairesinden almışlar," diye haber verdi. "İnsanlar sorular soruyor. Mina koca ağzını açtı. Ve," en iyisini en sona saklayarak ekledi, "buraya doğru yola çıkmışlar."

2

Sözcükler Reuben'in savaş halindeki bilincine girdi. Genetik Suçlar personeli hiç kuşkusuz çok sayıda Metropolitan polisiyle, Adli Bilimler katilini yakalamak için etrafı koklayarak iz süren tazılarla, destek almış olarak laboratuvara doğru geliyordu. Laboratuvara onların gözleriyle baktı. Bir ceset, üzerine silah doğrultulmuş kıdemli bir memur, şaibeli bir güvenlik danışmanı ve de kendi yerinde vakanın baş şüphelisi. Böyle bir sahneyi yorumlamanın, pek azı onu ümitlendiren pek çok yolu vardı. Çalışmasını hızlandırdı.

"Daha ne kadar vaktimiz var?"

"Bizi bulmaları ne kadar sürerse."

Phil çenesini yukarı kaldırdı. Gözlerinde zafer ifadesi vardı.

"İlk görüntü dakikalar sonra tamamlanacak."

"Reuben, neden şimdi teslim olmuyorsun? Sonra her şeyi halledebiliriz."

Reuben sertçe Sarah'ya baktı. Sarah o müzakereci ses tonunu kullanmıştı, iradesini kırmak için tasarlanmış yumuşak bir ses tonu. "Çünkü burada oturacağız ve ben sana gerçekten neler olduğunu göstereceğim. Her şeyin üstüne üşüşülüp dürtüklenmeden önce. Polis prosedürleri işleri karıştırmadan önce. Sen beni gözaltına almaya çalışmadan önce."

Judith durağan bir taşıma kayışına benzeyen uzun bir sıra küçük naylon filtreyi pipetlerken, Reuben programını açıp hızlı hızlı bir dizi komut girdi. Ekrana bakıp, "İyi," dedi, "ölüm anında barda olan iki şahısla başlayalım. Bakalım onları tanıyan çıkacak mı?"

Sonraki birkaç saniye boyunca iki kabaca dijitalleştirilmiş yüz belirdi. Suratlar gelişip netleşti, ama bitmiş Feno-Modellerin pürüzlü akrabaları olarak kaldı. Reuben odadaki herkesin görmesi için bilgisayarını çevirdi. En önemlisi görüntüleri Phil'in görmesini istiyordu. Reuben tepkisine dikkatle baktı, kayıtsız duruyordu. "Bu birbirine benzemeyen çiftten herhangi birine rastlamış olan var mı? Belki başka bir soruşturmada? Sosyal ortamlarda Phil ile birlikte takıldığını gören?"

Kimse bir şey söylemedi ve Reuben de sonraki iki resme geçti. Geri planda dizüstü bilgisayarının işlemcisi Judith'in resimleyici aracılığıyla gönderdiği verileri işliyordu. Bir görüntüyü kapar kapamaz bir diğerini açabildi.

"Peki ya bunlara ne dersiniz?" diye sordu. Yine karşılık yoktu. "Ya da şu adama? Kız arkadaşına?"

Sarah, cep telefonunu sabırsızca çenesine vurarak, "Kaç tanesini gözden geçirmemiz gerekiyor," diye sordu.

"Birkaç tane daha, sonra Hariç Tutulanlar ve Kurban Örneklerine başlayacağız."

Sarah'ya, Moray'e, Phil'e ve Judith'e üç çift daha gösterdi. Birinin Lars Besser olduğu fark ediliyordu, ama geri kalanı bilinmeyen kişilerdi. Phil gözünü bile kırpmadı. Ekranı duygusuzca izliyordu, yüz hatlarını bıkkın bir aldırmazlık kaplamıştı. Ama Reuben Phil'in yüzüne dikkatle bakınca o umursamazlığın arasında gözbebeklerinin fincan tabağı kadar irileşmiş olduğunu gördü. Bütün ayrıntıları içlerine çekiyorlardı. Bir şey onu korkutuyordu.

"Aklında bir şey var mı, Phil?"

"Sana söyleyeceğim tek şey 'Tutuklusun, Maitland' olacak. KSB'den benim çocuklar buraya varır varmaz."

Reuben kendini görüntülerde kaybettiğinden sataşmaya aldırmadı. "Ben hâlâ anlayamıyorum... kimi koruyordun?"

Phil ifadesiz yüzüyle ona baktı. Reuben onun mavi gömleğinin yakasında, ilerleyen ter cephesini seçebiliyordu, boynundan kumaşa işliyordu.

"Olayla kim ilgilendi? Soruşturmayı kim yürüttü, Phil? Hafıza yolunda bir gezintiye çıkmanın zamanı geldi. Benim Adli Bilimler Şefi olarak bulunduğum ilk olay yeri," dedi Reuben. "Haydi, Hariç Bırakılanlara, önceden orada bulunan polislere bir göz atalım. Sen hangileri olduğunu söyle." Resim dosyalarını ardı ardına açtı.

İlk iki memur, resimlere gittikçe daha çok ilgisi uyanmaya başlayan Sarah tarafından teşhis edildi. "Şu soldaki Nick Temple, sağdaki de Bob Smetter."

Reuben bir başka gri JPEG çiftini açtı ve sabırsızlıkla piksel piksel görüntülenmelerini bekledi.

"Sağdaki Helen Parker, sanırım. Ama öbürünü tanıyamadım. Tanıyan var mı?"

Kimse soldaki memurenin adını söyleyemedi.

Reuben, "Son ikisi," dedi.

"James Truman," dedi Sarah. "Şimdi komutan oldu. Essex emniyetinde gerçekten etkili bir isimdir. Diğeri de Cumali Kyriacou."

"Hımm," diyerek omuz silkti Reuben. "Peki, elimizde ne var? Önemli mevkilere gelmiş iki önemli adam. Genç bir memura yapılan bolca torpil. Bir polis arkasında böyle bir nüfuzu alarak çok ilerleyebilir. Sence de öyle değil mi?"

"...tir git," dedi Phil.

"Reuben, zamanın tükeniyor."

"Düşünüyorum. Düşünüyorum." Reuben maktül öğrenci Gabriel Trask'tan alınmış son birkaç örneğe hızla göz gezdirdi. Judith çılgın gibi bunları yazıyordu.

"Vazgeç, Reuben," dedi. "Bak Sarah, bu adam bir katil, Tanrı aşkına. Run'ı, Sandra'yı diğer herkesi öldürdüğüne inanmıyorsan bile Lars Besser'e yaptıklarına bak."

Moray susması için bir kez daha teşvik etti. "Kapa çeneni be," diye gürledi.

"Saat işliyor, Dr. Maitland. Çok kısa bir süre içinde, KSB burada olacak. Ve sen henüz kimseyi ikna edemedin..." Sarah'nın cebi çalmaya başladı, kısa kesik cümlelerle yanıt verdi. Reuben'e, "Sanayi sitesine varmak üzereler," dedi.

"Hay lanet olsun." Gözlerini sımsıkı kapadı. Bu onun tek şansıydı. Bundan sonra Phil durumun kontrolünü ele geçirecekti. Reuben'in olaya getirdiği açıklamaları kimse kabul etmeyecekti. Belki Jez'i, Sandra'yı, Run'ı, Lars'ın öldürdüğüne inanacaklardı, belki deliller bunu kanıtlayabilirdi, ama yine de bu Reuben'i beladan kurtarmayacaktı. Lars'ın öldürülmesine yardım etmişti, polisi yanlış hedefe yönlendirmişti ve iki memuru silah zoruyla tutuyordu. Ve şimdi de mücadele ediyordu. Son birkaç gün büyük zararlar vermişti. Soluğu sık ve yüzeyseldi. Yolun sonuna kadar akıntıya karşı gitmekten başla bir seçenek yoktu. Soluk soluğa, "Judith," dedi, "Kurban örneklerine bakalım. Bitti mi?"

"Az çok. Ama kenarlar biraz kabataslak olacak." Reuben dizüstü bilgisayarına yıldırım hızıyla birkaç komut girdi. Saniyeler sonra, "Palto" etiketli örnek işlenmişti. Ekranda bir erkek tasviri aydınlandı. "Bu Lars Besser'in düşük çözünürlükteki bir uyarlamasıydı. Reuben, komut verdi, "Sonraki." Bu örnek "Ağız" etiketli tüpten geliyordu. Cılızca, siyah saçlı genç bir erkek görüntüsüydü. "Gabriel Trask, sanırım."

Yukarıdan gelen tren gümbürtüsünü hemen zincirleme yüksek ayak sesleri takip etti. Aralıksız silah sesleri de geliyordu. Reuben'le Moray bakıştılar.

"Ateş ediyorlar," diye bağırdı Moray. "Allah kahretsin."

"Kime?"

"Ne bileyim. Ama birine ediyorlar. Ve o her kimse binanın içinde."

Phil, "Haydi," diye fısıldadı.

"Tamam, Dr. Maitland, BM Kemp'i bırakmak zorunda kalacaksın. Yoksa seni parçalara ayırırlar. Durup kibarca da sormazlar. Bütün bu sahne yok olmadan önce ne biliyorsan anlat bize."

"Emin değilim." Gözleri kapalı, öne arkaya sallandı. Phil kimi koruyordu? "Yüz" etiketli bir örnekten alınan bir sonraki görüntü belirmeye başladı. Moray, Sarah, Judith ve Reuben, hepsi de dikkatle dizüstü bilgisayara baktılar. Yüz ağır ağır ortaya çıktı, canlandı.

Moray homurdandı. "Yine kahrolası Lars Besser."

Reuben etrafındaki hayal kırıklığını algıladı. Onun önsezilerine inanmak istediklerini, bütün bu ölümlerin bir açıklaması, yaşamlarının korkunç geçen son iki haftasının bir anlamı olmasını umduklarını anladı. Polisler bağırıyorlardı. Bir köpek havlaması duydu. Kapıyı bulacaklardı, merdivenleri ve sonra da koridoru. Reuben "Tırnaklar" isimli son dosyayı açtı, yukarlarından gelen silah patlamalarıyla dikkati ekrandan çekildi. Diğerlerinin yüz ifadelerini izliyor, her şeyin bittiğini kabullenmek zorunda kalacağı anı geciktiriyordu. Moray'in tombul çenesinin hafifçe düşmesini, Sarah'nın muhteşem gözlerinin açılmasını, Judith'in alnının kırışmasını, Phil'in yanaklarının kızarmasını izledi. "Ne?" diye sordu. Kapı tekmelenip açıldı. Üç üniformalı Genetik Suçlar memuru içeri daldı. Moray tabancasını yere attı. Hemen arkalarından kızgın bir Alman kurduyla köpek eğitmeni girdi. İçlerinden biri, "Kıpırdamayın," diye buyurdu. Bir diğeri yerde yatan cesede yaklaştı. "Sağlık ekibine ihtiyacımız var mı?" diye sordu.

Sarah, "Çok geç," diye karşılık verdi.

"BM Kemp iyi mi?"

Phil, "Ben iyiyim," dedi, ferahlama her tarafını kapladı. "Hemen Dr. Maitland ile şu kahrolası şişko İskoç'u tutuklayın."

Polislerin en iriyarı olanı kelepçesini çıkararak ilerledi.

3

İlk hareket eden BM Sarah Hirst oldu. Phil Kemp'in tabancasını kapıp Reuben'e yaklaşan memura doğrulttu.

"Dur," diye bağırdı.

Memur hızla döndü, işaretparmağıyla başparmağının arasında kelepçeyi sıkı sıkı tutuyordu. "Hanımefendi?"

"Ben söyleyene kadar kimse bir şey yapmasın. Olay yerinin kontrolünü ben alıyorum. Gidip kapıya bir şey sıkıştırmak ister misin, Memur Parish?"

Memur Parish denileni yaptı. Sarah silahı diğer adama doğru salladı.

"Burada on dakika daha devam ettirmek istediğim bir durumun ortasındayız. Ondan sonra silahı bırakacağım ve normal şekilde ilerleyebileceğiz. Ama bu süre zarfında içeri başka polis girmeyecek, Tamam mı?"

İki memur birbirlerine baktılar. Üstleri olan bir memurun onlara silah sallaması alışık olmadıkları bir durumdu. Kuşkuyla ağır ağır başlarını öne doğru salladılar.

"Sen ve sen," namluyla işaret etti, "girişin yanında duracaksınız. İçeri girmeye çalışanlara BM Hirst'ün Adli Bilimler ekibi için olay yerini emniyete aldığını söyleyeceksiniz ve kimse, rütbesi ne olursa olsun, girmeyecek. Anlaşıldı mı?" Sarah tabancanın emniyet mandalını kontrol etti. "Ve BM Kemp'le konuşmayacaksınız. Eğer üstünüzde otoritesini kullanmaya kalkışırsa, silahın benim elimde olduğunu unutmayın."

Sarah KSB memurlarının uyum göstermelerinden memnun, dikkatini tekrar mevkidaşına verdi. "Şu anki sorunumuz, gördüğüm kadarıyla, BM Kemp çok basit."

"Nedir?"

"Ölüler tırmalayamazlar."

Phil kendisine daha yakın olan memura yalvardı. "Geoff, bu kesin bir emirdir. Silahlı Müdahale Ekibini içeri al."

Geoff sırayla üstü olan memurlara baktı; Phil'in çaresizliğine ve Sarah'nın silahına.

"Haydi, yap şunu Tanrı aşkına."

Kıpırdamadı.

Sarah bir daha, "Phil?" dedi. "Ölüler tırmalayamazlar. Katılmıyor musun?"

Reuben ansızın olasılıkların farkına vardı. Sarah haşindi ve bu kez onu geride bırakmıştı. O anayolda hızla ilerlerken, Phil arka sokakları araştırmıştı. Lamb and Flag'in nasıl göründüğü gibi olmadığını. Neden bir öğrencinin dövülerek öldürüldüğünü. Öldürücü darbeleri kimin indirdiğini. İlk genetik taramanın neden başarısız olduğunu. Otomatik olarak kimin örneklerinin soruşturma dışı bırakıldığını. Başından beri Phil'in koruduğu kişinin kimliğini.

Judith yaptığı işi tamamlayarak, "Çok güzel," diye mırıldandı. "Mükemmel."

"Ve sonra adamlardan birinin önceden orada olduğunu anladın."

"Ve bedelini Lars ödedi," diye ekledi.

"Geoff, hallet şu işi, Tanrı aşkına."

"Birini koruduğunu biliyordum." Reuben gözlerini Phil'in yüzüne dikti. Benzi atmıştı, ekrandaki görüntüsü tam aksine kanlı canlıydı. "Ben katilin o olduğunu hiç anlamadım."

Moray bir çikolata kâğıdını elinde sıkıştırıp cebine tıktı. "Bu özel bir parti mi," diye homurdandı, "yoksa herkes katılabiliyor mu?"

Reuben, "Senin anlayacağın, Moray," dedi, "raporlar Phil'in oraya, ölümün gerçekleşmesinden hemen sonra ulaştığını, paba girerken görüldüğünü belirtiyordu. Peki, ama ne oldu, Phil? O gece bir bira içmek için dışarı çıkıyorsun, kavgaya karışıyorsun, o ünlü öfkenin çok ileri gitmesine izin veriyorsun, bu zavallı delikanlıyı yere seriyorsun, kötü durumda olduğunu anlıyorsun? Duvara tırmanıp üstünden atlıyorsun ve paba sözde ilk defa girerken insanların seni görmeklerini sağlıyorsun? Demek Sarah haklı. Ölüler tırmalayamazlar. Senin DNA'nın delikanlının tırnaklarının içinde olmasının başka bir nedeni olamaz. Henüz sağken seninle fiziksel teması olmasının haricinde.

"Geoff..."

"Ve sonra da cesede kendi DNA'sının bulaşmasını sağlıyor..."

"Onu patologla birlikte çömelmişken gördüğümü hatırlıyorum," dedi Reuben, "muhtemelen patolog gelmeden önce oradaydı..."

"Sonra Phil bütün yarım kalan işleri tamamlıyor. Otomatik olarak hariç tutulacağı olay yerinde kendi DNA'sını bulaştırarak."

Phil Kemp başını kaldırıp çevresini inceledi. Laboratuvara, hapishane hücresi beyazı, gözleri kamaştıran, acımasız duvarlarına iyice baktı. Üç Genetik Suçlar memurunun kendisine telaşlandıracak biçimde baktıklarını gördü. Sarah Hirst'ün tabancasının elindeki temasından hoşlandığını, ateş etmek ister gibi ona nişan aldığını, durumu sessizce kontrol ettiğini gördü. Odanın dışındaki koşuşturmayı, bağırarak emirler veren yüksek rütbeli Metropolitan polislerini, kapıyı kırmak isteyen, yerinde duramayan KSB memurlarını duydu. Bilgisayar ekranındaki kendi yüzünü inceledi, piksellerden oluşuyordu ve ruhsuzdu, tıpkı bir şüphelinin gazete fotoğrafı gibi ve kendini esas soruya verdi. Eğer bu soruşturmanın sorumlusu ben olsaydım, kapıdan içeri girdiğimde ne düşünürdüm? İçeriye baktığımda? Kime inanırdım? Gerçek kanıtlar neydi, gereksiz olanlar neydi? Sarah Hirst'e, Reuben Maitland'e, Moray Carnock'a ve Judith Meadows'a, inanır mıydım ya da bana inanır mıydım? Hikâyelerini dinler ve reddeder miydim? Adli delilleri dikkatle araştırıp yanlışları ortaya çıkarır mıydım? Ve son olarak gözlerimin içine bakıp orada olanları görmezden gelir miydim? "Öyle olmadı," diye fısıldadı.

Reuben parmaklarını hızlı hızlı vurduğu klavyeden başını kaldırdı. "Aydınlat bizi."

Phil'in yüzü daha da ağardı, rengi gözeneklerinin içine çekildi, sürekli derisini zorla aşıp çıkmakla tehdit eden siyah sakallarının arkasına saklandı. "Öğrenci. Bir şeyler oldu. İşler karman çorman oldu," diye geveledi.

Reuben, "Sen de kavgaya kendini kaptırdın, öyle mi?" diye sordu Reuben.

"Ben öyle bir şey demedim."

"Kavga ettin, onu yumrukladın, başını yere çarptı..."

"Hanımefendi, kapıyı açmak istiyorlar. Ne olursa olsun gireceklerini söylüyorlar."

"Oyala onları. İki dakika daha."

Kapı esnemeye başladı. Phil konuşmayı bıraktı. Kapıda birbiri ardına hızla güm güm üç darbe yankılandı. Menteşelerin arasından turuncu tuğla tozundan bir bulut yayıldı. En yakındaki KSB memuru aniden geriye çekildi. Phil Kemp kaygıyla kapıya baktı. Laboratuvarın kapısı kırılarak açıldı. Siyah üniformalılar, odanın içine doluştu, yüksek, kemerli tavanda bağırışlar, emirler yankılandı. Reuben gözucuyla Bölge Komutanı Robert Abner'ı fark etti. Sarah onunla konuşuyordu. Arka planda eski ekibinden geriye kalanların içeri girmiş olduklarını gördü, beyazlar içindeydiler, etrafta oyalanıyor, başlamayı bekliyorlardı. Bernie Harrison şöyle bir bakıp belli belirsiz gülümsedi. Mina Ali başparmağını yukarı kaldırdı ve arkasını dönüp gitti. Paul Mackay gözlerini kaçırdı. Birgit Kasper kaşlarını kaldırdı. Simon Jankowski'nin yüzü kızardı ve oyalanacak bir şey bulmayı denedi. Reuben bunun eski dostların buluşma toplantısı kadar samimi olduğunu fark etti. Yanlarına gidip beşini birden kucaklamaya can attı, ama setlerin çekildiğini biliyordu. Alışkanlıkla gözleri Run Zhang'la Jez Hethrington-Andrews'u aradı, ama sadece tanımadığı uzmanlar gördü, ölülerin yerine geçirmek için alınmış personel. Komutan Abner ile Sarah Hirst yanına yaklaştılar.

"Dr. Maitland." Komutan kaşlarını çattı. "Sanırım biraz konuşmamız gerekiyor." İri elini Reuben'in omzuna koydu. "Genetik Suçlar'a geri döndün."

4

Güvenilmez bir aynaya ya da eski bir fotoğrafınıza bakmak gibiydi. Görünüş neredeyse beklediğiniz gibiydi. Neredeyse. Ama yine de farklılıklar, yılların yarattığı güç algılanan değişiklikler, şimdi bile sizi şaşırtan belli belirsiz başkalıklar.

"Ne haber?" diye sordu.

"Çok iyi," diye karşılık verdi kardeşi.

"Üç yıl."

"Üç yıl."

Reuben, Aaron'ın soluk yeşil gözlerinin içine baktı. Ne kadar benzediğinizin önemi yoktu, uyumsuzluklar hâlâ kendini gösteriyordu. Aaron'ın gözleri her zamanki gibi nüfuz edilmezdi. Reuben'in hep anlamak için savaştığı tek insan onun DNA'sını paylaşıyordu. Kalıtım ve çevrenin etkileri vardı üzerlerinde ve Aaron hâlâ bir muammaydı. Elbette, iletişim vardı, ama yalnızca gündelik konular hakkında. Müzik, sanat ve siyaset anlayışları aynıydı. Ama daha geniş konularda, *duygular* konusunda başka erkek kardeşler kadar farklılardı.

Reuben, "Seni serbest bırakmışlar," dedi.

"Şimdilik. Ya seni? Kendini ciddi bir çıkmaz içine soktuğunu söylediler bana."

"Onun gibi bir şey."

"Demek ondan ilk önce beni tutukladılar." Aaron omuz silkti, sabırsızlık omuzlarını kıpırdattı. "Kimin aklına gelirdi? Senin benim başımı belaya sokacağın."

"Hâlâ bana fazlasıyla borçlusun."

"Bak, kardeşim, arabamdaki şu kokain meselesi... Ben asla istememiştim senin..."

Reuben Aaron'ın özür dileyemediğini biliyordu. On beş yıldan fazla bir zaman geçmişti ve yine de dileyememişti. Reuben kardeşinin suçunu üstlenmişti. O zaman, bir tarafı kardeşinin yaşamını öğrenmek, onun karanlığını yaşamak, onu anlamak istemişti. Ama Reuben Aaron'ı hiçbir zaman anlayamayacağını kabul etti. "Seni asla affetmeyeceğim tek şey bu," diyerek içini çekti.

Aaron konuyu değiştirmek hevesiyle ayaklarını yere sürttü. Başparmağıyla sorgulama odasını işaret etti. "Seni parçalara ayırdılar mı?"

"Doğruyu söylediğin zaman, sorgulamalar rahattır. Bir gün sen de denemelisin."

"En iyisi denememek. Babamın ömrü boyunca bana tek bir nasihat verdiğini hatırlıyorum. 'Polisler sana bütün hikâyeyi bildiklerini söylüyorlarsa, yalan söylüyorlardır. Polisler asla bütün hikâyeyi bilmezler.'"

"Müthiş bir nasihat. Bu yakınlarda annem de bana bir öğüt verdi. 'Kardeşinle irtibatını kesme.'"

"Evet, bana da."

"Peki, şimdi ne olacak?"

"Ben kendi düzenime döneceğim, sen de kendininkine."

"Peki, nedir seninki?"

Aaron Mitland kaygıyla koridorun başına ve sonuna göz attı. "Bir süre ortadan kaybolacağım. Bu sinsi orospu çocuklarının gözüne görünmeyeceğim."

"Başın dertte mi?"

"Her zamankinden daha dertte değil."

Reuben onun sıkıntısını hissetti. Aaron huzursuzdu, başka bir yerde olmaya can atıyordu. "Bak, Aaron bunu almanı istiyorum." Bir kâğıt parçası çıkarıp üzerine bir numara çiziktirdi. "Cep telefonum. Beni aramak zorunda değilsin. Önemli değil. Ama numarayı al."

Aaron gözlerini yukarı dikti ve ellerini olduğu yerde, sıkıca ceplerinin içinde tuttu. "Yok, sağol" dedi.

Reuben, "Tanrı aşkına, aynı şehirde yaşıyoruz," diye yalvardı. "Bir gün bana ihtiyacın olabilir."

"Yok, sağol, dedim ya."

Reuben kâğıdı top haline getirip parmaklarının arasında sıktı. Kardeşinin yalnızca canının istediğini yapacağını, onun dışında başka hiçbir şey yapmayacağını bilecek kadar tanımıştı onu. Reuben karşısındaki yüze bakarken, bir kapının kapandığını, bir parçasının öldüğünü, bir uzvunu kaybettiğini duyumsadı. Aaron çoktan dönmüş gidiyordu, aylak aylak yaşamından çıkıyordu. Reuben'in öbür tarafı, hemen hemen aynı ama yine de gerçekten önem taşıyan her yönden dağlar kadar farklı olan diğer yarısı, yaşamından sonsuza dek çıkıyordu. Kendini terk edilmiş, en can yakıcı biçimde yüzüstü bırakılmış hissetti. Donakalmış halde arkasından baktı. İşte Reuben'in yaşamının ana teması, diye düşündü. Değer verdiği herkesi kaybetmişti. Lucy, Joshua, Run, Jez, babası ve şimdi de Aaron. Kendini bir an için etrafını sarmış, sağlam ilişkileri ya da anlamlı etkileşimleri desteklemeyi başaramayan bir boşluk içinde her zamankinden çok tecrit edilmiş gördü. Kardeşi çift kanatlı kocaman kapıya ulaşınca arkasına döndü.

"Hey, Rubinio," diye seslendi.

Reuben durgun bir sesle, "Ne?" diye sordu.

Aaron işaretparmağıyla başının yan tarafına vurdu ve göz kırptı. "Sıfır yedi yedi altı beş altı bir dokuz bir üç iki sekiz. Doğru mu?"

Reuben gülümsemeye çalıştı, ama beceremedi.

"Ödemeli arasam olur mu?"

Reuben bir daha gülümsedi ve Aaron gitti, gıcırtıyla birkaç kere açılıp kapanan, sırtlanlar gibi kahkaha atan kapının kanatları arasında kayboldu. Reuben toparlandığını hissetti. Sanki onu şişirmiş gibi gelen bir iki derin soluk aldı. Bir buçuk gündür Genetik Suçlar'daydı. Binanın kafasının içine yeniden dolmuş olan sinsi paranoyası şimdi buharlaşıp kuru havaya karışıyordu. Gitmekte serbest olduğunu biliyordu, ama canı gitmek istemiyordu. Bu onun son seferi olacaktı ve dışarıya, gün ışığına adım atmak, yaşamının büyük bir kısmının üzerine kalın bir güvenlik kapısı kapamak olacaktı. O anda Sarah Hirst neredeyse kanatlarını menteşelerinden çıkaracak gibi savurarak kapıdan içeri girdi.

"Haydi," dedi. "Hem yürüyüp hem de konuşalım. Park yerinden geçip çıkacağız." Reuben dönüp, onun beyaz koridorlardan ve bir zamanlar çalıştığı laboratuvarlarla ofislerin, işte aklı başında, evde paranoyak yapan uyuşturucuyu kullandığı tuvaletlerin önünden ve son olarak da alıkonup sorgulandığı hücrelerin yakınından geçerken yavaşlayan adımlarına ayak uydurdu.

Sarah bildiklerini anlattı. Phil Kemp'in bilgisayarında Öngörücü Fenotipleme'nin ilk sürümlerinden birini, Reuben'in Genetik Suçlar'dan atılmasından önceye dayanan bir versiyonunu nasıl bulduklarını. Hâlâ dosyaları arasında araştırma yapmalarına karşın, Phil'in yazılımı toplum için potansiyel tehlike olarak belirlediği suçluları hapse atmaya çalışmak için kullandığını nasıl fark ettiklerini. Metropolitan'dan dört kişilik bir ekibin zengin bir tutarsızlık ve çelişki damarını gün yüzüne çıkarmaya başlayıncaya kadar nasıl Phil'i deştiklerini. Phil'in nasıl kavga edip boğuştuğunu, tekmeler savurup bağırdığını, inkâr edip suçladığını. *Sun* gazetesinden Gary Megson'la yaptığı konuşmanın kaydıyla nasıl oynadığını, basına nasıl haber sızdırdığını. Üzerinde oynama kanıtlarıyla birlikte ona kilit adli tıp dosyalarının nasıl gösterildiğini. Kendi dedektif ekibinden yüz kızartıcı sebeplerle ihraç etmekle tehdit edilen iki kişinin nasıl patronlarının bir dizi alışılmışın dışında uygulamalarla ilişiği olduğunu göstermeye başladıklarını. Belgelerin, tanık ifadelerinin, bilgisayar dosyalarının, elektronik postaların, talimatların, ifadelerin nasıl hızla gerçeklerden oluşan boğucu bir gerçek örgüsü oluşturmaya başladığını. Phil'in nasıl aniden konuşmaktan vazgeçtiğini. Nasıl gözlerini boşluğa diktiğini. Yüzünü kızartan masumluğun nasıl süzülüp gittiğini ve yerini kurşuni bir suçluluğa bıraktığını. Nasıl titremeye başladığını. Ve otuz altı saatlik sorgulamanın ardından, otuz altı saat boyunca başkalarına uyguladığı sorgulamanın aynısına tabi tutulduktan sonra nasıl sessiz ve ağlamaklı teslim olmaya başladığını. Nasıl sonunda Lamb and Flag cinayetini kabul ettiğini. Uzakta beliren, ikinci bir Adli Bilimler taramasıyla nasıl paniklediğini ve Lars Besser'in DNA'sının cesedin üzerinde bulunmasını sağladığını. Sonradan DNA analizlerinden hariç tutulmasını sağlama almak için olay yerine kendi DNA'sını nasıl bulaştırdığını. Ondan sonra mesleğinde ilerlemek için mahkûmiyetleri nasıl manipüle etmeye başladığını. Genetik Suçlar'ın tüm yönetimini üstlenmeye çalışmak için nasıl gücünün yettiği her şeyi yaptığını.

Sarah ile Reuben son köşeyi döndüler. Orada, çıkışın hemen yanında Komutan Robert Abner bekliyordu. Reuben'le Sarah çabucak bakıştılar. Robert Abner uzun boyluydu, onu olduğundan heybetli gösteren bir görünüşü vardı. Yaşına rağmen, Reuben onun ellili yaşlarının başında olduğunu tahmin ediyordu, Komutan bedenen eskiden olduğu kadar göz korkutucuydu.

Komutan yaklaşmalarına izin vererek, ensesindeki kırpılmış saçları kaşıdı. "Bir şey daha, Dr. Maitland, bir daha dönmemek üzere bu binadan çıkmadan önce."

"Evet, efendim?"

"Laboratuvarınızın yukarısında, sanayi sitesinde bıyıklı, kel ve üstünde eski bir beylik tabanca olan bir adam vardı. Silahlı Müdahale Birimi'yle karşı karşıya kaldı. Onu bir süredir izliyorduk. Sizi öldürmesi için onu Maclyn Margulis adında bir gangsterin tuttuğunu düşünüyoruz. Bunun sebebi ne olabilir, bir fikriniz var mı?"

Reuben yalan söyledi. "Hiçbir fikrim yok."

"Kieran Hobbs'un da bu işe karıştığını tahmin ediyoruz. Tetikçinin size yaklaşmasına yardım etmiş olabilir. Peki, ama neden yapsın bunu?"

Reuben şah çekti. Son taş. Kieran Hobbs ona kazık atmıştı. Gözlerini sabitledi. Tam da sonunda Kieran'ı ortadan kaldırmaya yetecek genetik kanıtları KSB'ye vermeyi planlıyordu. "Daha önce söylediğim gibi..."

Komutan Abner bir ömürlük kırışıklıkları yerinden ederek kaşlarını çattı. "Dr. Maitland, size bir özür borçlu olduğumuzu düşünebilirsiniz." Reuben adamın yanaklarının tezat oluşturacak kadar pürüzsüz olduğunu fark etti; fırlak kemiklerinin üzerindeki parlak cildi sımsıkı gergindi. "Ama yanılıyorsunuz. Burada neler döndüğünü anlıyorum. Birtakım kusurlarla bolca da kural esnetilmesi." Ceketinin kollarını çekip düzleştirdi. "Ancak sizin için yapacağım şey Sarah'nın önerisi olacak. Elinizde neden polis dosyaları, polis örnekleri ve sizin için çalışan polise ait işgücü olduğunu sormayacağım. Ama hepsi bu kadar. Ve laboratuvarınızın da kapanmasını istiyorum. Beni anladınız mı?"

Reuben sesini çıkarmadan başını öne doğru salladı.

"Peki, Sarah, şu andan itibaren seni bu soruşturmadan alıyorum.

Sarah'nın alnı kırıştı. "Efendim?"

"Sen de bu işe karıştın. Bizim tarafsızlığa ihtiyacımız var. Sonraki adli delilleri Genetik Suçlar tarafından değil Servis tarafından ele alınacak. Ama sen de onlara bilgisayar dosyalarını göster, örneklerin nerden elde edildiğini anlat, soruşturmanın hızına yetişmelerini sağla, ne kadar geriye dönük araştırma yapmamız gerektiğini öğren. Elimizden geldiği kadar çabuk tamamlamamız gerekiyor."

Sarah somurtarak, "Peki," dedi, forsu damla damla akıp gitti.

"Ayrıca başka vakalar var." Komutanın gözlerinde bir vaat parıltısı belirdi "Mark Gelson hâlâ dışarda ve yeniden cinayet işlediğini düşünüyoruz. Bir başka KSB dedektifini. Bu sabah bulundu. Bir de Londra'daki zengin bir kulüp sahibi kayıp, kızı da öldürüldü."

Reuben araya girdi. "Xavier Trister olamaz, değil mi?"

"Tanıyor musunuz?"

Reuben geçitte adama Cilt-Delgeciyle vurduğunu hatırladı. Komutanla göz göze geldi ve hiç gelmemiş olmayı diledi. "Sadece adını duymuştum, o kadar."

Komutan Abner durakladı, kaşlarını şiddetle çatarak başını tekrar Reuben'e çevirdi. "Laboratuvarınızı ziyaret edeceğim, Dr. Maitland. Eğer hâlâ adli delillerle uğraştığınızı görürsem, hakınızda yasal kovuşturma açtırırım. Açıkça ifade ettim mi?"

Reuben yavaşça başını salladı. "Muz gibi," diye karşılık verdi.

Komutan kaşlarını kaldırdı. "Umarım küstahlık etmiyorsunuzdur."

"Sadece eskiden buradan birinin söylediği bir şeydi."

"Adımlarınıza dikkat edin, Dr. Maitland. Hem de çok dikkat edin."

Robert Abner, öfkeli geniş adımlarla ayakkabılarını yer karolarına vurarak yanlarından yürüyüp gitti, köşeyi döndü. Reuben kendini doğruca Sarah'nın karşısında durur halde buldu. Tedirgindi, kendinden emin değildi; sessizce gözlerini kadının yüzü ve ayakları arasında dolaştırıp güçlü ve zayıf yanlarını, kusurlarını ve kusursuzluklarını değerlendirdi. Sarah gülümsüyordu, Reuben sıcaklığı hissetti. Dış kabuğunu kırmak başarılırsa gerçekten de ardındaki tarza ulaşılabileceğini kestirdi. Bir süreliğine Sarah'nın ani ilgisinin tadına vardı, zevkini çıkardı, ölçüp biçti, ne kadar sahici olduğuna karar verdi. Vakaya onun gözlerinden bakınca, Sarah'nın kuşkulanmak için fazlasıyla bol dayanağı olduğunu kabul etti.

Sarah gülümsedi ve "Özür dilerim," dedi.

"Ne için?"

"Sana inanmadığım için."

"Ya şimdi?"

"Seninle Phil'i sorguya çekerken, kimin dürüst oynadığı hemen belli oldu. Taraf tutmaktan başka yapacak bir şey yoktu."

"Yani benim tarafımda mısın?"

"Fazla zorlama, Dr. Maitland." Ses tonu soğuktu, ama gözlerinde şakacı bir ifade vardı. Ve de olasılıklar. Reuben evlenmeden önce ikisinin de gittiği, Sarah'nın yıllarca aklını kurcalayan bir şey söylediği o partiyi anımsadı.

"O partiyi hatırlıyor musun?"

"Ben partileri hiç hatırlamam."

"Hani demiştin ki..."

Sarah onu susturmak için parmağını Reuben'in dudaklarına koydu.

"O sözleri hep merak etmişimdir."

"Öyleyse biraz daha merak etmeye aldırmazsın."

Reuben parmaklarını sarı saçlarının arasından geçirdi. Buzlar eriyordu. Balıklar yüzüyordu. Doğa kaynama noktasına geliyordu.

Sarah konuyu değiştirerek, "Eh, hâlâ tek parçasın, ama laboratuvarın kapanması gerek. Doğru düzgün bir işe girecek misin?" diye sordu.

"Ne? Yeniden meşru mu olayım?" Reuben Sarah'ya çıkma teklif etmeye karar verdi. Acele etmeyecekti, ama bunu yapacaktı. Gücünün bir kısmının geri döndüğünü, kalbi aracılığıyla adrenalin pompalandığını hissetti. "Hem" –gülümsedi– "çok eğleniyorum. Bağlantıyı kesmem." Güzellik esininden uzaklaşmanın tatlı pişmanlığıyla Genetik Suçlar'dan çıktı, park yerinden geçti, gün ışığına çıktı, ciğerlerine ılık, yumuşak havayı çekti, canlandı, yorgunluğu çekildi, nemli bitkinlik sıcakta yanıp yok oldu.

Güneşte gelişigüzel ayak sürüyerek gezinen, kameralarını ayarlayan, not defterlerine notlar alarak onu bekleyen altı kadar yerinde duramayan gazeteci vardı. Reuben yaklaşırken canlandılar, bağırarak sorular sordular, onu yavaşlatmaya çabaladılar, mikrofonlarını yüzüne ittiler, suratına flaşlar patlattılar.

"Yorum yapacak mısınız, Dr. Maitland?"

"Aklandınız, ne hissediyorsunuz?"

"Ölenlerin aileleri için bir mesajınız var mı?"

"Dava açacağınız doğru mu?"

Reuben iterek aralarından geçti. Muhabirlerin arkasında, omuzlarını düşürüp bir duvara yaslanmış Moray Carnock duruyordu. Moray köşeyi dönmek üzere yürümeye başladı. Reuben ona yetiştiğinde, kendini bir bilim adamı gibi değil, neredeyse normal bir insan gibi hissetti. Kolunu şişman arkadaşına doladı. "Her şey için teşekkür ederim," dedi.

"Hayır, ben teşekkür ederim."

"Peki, hangisini beğeniyorsun?"

"Neyin hangisini?"

"Hangi kötü adamı? Xavier Trister'i mi yoksa Mark Gelson'u mu?"

"Bıkmadın mı?"

"Daha yeni başlıyorum. Hem uğraşıyorlar. Ama bizim ulaştığımız yerlere ulaşamazlar."

"Bana para vermeye devam et, ne yapabilirim, bir bakarım."

"Yeni bir laboratuvar kurmamız gerek."

"Hayır, senin yeni bir laboratuvar kurman gerek."

"Her neyse." Reuben Moray'i bıraktı ve gözlerini kapadı. Phil Kemp'in görüntüsünü, her şeyin ve değer verdiği herkesin ihanetini, mahvolmuş yaşamını, biten kariyerini; bozulmuş, harap olmuş Lars Besser'i; madeni sedyelerde yatan ölü Adli Bilimler uzmanlarını; tekrar yeraltındaki dünyasına salıverilen Aaron'ı; sevgisiz evliliği ve sessiz ağırbaşlılığıyla Judith Meadows'u; dışındaki buzları çözülen Sarah Hirst'ü; Kieran Hobbs'la Maclyn Margulis'i ve gizli gündemlerini; büyüyen, gelişen ve yeni bir erkeğe baba demeyi öğrenen Joshua Maitland'i; oğlunun bir otel kasasında saklanan ve üzerinde genotipleme uygulamaya korktuğu DNA'sını; şu dünyada umursadığı, son ve tek şeyin ona ait olmayabileceği korkusuyla taş kesildiğini, gerçekten sevdiği tek insanın bir başkasının genlerinden oluşmuş olabileceğini zihninden kovup attı.

"..tir et," dedi, gözlerini açıp etrafta bir taksi aradı, "ikisi de olsun."

Yürürken Reuben'in zihni aniden bir sıçrama yaptı. Telefonunu çıkarıp bir numara tuşladı. "Lucy," dedi, "Bana ufak bir iyilik yapmanı istiyorum. Şartsa eğer, Shaun'un da onayını al. Bir daha istemeyeceğim ve evet, bunu yapmak zorundasın. Başka seçeneğin yok."

5

Taksi Moray'i kalabalık bir caddenin ortasında bıraktı, ayaklarını sürüyerek bir metro istasyonunun girişine yürüdü. Arkasına bakınca el salladı, zafer kazanmış gibi yumruğunu sıktı. Reuben şoföre talimat verdi ve hareket ettiler. Reuben için bir zafer yoktu ortada. En azından şimdilik.

Yirmi gergin dakika sonra, Reuben parlak renkli bir binaya girdi ve hemen, kırlaşan saçlarını acımasızca başının tepesinde toplamış anaç bir kadın tarafından durduruldu.

Kadın sertçe, "Yardım edebilir miyim," diye sordu.

"Ben Reuben Maitland," dedi Reuben.

"Ah, evet. Bir dakika bekleyin."

Reuben etrafına bakınıp bir sandalye aradı, ama göremedi. Kokular içine sızdı, görüntüler ve anılar öylesine yavaşça içine süzüldü. Buraya birçok kez gelmişti, ama kokular hiç bu kadar yoğun olmamıştı. Aslında, cart sarı bir duvara yaslanmış beklerken, meraklanıp, endişe ederken, kokular içini bayıltıyordu. Karşısında bel hizasında üstüne çantalar ve paltolar asılmış bir sıra askı vardı. İsimlere göz gezdirdi, ama aradığını göremedi. Sonra başka bir odaya taşındığını tahmin etti.

Daha genç bir kadın, kaşlarını çatıp kendinden emin olmayan bir tavırla yanına yaklaştı. "Bay Maitland?" diye sordu.

Reuben başını öne doğru salladı.

"Benimle gelin. Aslında şu anda uyuyor, ama biraz sonra bir şeyler yemesi gerek."

Kadın geldiği yoldan geri döndü, omuz hizasında kolları ve köşelerinde plastik koruyucuları olan kapılar açtı. Üst kata çıktılar ve Reuben, heyecanlı ve gergin, var gücüyle koşmak isteyerek adım adım peşinden yürüdü. Son kapı aralıktı, loşlaştırılmış bir odaya girdiler. İçerde, on beş yirmi küçük suret beyaz battaniyelerin üzerinde kımıldamadan yüzüstü ya da sırtüstü yatıyordu, kolları oyuncak ayılara ya da bebeklere sarılmıştı, ağızları açıktı yahut hevesle emziklerini emiyorlardı.

Kadın işaret etti. "Şurada, sol tarafta, arkada."

Reuben kendinden emin olamadan, durakladı.

Kadın, "Sorun yok," diye fısıldadı. "Yanına gidebilirsiniz."

Köşede sessiz sakin yatan çocuğa dikkatle baktıktan sonra parmaklarının ucuna basarak ilerledi. Yanına gittiğinde neredeyse kendini kaybetti. Yakından bakınca, geçen ayların izlerini bırakmış olduğunu gördü. Açık ağzında sekiz diş saydı, dördü üst, dördü de alt çenede. Saçları birazcık daha açılmıştı, yanaklar daha tombul, çene daha sivriydi. Reuben eğilip yüzünü soluk alıp verişini duyabilecek kadar yaklaştırdı. Joshua kıpırdandı, başını yan tarafa çevirdi. Reuben kulaklarını, burnunu, kaşlarını ve boynunu inceledi. İçinden, ama bu sefer bir genetikçi gibi değil, diye geçirdi. Onun yerine oğlunu bir babanın çaresiz sevgisiyle gözden geçirdi.

Reuben çocuk yuvası hemşiresi tarafından izlendiğinin farkındaydı, ama aldırmadı. Bu, dünyadaki her şeyden daha önemliydi. Yavaşça elini uzatıp, Joshua'nın sıcak eline dokundu, belli belirsiz geri çekilmesini izledi. Saçını okşadı ve yanağından öptü. Oğlu uyanmaya ve bir anda ağlamaya başladı. Hemen yakındaki emziği kapıp Joshua'nın ağzına koydu.

"Seni suçlamıyorum," diye fısıldadı. "Aslında beni tanımıyorsun. Tanıyacaksın."

Joshua'yı kucağına aldı, tombul bacaklarıyla kollarının ağırlığını hissetti, şimdi onu son kucağına aldığı zamanki ağırlığının iki katı olduğunu tahmin etti. Joshua, emekleyip keşfe çıkmak için serbest kalma arzusuyla kıpır kıpır, kıvrılıp kıvrandı. Reuben onu sıkıca kucaklayıp, saçını, tenini koklarken, Lucy'den ziyaret hakkı istemeye karar verdi. Şu anda kollarındayken, gerçekten tek önemli olan Joshua'ydı. Hâlâ onun babasıydı, doğum belgesinde onun adı vardı, göbek bağını onun kanlı parmakları kesmişti. Erkek kardeşiyle, Adli Bilimler cinayetlerinin can yakıcı biçimde gösterdiği gibi, her şeye rağmen, genetik her öykünün yalnızca bir parçasıydı. Sevgi nihai gerçekti. Karşılaştırıldığında, biyoloji neredeyse önemsiz kalıyordu. Ve Joshua'nın ardına kadar açılmış gözlerinin içine bakınca, ne olursa olsun onu seveceğine karar verdi.

Reuben oğlunu şefkatle öptü ve dilini çıkarıp yanağına gürültüsüzce üfledi. Joshua kıvranmayı bıraktı. Reuben bir daha üfleyince, oğlu kıkırdadı. Üçüncüde çığlıklar atıyordu, gözleri keyifle sımsıkı kapanmıştı. Çocuk yuvasının yardımcısı ters ters onlara baktı. Reuben ona, diğer çalışanlara ve dünyaya arkasını döndü, sonunda yanıt ellerindeydi.

Teşekkür

John Macken, DreamTime ödülü yoluyla maddi kaynak sağladığı için, Ulusal Bilim, Teknoloji ve Sanat Bağış Fonu'na (NESTA); dizi konferanslarını dinledikleri için Sibirya ve Hindistan halklarına; kazandığı parayı gerçekten hak eden temsilcisine; aralıksız tarafsızlıkları için Thursday Nighters'a; bir bilim adamı ve bir yazarla yaşama kâbusuna katlandıkları için eşi ve çocuklarına teşekkürlerini sunar.